AF608739

Unwiderstehlicher Dämon ist ein fiktives Werk. Namen, Charaktere, Orte und Geschehnisse wurden erfunden. Jegliche Ähnlichkeit mit wirklichen Orten, Ereignissen, oder Personen, lebend oder verstorben, sind zufällig.

Die Amerikanische Originalausgabe erschien 2019 unter dem Titel *Demon Unleashed.*

Cover design: Damonza

Lektorat: Birgit Oikonomou

Autorenfoto: ©Marti Corn Photography

BÜCHER VON TINA FOLSOM

Samsons Sterbliche Geliebte (Scanguards Vampire – Buch 1)

Amaurys Hitzköpfige Rebellin (Scanguards Vampire – Buch 2)

Gabriels Gefährtin (Scanguards Vampire – Buch 3)

Yvettes Verzauberung (Scanguards Vampire – Buch 4)

Zanes Erlösung (Scanguards Vampire – Buch 5)

Quinns Unendliche Liebe (Scanguards Vampire – Buch 6)

Olivers Versuchung (Scanguards Vampire – Buch 7)

Thomas' Entscheidung (Scanguards Vampire – Buch 8)

Ewiger Biss (Scanguards Vampire – Buch 8 1/2)

Cains Geheimnis (Scanguards Vampire – Buch 9)

Luthers Rückkehr (Scanguards Vampire – Buch 10)

Brennender Wunsch (Eine Scanguards Hochzeit)

Blakes Versprechen (Scanguards Vampire – Buch 11)

Schicksalhafter Bund (Scanguards Vampire – Buch 11 1/2)

Johns Sehnsucht (Scanguards Vampire – Buch 12)

Ryders Rhapsodie (Scanguards Vampire – Buch 13)

Damians Eroberung (Scanguards Vampire – Buch 14)

Graysons Herausforderung (Scanguards Vampire – Buch 15)

Geliebter Unsichtbarer (Hüter der Nacht – Buch 1)

Entfesselter Bodyguard (Hüter der Nacht – Buch 2)

Vertrauter Hexer (Hüter der Nacht – Buch 3)

Verbotener Beschützer (Hüter der Nacht – Buch 4)

Verlockender Unsterblicher (Hüter der Nacht – Buch 5)

Übersinnlicher Retter (Hüter der Nacht – Buch 6)

Unwiderstehlicher Dämon (Hüter der Nacht – Buch 7)

Ace – Auf der Flucht (Codename Stargate – Band 1)

Fox – Unter Feinden (Codename Stargate – Band 2)

Yankee – Untergetaucht (Codename Stargate – Band 3)

Tiger – Auf der Lauer (Codename Stargate – Band 4)

Ein Grieche für alle Fälle (Jenseits des Olymps – Buch 1)

Ein Grieche zum Heiraten (Jenseits des Olymps – Buch 2)

Ein Grieche im 7. Himmel (Jenseits des Olymps – Buch 3

Ein Grieche für immer (Jenseits des Olymps - Buch 4)

Der Clan der Vampire (Venedig 1 – 5)

Begleiterin für eine Nacht (Der Club der Ewigen Junggesellen – Buch 1)

Begleiterin für tausend Nächte (Der Club der Ewigen Junggesellen – Buch 2)

Begleiterin für alle Zeit (Der Club der Ewigen Junggesellen – Buch 3)

Eine unvergessliche Nacht (Der Club der Ewigen Junggesellen – Buch 4)

Eine langsame Verführung (Der Club der Ewigen Junggesellen – Buch 5)

Eine hemmungslose Berührung (Der Club der Ewigen Junggesellen – Buch 6)

UNWIDERSTEHLICHER DÄMON

HÜTER DER NACHT – BAND 7

TINA FOLSOM

1

Enya sog an dem Strohhalm und genoss, wie der erfrischende Cocktail ihren erhitzten Körper kühlte, bis das Glas bis auf die Eiswürfel, die keine Gelegenheit hatten zu schmelzen, leer war. Das hatte sie gebraucht. In letzter Zeit war das Leben im Komplex, den sie mit den anderen Hütern der Nacht teilte, nicht mehr dasselbe. Alle fünf Männer waren nun an ihre Gefährtinnen gebunden und Zärtlichkeiten wurden überall und zu aller Zeit zur Schau gestellt. Es war regelrecht zum Kotzen – vor allem, da sie selbst niemanden hatte.

Nicht dass sie jemanden wollte. Sie kam gut alleine zurecht. Absolut. Sie wollte keinen Gefährten, wollte nicht an einen herrischen Mann gefesselt sein, der unter dem Vorwand, er wolle sie beschützen, ihre Freiheit einschränkte. So eine Scheiße! Auf keinen Fall würde sie sich an jemanden binden. Sicher musste sie sich ab und zu einmal auslassen, aber dafür gab es ja One-Night-Stands. Und Bars wie die, in der sie sich gerade befand. Der Barkeeper, Drew, kannte sie, obwohl sie ihm nie mehr als ihren Vornamen und ihr Lieblingsgetränk – einen Pimm's mit Gingerale – preisgegeben hatte.

„Wie wär's mit noch einem?"

Die Frage kam nicht von Drew hinter der Theke, sondern von jemandem, der auf einem der Barhocker in ihrer Nähe Platz genommen hatte. Enya wandte ihren Kopf ein paar Zentimeter nach rechts und musterte den Mann.

Sie brauchte nur zehn Sekunden, um ihn einzuschätzen. So wie es aussah, verbrachte der Typ viel zu viel Zeit mit seiner körperlichen Erscheinung. Sein Haar war glatt, seine Kleidung einen Hauch zu gestylt, seine Fingernägel besser manikürt als ihre eigenen. Und dem glasigen Blick seiner Augen nach einzuschätzen, war er angeheitert. Vermutlich konnte er ihn nicht einmal hochbekommen. Und sie war nicht in der Stimmung, einen verwelkten Schwanz zum Aufstehen zu bringen.

„Ich bezahle mein eigenes Getränk, danke", sagte sie und wandte sich wieder dem Barkeeper zu. „Drew?" Sie deutete zu ihrem Glas und er nickte.

„Komm schon, Süße", fuhr der Schönling fort. Er deutete zu den anderen Gästen, die an den Tischen saßen. „Es ist ja nicht so, als wäre irgendjemand hier auch nur annähernd in deiner Liga."

Sie warf ihm einen Seitenblick zu. „Wenn das ein Kompliment sein soll, dann machst du das nicht richtig."

„Hä?"

Enya schaute zu Drew, der damit beschäftigt war, ihr Getränk zu mixen.

„Komm schon, du weißt doch, was für eine Bar das ist. Keine Frau kommt hierher, um alleine zu trinken." Er zeigte auf ihre Klamotten. „Vor allem nicht in dem Aufputz."

Enya spürte, wie Ärger ihr Rückgrat hinaufkrabbelte. Sie wusste, dass sie provozierende Kleidung trug: ein schwarzes Bustier, einen kurzen Lederrock derselben Farbe und Stöckelschuhe. Ihre Lederjacke hing an einem Haken unter dem Tresen. „Vielleicht warte ich ja auf jemanden."

„Du hast ihn gefunden." Der Schönling grinste und breitete seine Arme willkommenheißend aus.

„Glaub mir, du siehst ganz und gar nicht wie er aus." Der Typ Mann, bei dem sie heute Nacht landen wollte, war jemand, der weniger geschliffen, ein bisschen urwüchsiger und sehr viel weniger zivilisiert war. Sie war heute in Stimmung für wilden Sex und nicht die lauwarme Handlung, die dieser Halbbetrunkene zustande bringen würde.

Aus ihrem Augenwinkel sah sie, wie Drew nach ihrem leeren Glas griff und gleichzeitig das neue Getränk vor sie stellte. Sie drehte sich zu ihm um, ein *Dankeschön* schon auf ihren Lippen, als der Typ neben ihr seine Hand auf ihren Unterarm legte. Sie wirbelte zu ihm zurück, bereit ihm eine zu versetzen. Dazu bekam sie nicht die Gelegenheit.

„Nimm deine Hand vom Arm meiner Freundin oder ich breche dir das Gelenk." Die tiefe, bedrohliche Stimme, die hinter ihr ertönte, sandte einen verlockenden Schauder ihr Rückgrat hinab und Angst in die Augen des Betrunkenen. Wie verbrannt entzog dieser seine Hand.

„Vielleicht solltest du von hier verschwinden", fügte ihr Retter hinzu.

Der Betrunkene fummelte in seiner Tasche nach etwas – seiner Geldbörse, wie sich herausstellte – und warf ein paar Scheine auf den Tresen. Noch schneller sprang er von dem Barhocker und eilte zur Tür. Langsam begann Enya sich dem Mann zuzuwenden, der diese köstlichen Empfindungen in ihr auslöste. Wenn eine Stimme ihr einen Höhepunkt verleihen konnte, dann war es diese. Doch sie wollte sich nicht zu viel erhoffen. Oft genug hatte sie die Stimme eines Radio-DJs gehört und sich vorgestellt, er wäre ein heißer Typ, und war zutiefst enttäuscht, als sie schließlich ein Foto von ihm sah.

„Danke, das war allerdings nicht notwendig. Ich hätte das schon selbst geschafft", sagte sie automatisch, als sie ihm ganz zugewandt war – und auf seine Brust starrte. Sie musste ihren Kopf nach hinten neigen, um sein Gesicht zu sehen, denn ihr Retter hatte nicht nur eine tiefe Stimme, er war auch wesentlich größer, als sie ihn sich vorgestellt hatte.

„Dessen bin ich mir sicher."

Enya hörte die Antwort kaum, denn ihre Augen waren damit beschäftigt, den Mann zu verschlingen. Heißer Typ beschrieb ihn nicht ganz. Nein, er war viel mehr als nur ein heißer Typ. Er war Jason Momoa, Cary Grant und Jensen Ackles in einer Person. Ein perfektes männliches Exemplar mit Olivenhaut, braunen Augen, dunklem Haar und einem Spitzbart, der volle Lippen umrahmte, hinter denen weiße Zähne einladend strahlten. Seine Schultern waren breit und der elegante Anzug, den er trug, konnte seinen muskulösen Körperbau nicht verstecken. Der oberste Knopf seines Hemdes stand offen und deutete auf dunkle Behaarung seiner breiten Brust hin.

Enya schluckte, plötzlich ganz ausgetrocknet.

„Na ja, jetzt ist er weg. Genießen Sie Ihr Getränk." Er deutete zu ihrem Glas und nahm dann auf einem Barhocker Platz, beließ jedoch drei leere Barhocker zwischen ihren. Überrascht beobachtete sie, wie sich der Barkeeper ihm näherte. Rasch blickte sie auf die Finger ihres Retters. Kein

Ehering. Warum hatte er sich dann nicht neben sie gesetzt, nachdem er sie so galant gerettet hatte?

„Was darf ich Ihnen bringen?“, fragte Drew.

„Scotch, ohne Eis, bitte.“

„Kommt sofort.“

Als Drew sich dran machte, eine teure Flasche von oben im Regal herunterzuholen, rief Enya ihm zu: „Drew, setz den Scotch auf meine Rechnung.“

Drew sah über seine Schulter. „Bist du dir sicher?“

„Ritterlichkeit muss belohnt werden.“ Sie wandte sich wieder dem Fremden zu, der sie nun mit einem zögerlichen Lächeln ansah.

„Ich habe nur getan, was jeder Mann getan hätte. Sie müssen mir keinen Drink ausgeben, Ma'am.“

Als sie die formelle Anrede hörte, wollte sie sich krümmen. Sie wollte nicht *Ma'am* genannt werden. Das klang, als wäre sie eine verschrumpelte, alte Jungfer. „Ich heiße Enya.“

Sie hüpfte von ihrem Barhocker und nahm auf dem neben ihm Platz. Das schien ihn zu überraschen.

„Eric, Eric Vaughn“, sagte er. „Ich hatte vorher den Eindruck, dass du keine Gesellschaft wolltest. Du solltest dich mir gegenüber nicht verpflichtet fühlen, nur weil ich dafür gesorgt habe, dass der Typ sich verzieht.“

Drew schob ihr Getränk vor sie und stellte dann einen Scotch vor Eric. „Zum Wohl.“

Eric nickte.

„Keine Angst, ich tue nie etwas, das ich nicht tun will“, erwiderte Enya. „Aber wenn du lieber alleine trinkst, dann begebe ich mich wieder auf meinen vorherigen Sitzplatz.“

Er hob sein Glas. „Bitte nicht. Ich würde mich gerne heute Abend unterhalten, solange es bei der Unterhaltung weder um Investitionsstrategien noch um Risikobewertungen geht.“

„Börsenmakler?“

Er schüttelte den Kopf. „Investment Manager. Private Aktienfonds. Höllisch langweilig.“

Enya nahm ihr Glas und stieß mit seinem an. „Dann sollten wir heute Nacht nicht von Aktienfonds sprechen.“

„Das ist eine gute Idee." Eric nahm einen Schluck von seinem Scotch.

„Ich habe viele gute Ideen." Eine davon war, Eric die Kleider vom Leib zu reißen und ihn zu bespringen. Doch natürlich konnte sie das nicht hier tun. Stattdessen ließ sie ihren Blick über seine Hände schweifen und stellte sich vor, wie diese sich auf ihrer Haut anfühlen würden. War er der Typ Mann, der während des Sex schmutzige Worte von sich gab? Mit einer Stimme wie seiner würde er nicht viel mehr tun müssen, um sie zu einem welterschütternden Höhepunkt zu bringen.

„Enya?"

Sie riss ihren Blick von seinen Händen. „Ja?"

„Ich fragte, ob du in Baltimore lebst oder nur auf Geschäftsreise bist."

„Ich lebe hier." Sie versuchte, ihre Antwort leger klingen zu lassen, obwohl sie aufgeregt war und sich wie eine doofe Blondine benahm. Eine doofe Blondine, der jemand unerwartet die Schlüssel zu einem Maserati gegeben hatte. Und dieses Auto würde sie nicht zurückgeben, bis sie damit eine Spritztour gemacht hatte.

2

Zoltan blickte auf Enyas volle Lippen, während sie seine Frage beantwortete, und stellte sich vor, wie sich diese um seinen Schwanz herum anfühlen würden. Doch er musste vorsichtig sein und seine Karten richtig ausspielen. Wenn er zu forsch ranging, würde sie ihn vermutlich genauso abweisen wie den Typen zuvor, der versucht hatte, sie anzubaggern. Der leicht angeheiterte Mann hatte gut bemittelt ausgesehen und war attraktiv, doch er hatte Enya nicht richtig eingeschätzt. Sie wollte diejenige sein, die sich aussuchte, mit wem sie heute Nacht nach Hause ging. Sie musste spüren, dass es ihre Wahl war, einzig und allein ihre.

Zoltan würde mitspielen, denn eine Frau wie Enya brauchte eine Herausforderung. Außerdem, sollte er zu beharrlich sein, würde sie vermutlich misstrauisch werden. Er konnte sich nicht leisten, dass sein Plan sich in Luft auflöste, weil sie Verdacht schöpfte. Doch wenn sie glaubte, dass sie die Zügel in der Hand hielt, dann hatte er eine Chance, sie in sein Netz zu locken. Geduld war, was er jetzt brauchte, selbst wenn sein Schwanz bereits mit dem Bedürfnis pulsierte, in sie einzudringen und sie zu Seiner zu machen.

„Ich wohne auch hier", sagte er beiläufig. „Sogar in nächster Nähe, aber ich gehe nicht viel aus. In dieser Bar bin ich zum ersten Mal. Scheint ganz nett zu sein." Er zuckte mit den Schultern. „Abgesehen von gelegentlichen

Idioten, die glauben, nur weil eine Frau alleine hierher kommt, könnten sie sie belästigen."

Enya nippte von ihrem Drink. „Solche Typen kann man nicht vermeiden. Aber ich habe gelernt, mit ihnen umzugehen."

Er lachte leise. „Wie? Mit einem Tritt in die Eier?"

„So was Ähnliches." Enya zwinkerte ihm zu und ihre blauen Augen schienen voller Schalk zu funkeln.

„Tut mir leid, dass ich dir zuvorgekommen bin. Das ist ein Reflex. Ich wuchs mit einer jüngeren Schwester auf und musste so lange den beschützenden älteren Bruder spielen, dass mir das in Fleisch und Blut übergegangen ist." Natürlich war das eine komplette Lüge. Er hatte keine Geschwister, und in der Unterwelt aufzuwachsen, einem Ort, wo nur Gemeinheit, Brutalität und verwerfliche Taten belohnt wurden, hatte bedeutet, auf sich alleine gestellt zu sein. Seine Kindheit war nicht gerade ein Zuckerschlecken gewesen. Überleben des Stärksten war das Motto gewesen. Und war es immer noch.

„Entschuldige dich nicht." Sie legte ihre Hand auf seinen Unterarm und selbst durch den Jackenärmel und das Hemd darunter konnte er ihre Wärme spüren. „Das ist ein guter Reflex."

Zu seiner Enttäuschung zog Enya ihre Hand schnell wieder zurück, doch die Tatsache, dass sie ihn berührt hatte, gab ihm Hoffnung, dass er auf der richtigen Bahn war.

„Und du? Geschwister?"

„Drei jüngere Brüder."

„Ich vermute, das bedeutet, dass du niemanden hattest, der dich beschützte. Kein Wunder, dass du so eine harte Nuss bist."

Sie lachte leise und der Laut rieselte wie eine sinnliche Berührung sein Rückgrat hinab. Ja, sie würde die perfekte Sexsklavin sein – sobald er ihr Volk vernichtet hatte.

„Wieso glaubst du, dass ich hart bin?", fragte sie.

Er hatte sie kämpfen gesehen, beobachtet, wie sie Hackfleisch aus seinen Dämonen machte. Er wusste, dass sie eine wilde Kriegerin war, eine Frau so hart wie Stahl. Doch natürlich konnte er ihr gegenüber nicht offenbaren, was er über sie wusste. „Du kommst mir hart vor. Weißt du, so wie du mit dem Typen umgegangen bist, mit so einer ruhigen, bestimmten

Stimme, das hat darauf hingedeutet, dass du stark bist. Der betrunkene Idiot hat das vermutlich nicht gesehen, sonst hätte er es bei dir gar nicht erst versucht."

„Warum hast du dann eingegriffen, wo du doch dachtest, dass ich stark genug bin, die Sache selbst zu bewältigen?" Sie musterte ihn.

„Wie ich schon sagte, es ist ein Reflex. Und wenn ein Mann uneingeladen seine Hände auf eine Frau legt, dann sehe ich rot."

„Hmm." Sie senkte ihre Augenlider ein bisschen und wirkte plötzlich wie ein scheues Reh. „Tja, ich bin's nicht gewohnt, dass ein Mann meine Schlachten für mich kämpft. Tut mir leid, wenn ich undankbar erschien." Sie hob ihre Augen, um seinen zu begegnen. „Ich möchte es wiedergutmachen."

Zoltan drückte die Lust, die bei dem offensichtlichen Angebot nach oben brodelte, wieder hinunter.

Runter, Junge! Nicht so schnell kapitulieren. Denk dran, sie will eine Herausforderung.

Er hob sein Glas. „Du hast mir schon einen Drink spendiert. Aber ich denke, wenn du darauf bestehst, dann sage ich zu einem zweiten nicht nein. Allerdings muss ich dich warnen: Je mehr ich trinke, desto weniger zivilisiert benehme ich mich." Als bräuchte er Alkohol, um sein wahres Selbst zu entfesseln.

Enya hob ihre Augenbrauen, während sie dem Barkeeper bedeutete, eine zweite Runde einzuschenken. „Ich bin neugierig darauf, wie es aussieht, wenn du dich weniger zivilisiert benimmst."

„Versuchst du, mich betrunken zu machen?"

„Nicht betrunken. Was würde das denn bringen? Aber vielleicht lockert dich ein weiterer Drink etwas auf."

Er neigte sich zu ihr und senkte seine Stimme. „Du weißt gar nicht, was du da anstellst."

Bevor Enya antworten konnte, stellte der Barkeeper ihre Getränke vor sie. „Ich muss abrechnen, Enya. Willst du sonst noch etwas?"

Enya sah den Barkeeper an. „Nein, danke, Drew. Ich habe alles, was ich brauche." Sie sah wieder Zoltan an.

Zoltan wusste diesen Blick zu deuten. Enya wollte ihn und sie wartete darauf, dass er den Vorschlag machte, irgendwo anders hinzugehen, irgendwohin, wo es intimer war. Es lag jetzt an ihm, doch er würde es auf seine Art und Weise tun und Enya damit zwingen, den ersten Schritt zu machen.

„Schade, dass die hier schon schließen“, sagte Zoltan und nahm einen großen Schluck von seinem zweiten Drink. „Ich habe mich wirklich gut mit dir unterhalten. Würdest du … Ich meine, vielleicht könnten wir … Würdest du mir deine Telefonnummer geben, damit ich dich anrufen kann?“

Enyas Augen leuchteten vor Erstaunen auf, so wie er es erwartet hatte. Ein paar Sekunden lang blieb sie stumm, dann beugte sie sich zu ihm. „Wie wär's, wenn du mir stattdessen deine Nummer gibst?“

Jetzt war er derjenige, der erstaunt war. Würde sie ihn nicht bitten, die Nacht mit ihr zu verbringen? Na gut, wenn sie das Spielchen so spielen wollte, dann hatte er keine andere Wahl, als mitzuspielen. Er nahm eine Visitenkarte aus seiner Jackentasche und reichte sie ihr. „Das ist meine Handynummer.“ Tatsächlich war es das Handy, das er ausschließlich in der Menschenwelt benutzte, ein Wegwerfhandy, dem er sich entledigen würde, sobald er den Verdacht hatte, dass die Nummer kompromittiert war. Keiner seiner Dämonen kannte diese Nummer. Niemand konnte sie nachverfolgen.

Enya nahm die Karte entgegen, sah sie an, dann zog sie ihr Handy heraus und tippte die Nummer ein. „Danke. Es war nett, dich kennenzulernen.“

Das war sein Stichwort. „Danke für die Drinks.“ Er erhob sich. „Kann ich dir ein Taxi rufen?“

„Nein, danke. Es ist nicht weit.“ Sie lächelte.

„Na gut, dann, gute Nacht.“

„Gleichfalls“, sagte sie und wandte sich dem Barkeeper zu, um ihre Rechnung zu begleichen.

Zoltan ging zur Tür und trat hinaus. Draußen holte er tief Luft. Vielleicht war er die Sache falsch angegangen. Vielleicht hatte er sie verärgert, als er auf ihre Anspielungen nicht eingegangen war. Vielleicht hielt sie ihn für zu arrogant, zu distanziert. Verdammt!

Sein Handy klingelte. „Was jetzt?“, murrte er zu sich selbst, während er in Richtung seiner Eigentumswohnung marschierte. Er zog das Telefon aus seiner Tasche und starrte auf die Anzeige. *Unbekannte Nummer*, hieß es. Er drückte auf *antworten*. „Hier ist Eric.“

„Hallo, hier ist Enya.“

Abrupt blieb er stehen. „Enya.“

„Ja, erinnerst du dich? Wir haben uns gerade kennengelernt und du hast mir deine Nummer gegeben."

Er lachte leise. „Ich erinnere mich vage an eine schöne Blondine in einer Bar, die mir ihre Nummer nicht geben wollte."

„Nur weil diese Blondine nicht gerne am Telefon sitzt, um darauf zu warten, dass ein Kerl sie anruft."

„Mmm-hmm." Er hörte, wie eine Tür geschlossen wurde, woraus er schloss, dass Enya gerade die Bar verließ. Sie befand sich nur einen halben Block hinter ihm, doch er wandte sich nicht um. „Kann es sein, dass die Blondine noch einen Schlaftrunk will?"

„Ich hatte genug zu trinken. Doch da wäre etwas anderes."

Das Geräusch der Schritte kam näher.

„Etwas, womit ich helfen kann?"

„Glaube ich schon." Ihre Worte kamen von direkt hinter ihm.

Zoltan legte auf und schob das Handy zurück in seine Tasche.

„Es ist unhöflich, einfach so aufzulegen", sagte Enya hinter ihm.

„Es ist auch unhöflich, einen Mann so lange zu necken, bis er die Beherrschung verliert." Langsam drehte sich Zoltan zu Enya um. Sie trug jetzt eine Lederjacke über ihrer Kleidung, doch sie hatte sie vorne offen gelassen. „Ich hätte dich angerufen, wenn du mir deine Nummer gegeben hättest."

Enya machte einen Schritt näher und stand nun weniger als einen halben Meter von ihm entfernt. Sie sah zu ihm hoch und er bemerkte, wie klein sie war. „Warum wolltest du überhaupt meine Nummer?"

„Weil ich nicht voraussetzen wollte, dass du gleich heute Nacht auf eine Einladung in mein Bett eingehen würdest. Ich dachte, vielleicht führe ich dich erst zum Essen aus, mit Wein und allem, bevor ich dich verführe."

„Das Essen und den Wein können wir uns sparen." Sie leckte sich die Lippen und diese Handlung sandte einen elektrischen Stoß in seinen Schwanz.

Er legte seinen Arm um ihre Taille und zog sie an sich. „Hast du denn keine Angst, mit einem Fremden nach Hause zu gehen? Einem Fremden, der vermutlich nicht sehr zivilisiert ist." Denn im Moment fühlte er sich alles andere als zivilisiert. Enya war eine Verführerin und sie hatte seine tierischen Instinkte geweckt.

„Wer sagt denn, dass ich auf zivilisiert stehe?" Sie legte ihre Hand auf seinen Nacken.

„Eine Frau nach meinem Geschmack." Er senkte seinen Kopf zu ihrem und nahm ihre Lippen gefangen.

Von dem Augenblick an, als er Enya das erste Mal gesehen hatte, hatte er gewusst, dass es ein Feuerwerk geben würde, sobald sie in seinem Bett landete. Jedoch hatte er nicht erwartet, dass allein ihre Lippen auf seinen zu spüren, sein Inneres in flüssige Lava verwandeln und eine Begierde in ihm entfesseln würde, wie es noch keine andere Frau, weder eine Sterbliche noch eine Dämonin oder irgendein anderes Wesen, geschafft hatte.

Enya schmeckte nach Sünde, nach purer, unverfälschter Sünde, der kein Dämon je etwas entgegensetzen konnte. Doch er war kein gewöhnlicher Dämon. Er war Zoltan, der Großmächtige, der Herrscher der Unterwelt. Und was Enya ihm mit diesem Kuss versprach, war unmissverständlich: eine Vereinigung ohne Zurückhaltung, ohne Grenzen, ohne Tabus.

Ihre Lippen waren weich, jedoch fordernd, ihr Atem süß und süchtig machend, ihre Zunge selbstbewusst und köstlich. Sie machte kein Geheimnis aus ihrer Begierde, versuchte nicht einmal, schamhaft zu wirken, gab nicht vor, dass dies das erste Mal wäre, dass sie einen Fremden anmachte. Nein, es konnte sein, dass sie ein Profi war und dies ständig bei ihr vorkam und sie dafür auch keine Ausreden erfand. Sie war eine heißblütige Frau, die wusste, was sie brauchte. Und heute Nacht brauchte sie ihn oder zumindest seinen Schwanz. Und er war mehr als nur willig, ihr in dieser Sache gefällig zu sein. Doch zuerst das Wichtigste.

Zoltan riss seine Lippen von ihren und holte tief Luft. Das half in keiner Weise, sein donnerndes Herz oder seinen pochenden Schwanz zu beruhigen.

„Ich wohne ganz in der Nähe. Nur fünf Minuten zu Fuß."

Sie kam seinem Blick entgegen. „Wie lange, wenn wir laufen?"

Er hätte ihres Eifers wegen gelacht, wäre er nicht genauso begierig gewesen, sie in sein Bett zu bekommen. Ohne zu antworten, nahm er ihre Hand und zusammen rannten sie los. Trotzdem schien es immer noch eine Ewigkeit zu dauern, bis sie sein Wohngebäude erreichten. Er öffnete die Tür mit dem elektronischen Schlüsselanhänger, dann drückte er auf den Knopf für den Aufzug. Sie stiegen ein und er musste sich davon abhalten, Enya zu berühren. Täte er das, bevor sie seine Wohnung erreichten, würde er sie gleich hier ficken und es wäre alles viel zu schnell vorbei. Nein, er musste es aushalten, bis sie in seiner Wohnung waren.

Endlich hielt der Aufzug auf seinem Stockwerk an und er nahm Enyas Hand und zerrte sie förmlich mit sich. Er sperrte seine Wohnungstür auf und führte sie hinein, dann schloss er die Tür hinter sich.

Die indirekte Beleuchtung unter den Hängeschränken in der offenen Küche war an und warf Licht in die Diele. Jenseits der Küche und nur durch eine Theke getrennt, lag der Wohn- und Essbereich, von wo aus eine Fensterwand einen Panoramablick über die Stadt gewährte.

Doch Enya schien nicht an der Aussicht interessiert zu sein. Stattdessen wandte sie sich zu ihm um. Licht schien auf ihr Gesicht und betonte das jetzt noch tiefere Blau ihrer Augen. Sie zogen ihn an wie der Honig die Biene. Doch es war Enya, die den ersten Schritt machte. Sie schnappte ihn beim Revers seines Anzugs, zog ihn an sich und machte ihm somit ihre Körperstärke bewusst. Hätte ihn eine Dämonin so gepackt, dann hätte er sie auf ihren Hintern geschleudert, denn *er* entschied wann, wo und wie. Er war derjenige, der die Führung hatte. Mit einer Frau wie Enya konfrontiert zu werden, einer Frau, die nicht von ihm eingeschüchtert war, war erfrischend. Also ließ er es geschehen und erlaubte ihr, die Zügel zu übernehmen.

3

Enya atmete tief ein, um Erics Geruch aufzunehmen. Sie hatte schon immer spüren können, wenn ein Mann sie begehrte, und dieser Mann war nicht anders. Nur ein paar Zentimeter trennten sie, doch sie konnte seinen Körper spüren, seine Begierde, seine Erregung. Sie schob die Jacke über seine Schultern und half ihm, sich davon zu befreien. Als er nach ihrer Jacke griff, um sie ihr abzunehmen, erlaubte sie es ihm, doch als er dasselbe mit ihrem Bustier versuchte, schob sie ihn zurück. Stattdessen knöpfte sie bereits sein Hemd auf.

„Zieh es aus", verlangte sie und er öffnete die restlichen Knöpfe.

Während er aus dem Hemd schlüpfte, griff sie nach seinem Gürtel und öffnete ihn. Seine Brust war jetzt nackt und leicht mit schwarzem Haar bewachsen. Eric legte seine Hände an die Haken ihres Bustiers. Er schaffte es, die obersten zwei zu öffnen, bevor Enya ihn stoppen konnte. Sie hatte Regeln für One-Night-Stands, Regeln, an die sie sich hielt. Sie zog sich nie vollkommen aus, senkte nie ihr Schutzschild. Kein Mann würde sie je dazu bringen, sich auf ihren Rücken zu legen und die Beine zu spreizen, damit sie ihm ausgeliefert war. Was sie brauchte, war ein schneller, harter Fick und die Kücheninsel wäre dafür perfekt geeignet. Betten waren gefährlich, denn dort senkten Leute ihren Schutzwall, dort wurden sie weich, dort fingen sie an, einander zu vertrauen. Dort gaben sie Geheimnisse preis, Geheimnisse, die niemals enthüllt werden durften.

„Nein“, sagte sie, schnappte seine Hände und brachte sie an seinen Seiten zu ruhen. Dann öffnete sie den Reißverschluss seiner Hose und schob diese nach unten.

Verdutzt starrte er sie an. „Ich will deinen Busen berühren.“ Seine Worte klangen fast wie ein Grollen und das Geräusch brachte sie zum Erschaudern. Einen Moment später zog er an ihrem Bustier und schaffte es, dieses so weit nach unten zu ziehen, dass ihre Brüste oben herausquollen.

„Fuck!“, zischte sie. Sie hatte Hemmungen ihrer Brüste wegen. Sie waren zu klein, weswegen sie ein Bustier trug, um sie größer erscheinen zu lassen. Doch nun hatte Eric sie befreit und sie fühlte sich entblößt, nackt. Verletzlich.

„Wunderschön“, murmelte Eric und senkte seinen Kopf zu ihrem Busen. Bevor sie ihn stoppen konnte, hatte er bereits einen Nippel eingefangen und sog daran, während er beide Brüste mit seinen Handflächen massierte. Er ließ den Nippel aus seinem Mund entkommen, dann blies er einen kühlen Atemzug dagegen. Sie zitterte bei der verlockenden Empfindung. „Perfekt.“ Er stöhnte, dann legte er seine Lippen um den anderen Nippel und zog ihn in seinen Mund.

„Oh Gott!“ Sie konnte ihm nicht erlauben, so weiterzumachen. Wenn er ihre Brüste so leckte, würde sie die Beherrschung verlieren. Und sie musste die Führung behalten. *Er* war derjenige, der die Selbstkontrolle verlieren sollte.

Entschlossen, sich nicht seinen Handlungen zu ergeben, ergriff sie den Bund seiner Boxershort und zog sie bis zur Hälfte seiner Oberschenkel hinab. Eine Sekunde später griff sie nach seinem Schwanz und legte ihre Hand darum. Er war groß, der Umfang zu groß für nur eine Hand, die Länge beeindruckend. Sie nahm ihn in beide Hände und glitt von der Spitze bis zur Wurzel an ihm hinab.

Eric stöhnte und ließ seinen Kopf hochschnellen. Ein abgehackter Atemzug brach von seinen Lippen. „Fuck, Enya!“

Als sie bemerkte, dass er die Beherrschung verlor, lächelte sie. „Ja, das ist genau, um was es geht. Ficken.“ Sie ließ von seinem Schwanz ab und schob ihren Lederrock höher, bis sie darunter greifen konnte, um sich von ihrem Slip zu befreien.

„Hier?" Eric beobachtete, wie sie den Tanga auf den Boden warf.

Wieder nahm sie seinen Schwanz in die Hände. „Ich will, dass du mich gleich hier fickst. Auf der Kücheninsel."

Er packte sie an den Hüften. „Ich darf dich also nicht ganz nackt sehen, oder?" Er hob sie auf die Marmorinsel, dann hob er ihre Beine, damit sie ihre Fersen auf seinen Schultern ruhen lassen konnte, während sie sich auf die kühle Oberfläche zurücklegte.

Eric senkte seinen Blick und seine Nasenflügel bebten. Als er ihren Hintern bis zur Kante der Insel nach vorne zog, schloss sie die Augen und wartete auf den Augenblick, in dem er mit einem schnellen Stoß in sie eindringen würde. Doch stattdessen spürte sie seinen Kopf zwischen ihren Beinen, seinen Stoppelbart die Innenseite ihrer Schenkel kitzeln und seine warme Zunge an ihrem Schlitz.

Schockiert fuhr sie hoch und trennte die Verbindung. „Was zum –"

Eric ergriff grob ihre Oberschenkel, drückte sie weiter auseinander und legte seinen Mund wieder auf ihre Muschi. Ein Schauder durchfuhr ihren Körper und einen Moment lang konnte sie nicht klar denken oder handeln. So etwas sollte während eines One-Night-Stands nicht passieren. Solche Intimitäten waren nicht erlaubt. Nur schnelles, hartes Ficken. Das war die Regel. Ihre Regel. Eine Regel, die sie aufgestellt hatte, damit sie niemandem zu nahe kam. Eine Regel, damit sie sich niemals verliebte.

„Fuck", murmelte sie nochmals. Vielleicht konnte sie nur dieses eine Mal einem Mann erlauben, ihr auf eine andere Weise Vergnügen zu bereiten. Nur für einen Augenblick, dann würde sie dafür sorgen, dass er stoppte, bevor er zu weit ging.

Unermüdlich neckte seine Zunge ihre Klitoris, streichelte sie, als hätte sie es ihm beigebracht. Ihre Erregung wuchs immer mehr und ihr Körper verkrampfte sich, wie er es immer vor einem Orgasmus tat. Sie musste ihn jetzt stoppen, ihn zwingen, seinen Mund von ihr zu nehmen. Sie musste es verlangen.

„Eric ... bitte –" Doch selbst in ihren eigenen Ohren klang der Befehl nicht richtig. Es war überhaupt kein Befehl; sie klang wie eine Frau, die nach Erleichterung bettelte.

Und Eric handelte danach. Er zog ihre Klitoris zwischen seine Lippen und drückte sie zusammen. Ihr Körper explodierte. Zuckungen rasten durch sie und explodierten nach außen. Ihr Körper brannte und Schweiß sammelte sich unter ihrer Kleidung. Und gerade als sie glaubte, dass ihr Orgasmus verebbte, spürte sie Erics Schwanz tief in sie eindringen, während er ihre Hüften festhielt, damit der Stoß nicht dafür sorgte, dass sie davonrutschte.

„Jetzt ficke ich dich", sagte er mit zusammengepressten Zähnen. „Denn jetzt bist du für meinen Schwanz bereit."

Seine tiefe Stimme sandte Schauder ihr Rückgrat hinab und Hitzestöße in ihre Nippel und Klitoris. Eric stieß tief und hart zu und beugte sich wieder über sie, um an ihren Brustwarzen zu saugen.

„Du hast perfekte Titten", murmelte er an ihrem erhitzten Fleisch.

„Nein, habe ich nicht", protestierte sie. Alle Männer logen beim Sex. „Und du musst mir nichts vormachen."

Eric hob seinen Kopf. „Sieht so aus, als müsste ich die Wahrheit in dich hineintrommeln." Er verdoppelte die Geschwindigkeit, mit der er in sie stieß. Sein Schwanz dehnte sie jetzt bis an ihre Grenzen und dessen Spitze reichte tiefer, als sie je einen Mann gespürt hatte.

Unwillkürliches Stöhnen rollte von ihren Lippen. Sie wollte es zurückhalten, wollte verbergen, was er mit ihr anstellte, doch dazu hatte sie nicht die Kraft. Und auch nicht den Willen. Alles, was sie wollte, war loszulassen und sich dem Gefühl, begehrt zu werden, zu ergeben; trotz der Gefahr, trotz des Risikos, das ihr Herz einging, zu akzeptieren, dass eine andere Person sich um sie kümmerte.

„Das spürst du, nicht wahr, Enya?", forderte er sie auf, während er sie anstarrte und seine Hüften bewegte und seinen Schwanz nach vorne stieß. „Sag mir, dass du meinen Schwanz spürst. Sag mir, dass du meinen Schwanz liebst."

Hitze durchflutete sie. Doch seine Stimme war flehend, seine Worte lockend. „Ja, ich liebe deinen Schwanz."

Er ließ eine Hüfte los und ergriff ihre Brüste, drückte sie. „Und ich liebe deine Titten. Denn sie sind perfekt. Sag es." Er ließ von ihren Brüsten ab, schnappte eine ihrer Hände und führte sie zu ihrer Brust. „Berühr dich." Er deutete zu ihrer anderen Hand. „Mit beiden Händen. Nimm deine Titten. Und antworte mir." Sein Blick brannte in sie hinein. Es war der Blick eines Mannes, der es gewohnt war, dass seinen Befehlen Folge geleistet wurde.

Zuerst zögerlich legte sie ihre Hände auf ihre Brüste, dann sah sie weg.

„Sieh mich an!"

Ruckartig sah sie wieder zu ihm und begegnete seinem beharrlichen Blick. Dann begann sie, ihre Brüste zu massieren und zu drücken und schließlich nahm sie ihre Nippel zwischen ihre Finger und rollte sie.

Sie konnte nicht umhin zu bemerken, wie Erics Bewegungen immer hektischer wurden. Sein Schwanz in ihr schien immer größer zu werden und seine Atmung wurde unregelmäßig.

„Meine Titten sind perfekt", murmelte sie. „Leck sie."

„Fuck!" Er packte ihre Oberschenkel und stieß hart zu. Eric beugte sich über sie und sie führte einen Nippel nach dem anderen zu seinem Mund.

Dann spürte sie, wie er in ihr zuckte, wie sein warmer Samen in sie schoss, sie füllte. Plötzlich verkrampfte sich ihre Scheide und ein zweiter Höhepunkt brach über sie herein. Sie stöhnte, während ihre Muschi um Erics Schwanz herum zuckte, als versuchte ihr Körper, seinen Samen tief in sie zu ziehen. Sie hatte noch nie etwas so Intensives verspürt.

Als sie endlich wieder denken konnte, hatte Eric sich schon aus ihr gezogen und ihre Beine gesenkt, damit sie sich aufsetzen konnte.

„Wow", sagte er tief atmend. „Das war ... Tja, das war was."

Enya hüpfte von der Kücheninsel, ihre Beine etwas wackelig. Mit bebenden Händen zog sie ihren Rock nach unten und suchte nach ihrem Slip, als sie Erics Hand auf ihrem Arm spürte. Sie wandte sich ihm zu.

„Du ziehst dich schon an?"

„Ich muss." Aus so vielen Gründen.

„Bleib doch noch ein bisschen länger."

„Kann ich nicht." Sie sah ihren Slip auf dem Boden und beugte sich hinab, um ihn aufzuheben. Schnell zog sie ihn an. Dann justierte sie ihr Bustier, um ihren Busen wieder zu bedecken.

„Dann gib mir wenigstens deine Telefonnummer."

Sie sah ihn an und zögerte. Ihre Gebärmutter ballte sich zusammen und ihre Klitoris pulsierte, bat um eine Wiederholung dessen, was Eric heute Nacht getan hatte. Doch dieses Mal gewann ihr Kopf den Kampf. „Ich habe ein kompliziertes Leben."

Eric legte einen Finger unter ihr Kinn und brachte sie dazu, ihren Kopf in den Nacken zu legen. „Ich liebe komplizierte Frauen. Die anderen sind einfach nicht die Zeit wert." Er streifte einen Kuss auf ihre Lippen. „Und es gibt noch so viel, was du und ich erforschen könnten. Heute Nacht war doch nur ein Amuse-Bouche. Mein Appetit ist viel größer."

Daran zweifelte sie nicht. Doch Regeln waren Regeln. Wenn sie die Nacht mit ihm verbrachte, dann würde es zu vertraulich werden. Nicht nur wenn es um Eric ging, sondern auch wenn es darum ging, mit jemandem zusammen zu sein. Sich auf jemanden zu verlassen, wenn sie doch wusste, dass sie sich am Ende nur auf sich selbst verlassen konnte.

„Ich hatte einen schönen Abend", sagte sie. „Danke."

Eric schüttelte den Kopf. „Ich kann dir einen noch schöneren gewähren. Sag mir, dass du mich wiedersehen willst."

Sie seufzte.

„Ist das ein Ja?" Er senkte seinen Kopf, um ihr tief in die Augen zu schauen. Etwas darin zwang sie dazu, sich seinem Blick zu stellen, anstatt ihm auszuweichen.

„Ich weiß es nicht", sagte sie.

„Vielleicht hilft das hier." Er drückte seine Lippen auf ihre und küsste sie. Ihr erster Kuss war dringend, leidenschaftlich und fordernd gewesen. Dieser war anders. Zärtlicher, doch gleichzeitig nicht weniger bestimmt. Als wollte Eric ihr zeigen, dass er ein Mann war, der nicht leicht aufgab. Der für das kämpfte, was er begehrte.

Kühle Luft blies gegen ihre Lippen und sie stellte fest, dass er den Kuss bereits beendet hatte.

„Ich brauche eine Antwort", drängte er mit dieser tiefen Stimme, der sie sich ergeben wollte.

„Ich ... äh ... vielleicht ... vielleicht rufe ich dich an", sagte sie schließlich und nahm ihre Lederjacke, bereit zu fliehen. Als sie die Türklinke berührte, stoppte sie seine Stimme.

„Enya ..."

Gegen ihr besseres Urteilsvermögen sah sie über ihre Schulter. Er stand in der Diele, halb nackt, und das Licht aus der Küche schien auf seinen Schwanz. Sie hatte noch nie einen so virilen Mann gesehen, ein so perfektes männliches Exemplar.

„Nächstes Mal", sagte er und nahm seinen Schwanz in die Hand, „übernimmst du die Führung und machst mit mir, was du willst. Ich werde deiner Gnade ausgeliefert sein."

Sie schluckte die plötzliche Lust, die von ihrem Inneren heraufbrodelte, hinunter. Verstand Eric ihr Bedürfnis die Kontrolle zu haben, weil auch er dieses Bedürfnis hatte? Waren sie sich vielleicht nicht so unähnlich?

„Ich kann nichts versprechen, aber ..." Sie beendete den Satz nicht, denn sie wusste nicht, wie.

„Aber du ziehst es in Betracht. Das ist gut genug."

Sie nickte und verließ die Wohnung. Als die Tür hinter ihr zuschnappte, lehnte sie sich daran und schloss einen Moment lang die Augen. Zum ersten Mal seit langer Zeit war sie ...glücklich.

4

Zoltan betrat die Höhle und schloss die Tür hinter sich. In den letzten Monaten hatte er in der Unterwelt viele Veränderungen vorgenommen und eine davon war dieser Besprechungsraum, eine Höhle mit nur einem Eingang und etwas abgelegen vom Hauptbereich, wo sich seine Dämonen aufhielten, damit diese Besprechungen so wenig Aufmerksamkeit wie möglich auf sich zogen. Die sieben Dämonen, die zu diesem Meeting eingeladen waren, waren bereits versammelt; es waren Männer und Frauen, die Zoltan entweder als ihm gegenüber besonders loyal ansah oder die in ihrem Fachgebiet besonders talentiert waren. Einige waren beides.

Der vorherige Großmächtige, dessen Zoltan sich entledigt hatte, indem er ihn ermordete, hatte mit eiserner Faust geherrscht und war ebenso gehasst wie gefürchtet gewesen, und obwohl Zoltan genauso gefürchtet war – und möglicherweise wegen der Grausamkeiten, die er seinen Dämonen antat, auch gehasst –, hatte er gelernt, Rat zu erfragen und Aufgaben an seine Untertanen zu delegieren. Seine häufigen Abwesenheiten machten das notwendig, doch würde er seinen Untergebenen gegenüber nie zugeben, warum ihr Herrscher nicht immer erreichbar war. Sollten sie von den niederschmetternden Migräneanfällen, unter denen er schon seit langem litt und die ihn dazu zwangen, sich in der Menschenwelt zu verstecken, um sich dort zu erholen, Wind bekommen, würden sie gegen ihn rebellieren und ihn töten. Niemand wollte einen schwachen Herrscher. Am wenigsten die Dämonen. Warum diese Anfälle von einem zum anderen Mal schlimmer wurden und auf keinerlei Medikamente oder Drogen ansprachen, wusste er nicht. Und natürlich konnte er niemanden fragen. Das zu tun würde bedeuten, zuzugeben, dass er schwach war. Es wäre buchstäblich sein Tod.

Der Steintisch, um den sich nun alle versammelt hatten, war ein Naturvorkommnis wie so viele andere in dem Untergrundsystem aus Tunneln und Höhlen, das die Dämonen ihr Eigen nannten. Zoltan nahm am Kopfende des Tisches Platz und alle Unterhaltungen verstummten.

„Oh Großmächtiger", sagten sie im Einklang und die Stimmen der fünf Männer und zwei Frauen hallten von den Steinwänden wider und klangen dabei wie das dunkle Grollen einer Lokomotive, die durch einen finsteren Tunnel raste.

Zoltan nickte. „Wir haben viel vor uns. Lasst uns anfangen."

Er deutete zu seiner rechten Hand, Vintoq. Dieser war ein überdurchschnittlich intelligenter Dämon, der seinen Platz hier durch Loyalität verdient hatte. Bisher hatte Vintoq Zoltan noch nie enttäuscht – allerdings könnte sich dessen Intelligenz eines Tages als Problem herausstellen, obwohl Zoltan gefiel, dass Vintoq schlau genug war, sofort jeden Plan zu erfassen, den Zoltan darlegte. Doch was, wenn Vintoq zu intelligent war, um in seiner jetzigen Position zu verbleiben? Was, wenn er ehrgeizig war und Herrscher werden wollte?

„Alle Befehle wurden ausgeführt", sagte Vintoq und zeigte zu den anderen in der Gruppe. „Ich glaube, wir machen in allen Sachen Fortschritte, verstärken unseren Einfluss auf die Menschen und erweitern unser Netzwerk aus Spionen."

„Und die Rekrutierung?", fragte Zoltan.

„Da lasse ich Quentin und Tamara selbst berichten", sagte Vintoq und deutete zu den zwei Dämonen.

Tamara sah Zoltan direkt an. „Darf ich?"

Sie war schön und ihre Schönheit machte sie zu einer ausgezeichneten Dämonin. Sie wusste, wie man einen Menschen dazu verführte, schlimme Taten zu vollbringen, Taten, die den Menschen schließlich und endlich in einen Dämon verwandeln würden. Sie benutzte ihre Sexualität, um ihr Ziel zu erreichen, und Zoltan konnte persönlich attestieren, dass ihre Künste, wenn es um Sex ging, überragend waren. Er hatte den Sex mit ihr genossen, doch er war nicht blind. Tamara war ehrgeizig und hatte gehofft, seine Königin zu werden. Doch obwohl sie ihm körperlich Vergnügen bereitet hatte, verspürte er nichts für sie. Also hatte er sie – und seinen loyalen Untertan Quentin – stattdessen für die Rekrutierung verantwortlich gemacht, um damit den Schmerz der Ablehnung zu lindern.

„Dann los, Tamara", sagte Zoltan.

„Ich mache gute Fortschritte, mehrere einflussreiche industrielle Spitzenreiter für uns zu gewinnen. Bald haben wir Zugang zum Softwaresektor sowie dem Sektor für Seltenerdmaterialien."

„Seltenerdmaterialien? Erläutere das", unterbrach Zoltan.

„Seltenerdmaterialien sind Elemente, die man für so gut wie alle elektronischen Geräte auf dem Markt braucht. Diesen Sektor zu kontrollieren bedeutet, die Produktion und Verfügbarkeit an Kommunikations- und Computernetzwerken zu kontrollieren. Wir werden den Markt beherrschen und Länder gegeneinander aufhetzen können. Und zusammen mit den neuen Rekruten, die in der Softwareindustrie arbeiten, werden wir bald in der Lage sein, unser eigenes überaltertes System zu erneuern und unsere Feinde zu überlisten."

„Wie weit bist du damit?"

Sie schenkte ihm einen verschmitzten Blick. „Sehr nahe dran. Noch etwa einen Monat, dann gehören sie beide mir."

„Gut gemacht", lobte er und sah dann Quentin an. „Und was hast du zu berichten, Quentin?"

Quentin hatte Zoltan vor ein paar Jahren beeindruckt, als er darauf bestanden hatte, dass er eine Störung in der Unterwelt verspürt hatte, die sich als das Eindringen einer Hüterin der Nacht herausstellte. Quentins Wachsamkeit hatte zur Verfolgung der Hüterin und ihres Begleiters geführt, hatte jedoch aufgrund der Inkompetenz des Hundeführers erfolglos geendet. Klaus, der damalige Hundeführer, hatte dafür mit seinem Leben bezahlt.

„Ich habe auch gute Nachrichten", sagte Quentin schnell. „Ich arbeite an mehreren hochrangigen Politikern – in der Tat sind sie Staatsoberhäupter."

„Welcher Länder?"

„Russland, Nordkorea und USA."

Zoltan lachte leise. „Das ist wohl kaum eine Anstrengung. Diese Oberhäupter sind doch sowieso schon schlimme Typen, oder etwa nicht?"

Quentin senkte seine Augenlider. „Dem widerspreche ich nicht, oh Großmächtiger. Doch, wenn ich darauf hinweisen darf, hat, obwohl diese drei Herrscher wie reifes Obst in meine Hände fallen werden, noch nie jemand versucht, sie zu uns zu bringen. So, als hätte sie bisher jemand übersehen."

Zoltan nickte. „Das ist ein gutes Argument. Niemand hat je zuvor vorgeschlagen, dass sie sich uns anschließen sollten. Ich schlage vor, du fügst die Oberhäupter von Saudiarabien, der Türkei, Syrien sowie Venezuela hinzu, und ich werde die Tatsache ignorieren, dass du dir leichte Beute ausgesucht hast."

„Ein ausgezeichneter Vorschlag", sagte Quentin begierig.

Natürlich war es ein ausgezeichneter Vorschlag. Das musste Quentin ihm nicht sagen. Zoltan sah zu Wilson.

Der kleine, untersetzte Dämon setzte sich in seinem Stuhl etwas gerader auf. „Oh Großmächtiger."

„Gibt es etwas Neues in der Waffenabteilung?", fragte Zoltan.

„Leider sind wir etwas beschränkt, wenn es um den Erwerb neuer Waffen geht. Na ja, natürlich sind es nicht neue Waffen. Wenn sie neu wären, würden wir sie ja nicht benutzen können. Ich meine alte Waffen", sagte Wilson, wie immer verwirrt.

Wenn Wilson nicht so außerordentlich loyal wäre, hätte Zoltan ihn schon lange ersetzt. Doch Wilson konnte gut katzbuckeln. Außerdem kannte er sich mit Waffen gut aus. Er konnte einen Dolch aus der Dunklen Epoche von einer Fälschung unterscheiden. Und nur Waffen, die in der Dunklen Epoche geschmiedet worden waren, waren von Nutzen, wenn es darum ging, die Hüter der Nacht zu zerstören. Sie konnten, wie auch die Dämonen, nicht mit anderen Waffen getötet werden.

Zoltan wandte sich bereits von Wilson ab, als der korpulente Dämon sagte: „Aber es kann sein, dass ich eine neue Quelle habe. Ein Mann, der bei mehreren archäologischen Ausgrabungen gearbeitet hat. Ich soll ihn diese Woche noch treffen, um mir ein paar Fotos anzusehen, die er gemacht hat."

„Gut." Zoltan zeigte auf Silvana. „Wie geht's den Hunden?"

„Sie sind hungrig." Silvanas osteuropäischer Akzent war so hart und kratzend wie ihr Auftreten. Der Job als Hundeführerin war wie maßgeschneidert für sie. „Nächstes Mal, wenn ein Hüter der Nacht versucht, hier einzudringen, werden sie den Schweinehund in null Komma nichts erschnüffeln. Egal, wie sehr sie versuchen, ihren Geruch zu verschleiern, sie werden nicht an den Hunden vorbeikommen. Das verspreche ich."

Zoltan verspürte ihr gegenüber Zuversicht. Gut trainierte Hunde waren unersetzlich. Da die Hüter der Nacht sich unsichtbar machen konnten, brauchten die Dämonen eine Verteidigungsmaßnahme, damit sich ihre Feinde nicht anschleichen konnten.

„Sorge dafür, dass du dein Versprechen hältst", sagte Zoltan, anstatt sie zu loben. Bei vielen seiner Dämonen hatte Lob eine negative Auswirkung: Sie wurden selbstgefällig. Und Selbstgefälligkeit bedeutete das Ende seines Strebens nach Weltbeherrschung.

„Yannick", sagte er zu dem Dämon, der einen besonders delikaten Job hatte. Yannick war dafür zuständig, Aufzeichnungen über das Kommen und Gehen seiner Dämonen zu führen. „Hast du einen Weg gefunden, wie wir unsere Vortexkreise im Falle eines feindlichen Angriffs stilllegen können?"

Yannick beugte seinen Kopf einen Moment, dann sah er Zoltan direkt an. „Leider nicht, oh Großmächtiger. Die mystische Herkunft der Vortexkreise scheint wie eine fein abgestimmte Maschinerie zu sein, für die wir die Bedienungsanleitung verloren haben. Was ich versuche zu sagen, ist, wenn wir nicht herausfinden können, wie sie entstanden sind, können wir sie auch nicht temporär stilllegen. Und das ist es doch, wonach Ihr fragt, anstatt sie permanent stillzulegen."

„Was willst du damit sagen?"

„Nun ja, die Vortexkreise permanent stillzulegen ist eine Sache, sie für eine bestimmte Zeit stillzulegen eine ganz andere, denn das würde bedeuten, dass wir wissen müssen, wie man sie wieder in Gang setzt."

„Willst du damit sagen, dass es möglich ist, die Vortexkreise permanent stillzulegen und damit alle Dämonen in der Unterwelt gefangen zu halten?" Zoltan beugte sich nach vorne, erpicht auf die Antwort.

Yannick nickte. „Obwohl ich es nicht mit hundertprozentiger Sicherheit sagen kann, glaube ich, dass, wenn die Vortexkreise mit Lava gefüllt würden, das die mystische Kraft erlöschen lässt und sie damit nutzlos macht."

Alle in der Höhle keuchten.

„Wer weiß davon?“

Yannick blickte die versammelten Dämonen an. „Ich habe es noch nie zuvor außerhalb dieser Gruppe erwähnt. Und wie ich schon sagte, ist es auch nur eine Vermutung. Und es hilft uns auch nicht.“

„Ja, ja“, sagte Zoltan ungeduldig. „Doch wenn du recht hast, dann ist es sogar noch wichtiger herauszufinden, wie wir Vortexkreise herstellen können. Tatsächlich werden wir viel mehr Verkehr durch die bestehenden Vortexkreise schicken müssen, wenn wir erst die menschliche Welt kontrollieren, nachdem wir die Hüter der Nacht besiegt haben. Wir werden zusätzliche Kreise brauchen, um mehr Dämonen nach oben zu schicken.“

Dämonen benutzten einen Vortex, um von einem Ort zum anderen teleportieren zu können. Wenn sie erst einmal in der Menschenwelt waren, konnten die Dämonen ihren Vortex irgendwo heraufbeschwören, wovon sie ein Bild hatten, doch um die Unterwelt zu betreten und zu verlassen, mussten sie einen Vortex in einem Vortexkreis hervorbeschwören. Und davon gab es nur drei. Ganz eindeutig hatte sein Vorgänger nicht an die Logistik gedacht. Es lag an Zoltan, für die Zukunft zu planen, denn bald würden die Hüter der Nacht nicht mehr existieren und nichts würde mehr zwischen den Dämonen und der menschlichen Bevölkerung stehen.

„Ich verstehe“, sagte Yannick. „Meine besten Leute arbeiten daran. Mathematiker, Wissenschaftler, Okkultisten.“

„Dann bring mir Resultate“, donnerte Zoltan.

„Das werde ich, oh Großmächtiger.“

Schließlich wandte Zoltan sich Ulric zu, dem Dämon, der für den Geheimdienst zuständig war. „Irgendwelche neuen Berichte von deinem Netzwerk der Spione, Ulric?“

„Sie halten ihre Augen und Ohren offen. Nichts wird ihnen entkommen.“

Zoltan wusste, was das bedeutete. „Also hast du nichts!“

„Das würde ich nicht so sagen, oh Groß–“

Zoltan schlug mit der Faust auf den Tisch. „Wie würdest du es dann sagen?“

Es war weise, dass Ulric beschämt seinen Kopf senkte. „Ich bitte um Verzeihung.“

Zoltan grunzte. „Zum Glück arbeite ich selbst an einer Möglichkeit, die Hüter der Nacht zu erwischen.“

Alle Augen waren auf ihn gerichtet.

„Wenn Ihr Hilfe braucht“, sagte Quentin, „vielleicht kann ich –“

„Ich kann mit allem, was Ihr braucht, helfen“, unterbrach Vintoq.

„Ich kann nicht riskieren, dass einer von euch das vermasselt. Ich gebe euch mehr Informationen, wenn ich so weit bin, meinen Plan auszuführen.“ Und wenn Zoltan sicher sein konnte, dass keiner der versammelten Dämonen ein Verräter war. Schon seit einiger Zeit vermutete er nämlich, dass jemand auf seinen Thron aus war – und alle Mittel benutzte, um diesen zu erlangen, und selbst vor einem Attentatsversuch nicht haltmachte. Doch bisher war Zoltan noch nicht in der Lage gewesen, den Täter zu erwischen. „In der Zwischenzeit muss ich Zeit in der Menschenwelt verbringen, um die Sache in die Wege zu leiten. Deshalb darf sich bis dahin kein Dämon in Baltimore blicken lassen. Ist das klar?“

„Ja, oh Großmächtiger“, sagten sie im Einklang und hörten sich dabei wie Marionetten an, die er so trainiert hatte.

5

„Irgendetwas ist im Gange“, sagte Enya und sah ihre Kollegen an, die im Wohnzimmer versammelt waren, das mit einer riesigen Couchgarnitur für mindestens zehn Leute ausgestattet war. Ein übergroßer Fernseher hing an der Wand und in der angrenzenden Küche unterhielten sich die Frauen ihrer Kollegen und bereiteten das Abendessen vor. „Ich kann's in meinem Bauch spüren.“ Sie ging auf und ab.

„Kannst du nicht einfach die Ruhe genießen?“, fragte Hamish. „Es passiert doch nicht jede Woche, dass wir nicht zu einer Dämonensichtung eilen müssen, um ihnen in die Ärsche zu treten.“

Enya warf ihm einen verärgerten Blick zu. „Macht dir das keine Sorgen?“ Sie sah Logan an, der durch die Fernsehprogramme klickte. „Logan? Irgendjemand?“

Logan hielt mitten im Zappen inne und sah sie an. „Was willst du, Enya? Brauchst du nicht ab und zu mal eine Pause? Ich nämlich schon. Also genieße die Tatsache, dass die Dämonen diese Woche ruhig waren. Entspann dich. Erhole dich.“ Er warf Winter, der Hellseherin, einen Blick zu, welchen diese sofort erwiderte. „Tu etwas, was dir Spaß macht.“

„Pfff!“, empörte sich Enya. Es war einfach für Logan, so etwas zu sagen. So wie er seine Frau gerade ansah, war es nicht schwierig zu erraten, was er mit Spaß meinte. Sie riss ihren Blick von ihm, denn das Turteltaubengetue, das sie mitansehen musste, ekelte sie an. Stattdessen marschierte sie auf Manus zu, der in einem der großen Sessel lümmelte, und klopfte ihm auf die Schulter.

Manus wirbelte seinen Kopf zu ihr. „Was?"

„Hast du überhaupt zugehört?", fragte sie.

Er deutete zum Fernseher. „Was denn jetzt wieder? Komm schon, Enya, ich will nur den Boxkampf ansehen, wenn Logan endlich den verdammten Sender finden kann." Er warf seinem Freund einen ungeduldigen Blick zu.

„Bin schon dabei", sagte Logan und klickte durch die Kanäle.

„Es gibt Wichtigeres, als im Fernsehen einen Boxkampf anzuschauen", schimpfte Enya. „Macht ihr euch denn gar keine Sorgen, dass die Dämonen etwas Großes planen könnten und dass wir sie deshalb diese Woche nicht zu Gesicht bekommen haben?"

„Wie Hamish schon sagte, genieße ich die Tatsache, dass es ruhig ist", sagte Manus gelassen. „Warum bist du so zappelig? Haben wir in den letzten Monaten nicht genug Dämonen den Hintern verprügelt?"

„Lass sie in Ruhe, Manus", unterbrach Aiden.

Überrascht, dass zumindest einer ihrer Kollegen auf ihrer Seite zu sein schien, sah Enya Aiden an. Er hatte sich in den letzten paar Jahren sehr verändert. Jetzt, wo er Vater von sechsjährigen Zwillingen war, trug er viel mehr Geduld zur Schau als seine Kollegen und hatte auch viel seiner Hitzigkeit verloren. Seine Gefährtin Leila hatte viel damit zu tun. Sie war ein Mensch und hatte in ihrem vorherigen Leben als Wissenschaftlerin ein Medikament entwickelt, das Alzheimer heilen konnte. Aiden war als ihr Beschützer eingesetzt worden, nachdem klar geworden war, dass die Dämonen das Mittel an sich reißen wollten, weil es Menschen anfälliger für den Einfluss der Dämonen machte. Das Medikament hatte zerstört werden müssen und Leila hatte untertauchen müssen, damit die Dämonen sie nicht kidnappen und zwingen konnten, für sie dieses Mittel erneut herzustellen. Letztendlich hatte sich alles zum Guten gewendet – denn Aiden hatte sich in seinen Schützling verliebt und sie lebte nun im geheimen (und unsichtbaren) Komplex der Hüter der Nacht in Baltimore.

„Hör zu, Enya", fuhr Aiden fort, „wenn sich wirklich etwas Großes zusammenbrauen würde, dann würden die anderen Komplexe auch davon berichten und bis jetzt haben wir nichts Ungewöhnliches gehört, oder Pearce?“

Pearce, ihr ansässiger Computergeek, zuständig für die Kommunikation, nickte. „Alle anderen Komplexe berichten normale Dämonenaktivität. Nicht mehr und nicht weniger. Ich habe heute Morgen unseren Wochenbericht eingereicht.“

„Und?“, fragte Enya begierig.

Er zuckte mit den Schultern. „Weder der Rat der Neun noch einer der anderen Komplexe hat mich kontaktiert, um nachzufragen. Niemand macht sich Sorgen darüber, dass wir zur Abwechslung mal eine ruhige Woche hatten.“

„Ja, aber was, wenn sie sich irren? Was, wenn etwas vor sich geht?“, fragte Enya. Sie hatte schon immer ihrem Bauchgefühl vertraut und dieses teilte ihr nun mit, dass die Abwesenheit der Dämonen in Baltimore ein schlechtes Omen war. „Nach Zoltans letzter Niederlage, glaubt ihr wirklich, dass er da einfach so rumsitzt und nichts tut?“

„Natürlich nicht“, sagte Pearce knapp. „Ich bin mir sicher, dass er angepisst ist, weil er den Quelldolch verloren hat. Das hat bestimmt nicht dabei geholfen, seinen Dämonen zu beweisen, dass sie den richtigen Herrscher haben.“ Er warf einen Blick auf Daphne, seine Gefährtin, die sehr geholfen hatte, den kostbaren Dolch aus Zoltans Klauen zu reißen. „Und dass ihm dabei auch noch eine Frau in den Arsch trat, während seine Dämonen zusahen ... Tja, ich bin mir sicher, dass er gerade Schadensbegrenzung in der Unterwelt betreibt.“

Hamish nickte. „Pearce hat recht. Es gibt ständig Gerüchte, dass Zoltans Herrschaft keineswegs zementiert ist. Er muss sich um andere Dinge kümmern, als Baltimore zu terrorisieren.“

Enya stemmte die Hände in die Hüften. „Lasst uns mal annehmen, dass du recht hast. Lasst uns annehmen, dass Zoltan wirklich mitten in einem Machtkampf steckt oder Dämonen abwehren muss, die es auf seinen Thron abgesehen haben. Also, versetzt euch an seine Stelle. Was würdet ihr tun, um das zu bewerkstelligen?“ Sie ließ ihren Blick über ihre Kollegen schweifen. „Irgendjemand?“

Es herrschte Stille, dann sprach Aiden. „Wir sind nicht an Zoltans Stelle. Die Dämonen sind nicht wie wir. Sie denken anders. Ihre Handlungen ergeben oft keinen Sinn. Sie sind irrational, impulsiv, unkoordiniert. Darum haben wir sie bisher immer besiegen können."

„Die Untertanen vielleicht", gab Enya zu. „Aber nicht Zoltan. Er denkt wie wir. Er hat uns oft genug ausgetrickst. Nimm zum Beispiel den Quelldolch. Er fand ihn, wo er doch schon seit Jahrhunderten verloren war. Er brauchte weniger als sechs Monate von dem Tag an, als er von dessen Wichtigkeit erfuhr, bis er den Safe sprengte, in dem der Dolch versteckt gewesen war. Unterschätzt ihn nicht. Er vollbrachte, was unser ganzes Volk nicht schaffte: den Quelldolch aufzuspüren."

„Ja, er fand den Dolch, doch wir haben ihn jetzt", sagte Pearce. „Dank Daphne."

Aus der Küche rief Daphne: „Wofür dankst du mir?"

„Dass du mir mit dem Quelldolch das Leben gerettet hast."

Enya versuchte, die Erinnerung daran, was nur ein paar Monate zuvor geschehen war, abzuschütteln. Pearce war während eines Kampfes mit den Dämonen, in dem beide Seiten versucht hatten, in den Besitz des Quelldolchs zu gelangen, tödlich verwundet worden. Das uralte Artefakt konnte Portale erschaffen, durch die die Hüter der Nacht von einem Ort zum anderen teleportierten. Doch der Quelldolch besaß auch noch eine andere Macht – eine tödliche Wunde rückgängig zu machen und somit ein Leben zu retten. Daphnes unverzügliche und tapfere Handlung, den Dämonen den Dolch zu entreißen und damit auf Pearce einzustechen, hatte dessen Leben gerettet.

Daphne näherte sich und zwinkerte Pearce zu. „Ich glaube, dafür hast du mir schon reichlich gedankt." Sie legte ihre Hand auf ihren etwas rundlichen Bauch. Die Rundung war kaum sichtbar, doch alle im Komplex wussten von Daphnes Schwangerschaft. Pearce hatte es nicht geschafft, die Neuigkeit für sich zu behalten und es, kurz nachdem der Schwangerschaftstest es bestätigt hatte, bekannt gegeben. Und sie war nicht die Einzige im Komplex, die schwanger war. Winter erwartete ihr erstes Kind mit ihrem Gefährten Logan. Es war, als wäre dieser Zustand ansteckend.

„Worum geht's denn mit dem Quelldolch?", fragte Daphne.

Pearce deutete zu Enya. „Enya macht sich Sorgen, weil es diese Woche keine Dämonen zu sehen gab. Sie glaubt, Zoltan plant etwas."

„Natürlich plant er etwas“, sagte Daphne zu Enyas Überraschung. „Er plant immer seinen nächsten Schritt.“

„Seht ihr?“, sagte Enya und starrte ihre Kollegen finster an. „Selbst Daphne glaubt das. Und sie ist nicht mal eine Kriegerin.“

„Stimmt, ist sie nicht“, sagte Logan. „Aber wir sind Krieger und wir machen das schon eine ganze Weile. Du erinnerst dich wohl nicht mehr daran, dass es schon immer Flauten gab, während deren die Dämonen ruhig waren. Das ist normal.“

Enya grunzte. „Ihr werdet nur alle bequem. Ihr wollt die Gefahr nicht sehen. Na gut! Dann kümmere ich mich selbst darum. Ich gehe auf Patrouille.“

Aiden schüttelte den Kopf. „Bitte nicht, Enya.“ Er seufzte schwer. „Ich werde mit meinem Vater sprechen. Er kommt dieses Wochenende sowieso die Zwillinge besuchen. Wenn er zustimmt, dann schicken wir eine Warnung an alle Komplexe, dass sie alles Ungewöhnliche sofort melden sollen. Vielleicht hat ja Zoltan Dämonen aus Baltimore abgezogen, weil er sie woanders braucht.“

Enya spürte, wie sich ihr Puls beruhigte. „Das befürchte ich eben.“

Mit etwas Glück würde sich Barclay, Aidens Vater und der Vorsitzende des Rats der Neun, ihren Bedenken anschließen. Er war erfahren und weise, wogegen ihre Kollegen in Baltimore nur das Positive der verminderten Dämonenaktivitäten sahen: Sie konnten mehr Zeit mit ihren Gefährtinnen verbringen.

Sie fragte sich, ob sie genauso denken würde, wenn sie einen Partner hätte. Sie verwarf den Gedanken schnell wieder. Zuallererst war sie eine Kriegerin. Nichts anderes zählte. Jedoch hatten sich die Prioritäten ihrer Brüder geändert, nachdem sie sich gebunden hatten.

Enya blickte zu den Frauen in der Küche. Jetzt wo alle Krieger im Komplex, außer ihr selbst, gebunden waren, waren Abende wie heute viel häufiger. Wie eine Großfamilie aßen sie zusammen, wann immer sie die Gelegenheit hatten. Tessa, Hamishs Gefährtin, und Kim, Manus' Gefährtin, deckten gerade den Tisch, während Leila einen Braten aus dem Ofen holte. Winter machte den Salat an und Daphne schaufelte die Bratkartoffeln in eine große Schüssel. Gleichzeitig quatschten und lachten die Frauen. Sie waren alle befreundet und akzeptierten einander trotz aller Eigenarten und Macken.

Viele Jahrzehnte lang war Enya die einzige Frau im Komplex gewesen, doch jetzt war alles anders. Es war sehr häuslich geworden. Plötzlich war Enya diejenige, die nicht dazu passte, die Einzige ohne Partner. Das hatte sie zuvor nie gestört. Sie mochte es, anders zu sein, sie mochte es, dass sie nicht wie die anderen war. Sie mochte ihre Freiheit, ihre Unabhängigkeit. Und obwohl sie ihre Brüder und deren Frauen und Kinder liebte, wurde ihr plötzlich klar, in was sie sich verwandelt hatte: den Außenseiter. Die Person, die durch ein Fenster hindurch zusah, wie glückliche Paare ihre Leben führten.

Die Tür ging auf und zwei junge Vampirhybriden traten ein. Grayson und Ryder waren von Scanguards in San Francisco, den Vampirverbündeten der Hüter der Nacht, hierher ausgeliehen worden und zu einem integralen Teil ihrer Gruppe geworden. Beide waren Mitte zwanzig und Single und obwohl keiner in einer Beziehung war, stießen sie sich doch regelmäßig die Hörner mit Frauen ab, die ihnen gefielen, egal ob sie Menschen, Vampire, Hexen oder andere Geschöpfe waren. Sie sah die beiden gut aussehenden jungen Männer an. Auch sie waren Außenseiter, doch das schien sie nicht zu stören. Für sie war im Komplex zu leben und mit den Hütern der Nacht Dämonen zu bekämpfen ein Abenteuer. Eines Tages würden sie nach San Francisco zurückkehren und sich dort ihr Leben einrichten. Für Enya war dies hier ihr Leben.

„Essen ist fertig, Leute“, kündigte Leila an.

Die Männer erhoben sich von ihren Sitzen und marschierten zu dem großen Esstisch, wo sie sich zu ihren Gefährtinnen gesellten. Die Zwillinge tauchten plötzlich wie aus dem Nichts auf und kicherten.

„Da seid ihr ja endlich!“, schalt Aiden sie sanft.

Seit Xander und Julia die Fähigkeit, sich unsichtbar zu machen, gemeistert hatten, hatte ihr Versteckspiel neue Dimensionen angenommen. Auf sie aufzupassen und dafür zu sorgen, dass sie in Sicherheit waren, war für ihre Eltern nicht einfach.

Enya schnappte den liebevollen Blick auf, den Pearce und Daphne austauschten, als sie die Zwillinge anlächelten, und obwohl sie nicht wusste, was Pearce in Daphnes Ohr flüsterte, wusste Enya, dass es etwas mit dem

Kind, das sie erwarteten, zu tun haben musste. Eine Spannung verengte plötzlich Enyas Brust. Verdammt, sie konnte es im Moment nicht hier aushalten. Die Demonstrationen von Zuneigung machten sie körperlich krank.

Enya schlüpfte aus dem Raum und betrat den ruhigen Korridor. Sie konnte immer noch die Stimmen, das Geplauder und das Lachen hören, doch niemand hatte ihr Gehen bemerkt. Niemand würde sie vermissen. Niemand würde sie suchen. Als sie in Richtung ihrer Privaträume auf einem der oberen Stockwerke des riesigen, burgartigen Gebäudes ging, zog sie ihr Handy heraus und scrollte durch ihre Anrufliste. Sie fand die Nummer – es war schon eine Woche her, seit sie sie gewählt hatte. Bisher hatte sie der Versuchung anzurufen widerstanden, obwohl sie in den letzten Tagen schon mehrere Male nahe dran gewesen war.

Doch warum noch länger widerstehen? Wo stand denn geschrieben, dass sie nicht zweimal mit dem gleichen Mann schlafen durfte? Es war ihre eigene Regel, was bedeutete, dass sie sie ändern konnte. Es war sowieso eine doofe Regel. Eine willkürliche. Vielleicht würde sie sie ändern. Vielleicht würde sie sich erlauben, die Regel auf drei Mal abzuändern. Ja, das konnte sie machen. Aber nur drei Mal. Da musste sie streng bleiben.

Während ihr Herz aufgeregt gegen ihren Brustkorb trommelte, drückte sie auf die Nummer und ließ es klingeln.

6

Zoltan legte den Deckel auf den Topf und schob diesen in den warmen Ofen. Er vergewisserte sich, dass der Champagner im Kühlschrank kühl gestellt war. Der Meeresfrüchtecocktail war schon auf die Teller verteilt und zum Essen bereit. Er ließ seinen Blick durch die Küche schweifen und versicherte sich, dass es unordentlich genug aussah. Sein Gast würde glauben, dass er sich die Mühe gemacht hatte, das Essen von Grund auf zuzubereiten. Dabei hatte er doch nur das teuerste Restaurant in der Stadt angerufen.

Enya hatte ihm am Abend zuvor mitgeteilt, dass sie ihn treffen wollte. Er hatte sofort Abendessen bei sich in der Wohnung vorgeschlagen und vorgegeben, dass er gerne für sie kochen wollte. Sie hatte akzeptiert und er hatte sich auf ihren Besuch vorbereitet.

Gleich nach ihrem ersten Treffen hatte er alles aus seiner Eigentumswohnung entfernt, was darauf hindeuten könnte, dass er ein Dämon war. Er wollte kein Risiko eingehen, denn wenn Enya so schlau war, wie er vermutete, würde sie unsichtbar erscheinen, um ihn zu überprüfen. Er hatte ein paar Stunden zuvor neue Kontaktlinsen eingesetzt. Sie würden für etwa acht Stunden ihren Dienst tun und seine grünen Dämonenaugen verschleiern. Ihrer ersten sexuellen Begegnung nach zu urteilen, würde sie auf keinen Fall über Nacht bleiben. Er könnte sich glücklich schätzen, wenn er sie zumindest in sein Bett locken konnte. Doch er war auch bereit, sie auf jeglicher harten Oberfläche zu nehmen, die sich anbot.

Er war sich nicht sicher, warum sie ihm erlaubte, sie so zu ficken. Die meisten Frauen bevorzugten eine weiche Matratze sowie eine langsame Verführung, die sie dorthin brachte. Doch Enya war sofort zur Sache gekommen. Heute Nacht würde er versuchen, das zu ändern. Er musste ihr unter die Haut gehen, ihr Vertrauen gewinnen, egal wie lange er dazu brauchte.

Die Küche und das Esszimmer waren bereit für die Vorstellung, und so betrat Zoltan eine Stunde vor der vereinbarten Zeit sein Schlafzimmer und zog sich aus. Er warf seine Kleidung in den Wäschekorb, dann marschierte er in das angrenzende Bad und schaltete das Licht an. Die riesige Dusche war von Glas umrahmt und hatte Platz für eine ganze Armee. Er griff hinein und machte das Wasser an, dann wartete er, bis sich der Wasserdampf sammelte. Die Lüftung, die normalerweise die Feuchtigkeit aus dem Badezimmer zog, schaltete er heute nicht an. Heute Nacht würde ihm der Wasserdampf helfen und auf die Ankunft seiner Besucherin, die sicherlich sehr bald auftauchen würde, hinweisen.

Befriedigt, dass sich dichter Nebel in seinem luxuriösen Badezimmer bildete, trat er in die Dusche und seifte sich ein. Er wusch sein Haar, nahm sich Zeit mit seinem Oberkörper, seinen Gliedmaßen, seinem Schwanz und jedem Zentimeter seines Körpers. Als er damit fertig war, spülte er die Seife weg und begann von vorne, während er seinen Körper in Richtung der Badezimmertür drehte.

In der Wohnung gab es außer dem Rauschen des Wassers keinerlei Geräusche. Keine knarrenden Böden oder Türen, die ihn auf die Anwesenheit eines Hüters der Nacht aufmerksam machen könnten. Doch er wusste, dass sie kommen würde. Und dass sie ihn nackt in der Dusche sehen würde.

Zoltan legte seine Hand um seinen Schwanz und begann, daran zu ziehen. Es dauerte nur ein paar Sekunden sowie die Erinnerung an Enyas enge Muschi, bis er steif wurde. Während das Wasser seinen Rücken hinab lief, streichelte er seinen Schwanz, doch er erlaubte sich nicht zu kommen. Nein, diese Handlung war nicht für ihn gedacht. Sie war für Enya gedacht. Für ihr optisches Vergnügen.

Aus dem Augenwinkel bemerkte er eine abrupte Bewegung des Nebels außerhalb der Dusche. Nur ein Körper konnte den Nebel in dieser Weise bewegt haben, ein unsichtbarer Körper. Sie war hier. Showtime.

Zoltan drehte sich ein wenig mehr zur Seite, damit Enya einen guten Blick auf seinen zügellosen Schwanz bekam, und begann, seine Hand schneller auf und ab zu bewegen. Er stützte sich an der Glaswand ab und gab ein lautes Stöhnen von sich. Der Nebel bewegte sich nicht mehr. Enya war vor der Dusche stehengeblieben. Wahrscheinlich stand sie direkt ihm gegenüber, starrte ihn an, seinen Schwanz und wie er sich befriedigte.

Gut. Jetzt konnte er den zweiten Teil seines Plans ausführen. Er schloss die Augen und warf seinen Kopf zurück, während er seinen Schwanz härter pumpte und sich immer mehr dem Höhepunkt näherte. Das war nicht sehr schwierig. Zu wissen, dass Enya ihm zusah, ihre Augen an ihm weidete, machte ihn geiler, als er je gewesen war.

Er stöhnte erneut, doch dieses Mal erlaubte er einem Wort über seine Lippen zu rollen. „Enya."

Hörte er ein sanftes Keuchen? Er konnte es nicht mit Sicherheit sagen, da das Wasser an seinem Rücken die meisten Geräusche übertönte. Doch er stellte sich vor, dass sie überrascht war – und erfreut. Das machte ihn noch kühner.

Noch ein Stöhnen, ein lustvolles Grunzen, und mehr Worte platzten aus ihm heraus. „Fuck, Enya!" Er pumpte härter und schneller, verspürte schon die Geburt seines Orgasmus. Er würde ihn nicht viel länger zurückhalten können. „Ich werde dich ficken, verdammt, Enya. Ich werde dich die ganze Nacht lang ficken. Und deine wunderschönen Titten lecken. Das will ich alles."

Heißer Samen schoss aus seiner Schwanzspitze, regnete über seine Hand und spritzte gegen die Glaseinrahmung. Seine Brust hob sich unter dem starken Orgasmus. Luft entfuhr seiner Lunge und seine Knie schienen zu zittern.

„Fuck!", fluchte er und drückte seine Stirn an die Glasscheibe, seine Augen nach unten gerichtet, seine Atmung unregelmäßig.

Er erhaschte die Bewegung sofort. Eine unsichtbare Hand berührte die Glasscheibe dort, wo sein Schwanz immer noch halb aufrecht stand. Eine unsichtbare Hand, die einen Abdruck auf der Außenseite der Scheibe hinterließ. Einen Moment später war die Hand verschwunden.

Mission erfüllt. Enya wusste jetzt, dass er an sie dachte, wenn er masturbierte, und welche Frau liebte es nicht zu wissen, dass sie die Fantasie eines Mannes war? Diese Erkenntnis ließ keine Frau kalt. Vor allem nicht eine, die gerade diesen Mann beobachtet hatte und Zeuge seiner Begierde für sie geworden war.

ENYA KONNTE ihre Augen nicht von Erics prächtigem Körper reißen. Verdammt, sie hatte ihn beim Masturbieren beobachtet und dabei ihren Namen über seine Lippen kommen hören. Sie hätte durch die Glasscheibe hindurchgreifen und ihn berühren können. Das hatte sie gewollt. Sie hatte noch nie etwas Heißeres, etwas Erregenderes gesehen. Ihr Höschen war dabei ganz nass geworden. Ihre Klitoris pochte verzweifelt voller Begierde. Und ihre Nippel waren kleine harte Knospen, die sich danach sehnten, berührt zu werden.

Sie stand immer noch wie gelähmt da, als Eric ihr plötzlich den Rücken zukehrte und unter den Wasserstrahl trat. Sie ließ ihre Augen über seinen muskulösen Rücken zu seinem festen Hintern schweifen. Dort, auf seiner linken Pobacke, sah sie ein sonderbar geformtes Muttermal, doch selbst dieses konnte seiner Perfektion nichts anhaben. Sie senkte ihren Blick zu seinen starken Oberschenkeln, zu seinen Waden, seinen Füßen. Er war in jeder Hinsicht perfekt.

Sie hatte nicht erwartet, Zeuge davon zu werden, wie Eric in der Dusche masturbierte. Sie hatte ihn nur überprüfen wollen, um sicherzustellen, dass er aufrichtig war. Es war eine Sicherheitsmaßnahme. Sie war vor fünfzehn Minuten angekommen, indem sie unsichtbar durch seine Wohnungstür getreten war. Nachdem sie Schubläden und Schränke in seinem Wohnzimmer und der Küche sowie die Post, die auf einem Tisch lag, durchsucht und nichts Besorgniserregendes gefunden hatte, hatte sie sich in sein Schlafzimmer aufgemacht. Auch dort war nichts Ungewöhnliches zu finden gewesen. Sie hatte die Dusche gehört, wusste, dass er darunter stand, und hatte der Versuchung näherzutreten nicht widerstehen können. Für ihre

Kühne war sie mit mehr belohnt worden, als ihr ein Porno je hätte liefern können: Der Mann, den sie begehrte, befriedigte sich mit Fantasien von ihr.

Ihr Herz schlug immer noch aufgeregt, als sie das Bad und seine Wohnung verließ. Im Gang vor seiner Wohnung vergewisserte sie sich, dass niemand sie sah, und machte sich sichtbar. Obwohl es eine halbe Stunde vor ihrer verabredeten Zeit war, klingelte sie. Was machte es schon, wenn er es sonderbar finden würde, dass sie eher zu früh als zu spät kam? Was auch immer er davon hielt, würde er in dem Moment vergessen, wenn sie vor ihm auf den Knien war.

Die Tür öffnete sich. Eric, mit immer noch nassem Oberkörper und nur mit einem Handtuch um seinen Unterleib gewickelt, starrte sie an. „Enya? Sorry, ich …" Er machte eine Handbewegung. „Ich habe wohl getrödelt."

Sie ließ ihre Augen über ihn schweifen. „Ich bin früh dran." Doch dafür würde sie sich nicht entschuldigen. „Willst du mich nicht reinlassen?"

Er trat zur Seite. „Natürlich. Komm rein." Sie ging in die Diele, während Eric die Tür hinter ihr schloss. „Ich trockne mich schnell ab und ziehe mich an."

Enya machte in der Küche halt, als Eric mit ihr aufholte. „Warum schenkst du dir nicht was zu trinken ein?", sagte er. „Im Kühlschrank ist gekühlter Champagner und im Schrank im Esszimmer was Härteres."

„Was Härteres?", fragte sie und verkürzte die Entfernung zwischen ihnen mit zwei Schritten. Sie legte ihre Hand auf seine Brust. „Gegen etwas Härteres hätte ich nichts einzuwenden." Langsam senkte sie ihre Hand, bis ihre Finger an dem Handtuch anstießen.

Eric sog einen Atemzug ein. „Ich habe mir vorgenommen, dir dieses Mal zuerst ein Abendessen zu spendieren. Wie zivilisierte Leute." Der schwelende Blick in seinen Augen schimpfte seine höflichen Worte Lügen.

„Und ich habe mir vorgenommen, dieses Mal deinen Schwanz zu kosten. Wie unzivilisierte Leute."

Sie nahm ihre Lederjacke ab und offenbarte das azurblaue Kleid, das sie darunter trug. Obwohl es nicht so kurz wie der Lederrock war, den sie getragen hatte, als sie Eric kennengelernt hatte, war dieses wesentlich weniger beengend. Der Stoff war dünn, jedoch nicht durchsichtig, sondern er schmiegte sich wie eine zweite Haut an ihren Körper.

„Verdammt, Enya, du machst Hackfleisch aus meinen guten Absichten."

„Gute Absichten werden überschätzt.“ Sie zog an dem Handtuch, lockerte es und ließ es zu Boden fallen, dann legte sie ihre Finger um seinen Schwanz. Eric atmete ruckartig ein. Gleichzeitig füllte sich sein Schwanz mit Blut. „Mmm, sieht so aus, als wären dein Schwanz und ich uns einig. Das Abendessen kann warten.“

Eric legte seine Hand auf ihren Nacken und zog ihr Gesicht zu sich. „Du kleine Füchsin. Nach unserer ersten Nacht hatte ich angenommen, du könntest nichts tragen, das noch verführerischer ist, doch ich lag falsch.“ Er legte eine Hand an ihre Taille. „Es überrascht mich, dass du es, so wie du angezogen bist, überhaupt bis zu mir geschafft hast, ohne angefallen zu werden.“ Wenn er nur wüsste, dass niemand sie so angezogen gesehen hatte. Nicht einmal ihre Kameraden im Komplex. Sie hatte sich unsichtbar aus dem Komplex geschlichen und war bis vor ein paar Minuten so verblieben.

„Wie bin ich denn angezogen?“, murmelte sie, ihr Mund nur noch ein paar Zentimeter entfernt von seinem.

„Wie eine Frau, die in die Knie gehen will, um meinen Schwanz zu lutschen.“

Sie bog ihre Lippen zu einem sündigen Lächeln. „Sieht so aus, als trüge ich das richtige Kleid.“

Erics Lippen waren endlich auf ihren und er küsste sie mit einem Hunger, den sie willkommen hieß. Sie erwiderte den Kuss mit der gleichen Leidenschaft und glaubte plötzlich zu schweben, bis sie feststellte, dass Eric sie hochgehoben hatte und sie zum Wohnzimmer trug. Als er den Kuss abbrach, standen sie vor einem großen Sessel. Er entließ sie aus seiner Umarmung und setzte sich in den Sessel, seine Beine breit, seine Füße fest auf dem Teppich verankert. Sein Schwanz deutete jetzt nach oben und war hart und schwer.

Er sah zu ihr hoch und nagelte sie mit seinem Blick fest. Sie spürte, wie ihre Nippel sich verhärteten und durch den dünnen Stoff ihres Kleides drückten. Als er seine Augen senkte und ein zufriedenes Lächeln auf seinen Lippen erschien, wusste sie, dass er ihre Reaktion bemerkt hatte.

„Leg deine Hände auf die Armlehnen“, befahl sie ihm.

Er fügte sich ohne Widerrede und sie kniete sich zwischen seine Oberschenkel. Eric saß an der Kante des Sessels und bot ihr somit vollen

Zugang zu seinem Schwanz und seinen Hoden, gab ihr damit zu verstehen, dass er diese Position schon oft eingenommen hatte.

Langsam legte Enya ihre Hände auf seine Knie und glitt nach oben, während ihre Finger nach unten entlang der Innenseite seiner Schenkel deuteten, bis sie nicht weiter kam. Ein Blick auf Erics Gesicht zeigte ihr, dass er erwartungsvoll seinen Atem anhielt. Doch sie wollte, dass er es noch mehr wollte. Dass er danach lechzte. Nach ihr lechzte.

„Wie willst du es?", fragte sie und wickelte ihre Hand um seine beeindruckende Größe. Er war steinhart, obwohl er erst zehn Minuten zuvor gekommen war.

„Ich nehme, was immer du mir geben willst."

„Ich mag Männer, die gewisse Dinge zu schätzen wissen."

„Mach dir keine Sorgen, Enya – ich nehme weder dies hier noch dich als gegeben an." Sein Schwanz zuckte in ihrer Hand, sie rieb ihren Finger über den pilzartigen Kopf und verteilte die Feuchtigkeit, die entkommen war. „Fuck, Babe, willst du mich foltern?"

„Ja, aber ich glaube, es wird dir gefallen." Sie bewegte ihre Hand, glitt hinab und beugte ihren Kopf über seine Erektion. Sie legte ihre Lippen um die Krone und nahm ihn in ihren Mund. Zentimeter für Zentimeter glitt sie hinab, doch griff ihn fest an der Wurzel, damit er ohne ihre Erlaubnis nicht tiefer in sie eindringen konnte. Sie brauchte ein paar Sekunden, sich an seine Größe zu gewöhnen, dann tauchte sie ein paar Zentimeter tiefer, während ihre Lippen fest an seiner harten Wurzel, die in samtweiche Haut gehüllt war, hinabglitten.

Mit ihrer freien Hand griff sie nach seinen Hoden und nahm sie in ihre Handfläche, drückte sie sanft.

Eric entkamen ein paar ruckartige Atemzüge. „Oh, fuck!"

Enya hob den Kopf und ließ Erics Schwanz aus ihrem Mund schlüpfen, während sie zu ihm hochsah. „Gibt's ein Problem?", neckte sie ihn, denn sie wusste genau, wie ein Mann voller Lust aussah. Und Eric war ein Bild der Lust.

Er nagelte sie mit seinen Augen fest, sah sie an, als könnte er in ihr Inneres sehen. Die Intensität seines Blickes brachte sie zum Erschaudern. „Leg deine Lippen wieder um meinen Schwanz und lutsch mich, oder ich werfe dich auf die Couch und ficke dich, bis du nicht mehr gehen kannst."

Die Worte sandten einen Stromschlag durch ihre Klitoris und entzündeten sie. Sie liebte es zu sehen, wie Eric die Beherrschung verlor, liebte es, wie er seine Urinstinkte an ihr ausließ. Die One-Night-Stands, die sie in den letzten Jahren gehabt hatte, hatten niemals ihre tierischen Seiten gezeigt, niemals gewagt, so wild zu werden. Nie zuvor hatte sie es ermutigt, war immer diejenige gewesen, die die Führung übernahm, diejenige, die befahl, was geschah. Doch plötzlich war der Gedanke, einem Mann die Herrschaft über sie zu gewähren ... verlockend.

„Bring mich dazu“, forderte sie ihn auf.

In seinen Augen fackelte etwas auf, dann nahm er seine Hände von den Armlehnen und legte sie auf ihren Kopf. Er drückte ihren Kopf zu seiner Leiste. „Lutsch mich!“

Sein Schwanz drückte gegen ihre Lippen.

„Mach auf“, verlangte er. „Nimm mich in deinen Mund.“ Seine Worte waren wie ein Grollen und zu ihrer Überraschung reagierte sie darauf.

Sie öffnete ihren Mund und erlaubte Erics Schwanz in ihren Mund einzudringen, dieses Mal tiefer und schneller. Sie hatte kaum Zeit, sich ihm anzupassen, als er sich ihr entzog, dann ihren Kopf an ihm hoch und wieder nieder zog. Er stieß immer wieder in sie, und ihre Bewegungen waren nun aufeinander abgestimmt, als sie seine Hände auf ihren Schultern spürte und ihr bewusst wurde, dass sie jetzt den Rhythmus diktierte, den er zuvor gesetzt hatte. Ihr Körper folgte diesem instinktiv, obwohl er seine Hände von ihrem Kopf genommen hatte.

Sie leckte ihn jetzt fester und sog sein männliches Aroma ein. Mit einer Hand an seiner Wurzel pumpte sie ihn, während sie mit der anderen seine Hoden wiegte.

Ganz plötzlich drückte Eric ihre Schultern nach hinten und befreite sich aus ihrem Mund. „Stopp!“

Sie starrte zu ihm hoch, verdutzt über den plötzlichen Befehl.

„Ich bin zu nahe dran.“

Er sprang auf und schnappte sie. Ein paar Augenblicke später fand sie sich auf Händen und Knien wieder, ihr Kleid bis zur Taille hochgeschoben, ihr Tanga auf dem Boden. Eric kniete hinter ihr, ergriff ihre Hüften und drang tief in ihre feuchte Muschi ein. Hätte er sie nicht so fest gepackt, hätte der Zusammenstoß sie zum anderen Ende des Wohnzimmers katapultiert.

Kein Mann hatte sie je so hart, so unerbittlich gefickt. Es kam ihr vor, als würde das ganze Gebäude von der Gewalt seiner Stöße erbeben.

Ihr Körper fühlte sich an, als würde ein Erdbeben durch sie reisen und eine Schockwelle nach der anderen durch sie senden, wann immer Eric tief und hart zustieß. Sie krallte ihre Finger in den Teppich, um nicht den Halt zu verlieren, und machte jedes Mal einen Ruck zurück, wenn er nach vorne stieß. Mit jeder Bewegung schlug ihr Herz wilder und das Blut raste so schnell durch ihre Venen, dass ein Vampir, der sich in der Nähe aufhielte, es hören könnte. Doch in dieser Wohnung gab es keinen Vampir, nur einen Menschen, der mit mehr Kraft und Durchhaltevermögen fickte als jegliches übernatürliche Geschöpf, mit dem sie je zusammen gewesen war.

„Du magst es grob, nicht wahr?", fragte er.

Ein Stöhnen war ihre einzige Antwort, denn Worte, um zu beschreiben, was sie verspürte, hatten sie, zusammen mit jeglichem Gefühl von Zurückhaltung, verlassen. Alle Regeln, die sie in Sachen Männern je aufgestellt hatte, und vor allem die, die One-Night-Stands anbelangten, flogen aus dem Fenster. Nur weil dieser Mann ihr zeigte, was geschehen konnte, wenn sie die Führung jemand anderem übergab, wenn sie sich endlich gehen ließ und sich ihrer dunkelsten Begierde hingab. Nur eine Frau zu sein. Keine Kriegerin. Keine Kämpferin. Keine Hüterin. Nur eine Frau, die wollte, was jede Frau wollte: begehrt zu werden, beschützt zu werden, geliebt zu werden.

Und obwohl sie die Gefahr erkannte, konnte sie für heute Nacht diesen Wunsch nicht verleugnen. Morgen würde sie sich für diese dummen Gedanken schelten, dafür, dass sie sich verletzlich gemacht hatte, doch in diesem Moment wollte sie nur eins: Eric.

„Nimm mich. Nimm mich so hart du kannst. Ich muss dich spüren."

Als hätte Eric auf ihre Kapitulation gewartet, beschleunigte er sein Tempo und gab ein Stöhnen von sich, das wie das Knurren eines Tieres klang. Das Geräusch schoss wie ein Speer durch sie und trieb ihre Erregung auf die Spitze. Sie konnte ihren Orgasmus nicht zurückhalten, konnte die Wellen nicht aufhalten, die über sie hereinbrachen und sie unter ihrer Wucht begruben, während ihr Körper unkontrollierbar zitterte. Einen Augenblick später spürte sie, wie Erics Schwanz in ihr zuckte und sein heißer Samen sie füllte und dabei einen weiteren Orgasmus in ihr auslöste, als enthielte dieser ein geheimes Elixier, das ihre Erregung steigerte.

„Oh Gott", murmelte sie und brach zusammen. Ihre Knie bebten und ihre Arme verloren jegliche Kraft. Sie war verausgabt. Vollkommen verausgabt. Und das war ein Gefühl, an das sie sich gewöhnen könnte.

7

Als Zoltan, nun vollständig bekleidet, das Wohnzimmer betrat, stand Enya an den deckenhohen Fenstern und sah auf Baltimore hinab. Sie wandte sich nicht um, als er sich näherte, und gab ihm so die Gelegenheit, sie in dem figurbetonenden Kleid, das sie trug, zu bewundern. Der ozeanblaue Stoff schmiegte sich wie eine zweite Haut an ihren Körper und ihr langes blondes Haar reichte bis halb über ihren Rücken. Das Blau stand ihr perfekt und ließ sie edel und doch sexy aussehen. Einige Monate zuvor hatte sie die gleiche Farbe getragen, als er ihr, ausgerechnet auf einer Cosplayveranstaltung, begegnet war. Dort hatte sie gegen seine Dämonen gekämpft, einige getötet, doch zum Glück sein Gesicht nicht gesehen: Es war hinter seiner Batmanmaske verborgen gewesen.

Zoltan ging auf Enya zu, legte seine Arme um sie und drückte seinen Körper an ihren Rücken. Ihr Hintern schmiegte sich perfekt in seine Leiste. Er ließ eine Hand über ihren Bauch zu ihrer Muschi gleiten. Lebhaft erinnerte er sich noch daran, wie es sich angefühlt hatte, als ihre inneren Muskeln ihn während ihres Orgasmus gepackt hatten. Enya stoppte seine besitzergreifende Bewegung nicht. Stattdessen drückte sie sich an ihn und wölbte ihren Rücken. Er konnte nicht widerstehen, seine andere Hand auf ihre Brust gleiten zu lassen und diese zu drücken, zuerst sanft, dann fester.

Er beugte seinen Kopf zu ihrem. „Du hast all meine Erwartungen übertroffen.“ Er drückte einen Kuss auf ihren Hals. „Keine Frau hat mir je erlaubt, sie so zu nehmen.“

Enya legte ihre Hand auf seine, die auf ihrer Muschi lag. „Ich wusste nicht, dass Men– äh, Männer wie du existieren.“

Menschen, wurde ihm bewusst, hatte sie sagen wollen. Gut. Sie hatte keinen Verdacht geschöpft. Seine Deckung war immer noch intakt.

„Du bist eine seltene Gattung, Enya. So voller Leidenschaft.“ Er rieb den Ballen seiner Hand gegen ihren Venushügel. „Ohne Hemmungen.“ Er küsste die Haut unter ihrem Ohrläppchen. „Ich bin froh, dass du dich entschlossen hattest, mich anzurufen.“

„Ich auch.“ Sie wandte ihren Kopf und sah ihn an. „Ich hoffe, ich habe dein selbstgekochtes Abendessen nicht verdorben, indem ich dich so angefallen habe. Ich hoffe, es ist noch essbar.“

Offenbar sah seine Küche unordentlich genug aus, um sie in dem Glauben zu lassen, dass er wirklich selbst gekocht hatte. Er schmunzelte. „Keine Sorge.“

„Du hast dir so viel Mühe gemacht.“

Er seufzte. „Enya ...“

„Was?“

„Ich muss etwas beichten. Ich habe dich angelogen.“

Sie wand sich aus seiner Umarmung, wirbelte herum und starrte ihn an. Ihre Augen sprühten gleichermaßen voller Argwohn und Enttäuschung.

Er hatte ihre Reaktion erwartet. Alles lief wie am Schnürchen. Indem er eine kleine Lüge beichtete und vorspielte, ein Mann mit Skrupeln zu sein, würde Enya nie vermuten, dass er ein noch viel größeres Geheimnis vor ihr verbarg.

„Ich habe das Essen nicht gekocht.“ Er fuhr sich mit der Hand durchs Haar. „Tatsächlich kann ich überhaupt nicht kochen. Ich habe das Essen von einem Restaurant bestellt. Ich wollte dich beeindrucken. Tut mir leid.“

Enyas Kinnlade klappte auf. Ein Atemzug rauschte aus ihrem Mund und dann begann sie zu lachen. „Oh mein Gott. *Das* ist deine Lüge? Dass du nicht kochen kannst? Willkommen im Club! Ich schaffe es sogar, Wasser anbrennen zu lassen.“

Zoltan grinste. „Also bist du mir nicht böse?“ Volltreffer! Jetzt glaubte sie, dass er ein ehrlicher Mann war, einer der nicht einmal lügen konnte, wenn es um etwas Unwichtiges ging.

Sie machte einen Schritt auf ihn zu und legte ihre Hände auf seine Brust. „Nein. Ich bin dir nicht böse. Aber warum hast du mich denn nicht einfach in ein Restaurant ausgeführt? Das hätte doch gereicht."

Er lachte leise. „Stimmt schon, aber ich wollte sicherstellen, dass du zu mir in die Wohnung kommst, wo wir alleine sein können."

Ihre Wimpern schwangen nach oben und ihre blauen Augen strahlten voller Schalk. „Also hast du all das geplant, auch dass du mich an der Tür, nass von der Dusche, mit nur einem Handtuch bekleidet, begrüßt?"

„Tja, wenn ich darauf hinweisen darf, du warst eine halbe Stunde zu früh dran, also ist es genau genommen deine Schuld." Zoltan zog ihre Hände zu seinen Lippen und küsste ihre Knöchel. „Obwohl ich zugeben muss, dass es nicht besser hätte ablaufen können, wenn ich es so geplant hätte."

Was er ja getan hatte. Er hatte es so getimt, dass sie ihn sehen musste, als er in der Dusche masturbierte. Es hatte die erwünschte Wirkung gehabt und Enya direkt in seine Arme katapultiert. Jetzt musste er sie nur noch tiefer in sein Netz locken, indem er sie zunächst mit seinen sexuellen Fähigkeiten – auf die sie so offensichtlich reagierte – an sich band und sie als Nächstes mit Liebe und Hingabe überhäufte, bis sie ihm vertraute und ihre wahre Identität und den Standort ihres Komplexes preisgab. Und wenn er erst einmal dort war, könnte er endlich seinen Plan ausführen. Alles lief reibungslos wie eine gut geölte Maschine.

Ein dumpfer Schmerz kroch plötzlich von der Spitze seines Rückgrats in seinen Hinterkopf. Der momentane Schmerz zwang ihn, seine Augen zu schließen und einen Atemzug zu nehmen. Verdammt! Nicht jetzt! Er brauchte gerade jetzt keinen seiner lähmenden Migräneanfälle.

„Eric?"

Er öffnete die Augen und konzentrierte sich. Doch er konnte nicht klar denken. Wer war Eric?

„Eric", sagte Enya noch einmal und legte ihre warmen Handflächen auf seine Wangen. Die beruhigende Berührung bewirkte, dass er zeitweilig den Schmerz vergaß. „Bist du in Ordnung?"

Er zwang sich zu lächeln. „Ja, es geht mir gut. Nur ein wenig Kopfschmerzen. Nichts, worüber man sich Sorgen machen muss. Ich muss vermutlich nur etwas essen." Er deutete zur Küche. „Sollen wir zu Abend essen?"

„Bist du dir sicher, dass es dir gut geht? Willst du ein Aspirin nehmen?"

Er schüttelte den Kopf. Er hatte schon alle erdenklichen Drogen – legale und illegale – ausprobiert und nichts hatte je geholfen. „Nein, nein. Das vergeht wieder."

Enya zog seinen Kopf zu ihrem und presste ihre Lippen zärtlich auf seine. Sonderbarerweise schien der Kuss die Migräne dorthin zurückzuweisen, woher sie gekommen war. Er erwiderte ihren Kuss und leckte entlang dem Saum ihrer Lippen, bis sich diese teilten und ihm Zugang gewährten. Plötzlich war der Schmerz ganz vergessen und ihre Zungen tanzten, verbanden sich. Widerwillig beendete er den Kuss.

„Mmm. Das hat geholfen. Danke." Er zog ihre Hand zu seinem Mund und drückte einen Kuss in ihre Handfläche.

Ein paar Minuten später saßen sie am Tisch und begannen zu essen. Die Sonne war untergegangen, während Enya ihn besser geblasen hatte als je irgendeine Frau zuvor. Kerzen auf dem Esstisch und sanfte Musik aus dem Soundsystem trugen zu dem romantischen Ambiente bei, das er geschaffen hatte, um sie willkommen zu heißen.

Dass bei Enya keinerlei Romantik nötig war, um sie ins Bett zu bekommen, hatte er schon während ihrer ersten Begegnung festgestellt. Doch er war nicht nur darauf aus, sie in sein Bett zu bekommen; er musste ihr glauben machen, dass sie etwas Besonderes war. So sehr, dass sie sich in ihn verlieben und ihm vertrauen würde. Ficken war kein Problem. Es funkte zwischen ihnen, wenn es darum ging – sogar mehr, als er erwartet hatte. Jetzt war es an der Zeit, den Romantiker zu spielen, den Mann, den eine Frau wie sie brauchte: stark und fordernd, doch gleichzeitig ihr vollkommen ergeben und ihr jeden Wunsch von den Lippen ablesend. Stark und fordernd war er von Natur aus. Den Rest konnte er vortäuschen. Der Gewinn war es wert: die Vernichtung der Hüter der Nacht und die Verwandlung Enyas zu seiner persönlichen Sexsklavin. Das war etwas, wovon er seit dem Tag, als er sie das erste Mal gesehen hatte, träumte.

„Das brauchte ich nach der Woche, die ich hatte", sagte Enya, nachdem sie einen Schluck von ihrem Wein genommen hatte.

Zoltan erkannte die Gelegenheit, sie dazu zu bringen, über sich, und hoffentlich auch die Hüter der Nacht, zu sprechen, und ergriff sie. „Probleme in der Arbeit?"

Sie zuckte mit einer Schulter. „Ich würde es nicht Probleme nennen." Sie schien nur ungern weiter zu erläutern.

„Na ja, Stress sieht nicht immer wie ein Problem aus, aber es ist trotzdem eins. Ich weiß das nur zu gut. In manchen Wochen komme ich kaum zum Essen. Tja, aber ich wusste ja, auf was ich mich einließ, als ich mich selbstständig machte."

Er hatte sich nicht nur Eric Vaughns Eigentumswohnung angeeignet, sondern auch sein ganzes Leben. Danach hatte er die Vorgeschichte des echten Erics recherchiert, um sich so nahe wie möglich an die Wahrheit halten zu können. Gleichzeitig hatte er den elektronischen Fußabdruck des Mannes so gut es ging eliminiert und Aufzeichnungen gelöscht, die jemanden dazu führen konnten, zu vermuten, dass Zoltan nicht derjenige war, der er vorgab zu sein. Er wusste, dass Enya früher oder später eine Hintergrundüberprüfung von ihm durchführen würde, wenn sie das nicht schon gemacht hatte. „Manchmal kann das Pensum einfach überwältigend sein."

„Das ist es nicht. Tatsächlich war es die ganze letzte Woche ruhig. Genau wie in der Woche zuvor."

„Das ist doch gut, oder?"

„Nicht wirklich. Ich werde nervös, wenn nichts passiert."

„Hmm." Hatte Enya bemerkt, dass er die Dämonen aus Baltimore abgezogen hatte, damit sie ihm nicht in die Quere kamen? „Du hast nicht erwähnt, in welcher Branche du arbeitest" – er hob seine Hände – „und ich frage auch jetzt nicht, aber könnte die momentane Ruhe saisonbedingt sein? Ich meine, in meiner Branche, da wird es vor Jahresende hektisch und danach gibt's eine Flaute."

Sie warf ihm einen zögerlichen Blick zu, als wägte sie ab, wie viel sie ihm offenbaren durfte. Zoltan schob eine Gabel voller Essen in den Mund, damit er nicht zu begierig auf ihre Antwort erschien.

„Ich arbeite in der Sicherheitsbranche", sagte sie. „Da gibt es nie eine ruhige Zeit. Deshalb mache ich mir Sorgen. Es kommt mir wie die Ruhe vor dem Sturm vor."

Das war nicht gut. Vielleicht sollte er ein paar Dämonen nach Baltimore schicken, ein paar Bauern opfern, um Enyas Verdacht, dass etwas Größeres am Brodeln war, zu ersticken.

„Hast du mit deinem Chef gesprochen?“, fragte er.

„Das ist es eben. Ich habe meine Vorgesetzten darauf hingewiesen und sie scheinen nicht besorgt zu sein.“

Er zuckte mit den Schultern. „Dann ist es vielleicht wirklich nichts.“ Er hob sein Glas. „Das würde bedeuten, dass du mehr Zeit mit mir verbringen kannst.“

Sie ließ ihr Glas an seines klirren. „Und mit Zeit verbringen, meinst du da ...“ Sie deutete zum Wohnzimmer, wo sie nur Minuten zuvor wie die Kaninchen gefickt hatten.

„Das ist ein Anfang. Aber ich will nicht nur Sex. Ich genieße deine Gesellschaft.“

Enya lächelte und trank von ihrem Glas, dann aß sie einen Happen von ihrem Teller. „Übrigens ist das hier lecker.“

„Danke.“ Er zwinkerte ihr zu. „Habe ich selbst abgeholt.“

Enyas Augen leuchteten humorvoll. Sie sah sogar noch jünger aus, wenn sie lächelte, was etwas war, das sie nicht oft tat, wenn sie mit den anderen Hütern der Nacht zusammen war und seine Dämonen bekämpfte. Heute Abend war sie anders, entspannter. Hatte der Sex sie weicher gemacht? Oder die Tatsache, dass sie keine Zuschauer hatten? Niemand, der sie beurteilen konnte?

„Machst du das oft, Essen aus dem Restaurant bestellen und dann vorgeben, du hättest es selbst gekocht?“

Er hörte auf zu kauen. „Warum fragst du nicht, was du wirklich wissen willst?“

„Und das wäre?“

„Ob es viele Frauen in meinem Leben gibt.“

Zu seiner Überraschung errötete Enya bei dieser Bemerkung und richtete ihre Augen auf ihren Teller. „Das geht mich wirklich nichts an. Ich war nur neugierig, ob das etwas ist, was Männer heutzutage tun, um Frauen zu beeindrucken.“

Enya war süß, wenn sie log. „Ich weiß nicht, ob Männer das tun. Ich hab’s zum ersten Mal gemacht.“ Zoltan wartete, bis sie ihren Kopf wieder hob, und begegnete ihrem Blick. „Und ganz offensichtlich war ich nicht sehr geschickt darin, dir die Wahrheit vorzuenthalten."

Sie kicherte sanft. „Vielleicht ist das gut so. Keine Frau mag es, belogen zu werden."

„Und ich will dich nicht anlügen. Du verdienst etwas Besseres."

„Wirklich?"

Bevor er antworten konnte, schoss ein Bolzen aus Schmerz durch seinen Kopf. Er ließ sein Besteck auf den Teller fallen und ergriff die Tischkante, um sich festzuhalten. Doch eine weitere Schmerzwelle traf ihn aus dem Nichts und rüttelte seinen Körper durch. „Sorry, Enya, ich muss ..."

Er schoss von seinem Stuhl hoch, erpicht darauf zu flüchten, den Raum zu verlassen, damit sie nicht Zeugin seiner entkräftenden Kondition, seiner Schwäche wurde.

„Eric! Was ist los?"

Er drückte die Hände gegen seine Schläfen und versuchte, sich zu bewegen, zu gehen, doch seine Beine wollten nicht mitspielen. Er stolperte über seine eigenen Füße. Wenn er es doch nur zum Sofa schaffen würde. Doch eine weitere Welle aus schneidendem Schmerz lähmte ihn fast. Seine Knie brachen ein.

Ganz plötzlich spürte er Enyas Arme um sich, die ihn stützten, ihn führten. „Ich hab dich. Lass uns dich auf die Couch bringen." Sie steuerte ihn auf das Sofa zu und ließ ihn mit einer Leichtigkeit, die eine menschliche Frau nicht bei einem Mann seiner Größe aufgebracht hätte, darauf nieder. „Leg dich hin. Sind es wieder Kopfschmerzen?"

Er konnte seine Augen nicht öffnen. „Migräne."

Enya half ihm sich auszustrecken und setzte sich an die Sofakante neben seiner Hüfte. „Hast du Medikamente dafür? Soll ich sie holen? Im Bad?"

„Nein."

„Dann im Schlafzimmer?" Sie drückte seine Hand und er hielt sich daran fest, als hinge sein Leben davon ab.

„Nein. Keine Medikamente. Sie helfen nicht."

„Aber –"

Eine weitere Schmerzwelle brachte seinen Körper derart zum Zucken, als hätte er einen epileptischen Anfall.

„Was kann ich tun?“, fragte Enya, ihre Stimme voller Sorge, voller ... Mitleid.

Er konnte ihr nicht erlauben, ihn so zu sehen. Keine Frau wollte einen schwachen Mann, am wenigsten Enya. Sie war eine Kriegerin. Wie konnte sie je zu einem Mann aufschauen, der schwach war? Das könnte seinen Plan zerstören. „Geh. Bitte, geh.“

„Bist du verrückt? Du brauchst Hilfe.“ Sie ergriff seine Schultern und beugte sich über ihn. „Es muss doch etwas geben, das dir hilft.“

Er wusste, dass es für seinen Zustand kein Heilmittel gab. Er musste das ohne Hilfe durchstehen. Alleine. „Ich will nicht, dass du mich so siehst –“

Sie legte einen Finger auf seine Lippen. „Schhhh.“ Dann presste sie ihre Handflächen an seine Schläfen und hielt seinen Kopf ruhig. „Entspann dich. Denke an etwas, das dich glücklich macht. Und atme einfach ein und aus.“

Sie strich ihre Lippen in einem federleichten Kuss über seine, während ihr Oberkörper seinen berührte. Ihre Brüste rieben an sein Hemd und er spürte, wie die Wärme und Weichheit ihn beruhigten.

„Das ist gut“, murmelte er und legte einen Arm um ihre Taille, um sie festzuhalten. „Dein Gewicht auf mir, das hilft.“

Enya legte sich ganz auf ihn, klemmte ein Bein zwischen seine Schenkel und rieb somit gegen seine Hoden.

Ein tiefes Stöhnen entkam ihm. Und gleichzeitig verließ etwas Schmerz seinen Körper.

„Nochmal“, murmelte Enya. „Atme einfach.“

Er folgte ihrer Anweisung und holte tief Luft, dann atmete er wieder aus. Enya rieb seine Schläfen zärtlich. Immer mehr Schmerz sickerte aus seinem Körper. Er atmete wieder ein und sein Bauch hob sich mit der Luft in seiner Lunge. Dann spürte er, wie Enya sich verlagerte. Erregung anstelle von Schmerz durchfuhr plötzlich seinen Körper.

Zoltan öffnete die Augen und legte seinen Arm um Enyas Rücken, während er seine andere Hand auf ihren Hintern gleiten ließ. „Du bist eine Wunderheilerin. Normalerweise dauern diese Anfälle eine halbe Stunde.“

„Ich habe nichts getan“, sagte sie. „Ich habe dich nur daran erinnert, zu atmen und dich zu entspannen.“

„Wow.“

„Hat dir dein Arzt denn keine Entspannungsübungen beigebracht?“

Er schüttelte den Kopf. Er hatte keinen Arzt. Als Dämon hatte er diese Option nicht. Eine Blutabnahme und sein grünes Blut würde ihn enttarnen.

„Vielleicht sollte ich dir danken“, sagte er und zog Enyas Gesicht zu sich.

Als sich ihre Lippen trafen, verflüchtigten sich die Überreste des Schmerzes und machten Platz für die Lust, die nun durch sein Blut raste. Seine Hände waren nicht untätig. Schon schob er ihr Kleid bis zu ihrer Taille hoch und zog an ihrem Tanga.

Enya hob ihren Kopf. „Du kannst unmöglich –“

Er drückte seinen Schwanz gegen ihr weiches Fleisch und ließ sie spüren, wie hart sie ihn gemacht hatte. „Ich kann. Das heißt, wenn du mich willst.“

Jetzt, nachdem sie ihn in seinem schlimmsten Zustand, in seinem verletzlichsten, seinem wehrlosesten, gesehen hatte, musste er ihr mehr als je zuvor beweisen, dass er der Mann war, den sie brauchte.

Enya setzte sich auf. „Eric –“

„Sag es nicht“, unterbrach er sie. „Keine Frau will einen Mann, der schwach ist.“ Stumm verfluchte er den Migräneanfall. Hatte dieser seinen sorgfältigen Plan vereitelt?

„Schwach?“ Ihre Stirn legte sich in Falten. „Du glaubst, du bist schwach, weil du Migräneanfälle hast?“ Sie blies einen Atemzug heraus und schüttelte den Kopf. „Idiot!“

Anstatt aufzuspringen und zu verschwinden, zog Enya zu seiner Überraschung ihr Kleid über ihren Kopf und warf es auf den Boden. Sie trug keinen BH.

„Bist du –“

Sie schenkte ihm einen Blick, der mehr aussagte als Worte.

„Du willst mich immer noch“, murmelte er.

„Ganz offensichtlich bist du bis jetzt mit den falschen Frauen zusammen gewesen. Mit einer Migräne kannst du mir nicht Angst machen.“

„Offensichtlich.“ Er legte seine Hand auf ihren Nacken und zog sie für einen Kuss zu sich. „Ich habe das Gefühl, dass dich nur wenige Dinge verscheuchen können.“ Obwohl er wusste, dass es eine Sache gab, der sie mit Sicherheit zur Flucht treiben würde: herauszufinden, dass er ein Dämon war. Dass er Zoltan war, der Großmächtige. Doch für heute Nacht musste er diese Tatsache aus seinem Kopf verbannen. Enya hatte ihm gerade gezeigt, dass seine Schwäche sie einander näherbringen konnte.

„Du wirst mich nie verscheuchen können", versprach sie.

Mit ein paar Bewegungen befreite sie sich von ihrem Höschen, während Zoltan seine Hose öffnete und diese und seine Boxershorts bis zur Mitte seiner Oberschenkel hinabschob. Für mehr bekam er nicht die Zeit, denn Enya setzte sich auch schon breitbeinig auf ihn und senkte sich auf seinen Schwanz, spießte sich ungeduldig damit auf. Das machte ihm nichts aus, denn er war genauso ungeduldig.

Mit Enya zusammen zu sein war aufregend, berauschend, elektrisierend. Sie gab sich so frei, ohne Zurückhaltung, ohne Grenzen. Und im Moment wollte er nichts daran ändern, wie sie ihn sah, denn sobald sie herausfand, wer er wirklich war, würde sich alles ändern.

Er würde ihr Gebieter sein, und sie seine Sklavin.

8

Enya sah über Pearce' Schulter hinweg zum Computermonitor. Sie waren alleine im Kommandozentrum. Die anderen waren bereits zu ihren jeweiligen Missionen unterwegs.

„Wer ist bei dem Auftrag noch dabei?", fragte Enya.

Pearce scrollte weiter nach unten. „Nur du und Jay."

„Soll Jay das Portal meißeln?"

Pearce lachte leise. „Machst du Witze? Cinead wird das selbst machen. Er war schon damals dabei, als wir den Dolch zum ersten Mal hatten. Er weiß, wie es funktioniert." Er zwinkerte ihr zu. „Vermutlich ist er schon ganz aufgeregt. Er will ja schon seit Jahrzehnten aus seinem alten Haus ausziehen und das Einzige, was ihn dort noch hielt, war die Tatsache, dass er nirgendwo hinziehen kann, wo es kein Portal gibt."

„Na, das hat sich jetzt geändert. Endlich können wir neue Komplexe und neue Residenzen für unser Volk schaffen."

„Ja, der Quelldolch macht das alles möglich."

Der Dolch war das einzige Werkzeug, mit dem Portale erstellt werden konnten, die Teleportationsvorrichtungen, auf die die Hüter der Nacht sich verließen, um sicher von einem Komplex zum anderen zu reisen. Der Dolch war jahrhundertelang verloren gewesen, doch nur ein paar Monate zuvor hatten sie ihn wiederentdeckt – gerade noch rechtzeitig, sonst wäre er in die Hände der Dämonen gefallen.

„Du triffst Jay im Ratskomplex", erklärte Pearce. „Dort wird euch der Quelldolch übergeben. Dann reist ihr per Portal zum Komplex in Seattle. Von dort aus –"

„Ich weiß, wie's abläuft. Jay und ich werden uns unsichtbar von dort zu Cineads neuem Haus aufmachen. Ich nehme an, er ist schon dort?"

Pearce nickte. „Er ist gestern Nacht dort hingereist und hat dabei dieselben Vorkehrungen getroffen wie ihr, um nicht von den Dämonen aufgespürt zu werden. Wenn ihr fertig seid, dann bringt ihr, du und Jay, den Dolch wieder zum Ratskomplex. Ich habe gehört, dass es schon eine lange Liste von Bewerbern gibt, die alle ihr eigenes Portal wollen."

„Ich nehme an, es wird nach Alter entschieden?" Schließlich war Cinead einer der ältesten lebenden Hüter der Nacht und ein wertvolles Mitglied des Rats der Neun, ihrer Regierung.

„Nicht unbedingt. Die Standorte der neuen Portale werden zuerst auf jegliche Sicherheitsbedenken hin überprüft. Wenn du's genau wissen willst, wurde Cineads erste Wahl abgelehnt, weil der Rat den Standort als nicht sicher genug einstufte."

„Obwohl Cinead im Rat sitzt?"

Pearce zuckte mit den Schultern. „Das spielt keine Rolle."

„Was war denn seine erste Wahl?"

„Vancouver Island."

„Und warum war das ein Problem?"

„Der Rat wird nie einen Inselstandort erlauben, weil es dort für den Fall, dass die Dämonen das Portal entdecken und es zerstört werden muss, keinen Fluchtweg über Land gibt."

„Macht Sinn."

Pearce deutete auf die Uhr. „Du solltest dich auf den Weg machen."

„Bis später."

„Viel Glück."

Enya wandte sich um und verließ das Kommandozentrum. Das Geräusch ihrer Absätze, die auf dem steinernen Fußboden aufschlugen, hallte im langen Korridor des Komplexes wider. Sie ging zwei Stockwerke die Treppe hinunter, um die Etage zu erreichen, wo das Portal des Komplexes lag. Sie legte ihre Hand auf das Symbol eines Dolches, das in die Steinwand eingeritzt war, und spürte bereits die Wärme unter ihrer Handfläche, die ihr anzeigte, dass das Portal auf ihren Befehl zum Öffnen reagierte, als sie Schritte hinter sich hörte. Sie blickte über ihre Schulter und sah Winter die Treppe herunterellen.

Sie trug ihr langes rotes Haar offen und sah aus, als wäre sie gerade erst aufgewacht. „Enya!"

Enya nahm ihre Hand vom Portal und drehte sich um. „Stimmt was nicht?"

„Ich habe gehört, dass du dich mit Cinead triffst."

Sie nickte. „Ja, er zieht heute in sein neues Haus und wir installieren ein neues Portal."

„Logan hat mir davon erzählt." Winter zögerte. „Cinead rief mich gestern Nacht an."

„Wegen?"

Winter sah sie direkt an. „Dem Üblichen."

„Hmm." Enya wusste, was das bedeutete. Winter, eine echte Hellseherin, die einmal von den Dämonen entführt worden war, weil diese ihre Gabe ausnutzen wollten, hatte Visionen von Ereignissen in der Vergangenheit sowie in der Zukunft. Eine dieser Visionen hatte Winter das Leben gerettet, eine andere hatte zur Entdeckung des Quelldolchs geführt und indirekt Pearce' Leben gerettet. Doch es gab auch Visionen, die zu nichts geführt hatten, wie die von Cineads entführtem Sohn.

„Er sagte, er habe, während er für den Umzug packte, ein altes Spielzeug gefunden, das seinem Sohn gehörte. Und er wollte es mir geben. Würde es dir etwas ausmachen, es mir zu bringen?"

„Kein Problem." Enya seufzte. „Er gibt die Hoffnung nicht auf, wie?"

„Würdest du das? So lange es auch nur eine einprozentige Chance gibt, dass sein Sohn noch am Leben ist, wird er weiter nach ihm suchen." Winter gab einen langen Atemzug von sich. „Und darauf hoffen, dass ich wieder eine Vision habe. Ich bringe es nicht übers Herz, ihm zu sagen, dass ich bezweifle, je wieder eine Vision von der Entführung seines Sohnes zu haben. Er schickt mir ständig Sachen, von denen er glaubt, dass Baby Angus sie berührt hat, in der Hoffnung, dass sie eine Vision auslösen und darauf hinweisen könnten, ob er noch lebt."

„Vielleicht wird ihm der Umzug helfen. In dem alten Haus gibt es zu viele Erinnerungen. Es wird Zeit, dass er das hinter sich lässt, körperlich sowie emotional.“ Trotz ihrer Worte verstand Enya den älteren Staatsmann. Lange war vermutet worden, dass sein Baby vor über zweihundert Jahren von den Dämonen ermordet worden war, doch vor ein paar Jahren hatte eine von Winters Visionen gezeigt, dass das Baby nicht getötet, sondern entführt worden war. Seitdem versuchte Cinead seinen Sohn zu finden. Seine Frau, untröstlich nach dem Verlust ihres Kindes, hatte mit ihrer Trauer nicht weiterleben können und am ersten Geburtstag ihres Sohnes Selbstmord begangen. Cinead hatte sich nie wieder an eine andere Frau gebunden.

„Danke, Enya.“ Winter wandte sich um und ging wieder die Treppe hinauf.

Augenblicke später betrat Enya das Portal, befahl diesem, sich zu schließen, und gab sich der Dunkelheit hin, die sie umhüllte. Sie konzentrierte sich auf ihr Ziel, den geheimen Ratskomplex, und spürte, wie sich die Luft um sie herum bewegte. Sekunden später war alles wieder ruhig, das Portal öffnete sich und Licht strömte hinein. Die plötzliche Helligkeit ließ sie schwanken und für einen Sekundenbruchteil wurde ihr schwindlig. Verdammt, daran sollte sie doch gewöhnt sein. Außerdem spürten nur andere Geschöpfe, nicht die Hüter der Nacht, die desorientierenden Bewegungen des Portals.

Enya trat in den Korridor und wurde sofort von dem Hüter der Nacht Jay begrüßt, der ein paar Jahre zuvor dem Baltimore-Komplex zugewiesen gewesen war und nun im Ratskomplex arbeitete.

„Hallo Enya. Lange nicht gesehen.“

„Ja.“ Sie war nicht besonders scharf auf Jay. Während er sich in Baltimore aufgehalten hatte, hatte er ein paar Mal versucht, sie anzubaggern, doch sie hatte ihn abgewiesen. Dabei war sie nicht gerade sehr diplomatisch gewesen, was bedeutete, dass Jay sich seither ihr gegenüber ziemlich abweisend gab.

„Also sind's nur du und ich. Dann lass uns mal die Sache hinter uns bringen.“

Er bedeutete ihr, ihm in Richtung Archiv zu folgen. In Anbetracht dessen, dass sie die Dienstältere war – Jay war gute drei Jahrzehnte jünger als sie –, ärgerte es sie, dass er es so aussehen ließ, als gäbe er die Befehle. Sie wollte nicht, dass er auf irgendwelche Ideen kam, also beschleunigte sie ihren Schritt und marschierte an ihm vorbei, dann ging sie in der Mitte des enger werdenden Korridors dahin, sodass er hinter ihr bleiben musste. Als sie ihn schnauben hörte, lächelte sie in sich hinein. Eins zu null für Enya.

Vor dem Archiv standen zwei bewaffnete Hüter Wache. Das war nicht immer so gewesen. Das codierte Zugangssystem war ausreichend gewesen, um die Objekte im Archiv des Ratskomplexes zu beschützen, bevor der Quelldolch wiedererlangt und dort hinterlegt worden war. Diesen nun zu beschützen war die oberste Priorität des Rats.

„Gebt eure Namen und Angelegenheiten an, Hüter", verlangte die weibliche Wache.

„Enya und Jay hier, um den Quelldolch abzuholen und ihn zum Ratsmitglied Cinead zu bringen", sagte Enya, bevor Jay seinen Mund öffnen konnte.

Die weibliche Wache nickte ihrem Kollegen zu, der auf den kleinen Empfänger in seinem Ohr drückte und in das Mikrofon, das von dort herausragte, hineinsprach. „Wir haben eine Enya und einen Jay hier, die den Quelldolch für Ratsmitglied Cinead abholen möchten."

Einen Moment lang herrschte Stille, dann sah die Wache sie an. „Ratsmitglied Norton ist unterwegs. Bitte wartet dort auf ihn." Er deutete auf eine Sitzbank mehrere Meter von der Tür entfernt.

Enya ging darauf zu, setzte sich jedoch nicht. Jay tat es ihr gleich.

„Hohe Sicherheitsvorkehrungen", murmelte Jay.

„Ist auch angebracht", erwiderte Enya knapp.

„Aber warum verschwenden sie die Zeit eines Ratsmitglieds, um den Dolch an uns zu übergeben? Das ist ein bisschen übertrieben, denkst du nicht auch?"

„Und wer sonst sollte deiner Meinung nach die Vollmacht haben, uns den Dolch zu übergeben?", schnappte sie. „Pearce wäre beinahe gestorben für diesen Dolch. Unser Komplex hat dafür gekämpft. Und du glaubst, dass es Zeitverschwendung ist, dass ein Ratsmitglied hierherkommen muss, um sich unserer Identität zu versichern und uns den Dolch zu übergeben? Vielleicht solltest du nochmal darüber nachdenken." Sie verschränkte die Arme vor ihrer Brust.

„Hey, was ist dir denn über die Leber gelaufen?"

„Was zum Teufel soll das heißen?“ Sie funkelte ihn an. Sie wusste nicht, warum er sie reizte, doch das tat er.

Glücklicherweise sagte Jay schnell: „Nichts.“

Es dauerte nicht lange, bis Norton auf sie zukam. „Enya, Jay, schön euch beide zu sehen.“ Wie immer war er sehr gelassen. „Ich habe eure Mission überprüft.“ Er deutete zur Tür des Archivs. „Sollen wir?“ Zu den zwei Wachen sagte er: „Bitte öffnet die Tür für uns.“

Die weibliche Wache gab einen Code in das Tastenfeld neben der Tür ein, dann drückte sie ihren Daumen auf den Scanner. Offenbar war das automatische Zugangssystem verbessert worden. Als Norton Enyas Blick erhaschte, erläuterte er: „Eine zusätzliche Sicherheitsstufe. Nur die Wachen, die dem Archiv zugewiesen sind, können das Tastenfeld bedienen. Und auch nur, während sie im Dienst sind. Es ist alles einprogrammiert. Die Wachen werden alle zwei Stunden ausgewechselt und rotieren in einem unvorhersehbaren Schema, was es einem Außenseiter unmöglich macht, es auszutüfteln.“

„Ihr überlasst nichts dem Zufall“, sagte Enya. „Das gefällt mir.“

Norton öffnete die Tür und trat vor ihr ein, dann hielt er ihr und Jay die Tür auf. Drinnen roch es muffig. Der große höhlenartige Raum war auf zwei Seiten von dickem Fels umgeben und grenzte an den Berg, auf dem sich der neue Ratskomplex befand. Als sie tiefer in den Raum traten, in dem Reihen von Stahlregalen mit Schachteln und Kisten standen, schalteten sich, vermutlich durch Bewegungssensoren ausgelöst, automatisch Lichter ein. Es waren Neonleuchten und solange sie funktionierten, konnten die Hüter der Nacht sicher sein, dass kein Dämon den Raum betreten hatte, denn Neonleuchten brannten in der Gegenwart von Dämonen sofort aus.

Norton führte sie zu einer Ecke des Raumes, die am tiefsten in den Berg hineinragte. Dort war das Symbol eines Schlüssels in einen Stein gemeißelt, doch es gab kein Schlüsselloch. Norton legte seine Hand auf das Symbol und ein paar Sekunden später war der Stein verschwunden. Dahinter befand sich eine kleine Aushöhlung, die mit grünem Samt ausgelegt war. In dessen Mitte lag der Quelldolch.

Selbst Enya musste zugeben, dass der Aufbewahrungsort des Dolches genial gewählt war. „Selbst wenn ein Dämon es schaffen würde, hier einzudringen, könnte er niemals das Versteck des Dolches öffnen.“

„Stimmt", sagte Norton. „Nur ein Hüter der Nacht kann es aufmachen."

„Aber ist das nicht wie ein winziges Portal?", fragte Jay. „Eins, das mit den anderen Portalen verbunden ist?"

Norton schüttelte den Kopf. „Nein. Alle Portale tragen das Symbol des Dolches, um sie zu verbinden. Dieses nicht. Es sieht vielleicht wie ein Portal aus, aber glaube mir, es kann von nirgendwo anders aus darauf zugegriffen werden. Es ist gesichert, selbst wenn dieser Komplex kompromittiert würde."

Norton griff in die Aushöhlung und holte den Dolch heraus, dann wandte er sich an Enya. „Beschütze ihn mit deinem Leben."

Enya nahm den Dolch entgegen und nickte.

„Ich werde Cinead benachrichtigen und ihn wissen lassen, dass ihr unterwegs seid."

Weniger als eine Stunde später betraten Enya und Jay Cineads neues Haus mehrere Meilen von Seattle entfernt und machten sich in dem Moment sichtbar, als sie im Foyer des Hauses und außerhalb der Sichtweite neugieriger Blicke waren.

Cinead erwartete sie schon und steckte seine Taschenuhr weg. Obwohl er mehrere Jahrhunderte alt war, sah er wie ein kräftiger Mann Ende fünfzig aus. „Pünktlich."

„Cinead, schön dich zu sehen", sagte Enya.

Jay streckte seine Hand aus und schüttelte Cineads. „Es ist mir eine Ehre, ausgewählt worden zu sein, Zeuge der Erstellung eines neuen Portals zu werden."

Enya hielt sich davon ab, die Augen zu verdrehen. Sie hätte nie gedacht, dass Jay sich so bei den Vorgesetzten einschmeicheln würde, doch ihr wurde nun vollkommen klar, warum er dem Ratskomplex, wo so gut wie nie jemand kämpfen musste, zugeteilt worden war. Sie selbst bevorzugte es, im Außendienst zu arbeiten, Dämonen zu töten, ihr Volk zu beschützen. Leider waren in letzter Zeit wenige Dämonen zum Töten aufgetaucht. Vielleicht würde sie heute die Gelegenheit bekommen, mit Cinead direkt zu sprechen, um ihm ihre Bedenken mitzuteilen. Doch zuerst die wichtigere Sache.

Enya griff in die Innentasche ihrer Lederjacke und zog den Dolch heraus. „Hier ist er."

Cinead nahm ihn aus ihren Händen, wobei sein Mund aufklappte. „Jedes Mal, wenn ich ihn sehe, raubt er mir den Atem. Die Kraft, die Magie, die diese Waffe besitzt ... Ich kann spüren, wie sie in mich sickert, nur wenn ich sie in meinen Händen halte." Dann fing er sich wieder und lächelte. „Tut mir leid. Ihr müsst denken, dass ich ein alter Narr bin, so zu sprechen. Aber ihr seid beide noch jung; ihr wart noch nicht geboren, als wir den Dolch verloren. Es war eine Tragödie. Und die Umstände sind selbst heute noch unklar." Er seufzte. „Hmm. Lasst uns an die Arbeit gehen. Je weniger Zeit der Dolch außerhalb seines Verstecks verbringt, desto besser."

Cinead trat durch eine Tür, die zu einer Treppe nach unten führte. Dort angekommen, bog er in einen Gang, der sich in zwei Richtungen teilte. Er nahm den zu seiner Linken und Enya und Jay folgten ihm weiterhin, bis sie einen großen Raum mit mehreren Türen erreichten. Cinead öffnete eine davon und marschierte hindurch. Er betätigte den Lichtschalter. Sie standen in einem kleinen Raum, der einmal ein Kohlenkeller gewesen sein musste. Noch immer steckte Kohlenstaub in den Ritzen zwischen den Ziegelsteinen.

„Hier soll das Portal sein", sagte Cinead und deutete zu einer Wand, die aus großen Pflastersteinen gebaut war. Er ging auf die Wand zu. Enya und Jay flankierten ihn.

Cinead verbeugte sich vor der Wand, dann legte er die Klinge an den Stein und begann mit der Gravierung. Enya beobachtete ihn und war überrascht zu sehen, dass Cinead nicht viel Kraft brauchte, das Symbol eines Dolches der Hüter der Nacht in den Stein zu ritzen. Als machte der Dolch dies selbst und brauchte nur eine führende Hand.

„Unglaublich", flüsterte Jay und dieses Mal musste sie ihm zustimmen.

„Es ist wie Magie", murmelte sie.

„Uralte Magie", sagte Cinead und ritzte unbeirrt weiter. Es dauerte nicht lange, bis das Symbol Form annahm. Nur Minuten anstatt der Stunden, die Enya erwartet hatte, waren vergangen.

„Und jetzt zum letzten Teil." Cinead öffnete seine linke Hand und bevor Enya begriff, was er vorhatte, schnitt er mit dem Quelldolch in seine Handfläche.

„Cinead!"

Doch Cinead schien sie nicht einmal zu hören. Stattdessen presste er seine blutende Handfläche auf das Symbol, das er gerade eingemeißelt hatte. Sofort begann der Stein unter seiner Hand zu glühen. Ein paar Sekunden später war die Steinwand verschwunden. Dahinter lag ein Raum von der Größe eines Aufzugsschachtes.

„Ein neues Portal", sagte Enya voller Ehrfurcht. „Du hast es geschafft."

Cinead wandte sich ihr zu und lächelte sie an. „Der Dolch hat nichts von seiner Macht verloren. Jetzt kann unser Volk seine Bestimmung erfüllen und die Menschheit vor den Dämonen retten."

„So ist es", sagte Jay.

Nachdem Cinead das Blut von dem Dolch gewischt hatte, übergab er ihn Enya und wickelte ein Tuch um die Wunde.

„Ich verbinde dir das anständig", sagte Enya. Das würde ihr Gelegenheit geben, mit ihm zu sprechen.

Cinead sah sie an und wollte schon den Kopf schütteln, als sich ihre Blicke trafen. „Na gut, warum nicht? Du kannst das vermutlich besser als ich."

Sie gingen nach oben und betraten einen großen Raum, der zugleich als Küche, Ess- und Wohnzimmer diente.

„In der obersten Schublade dieses Schrankes sollte Verbandsmaterial sein", sagte Cinead und deutete zu den Küchenschränken. „Jay, würdest du es bitte holen?"

Während Jay in die Küche ging, setzte sich Cinead auf das Sofa und Enya nahm neben ihm Platz.

„Du willst für Winter das Spielzeug abholen, nicht wahr?", fragte er leise.

Enya nickte und erwiderte genauso leise: „Ja, aber das ist nicht alles. Ich möchte dich auf etwas aufmerksam machen. Es ist wichtig."

Cinead hob eine Augenbraue.

„Hier ist kein Verband", rief Jay aus der Küche.

Cinead drehte seinen Kopf zu ihm. „Oh, dann muss ich ihn woanders hingelegt haben. Weißt du, ich glaube nach dem Umzug habe ich die Verbandssachen im Bad untergebracht. Oben, zweite Tür. Wärst du so nett, Jay?"

„Kein Problem."

In dem Augenblick, als Jay den Raum verließ, sagte Cinead: „Das sollte uns ein paar Minuten Zeit einräumen. Er wird die Sachen nie finden, denn sie sind im Gäste-WC hier unten."

Enya schmunzelte. „Du bist schrecklich."

„Einfallsreich. Na, worüber wolltest du mit mir sprechen?“

„Die Dämonen. Während der letzten Wochen war es zu ruhig. Wir hatten in Baltimore keine Zusammenstöße mit ihnen, nicht mal irgendwelche Sichtungen. Als gäbe es sie nicht mehr. Das ist nicht normal. Baltimore ist eine Brutstätte für die Dämonen. Warum sind sie also alle plötzlich verschwunden? Irgendwas geht vor sich.“

„Du hattest Aiden aufgetragen, mit Barclay darüber zu sprechen, nicht wahr? Primus hat es dem Rat vorgetragen.“

„Und?“

Cinead zuckte mit den Schultern. „Die Abwesenheit der Dämonen ist nicht Beweis genug, dass sie etwas Großes planen. Von den anderen Komplexen hatten wir keine besorgniserregenden Berichte. Sicherlich ist es eine Besonderheit, aber im Moment können wir da nichts unternehmen, selbst wenn sie etwas planen. Bleib nur wachsam.“

„Aber –“

Er legte seine Hand auf ihren Unterarm. „Du bist eine gute Kriegerin, Enya. Ich lobe dich deiner Sorgfalt wegen. Doch manchmal ist eine Flaute einfach nur eine Flaute. Nutze sie, um deine Kräfte wieder aufzuladen. Lebe ein bisschen.“ Er erhob sich. „Jetzt lass mich das Spielzeug holen, das ich gefunden habe.“ Er ging zu einem Schrank aus Mahagoni und öffnete ihn.

Enya trat näher. Im Schrank lagen stapelweise Papiere, Tand und andere Dinge, die vermutlich nur sentimentalen Wert hatten.

„Ich bin noch nicht dazu gekommen, die Sachen auf die Regale zu stellen“, sagte Cinead als er sich umdrehte. Seine Augen glänzten verräterisch. Sich mit alten Erinnerungen auseinanderzusetzen musste schwer für ihn sein.

In einer Hand hielt er eine Stoffpuppe, in der anderen ein kleines eingerahmtes Gemälde. Enya sah flüchtig darauf. Ein nacktes Baby lag auf dem Bauch. Sie hatte das Bild schon mehrere Male gesehen. Cinead und seine Frau hatten es ein paar Wochen vor Angus’ Verschwinden malen lassen. Sie griff nach der Stoffpuppe. Die Farben waren verblasst, doch sie konnte noch erkennen, dass es einmal ein Ritter gewesen war.

„Meine Frau hat die Puppe für ihn gemacht, als sie schwanger war. Sie wusste, dass wir einen Jungen haben würden.“

„Sie war sehr geschickt." Enya steckte die Puppe in die gleiche Tasche wie den Dolch. „Ich gebe sie Winter, sobald ich wieder in Baltimore bin."

„Danke." Er sah sie nicht an, sondern betrachtete das Bild seines Sohnes.

„Ich hoffe, du findest ihn eines Tages", sagte Enya, obwohl sie wusste, dass es wenig Hoffnung gab, je herauszufinden, was mit dem Baby geschehen war, und noch weniger, es lebend wiederzufinden.

9

Zoltan hatte zwei seiner schwächsten und einfältigsten Dämonen für diese Mission ausgewählt. Zudem waren sie seine entbehrlichsten. Jetzt konnte er nur hoffen, dass sie seine Instruktionen bis zum i-Tüpfelchen befolgten und genau dann und dort auftauchten, wo er sie brauchte. Damit würden sie zwei seiner Ziele gleichzeitig erfüllen. Das erste war, Enyas Verdacht, der Mangel an Dämonenaktivität wäre ein Zeichen dafür, dass sich in Baltimore etwas zusammenbraute, zu ersticken. Das hatte sie während ihres gemeinsamen Abendessens vor einer Woche gesagt, indem sie erwähnte, dass es in der Arbeit zu *ruhig* wäre. Sie hatte es die Ruhe vor dem Sturm genannt und damit lag sie nicht falsch. In der Dämonenwelt braute sich etwas zusammen.

Sein zweites Ziel war sogar noch wichtiger: Die zwei Dämonen, die er auserkoren hatte, würden dafür sorgen, dass seine Beziehung zu Enya von der rein sexuellen Ebene zu einer aufstieg, in der sie in ihm einen Partner sah, dem sie ihr Leben anvertrauen konnte. Nicht, dass er etwas gegen den Sex hatte. Zum Teufel, den genoss er mehr als alles andere. Die Art, wie sie ihn mit nur einem Blick, einer Berührung anheizte, machte süchtig, und wenn er nur an ihr letztes Rendezvous dachte, wurde er schon wieder geil. Und dann gab es da noch etwas anderes: Die Art und Weise, wie sie seine Migräne vertrieben hatte, indem sie seine Schläfen gestreichelt, ihren Körper auf seinen gepresst und ihm beruhigende Worte zugeflüstert hatte, war unerwartet gewesen.

Komischerweise hatte er in jenem Moment eine Verbindung zu ihr gespürt und sein ruchloser Plan war für den Rest der Nacht verschwunden. Als sie sich, nachdem seine Migräne abgeklungen war, mit gespreizten Beinen auf ihn gesetzt hatte, hatte sich etwas geändert. Er hatte sie nicht einfach gefickt; er hatte Liebe mit ihr gemacht. Das war das erste Mal für ihn gewesen. Selbst jetzt wusste er nicht, was er davon halten sollte. War er komplett verrückt geworden? Es gab nur einen Grund, warum er mit Enya zusammen war: damit sie ihm den Weg in die Welt der Hüter der Nacht ebnete, sodass er diese vernichten konnte.

Allerdings gab es noch einen zweiten Grund: Er liebte es, sie zu ficken. Er wollte sie zu seiner Sexsklavin machen. Niemand außer Zoltan würde sie je wieder berühren. Er würde sie an sein Bett fesseln und sie nehmen, wann immer er Lust hatte. Und das würde ständig sein. Ja, er wollte sie bis in alle Ewigkeit ficken.

Doch im Moment musste er die Dinge in Sachen Vertrauen etwas ankurbeln, denn nach seinem Geschmack öffnete Enya sich ihm immer noch zu widerwillig, obwohl sie sich sexuell in jeglicher Hinsicht hingab. Also hatte er einen Plan aufgestellt, um ihr einen sanften Schubs in die richtige Richtung zu versetzen.

Er hatte ein Restaurant ausgewählt, das an eine schlechte Gegend grenzte, jedoch ausgezeichnetes Essen anbot. Da er Enya gestanden hatte, dass er ganz und gar nicht kochen konnte, war sie nur zu bereit gewesen, zum Essen auszugehen. Für ein richtiges Date, hatte er vorgeschlagen. Das Restaurant befand sich am Ende einer Sackgasse, was bedeutete, dass er wusste, aus welcher Richtung Enya kommen musste. Sie hatte sein Angebot, sie von zu Hause abzuholen, abgelehnt, und darauf hatte er natürlich gezählt.

Beim Eingang der Sackgasse hatte Zoltan bereits eine der Straßenlampen, von denen es sowieso nur wenige gab, zerschlagen. Diese Tat sorgte dafür, dass kein Licht in sein Versteck, dem Eingang zu einer Autowerkstatt, drang. Er war dreißig Minuten vor der vereinbarten Zeit angekommen, obwohl er nicht glaubte, dass Enya zu früh auftauchen würde. Sie hatte keinen Grund zu glauben, dass er irgendetwas anderes im Sinn hatte, als die Nacht im Bett mit ihr zu verbringen. Außerdem glaubte er auch nicht, dass sie unsichtbar kommen würde. Zumindest würde sie sich am Eingang zur Sackgasse sichtbar machen, damit etwaige Restaurantgäste nicht Zeuge ihrer übernatürlichen Gabe wurden.

Die Bühne war bereit. Der Vorhang würde bald hochgehen.

Zoltan spürte, wie sein Herz hämmerte. Alles Mögliche konnte schieflaufen; schließlich verließ er sich nicht nur auf die Unzulänglichkeit seiner eigenen Dämonen, sondern auch auf Enyas Kampfkünste. Er hatte sie oft genug seine Dämonen bekämpfen sehen, um zu wissen, dass sie zwei von ihnen gewachsen war, selbst wenn das etwas schwierig wäre.

Er spitzte seine Ohren. Das Klappern von Stöckelschuhen auf dem unebenen Pflaster wurde immer lauter, als sich die Person näherte. Noch ein paar Sekunden und er konnte Enyas zierliche Gestalt in der Dunkelheit erkennen. Sie trug wieder ein kurzes Kleid und stellte ihre schlanken Beine zur Schau. Ihre Lederjacke war vorne offen und er musste annehmen, dass der einzige Grund, warum sie diese trug, war, darin in dieser ziemlich warmen Nacht ihre Waffen zu verstecken.

Enya ging auf den Eingang der Sackgasse zu. Sonst schien niemand in der Nähe zu sein. Zoltan sah sich um. Wo waren seine Dämonen? Er hielt den Atem an und lauschte. Doch er hörte nichts außer dem entfernten Summen von Autos, die auf einer Straße in der Nähe vorbeifuhren. Eine Bewegung aus dem Augenwinkel brachte ihn dazu, seinen Kopf in deren Richtung zu wirbeln. Da waren sie. Sie näherten sich lautlos, blieben im Schatten der Gebäude und in ein paar Sekunden würden sie den Eingang der Sackgasse erreichen, wo Enya ihnen den Rücken zukehrte. Sie würde sie nicht kommen sehen. Genauso wenig, wie sie sie kommen hören würde: Die Dämonen trugen nicht ihre üblichen Stiefel. Trugen sie wirklich ... *Tennisschuhe*? Was zum Teufel?

Scheiße! Er konnte noch nicht eingreifen. Konnte nicht einfach nach Enya rufen. Die Dämonen würden ihn sehen und seine Deckung auffliegen lassen. Doch er musste etwas tun. Er beugte sich hinab und schnappte sich ein paar Steine, nicht größer als Kiesel, und warf sie in Richtung der Dämonen. Das Geräusch der auf dem Pflaster aufschlagenden Steine ließ Enya herumwirbeln.

Obwohl die zwei Dämonen erschrocken wirkten, stürmten sie sofort auf

Enya zu. Sie hatten den Überraschungseffekt verloren, doch sie hatten immer noch einen Vorteil: Sie hielten bereits ihre Dolche in den Händen, während Enya erst ihre Hand in ihre Innentasche stecken musste, um ihre Waffe herauszuholen. Doch sie war schnell und innerhalb eines Augenblickes bereit, sich zu verteidigen.

Von seinem Versteck aus beobachtete Zoltan mit immer schneller schlagendem Herzen den Kampf. Obwohl Enya ein Kleid und Stöckelschuhe trug, hielt sie sich die zwei Angreifer vom Leib und teilte Tritte und Schläge aus. Sie schleuderte einen der Dämonen gegen eine Wand, während sie auf den anderen einzustechen versuchte. Doch Dämonen waren stark, selbst die zwei Verlierer, die Zoltan für diese Selbstmordmission gewählt hatte. Er verließ sich auf Enya, auf ihren Hass auf Dämonen und ihre Gabe als Kriegerin, den beiden standzuhalten. Das hatte sie zuvor schon geschafft, hatte schon jede Menge seiner Untertanen getötet. Heute Nacht tat sie das zumindest mit Zoltans Erlaubnis, selbst wenn sie das nicht wusste.

Einer der Dämonen versetzte ihr einen Schlag und ließ einen Seitenhieb seines Dolches folgen. Enya blockierte diesen mit ihrem Unterarm, während sie den Typen, der sie von hinten angriff, mit einem Tritt abzuwehren versuchte, doch sie konnte nicht verhindern, dass die Klinge durch ihre Lederjacke schnitt. Hätte sie diese nicht getragen, würde sie nun eine tiefe Wunde am Arm haben. Enya schaffte es, das Handgelenk des Typen zu packen und ihm den Dolch aus der Hand zu wringen. Dieser fiel zu Boden, während Enya versuchte, ihren eigenen Dolch in die Brust des Dämons zu stechen. Der zweite Dämon, der sie nun von hinten angriff, sorgte dafür, dass ihr Dolch das Ziel verfehlte.

Enya wirbelte herum, kickte gleichzeitig den Dämon zurück, der seinen Dolch verloren hatte, und zielte mit ihrer Klinge auf den anderen.

Zeit einzugreifen.

Zoltan verließ sein Versteck und rannte auf das Gemenge zu. Der unbewaffnete Dämon suchte am Boden nach seinem Dolch, doch Zoltan hatte gesehen, wo die Waffe gelandet war, und eilte auch schon darauf zu. Sie erreichten die Stelle gleichzeitig. Zoltan trat seinem Untertan in den Bauch und schleuderte ihn zurück, dann griff er nach der Waffe. Sein Untertan starrte Zoltan mit ungläubig geweiteten Augen und offenem Mund an. Zoltan zuckte mit dem Handgelenk und ließ den Dolch durch die Luft fliegen. Er traf den Dämon an der Kehle und schnitt ihm damit die Worte ab, die sonst über seine Lippen gekommen wären.

„Eric?“

Enyas panischer Aufschrei machte ihm klar, dass sie sah, dass er sich dem Kampf angeschlossen hatte. Gut. Doch ihre Überraschung hatte dem zweiten Dämon einen Augenblick gewährt, sich zu fangen und sein Knie in Enyas Bauch zu kicken. Sie machte einen Schritt nach hinten, um ihr Gleichgewicht zu halten, dann versuchte sie, den Dämon zu treten, doch ihr Bein steckte fest. Zoltan fokussierte seinen Blick auf die Stelle – ihr Stöckel steckte im Kopfsteinpflaster fest. Ihr Angreifer grinste und stürzte sich mit dem Dolch in der Hand auf sie, bereit sie zu erstechen.

„Scheiße!“, schrie Zoltan und hechtete auf seinen Untertan zu. Er hatte keine Zeit, sich den Dolch des toten Dämons zu schnappen. Egal. Zoltan schwang sich auf den Dämon und zerrte ihn zu Boden. Doch der Bastard war stärker, als Zoltan geglaubt hatte. Der Dämon blockierte Zoltans nächsten Schlag und ihre Blicke trafen sich. Überraschung und Unglaube flackerten gleichermaßen in den Augen seines Untertanen auf.

„Oh, G –“

Ein Dolch flog durch die Luft und landete in der Kehle des Dämons, schnitt diesem damit die Worte ab, bevor sie Zoltans Identität offenbaren konnten. Aus dem Augenwinkel sah Zoltan, wie Enya sich näherte. Er holte tief Luft und zog den Dolch aus dem Hals des Dämons, bereit für seine nächste Rolle: überrascht zu wirken, dass er grünes Blut sah. Er starrte darauf, dann wandte er seinen Kopf zu Enya, um sie verwirrt anzusehen, als er eine Bewegung hinter ihr wahrnahm. Grüne Augen leuchteten nur ein paar Schritte hinter Enya in der Dunkelheit auf. Ein dritter Dämon.

„Eric, oh Gott. Bist du in Ordnung?“, fragte Enya.

Zoltan, den Dolch immer noch in der Hand, sprang auf und schubste Enya aus dem Weg, sodass sie zu Boden fiel. Gerade rechtzeitig, denn der Dolch des dritten Dämons flog auf Enyas Rücken gerichtet durch die Luft. Als der Dämon Zoltan erblickte, wirbelte er zur Flucht herum, doch Zoltan konnte ihn nicht entkommen lassen. Der dritte Dämon war nicht Teil dieser Mission. Jemand anderer hatte ihn geschickt. Und wenn dieser Dämon berichtete, dass Zoltan, der Großmächtige, das Leben eines Hüters der Nacht gerettet hatte, wären seine Tage gezählt. In einzelnen Ziffern.

„Eric, nein! Stopp!“, rief Enya ihm nach. „Er wird dich umbringen!“

Er hörte ihre Schritte hinter sich, doch er konnte nicht haltmachen. Sein Leben hing jetzt buchstäblich davon ab, diesen Zeugen zu töten. Er bog um die Ecke und sah gerade, wie der Dämon einen Vortex heraufbeschwor, doch das konnte Zoltan nicht erlauben. Er visierte sein Ziel an und bewegte sein Handgelenk mit einem Ruck. Der Dolch traf den Dämon im Rücken, bevor er den Vortex betreten konnte. Als das Leben aus ihm sickerte, fiel auch der Vortex in sich zusammen. Zoltan atmete schwer. Das war knapp gewesen. Zu knapp.

„Eric, oh mein Gott.“ Enya blieb neben ihm stehen. „Du hast ihn getötet?“

Zoltan drehte seinen Kopf zu ihr und gab sein Bestes, sein Gesicht wie eine Maske aus Überraschung und Angst aussehen zu lassen. Angst nachzuahmen war nicht allzu schwer, denn er hatte wirklich Angst gehabt, dass sein Plan nach hinten losgehen würde. Außerdem wollte er nicht, dass Enya starb. Sie war lebendig mehr wert.

„Er hat versucht, dich umzubringen. Genauso wie die anderen.“ Er ließ einen abgehackten Atemzug heraus und blickte auf seine Hände und das grüne Blut darauf. „Was ist das? Was sind diese Typen? Was wollten sie von dir?“

Sie sah ihn mit sonderbarem Gesichtsausdruck an. „Du bist gut mit einem Messer.“

Er zuckte mit den Schultern. Auch dafür hatte er eine Erklärung. „Ich war nicht immer Investment-Manager. Ich bin in einer schlechten Gegend aufgewachsen.“ Er seufzte. „Aber du hast meine Fragen nicht beantwortet. Wer sind diese Leute? Denn mit Sicherheit sehen die nicht normal aus.“

„Sind sie auch nicht. Aber ... Hör zu, ich kann jetzt nicht darüber reden. Ich muss eine Aufräummannschaft holen. Hier saubermachen.“

„Na dann lass uns die Bullen rufen“, schlug Zoltan vor. Das war doch, was ein Mensch sagen würde, oder?

Enya schüttelte den Kopf. „Keine Bullen. Meine – äh, Firma wird sich darum kümmern.“

„Ich habe gerade zwei Männer erstochen und du hast einen dritten umgebracht. Wir müssen jetzt sofort mit der Polizei sprechen, sonst glauben die uns nie, dass wir aus Notwehr gehandelt haben.“

Enya legte ihre Hände auf seine Oberarme. „Das können wir nicht. Die Polizei darf nie herausfinden, was hier geschehen ist. Keiner darf das. Bitte, ich erkläre dir alles. Später. Heute Nacht muss ich das hier beseitigen. Und du musst dich auch säubern. Wenn deine Kleidung befleckt ist, dann wirf sie weg. Das Grün geht nie mehr raus."

„Was ist das?"

„Blut."

„Komm schon, Enya, verscheißere mich jetzt nicht. Ich bin sowieso schon ziemlich durch den Wind."

„Es ist die Wahrheit. Es ist grünes Blut. Und die drei Männer, die wir getötet haben, sind böse. Wirklich böse. Ich kann dir im Moment nicht mehr sagen. Ich muss mich um das hier kümmern, bevor jemand auf die Leichen stößt." Sie zog ihr Handy heraus und drückte auf einen Knopf. „Ich brauche eine Aufräummannschaft ... Ja, sieht so aus, als wären sie wieder da ... Drei. Alle tot." Sie gab die Adresse durch. „Danke. Ich warte." Dann legte sie auf.

„Auf wen warten wir?"

„Du wartest nicht", sagte sie. „Du musst jetzt verschwinden. Es ist besser, wenn dich meine Kollegen nicht hier vorfinden."

„Aber ich kann dich doch nicht hier alleine warten lassen. Es ist dunkel und gefährlich."

Sie deutete zu einem der toten Dämonen. „Ich glaube, für heute Nacht bin ich okay." Sie legte ihre Hand auf seinen Nacken und zog sein Gesicht zu ihrem. „Bitte. Geh nach Hause. Ich sehe dich morgen. Dann beantworte ich alle deine Fragen. Okay?"

Er nickte und küsste sie. „Abendessen morgen?"

„Auf jeden Fall."

Er wandte sich um und ging weg. Morgen würde Enya sich ihm offenbaren. Er hatte ihr Vertrauen gewonnen. Weil er für sie getötet hatte. Er hatte ihr das Leben gerettet. Sein Plan lief wie am Schnürchen. Es gab nur ein Problem: Wer hatte den dritten Dämon geschickt und warum?

10

Während Enya auf ihre Kameraden wartete, schleppte sie die drei toten Dämonen, einen nach dem anderen, um die Ecke hinter einen Müllcontainer. Glücklicherweise sah sie dabei niemand. Eine ganze Menge Dämonenblut war in der Gasse vergossen worden, doch daran konnte sie nichts ändern, bis ihre Kollegen hier waren.

Ihr Herz donnerte immer noch von dem Adrenalin, das durch ihre Adern pumpte. Sie war auf diesen Kampf nicht vorbereitet gewesen, ihr Schutzwall nicht hochgefahren. Wie dumm von ihr, Stöckelschuhe und ein Kleid zu tragen! Das hatte ihre Bewegungen eingeschränkt, sie langsamer gemacht und sie beinahe das Leben gekostet, als einer ihrer Stöckel im Kopfsteinpflaster steckengeblieben war. Wenn Eric nicht rechtzeitig aufgetaucht und zwei ihrer Angreifer getötet hätte ... Sie wollte nicht einmal an diese Möglichkeit denken. Doch er hatte sofort mitgekämpft, als wären Messerstechereien auf der Straße sein Hobby. Sie hatte noch nie einen mutigeren Menschen gesehen. Wäre er genauso mutig gewesen, wenn er gewusst hätte, dass diese Typen Dämonen waren? Sie zuckte mit den Schultern. Das war egal. Was zählte, war, dass er ihr aus der Patsche geholfen hatte.

Ein dunkler, unbeschrifteter Lieferwagen kam näher und Enya erkannte ihn sofort. Sie trat aus dem Schatten hervor, winkte dem Fahrer zu und wies ihn an, in Richtung Müllcontainer zu fahren, wo er den Rückwärtsgang einlegte, um das Heck mit dem Container auszurichten. Augenblicke später sprang Hamish aus dem Fahrersitz, während Aiden um die Beifahrerseite herumging und auch schon die Hintertüren öffnete.

Hamish sah die Leichen an. „Gute Arbeit." Er deutete zu ihrem Kleid. „Sieht so aus, als gehört das Kleid in den Müll."

Enya sah an sich hinab. Mehrere grüne Blutflecken waren auf ihrem Kleid sichtbar. „So nervig! Ich hab's gerade erst gekauft. Verdammte Dämonen!"

„Warst du nicht diejenige, die sich beschwert hat, weil es in letzter Zeit keine Dämonenaktivität gab?", fragte Aiden.

„Was auch immer."

„Und was soll das Kleid überhaupt?", fragte Aiden. „Nicht gerade die richtigen Klamotten zum Patrouillieren."

Sie verengte ihre Augen und deutete zu den Leichen. „Hebst du sie jetzt in den Lieferwagen oder nicht? Ich muss das Blut in der Gasse wegwaschen." Sie griff in den Lieferwagen und holte einen schweren Kanister mit einem Schlauch und einer Spritzdüse heraus, ohne auf Aidens Antwort zu warten.

„Na, dann lass uns mal die Sache angreifen", sagte Hamish.

Während Hamish und Aiden die Toten hinten in den Lieferwagen einluden, ging Enya zum Tatort zurück und wusch das grüne Blut von den Kopfsteinen und dirigierte es zu den Gullys entlang des Bürgersteigs, bis alle Indizien des Geschehens verschwunden war. Sie stellte den halb leeren Kanister wieder in den Lieferwagen und schlug die Türen zu.

„Kommst du mit zur Verbrennungsanlage?", fragte Hamish.

„Nein, aber ihr könntet mich ein Stück nach Hause mitnehmen."

Enya quetschte sich auf die Vorderbank neben Aiden und zog die Tür zu. Hamish stieg auf der Fahrerseite ein, startete den Motor und fuhr los.

„Also drei, wie?", fragte Aiden. „Das ist selbst für dich beeindruckend."

„Vor allem in den Stöckelschuhen", fügte Hamish grinsend hinzu.

Enya sah aus dem Seitenfenster. Bald würden sie herausfinden, dass sie die drei nicht ohne Hilfe hätte töten können.

„Ja, ich hatte Glück."

„Hör auf, uns zu verarschen", sagte Aiden. Er deutete zu ihrem Kleid.

„Mit wem warst du zusammen? Denn mit Sicherheit warst du in dieser Aufmachung nicht auf Patrouille."

„Vielleicht habe ich den Köder gespielt."

„Enya, hör auf", sagte Hamish ruhig. Er war immer mehr wie ein Bruder für sie gewesen als all die anderen im Komplex. Doch ihre Beziehung hatte sich verändert, als Hamish sich an Tessa, die Bürgermeisterin von Baltimore, gebunden hatte. „So sehr ich auch deine Kampfkünste bewundere und weiß, wie gut du bist, ist es fast unmöglich, in einem Kleid und Stöckelschuhen drei Dämonen zu besiegen. Was ist wirklich geschehen?"

Sie sah an Aiden vorbei und erhaschte Hamish' Seitenblick, dann seufzte sie. Also dann mal. „Ich hatte Hilfe."

„Von wem?", fragte Aiden.

Ein paar Herzschläge lang herrschte Stille, bevor sie antwortete: „Von einem Kerl. Er hat es geschafft, den Dolch eines der Dämonen zu schnappen und ihn damit zu erstechen. Und als der dritte davonlief, verfolgte er ihn und tötete ihn."

Hamish hielt den Lieferwagen an. „Ein Mensch? Vampir? Was ist er? Und was noch wichtiger ist: Wo ist er jetzt?"

„Ein Mensch. Ich habe ihn nach Hause geschickt."

„Nach dem, was er gesehen hat? Verdammt, Enya. Du kennst das Protokoll", brummte Aiden missmutig. „Grayson oder Ryder hätten sein Gedächtnis löschen können. Wie konntest du ihn nur gehen lassen? Was, wenn er zur Presse geht? Oder zur Polizei?"

„Mach dir nicht ins Höschen", schnappte Enya. „Ich weiß, was ich tue. Er wird nichts sagen."

Während Aiden sie anfunkelte, schüttelte Hamish den Kopf. „Du kennst ihn." Dann senkte er seinen Blick zu ihrem Kleid. „Du gehst mit ihm."

„Was zum Teufel, Enya?", fluchte Aiden. „Wann hattest du vor, uns das mitzuteilen?"

„Wie wär's mit nie?" Sie verschränkte die Arme über ihrer Brust. „Ich muss niemandem erzählen, ob ich jemanden date."

„Musst du, wenn derjenige Zeuge dessen wird, was wir tun", sagte Hamish, obwohl er viel ruhiger als Aiden wirkte. „Was hast du ihm gesagt? Hast du offenbart, was wir sind?"

Ein wenig durch Hamish' beruhigenden Ton besänftigt, schüttelte Enya den Kopf. „Natürlich nicht. Ich habe ihm gesagt, dass das böse Typen waren und wir nicht zur Polizei gehen können. Ich habe ihn nach Hause geschickt und versprochen, dass ich ihm morgen alles erklären werde."

„Wir müssen ihn überprüfen, sehen, ob wir ihm trauen können", sagte Aiden. „Pearce soll eine Hintergrundüberprüfung durchführen."

„Das habe ich schon gemacht", sagte Enya. Nun ja, keine volle, nur eine flüchtige, doch zusammen mit der Durchsuchung seiner Wohnung, bei der ihr nichts Sonderbares aufgefallen war, war sie sich sicher, dass sie Eric vertrauen konnte.

„Wann?", fragte Aiden.

„Vor ein paar Wochen, nachdem ich ihn kennengelernt habe."

„Vielleicht hast du etwas übersehen", sagte Aiden. „Pearce soll noch mal eine durchführen." Als sie ihren Mund öffnete, um zu protestieren, unterbrach er sie. „Er ist der Beste. Wenn es etwas zu finden gibt, dann findet er es."

„Es gibt nichts zu finden. Er ist nur ein Kerl, ok?" Und nach dem, was Eric heute Nacht für sie getan hatte, vertraute sie ihm. Wie nahe sie daran gewesen war, wegen dieser dummen Stöckelschuhe ihr Leben zu verlieren, wollte sie ihren Kollegen gar nicht erzählen.

„Wir wollen dich nur beschützen", sagte Hamish. „Lass Pearce, sobald du wieder im Komplex bist, die Hintergrundüberprüfung durchführen und morgen früh besprechen wir dann, wie viel du dem Kerl sagen kannst und wie's weitergehen soll. Einverstanden?"

Widerwillig nickte sie. Das bedeutete jedoch nicht, dass sie tun musste, was er sagte. Schließlich hatte keiner ihrer Kameraden, als es deren Liebesleben betraf, nach ihrer Meinung gefragt und wie viel sie der Frau gestehen durften, in die sie sich verliebt hatten. Warum sollte also sie sich vorschreiben lassen, wie viel sie dem Mann gestand, in –

Sie stoppte sich. Sie war nicht verliebt, natürlich nicht. Sie empfand Lust. Sie genoss Erics Gesellschaft. Und sie vertraute ihm. Und jetzt schuldete sie ihm auch noch ihr Leben. Und deshalb verdiente er, die Wahrheit zu erfahren.

„Kann ich dich hier rauslassen?", fragte Hamish und deutete zur nächsten Ampel. „Wir müssen die Leichen so schnell wie möglich verbrennen."

„Der Gestank ist unglaublich“, beschwerte sich Aiden.

„Ja, lass mich hier raus. Es sind nur noch ein paar Blocks. Das passt schon“, sagte Enya.

Augenblicke später sprang sie aus dem Wagen und ging in Richtung Komplex. Sie bedeckte die grünen Blutflecken auf ihrem Kleid mit ihrer Lederjacke. Zehn Minuten später war sie zu Hause.

Pearce war immer noch im Kommandozentrum. Er drehte sich mit seinem Stuhl um, als sie eintrat. „Hey, du bist zurück. Wo sind die anderen?“

„Verbrennungsanlage. Drei Leichen verbrennen.“

„Gute Arbeit.“ Er wandte sich den Computermonitoren zu.

„Ja.“ Sie zögerte.

Pearce sah über seine Schulter. „Gibt’s noch was?“

„Ja, ich will, dass du den Hintergrund eines Mannes namens Eric Vaughn überprüfst. Ich schreibe dir seine Adresse auf.“

„Wonach suchst du?“

Sie seufzte. „Er war dabei, als ich heute Nacht die Dämonen tötete. Tatsächlich hat er mir geholfen.“

„Du –“

„Ja, ich date ihn, okay? Verdammt, warum ist jeder so neugierig auf mein Liebesleben?“

„Danach habe ich nicht gefragt. Aber danke, dass du mich auf den neuesten Stand bringst.“

Sie spürte, wie sie errötete.

„Du weißt nicht zufällig, wo er arbeitet, oder?“

„Er ist unabhängiger Investment-Manager. Selbstständig.“

„Na gut, dann lass uns mal sehen, was wir finden können. Wir fangen mit der Zulassungsstelle in Maryland an.“

„Das habe ich schon gemacht.“

„Warum trägst du mir dann auf, ihn zu überprüfen?“

„Weil Hamish und Aiden darauf bestehen. Ich habe ihnen gesagt, dass ich ihn schon überprüft habe. Ich habe seine Wohnung durchsucht. Er ist sauber. Es gibt nichts, worüber wir uns Sorgen machen müssen. Aber wenn du das nicht bestätigen kannst, dann sitzen mir die zwei auf ewig im Nacken.“

„Na gut. Also war seine Akte bei der Zulassungsstelle in Maryland okay?“

Sie schüttelte den Kopf. „Er hat in Maryland keinen Führerschein. Ich habe seinen Führerschein in seiner Brieftasche gesehen, aber ganz ehrlich kann ich mich nicht erinnern, von welchem Bundesstaat er war. Also vergiss es."

„Ok." Er tippte etwas auf seiner Tastatur und las die Resultate, die er bekam. „Seine Sozialversicherungsakte sieht gut aus." Ein paar Minuten später hatte er sich beim FBI eingehackt. „Kein Vorstrafenregister."

Obwohl sie das etwas überraschte, weil Eric gesagt hatte, dass er in einer schlechten Gegend aufgewachsen war, musste es nichts bedeuten. Wenn er Vorstrafen als Jugendlicher gehabt hatte, würden diese jetzt verjährt und gelöscht sein. Oder er war nie erwischt worden, falls er als Jugendlicher in Messerstechereien verwickelt gewesen war.

„Ok, hier sind seine Steuererklärungen. Er verdient ziemlich gut. Zahlt seine Steuern. Alles ganz normal."

Sie hatte diese Akten bereits gesehen und nickte. „Wie ich schon sagte. Und er hat weder Facebook noch Instagram. Ich habe ihn danach gefragt. Er sagt, Social Media sei für Jugendliche." Sie wurde ungeduldig. „Sind wir fertig? Ich will duschen und den Gestank der Dämonen wegwaschen."

„Lass mich nur noch überprüfen, ob er wirklich keine Social-Media-Konten hat." Augenblicke später deutete Pearce zum Bildschirm. „Na, na, na. Kein Facebook oder Instagram, das stimmt schon. Aber er hat eine LinkedIn Seite." Pearce klickte auf den Link. „Das ist also dein Typ, wie?"

Enya starrte auf das Foto auf Erics Seite. Der Name stimmte und der Beruf auch. Doch der Mann auf dem Foto war nicht Eric. Er war dunkelhaarig, ja, aber alles andere war ... anders. Er war dürr und sah dem Eric, den sie kannte, ganz und gar nicht ähnlich.

Pearce scrollte die Seite hinunter. „Ich dachte immer, du würdest auf einen anderen Typ stehen, du weißt schon, jemand heißeren und kräftigeren. Na ja, jedem das Seine."

Sie konnte Pearce nicht sagen, dass der Mann auf dem Bild nicht Eric war. Noch nicht. Nicht, bevor sie herausgefunden hatte, was wirklich vor sich ging.

„Ja", murmelte sie. „Ok dann. Ich dusche mich und gehe ins Bett. Kannst du Hamish und Aiden sagen, dass alles in Ordnung ist?"

Sie wartete kaum auf Pearce' Bestätigung, als sie auch schon aus dem

Kommandozentrum eilte. Sie rannte zu ihrem Privatquartier und ging hinein, ihr Atem ging unregelmäßig, ihr Herz schlug in panischem Rhythmus gegen ihren Brustkorb. Mit wem hatte sie geschlafen? Denn sie hatte mit Sicherheit nicht mit dem Eric Vaughn auf diesem Foto geschlafen. Der Eric, den sie kannte, war ein Hochstapler. War er ein Verbrecher, ein Identitätsbetrüger? Ein Schwindler, der sein gutes Aussehen benutzte, um Frauen Geld abzujagen? Oder war sie gar in eine viel schlimmere Situation hineingestolpert?

Eine Sache war klar: Sie würde nicht schlafen können, bis sie die Wahrheit herausfand. Und was auch immer es war, sie würde sich auf die eine oder andere Weise damit auseinandersetzen. Niemand log Enya an und kam ungeschoren damit davon, vor allem nicht der Mann, dem sie gerade erst zu vertrauen begonnen hatte.

11

Nachdem er sich umgezogen und jegliche Spur des Blutes seiner Untertanen entfernt hatte, beschwor Zoltan in einer Gasse hinter seinem Wohngebäude einen Vortex hervor und stieg in die Unterwelt hinab. Er kochte noch immer aufgrund der Ereignisse von einer Stunde zuvor. Jemand hatte den dritten Dämon geschickt, um seinen genialen Plan zu vereiteln.

Und der Dämon war nicht überrascht gewesen, ihn zu sehen. Als hätte er Zoltan erwartet. War er von derselben Person geschickt worden, die ein paar Monate zuvor Zoltan einen Attentäter auf den Hals gehetzt hatte? Seit jenem Vorfall war Zoltan sogar noch vorsichtiger geworden und hatte darauf geachtet, seine Vorhaben nicht im Voraus zu verkünden, nicht einmal seinen engsten Verbündeten gegenüber – nicht einmal Vintoq, seiner rechten Hand. Was bedeutete, dass jemand ihn beschattete. Wie, das wusste er noch nicht. Keiner seiner Dämonen wusste von dem Handy, das er in der Menschenwelt benutzte, und er brachte nie elektronische Geräte mit sich, wenn er die Unterwelt verließ.

Zoltan spürte festen Grund unter den Füßen, trat aus dem Vortex und schloss diesen hinter sich. Er stand in der Mitte einer der drei Vortexkreise, die einzigen Stellen in der Unterwelt, wo ein Dämon einen Vortex heraufbeschwören konnte. In der Menschenwelt gab es so eine Einschränkung nicht. Solange der Dämon den Ort, zu dem er reisen wollte, visuell im Auge hatte – entweder weil er schon einmal dort gewesen war oder weil er ein Foto, zum Beispiel im Internet auf Street-View-Seiten, gesehen hatte – konnte er dorthin teleportieren. Allerdings musste der Ankunftsort direkt mit dem Boden verbunden sein – weswegen Zoltan nicht direkt von seiner Eigentumswohnung im 24. Stock in die Unterwelt oder umgekehrt teleportieren konnte.

Richard, einer der Vortexwächter, der direkt Yannick unterstellt war, grüßte ihn. „Willkommen zu Hause, oh Großmächtiger."

„Ja, ja", sagte Zoltan ungeduldig. „Wo ist Yannick?"

„In seinem Büro, oh Großmächtiger."

Ohne sich zu bedanken, eilte Zoltan einen der sieben Korridore entlang, die von dem Vortexkreis wegführten, und begab sich in Richtung der Höhle, die Yannick in sein Büro verwandelt hatte. Die neuesten Verbesserungen hatten es möglich gemacht, die geothermische Energie der Erde anzuzapfen und nun hatten die meisten Quartiere der Dämonen Elektrizität und passten sich langsam dem 21. Jahrhundert an.

Zoltan klopfte nicht, sondern betrat Yannicks Büro, ohne sich anzukündigen. Schließlich war dies sein Reich. Alles in der Unterwelt gehörte ihm. Er musste nicht um Erlaubnis bitten, irgendwo einzutreten. Außerdem musste er seine Untertanen in Trab halten. Wenn sie damit rechnen mussten, dass er unangekündigt jederzeit und überall auftauchen konnte, war es schwieriger, einen Plan gegen ihn zu schmieden.

Yannick sah von seinem Computer hoch. Erst kürzlich hatte er damit begonnen, das Kommen und Gehen der Dämonenbevölkerung am Computer zu erfassen. Es war etwas, das Zoltan vorgeschlagen hatte, damit er besser auf die Information zugreifen und herausfinden konnte, welche Dämonen die Vortexkreise benutzten und zu welchem Zweck.

„Oh, Großmächtiger", sagte Yannick und sprang auf, um sich zu verbeugen.

„Yannick." Zoltan marschierte auf ihn zu. „Ich brauche Informationen."

„Selbstverständlich. Wie kann ich helfen?"

„Mach mir eine Liste von all denen, die in den letzten zwei Stunden die

Unterwelt verließen und noch nicht wieder zurück sind. Ich will wissen, welchen Zweck sie für die Reise angaben."

„Kein Problem, oh Großmächtiger. Ich bringe die Liste zu eurem Büro, sobald ich sie zusammengestellt habe."

„Ich will sie sofort." Zoltan grunzte und deutete zum Computer. „Der Grund, warum ich dir aufgetragen habe, die Aufzeichnungen elektronisch mit den Datenterminals bei den Vortexkreisen zu erstellen, war, damit ich sofortigen Zugriff auf die Informationen habe." Er beugte sich über Yannicks Schreibtisch. „Ist das ein Problem?"

„Ganz und gar nicht, oh Großmächtiger. Ich mache es sofort."

„Gut. Ich warte hier." Zoltan verschränkte die Arme vor der Brust und stellte sich breitbeinig hin, während Yannick auf den Monitor starrte und seine Finger über die Tastatur fliegen ließ.

Da es weder WLAN noch Internet in der Unterwelt gab, hatte Zoltan selbst keinen Computer, auf dem er die Informationen elektronisch erhalten konnte. Die Datenterminals, die die Wachen bei den Vortexkreisen benutzten, waren entlang der Tunnel zu Yannicks Büro fest verkabelt. Eine unmoderne Vorgehensweise, jedoch die einzige Art und Weise, auf die die Daten von den Vortexkreisen zu Yannicks Computer übermittelt werden konnten.

„Was dauert denn da so lange?", fragte Zoltan.

„Nur noch eine Minute, oh Großmächtiger. Ich muss die richtigen Parameter setzen, damit die Daten, die ihr erhaltet, auch die sind, die ihr wollt."

„Hmm."

Es schien eine Ewigkeit zu dauern, bis der Drucker neben Yannicks Computer eine Reaktion zeigte. Augenblicke später spuckte er ein bedrucktes Blatt Papier aus. Zoltan schnappte es sich und drehte sich auf den Fersen um.

„Gibt es sonst noch etwas, womit ich helfen kann, oh Großmächtiger?", rief Yannick ihm nach.

„Nein."

Zoltan öffnete die Tür und stürmte aus dem Raum. Er sah sich den Zettel nicht an, bis er sein Büro erreicht und die Tür hinter sich geschlossen hatte.

An seinem Schreibtisch schaltete er die Lampe an und las das Gedruckte durch. Martin und James, die zwei Dämonen, die er nach oben geschickt hatte, um Enya anzugreifen, standen auf der Liste. Neben ihren Namen war der Zweck ihrer Reise angegeben: *Besorgung für den Großmächtigen.* Die Beschreibung war harmlos und würde keinerlei Verdacht schöpfen. Zoltan schickte oft Dämonen nach oben, um Besorgungen erledigen zu lassen. Er strich die beiden Namen von der Liste.

Noch etwa ein Duzend andere standen darauf. Die Namen der Dämonen, die er kannte, strich er durch, da er den dritten Dämon, der heute Nacht Enya angegriffen hatte, nicht erkannt hatte. Zuletzt verblieb auf der Liste nur noch ein Name, dem Zoltan kein Gesicht zuordnen konnte: Phillip. Er musste der dritte Dämon sein, der Enya angegriffen hatte. Derjenige, der nicht von Zoltan geschickt worden war. Er betrachtete die Spalte, in der der Zweck für die Reise stand. *Von Vintoq autorisiert*, stand da.

Vintoq. Zoltans rechte Hand hatte den Dämon geschickt?

Zoltan sackte in seinen Stuhl zurück. Vintoq war schon mit ihm zusammen gewesen, bevor er der Großmächtige geworden war. Er war der Berater, dem er am meisten vertraute, ein Mann, der durch und durch treu war. Doch auch ein Mann mit Ambitionen, mit einem überdurchschnittlichen Intellekt. War es möglich, dass Vintoq hinter seinem Rücken einen Plan schmiedete, dass er der Verräter war, der den Thron selbst beanspruchen wollte, derjenige, der ein paar Monate zuvor einen Attentäter auf Zoltan gehetzt hatte?

Er brauchte Gewissheit. Zoltan kehrte zu Yannicks Büro zurück und betrat es erneut, ohne zu klopfen. Yannick war damit beschäftigt, einen Stapel Papiere aus einer Schachtel zu nehmen und auf seinen Schreibtisch zu legen.

„Oh, Großmächtiger“, sagte er überrascht.

„Ich brauche noch etwas. Ich will, dass du ein paar Monate in den Dateien zurückgehst und mir eine Liste von all denen erstellst, die an einem bestimmten Tag nach oben teleportierten. Kannst du das machen?“

„Natürlich. Um welches Datum handelt es sich?“

Zoltan beugte sich über den Schreibtisch, schnappte sich einen Kugelschreiber und schrieb das Datum auf ein Blatt Papier. Yannick blickte darauf. „Hat es etwas Besonderes mit dem Datum auf sich?“

„Besorg mir einfach die Information."

„Selbstverständlich. Allerdings gibt's da ein kleines Problem."

„Ein Problem?", brummte Zoltan.

„Die Daten, die so weit zurückliegen, sind noch nicht im Computer." Yannick deutete zu den Schachteln hinter sich. „Sie sind noch auf Papier. Ich muss sie erst finden und dann eingeben, damit ich eine vollständige Liste erstellen kann."

„Wie lange wird das dauern?"

„Eine Woche?"

„Du hast drei Tage!"

Zoltan wirbelte herum, stürmte hinaus und knallte die Tür hinter sich zu. Er musste drei Tage warten, um herauszufinden, ob es Vintoq war, der den Attentäter auf ihn angesetzt hatte? Fuck! Er war in der Stimmung, Vintoq gleich jetzt umzubringen, doch er wusste, dass das nicht weise war. Wenn jemand einen Dämon nach oben schickte, der dort auftauchte, wo Enya und Zoltan waren, konnte das ein Zufall sein. Wenn derselbe jedoch ein paar Monate zuvor ebenfalls jemanden geschickt hatte, der Zoltan angriff, würde dies ein Schema bestätigen und genug Beweis liefern, um zu handeln.

Er war schon dabei, in Richtung seines Privatquartiers zu marschieren, als er sich stoppte. Er musste wieder in die Menschenwelt zurück. Morgen würde Enya ihm die Wahrheit über sich gestehen und er wollte ihren Anruf nicht verpassen. Außerdem bevorzugte er es, in seiner luxuriösen Wohnung zu schlafen und nicht die Nacht in seiner ziemlich kahlen Unterkunft in der Unterwelt zu verbringen. Er hatte sich an den Komfort der Menschenwelt gewöhnt, an die angenehmen Gerüche, die weichen Laken, sogar die Aussicht über die Stadt.

In dem Moment, als er zurück nach Baltimore teleportierte, begannen seine Halsmuskeln sich zu entspannen. Von hier aus sollte der Großmächtige regieren, von der Stadt voller Verbrechen und Angst, und nicht von den Höhlen und Tunneln tief in der Erde, die nach Schwefel stanken und nie das Tageslicht erblickten.

Wenn er sich erst einmal die Menschenwelt unterworfen hatte, würde er permanent hier leben und nie wieder in die dunkle, elende Hölle zurückkehren, die die Herrscher vor ihm für die Dämonen erschaffen hatten.

Warum nie jemand vor ihm darauf gekommen war, das Hauptquartier in der Menschenwelt anzulegen und deren Komfort zu genießen, konnte er nicht fassen. Aber natürlich war er eine neue Art von Herrscher, ein Herrscher, der zur Zukunft blickte, ein Herrscher mit echten Ambitionen. Und bald würden diese alle erfüllt werden.

12

Enya war auf alles vorbereitet und hatte sich entsprechend angezogen. Verschwunden war das Kleid, das durch das grüne Dämonenblut sowieso ruiniert war. Verschwunden waren die Stöckelschuhe, die sie beinahe umgebracht hätten.

Sie trug Stiefel, in denen sie einen Dolch versteckt hatte – ein zweiter war in ihrer Lederjacke verborgen – und ihr Haar war wieder geflochten. Sie hatte lange und ernsthaft darüber nachgedacht, wie sie Eric seines zwielichtigen Hintergrunds wegen konfrontieren sollte – und dieser musste zwielichtig sein, wenn er die Identität einer anderen Person benutzte – und war zu dem Schluss gekommen, dass sie nicht bis zum Morgen warten konnte. Sie musste jetzt mit ihm sprechen, ihn unvorbereitet erwischen, damit er keine Zeit hatte, eine Geschichte zu erfinden, um ihre Entdeckung irgendwie abzutun.

Auf dem Weg zu Erics Wohngebäude blieb sie unsichtbar. Erst als sie seine Wohnung betreten hatte, machte sie sich wieder sichtbar. Es war nach Mitternacht, dunkel und still, und da im Wohnbereich keine Lichter brannten, ging sie zu seinem Schlafzimmer. Die Tür war geschlossen. Sie sah zu ihren Füßen hinab. Kein Licht drang aus dem Schlafzimmer. Eric schien zu schlafen. Da sie keinen Lärm machen wollte, um ihre Ankunft nicht anzukündigen, trat sie einfach durch die Tür hindurch.

Ihre Augen hatten sich schon an die Dunkelheit gewöhnt und machten es ihr leicht, Eric schlafend in seinem großen Bett zu erkennen. Das Laken bedeckte seinen Unterkörper. Seine Brust war entblößt und den Konturen seines Körpers unter dem dünnen Laken nach zu urteilen, schlief er nackt.

Einen Moment lang stand sie einfach da und sah ihn an, beobachtete, wie seine Brust sich mit jedem langsamen und gleichmäßigen Atemzug hob und senkte. Er sah so friedlich aus, so unschuldig. Doch der Schein konnte trügen. Eric war ein Lügner, vermutlich ein Verbrecher und ein Schwindler. Aber er war auch furchtlos, denn er hatte ihr nur ein paar Stunden zuvor das Leben gerettet.

Werde jetzt nur nicht weich, schalt sie sich. *Er hat dich belogen.*

Es konnte allerdings auch eine ganz unschuldige Erklärung dafür geben, warum er den Namen einer anderen Person benutzte. Vielleicht war er im Zeugenschutzprogramm. Das war die einzige Erklärung, die sie akzeptieren würde.

Du zögerst es hinaus.

Sie hasste es, wenn ihre innere Stimme sie auf das Offensichtliche hinwies. Es war an der Zeit, ihn zu konfrontieren. An der Zeit, die Wahrheit herauszufinden.

Sie atmete tief ein und machte einen Schritt auf das Bett zu. Ihr Stiefel stieß gegen einen Schuh und schlug diesen lautstark gegen den Rahmen des Bettes.

Es dauerte nicht einmal eine Sekunde, bis Eric mit einem Dolch in der Hand aus dem Bett gesprungen war und sie gegen die Wand schleuderte, die Klinge an ihren Hals gedrückt. Er blinzelte. „Enya?"

Fast zeitgleich wich er zurück und ließ die Waffe sinken. Doch sie hatte bereits genug gesehen. Ihr Puls raste, ihr Herz schlug ihr bis zum Hals und Adrenalin schoss durch ihre Venen. Das musste ein Traum sein. Nein, ein Alptraum. Das konnte nicht wahr sein.

„Fuck! Tut mir leid", sagte er und fuhr sich mit seiner freien Hand durch das zerzauste Haar. „Wie bist du hier reingekommen? Ich wollte dich nicht erschrecken. Aber du hast mir einen Schock versetzt."

Sie warf einen Blick auf den Dolch in seiner Hand, dann schaute sie wieder in seine Augen. Seine grünen Dämonenaugen. Es gab keinen Zweifel.

Sie hatte schon genug Dämonenaugen gesehen, um diese mit Gewissheit zu erkennen. Eric war ein Dämon. Sie hatte mit einem Dämon geschlafen. Hatte ihren Schutzwall für einen Dämon gesenkt. Hatte seine Hände auf ihr, seinen Schwanz in ihr genossen.

Langsam, in der Hoffnung, dass er es nicht bemerken würde, bewegte sie ihre Hand und ließ diese in ihre Lederjacke gleiten, wo sie ihren Dolch versteckt hatte, doch sie bemerkte, wie Eric der Bewegung folgte und den Kopf schüttelte.

„Sieht so aus, als wäre die Katze aus dem Sack. Ich vergaß, meine Kontaktlinsen zu wechseln, bevor ich ins Bett ging. Die alten haben sich mittlerweile aufgelöst. Wie nachlässig. Allerdings hatte ich nicht erwartet, dass du mitten in der Nacht in meine Wohnung einbrichst. Hatten wir es nicht für morgen Abend zum Essen ausgemacht?“

Endlich fand sie ihre Stimme wieder. „Kurzmeldung: Ich date keine Dämonen.“

Ein verschlagenes Lächeln umspielte seine Lippen. „Korrektur: Du hast diesen Dämon gefickt. Und es hat dir gefallen.“

Das stimmte, doch der Gedanke ekelte sie jetzt an. „Schmeichle dir nicht selbst.“

„Du würdest nicht mitten in der Nacht in meinem Schlafzimmer auftauchen, wenn du nicht noch mehr davon haben wolltest. Ich hab nichts dagegen.“ Er blickte zu seiner Leiste hinunter.

Großer Fehler. Sie nutzte den Sekundenbruchteil, um ihren Dolch aus ihrer Lederjacke zu ziehen und ihn an Erics Hals zu drücken. Als hätte er dies erwartet, brachte er seinen Dolch einen Augenblick später an ihren Hals. Er drückte die Klinge jedoch nicht an ihre Kehle, ritzte nicht die Haut, sondern hielt sie nur dort als Warnung, während er einen Schritt näher kam und seinen Unterkörper an sie drückte. Sein Schwanz war hart. Offenbar wurden Dämonen durch Gefahr sexuell erregt. Das war keine Überraschung.

„Tritt zurück“, befahl sie ihm.

„Zwing mich dazu.“

Sie drückte ihren Dolch fester gegen seinen Hals, doch weder zuckte er, noch wich er zurück.

„Du wusstest von dem Augenblick an, als wir uns kennenlernten, dass ich eine Hüterin der Nacht bin. Also, was hattest du geplant? Hmm? Die Dämonen, die wir heute Nacht bekämpften … das war ein abgekartetes Spiel, oder?"

„Ich habe dir das Leben gerettet, oder etwa nicht?"

„Nachdem du es in Gefahr gebracht hast."

„Ich gebe zu, dein Vertrauen zu gewinnen, indem ich dir das Leben rette, war Teil meines Plans, doch als der dritte Dämon auftauchte und dich beinahe tötete, änderten sich meine Prioritäten –"

„So eine Scheiße! Für wie dumm hältst du mich?" Sie knirschte mit den Zähnen. Er spielte immer noch mit ihr, mimte den aalglatten Verführer. Aber das funktionierte jetzt nicht mehr. „Also wolltest du deinen Anführer beeindrucken, indem du ihm eine Hüterin bringst, wie? Du dachtest, ich wäre leichte Beute."

„Ich finde dich gar nicht leicht oder einfach, Enya. Tatsächlich bist du eine komplizierte Frau. Und wie ich schon sagte, liebe ich komplizierte Frauen." Er ließ seine dämonengrünen Augen über ihre Brust schweifen. „Und was deinen Körper angeht – ich hatte noch nie besseren –"

„Stopp! Du bist ekelhaft! Du bist ein verdammter Dämon!"

„Ja, und du hast diesen Dämon verdammt nochmal gefickt. Und nicht zum letzten Mal. Du und ich, wir haben etwas."

„Wir haben nichts. Du hast in deinem Versuch, dem Großmächtigen einen Hüter der Nacht zu bringen, versagt. Ich wünschte, ich könnte sein Gesicht sehen, wenn er herausfindet, dass wieder einer seiner Dämonen ins Gras gebissen hat."

Eric lachte leise. „Oh, du hast es noch nicht erraten. Das überrascht mich. Glaubst du wirklich, dass ein ganz gewöhnlicher Dämon den Plan schmieden kann, eine Hüterin der Nacht zu verführen, und damit Erfolg hätte?" Er versuchte seinen Kopf zu schütteln, doch der Dolch an seiner Kehle hinderte ihn daran. „Ich habe das Gefühl, ich muss mich vorstellen."

Ihre Kehle wurde staubtrocken. Bevor er seinen Mund wieder öffnete, um zu sprechen, wusste sie bereits, was er sagen würde.

„Ich bin Zoltan. Ich bin der Großmächtige, der Herrscher der Unterwelt."

Scheiße! Dies war Zoltan, der Dämon, den sie und die anderen Hüter der

Nacht schon seit Jahren jagten? Worauf wartete sie denn? Sie musste ihn umbringen, selbst wenn sie dabei ihr eigenes Leben verlor.

Seine Dämonenaugen durchbohrten sie. „Und der Mann, den du mit mehr Hingabe und Leidenschaft gefickt hast, als du je mit jemand anderem geteilt hast."

Sie hasste die Tatsache, dass er recht hatte, hasste es, dass sie deshalb zögerte. Jeden anderen Dämon hätte sie bereits zweimal getötet. Aber Eric? Nein, Zoltan! Wenn jemand zu sterben verdiente, war er das.

„Du bist für Finlays Verrat verantwortlich, für Tessas Drogenüberdosis, für die Zerstörung unseres Ratskomplexes, für Winters Entführung, dafür, dass Logan sein Leben aufs Spiel setzen musste, um sie zu retten. Du hast Kims Mutter umgebracht, um an eines unserer Bücher zu gelangen. Du hast zahllose Unschuldige ermordet! Du hast den Quelldolch gestohlen! Du bist –"

„Ich stecke nicht hinter all diesen Schandtaten. Tessa, die Bürgermeisterin? Ich habe ihr nie wehgetan."

„Lügner!"

„Es ist die Wahrheit und ich versuche immer noch herauszufinden, welcher meiner Dämonen mich in dieser Sache hintergangen hat. Allerdings gebe ich zu, dass ich die Hellseherin eingeladen hatte, sich mir in der Unterwelt anzuschließen. Leider hat sie abgelehnt."

„Eingeladen? Ich nenne eine Entführung nicht eine Einladung."

„Als hätten die Hüter der Nacht noch nie etwas gegen den Willen einer Person getan."

„Wir tun alles für das höhere Wohl!", protestierte Enya.

„Und wer entscheidet, was das höhere Wohl ist?"

Sie funkelte ihn an. „Ich lasse mich nicht von dir in eine Konversation über gut und böse hineinziehen."

„Zu spät! Verdammt, Enya, nicht alles ist schwarz oder weiß."

„Für mich schon." Doch selbst als sie das sagte, wusste sie, dass sie log. Wenn es um ihre Gefühle für Eric – nein, Zoltan – ging, dann sah alles grau aus. Sie hasste, *was* er war, ein Dämon, doch sie begehrte ihn dafür, *wer* er war, ihr Geliebter.

„Stimmt das wirklich?"

Er begegnete ihrem Blick und trotz der üblen grünen Farbe in seinen

Augen sah sie dort etwas anderes, etwas, das sie gesehen hatte, als er Liebe mit ihr gemacht hatte. Etwas, das wie Zuneigung aussah. Sie schüttelte den Kopf. Sie war dabei, ihren Verstand zu verlieren. Zoltan benutzte seine Kräfte, die Macht einer Person zu beeinflussen, um diese auf seine Seite zu ziehen, an ihr.

„Hör auf! Deine Macht wirkt nicht auf mich. Ich bin kein Mensch."

„Du glaubst, ich beeinflusse dich, damit du meine Gebote erfüllst?" Ganz unerwartet lachte er. „Enya, die einzige Art und Weise, auf die ich dich dazu bringen kann, zu tun, was ich will, ist, dich so lange zu ficken, bist du dich mir unterwirfst. Nur dann wirst du dich fügen. Und selbst das wird nicht lange andauern. Was bedeutet, dass ich dich täglich ficken muss."

Enya murrte. „Das wird nie geschehen. Denn du wirst tot sein. Und tote Dämonen ficken nicht."

Er warf einen Blick zur Klinge an seiner Kehle, dann senkte er seinen Dolch und warf ihn auf den Boden. „Mach schon. Du willst mich töten, also tu es. Nur noch eine letzte Sache."

Sie zögerte. „Was? Spuck's aus!"

„Wirst du deinen Kameraden erzählen, dass du Zoltan gefickt hast? Oder wirst du den Rest deines Lebens mit diesem Geheimnis leben?"

„Das geht dich verdammt nochmal n–"

„Und wenn du jede Nacht alleine im Bett liegst, wirst du dann an diesen Moment zurückdenken und dir wünschen, du hättest nie herausgefunden, dass ich ein Dämon bin?"

Ihre Kehle schnürte sich zu. Sie wollte nicht atmen. Denn atmen bedeutete, ihrem Gehirn Sauerstoff zu gewähren, damit dieses sich eine Situation ausdenken konnte, in der Zoltan immer noch Eric war, eine Situation, in der sie glücklich waren. Doch das durfte sie nicht erlauben, denn niemand könnte je mit einem Dämon glücklich sein.

„Du hast mich benutzt! Warum sollte ich nach deinem Tod auch nur einen einzigen Gedanken an dich verschwenden?"

„Ich bin nicht blind. Ich habe dich kämpfen gesehen, Enya. Nicht nur heute Nacht, sondern viele Male zuvor. Bei der Cosplayveranstaltung hast du meine Untertanen massakriert. Du bist furchtlos, du bist geschickt, du bist stark." Er breitete seine Arme aus. „Und trotzdem bin ich noch hier, noch am Leben, wo du mich doch schon mehrere Male hättest töten können. Ich habe meine Waffe niedergelegt. Ich bin wehrlos. Aber du kannst mich nicht umbringen." Seine Lippen bogen sich zu einem Lächeln hoch. „Weil du etwas für den Mann empfindest, mit dem du Liebe gemacht hast. Du empfindest etwas für mich. Genauso wie ich etwas für dich empfinde."

Sie drückte ihr Messer härter an seine Kehle und verletzte seine Haut. Ein paar Tropfen grünen Blutes befleckten die Klinge. „Ein Dämon kann nichts für jemand anderen empfinden. Und du bist ein Dämon! Ein Dämon!"

„Schon komisch, wie du dich darauf versteifst, dass ein Dämon nichts empfinden kann, wenn du mir doch nur einfach hättest sagen können, dass *du* nichts für mich empfindest." Langsam legte er seine Hände auf ihre Schultern, umgriff diese sanft. „Du hast es nicht abgestritten. Du empfindest etwas für mich. Weil es zwischen uns etwas gibt, das allem trotzt, selbst der Tatsache, dass wir Erzfeinde sind."

Sie schubste ihn mit solcher Kraft zurück, dass er auf dem Bett landete. Sie konnte nicht noch mehr ertragen. „Du weißt gar nichts." Enya wirbelte auf ihren Fersen herum.

„Ich weiß eins: Das nächste Mal, wenn wir ficken, dann wirst du meinen richtigen Namen ausrufen, wenn du kommst."

Sie stürmte durch die Tür und floh aus seiner Wohnung, während sie sich gleichzeitig unsichtbar machte. Augenblicke später umhüllte die kühle Nachtluft ihren erhitzten Körper. Sie stützte sich mit ihren Händen auf den Knien ab. Verdammt, sie hätte ihn töten sollen, hätte ihre Pflicht als Hüterin der Nacht erfüllen sollen. Doch sie hatte es nicht getan. Stattdessen stand sie hier, wo Zweifel und Enttäuschung in ihr kollidierten und ihr Magen protestierend grollte.

Übelkeit kam in ihr hoch und traf sie wie aus dem Nichts. Da sie seit Mittag nichts gegessen hatte, kam nur Galle hoch, als sie sich übergab. Das hätte ihr helfen sollen, sich besser zu fühlen, doch das tat es nicht. Tränen stiegen in ihre Augen. Sie hatte nicht die Kraft, sie aufzuhalten. Doch diese konnten nicht den Schmerz wegwaschen, etwas verloren zu haben, das sie nie geglaubt hatte überhaupt zu finden.

Den Kopf in den Händen vergraben, saß Zoltan im Dunkeln an der Kante seines Bettes und spielte die Konfrontation mit Enya nochmals im Geiste durch. Wie hatte das nur passieren können? Er war so sorgfältig gewesen, warum hatte er dann keine neuen Kontaktlinsen eingelegt, bevor er ins Bett gegangen war? Er wusste doch, dass die alten sich aufgrund der Absonderung aus seinen Augen auflösen würden, während er schlief.

Warum zum Teufel war Enya mitten in der Nacht hier aufgetaucht? Etwas hatte sie Verdacht schöpfen lassen, doch sie hatte ihm nicht gesagt, was. War er beim Töten seiner eigenen Dämonen zu tüchtig erschienen? Es war jetzt egal. Der Schaden war angerichtet. Sein ursprünglicher Plan war im Eimer, sein Standort kompromittiert, sein angenommener Name wertlos. Er sollte sofort von hier verschwinden, Baltimore verlassen und einen anderen Unterschlupf in der Menschenwelt finden, bevor die Hüter der Nacht in seiner Eigentumswohnung erschienen und das beendeten, was Enya nicht konnte.

Das heutige Geschehen änderte alles, und alles änderte sich heute.

Enya hatte ihn ekelhaft genannt. Das Wort schnitt tiefer in ihn als der Dolch an seiner Kehle. Trotzdem konnte er sie nicht gehen lassen. Konnte nicht akzeptieren, was geschehen war. Er musste retten, was zu retten war. Was machte es schon, dass sein ursprünglicher Plan jetzt nicht mehr funktionierte? Das änderte nichts an der Tatsache, dass er Enya in seinem Bett haben wollte – egal wie er das bewerkstelligen würde.

Immer noch nackt schnappte er sein Handy vom Nachttisch und drückte auf eine gespeicherte Nummer. Diese ging direkt zur Voicemail. Das überraschte ihn nicht. Warum sollte sie seinen Anruf auch entgegennehmen?

„Hier ist Enya. Hinterlasse eine Nachricht.“

„Enya, ich bin's.“ Er wollte seinen Namen nicht sagen, im Falle, dass die anderen Hüter die Nachricht hörten. „Hör zu, wir müssen reden. Es tut mir leid, was geschah ... wie es geschah.“ Er ließ einen flehenden Ton in seine Stimme einfließen, einen Ton, den Männer benutzten, die katzbuckelten. Frauen schienen darauf anzusprechen und waren eher geneigt, einem Mann zu vergeben, wenn er diesen Ton benutzte. Natürlich hatte er keine wirkliche Erfahrung damit, obwohl er dies bei anderen beobachtet hatte. Schließlich war er der Großmächtige. Und der Großmächtige musste nicht katzbuckeln.

„Ich kann nicht ändern, *was* ich bin. Aber für dich kann ich mich verändern. Ich kann sein, so wie du mich brauchst. Bitte gib mir eine Gelegenheit, alles zu erklären."

Er beendete den Anruf und seufzte. Was jetzt? Er konnte nicht einfach hier rumsitzen und warten, bis noch etwas Schlimmeres geschah. Er musste etwas unternehmen. Vielleicht konnte er herausfinden, wohin sie gegangen war. Zurück zu ihrem Komplex? Das bezweifelte er. Wie würde sie ihren Kameraden beibringen, dass sie herausgefunden hatte, wo sich der Großmächtige versteckte, und gleichzeitig zugeben, dass sie ihn nicht hatte töten können, weil sie Skrupel hatte? Nein, Enya würde sich nicht in so eine Situation mit ihren Kameraden begeben. Wie die Männer in ihrer Gruppe war sie eine Kriegerin. Sie wollte nicht wie eine schwache Frau erscheinen. Zuzugeben, dass sie Zoltan nicht hatte töten können, weil sie mit ihm geschlafen hatte, würde sie des Respekts berauben, den sie sich so schwer erkämpft hatte.

Schnell zog Zoltan sich an, legte farbige Kontaktlinsen über seine grünen Iris und verließ seine Wohnung. Um Zeit zu sparen, beschwor er hinter seinem Gebäude einen Vortex hervor und teleportierte zu einem Wohnhaus in einer ziemlich guten Gegend. Hier las er die Namen auf den Schildern und fand den, den er suchte. Er drückte dreimal auf die Klingel. Als er nach dreißig Sekunden keine Antwort bekam, drückte er erneut.

Endlich ertönte eine verärgerte Stimme durch die knisternde Sprechanlage. „Was zum Teufel?"

„Ich bin's, Eric. Du musst was für mich tun."

„Mitten in der verdammten Nacht? Komm morgen wieder." Die Sprechanlage verstummte.

Doch Zoltan konnte nicht aufgeben. Nicht jetzt. Er drückte auf die Klingel und behielt seinen Finger dort, bis nach einer Ewigkeit der Türöffner erklang. „Na, war das so schwer?", brummte er in sich hinein.

Er drückte die Tür nach innen auf und trat ein. Die Wohnung war im dritten Stock. Bis Zoltan diesen erreichte, stand die Tür bereits offen und Mick wartete dort in einem schäbigen Bademantel über seiner Pyjamahose.

„Du bezahlst das Doppelte", sagte Mick und ging zurück in seine Wohnung.

Zoltan folgte ihm und schloss die Tür hinter sich. „Ich dachte, ihr Computertypen seid die ganze Nacht auf."

„Ohne Scheiß", sagte Mick. „Was willst du?"

„Du musst jemanden für mich finden." Mick war der Einzige, dem Zoltan diesen Job anvertrauen konnte, denn Mick war ein Mensch und hatte keine Ahnung, wer oder was Zoltan war. Er wusste nur, dass Zoltan immer zahlte und für die Dienste, die Mick ihm erwies, sehr gut bezahlte. Selbst wenn er einen Dämon mit Micks Computerfähigkeiten und -ausrüstung hätte, könnte er keinem Dämon trauen, vor allem nicht bei dieser Aufgabe.

„Wer ist die Frau?"

Zoltan neigte seinen Kopf zu Mick und verengte seine Augen. „Woher weißt du, dass ich nach einer Frau suche?"

Mick verdrehte die Augen. „Oh bitte, du bist nicht der erste Typ, der hier nach Mitternacht auftaucht, damit ich seine Freundin finde, die ihm gerade abgehauen ist."

Freundin? Zoltan würde Enya nicht seine Freundin nennen, doch er schuldete Mick keine Erklärung. Außerdem war die Situation kompliziert.

„Also, dann kannst du sie finden."

Micks Computer war schon hochgefahren, als Zoltan ihm Enyas Handynummer gab. Nach ein paar Tastenanschlägen sah Mick über seine Schulter. „Es ist ein Wegwerfhandy. Und es ist ausgeschaltet. Hast du noch was anderes? Ihre Arbeitsstelle? Adresse? Facebook-Account?"

Zoltan schüttelte den Kopf. „Sie hat nicht gerade viel von sich erzählt."

Mick lachte. „Fuck, du bist am Arsch. Wie heißt sie denn?"

„Enya."

„Und wie noch?"

„Ich weiß ihren Nachnamen nicht."

„Tut mir leid, das sagen zu müssen, Kumpel, aber sie will nicht gefunden werden. Ich hoffe, sie hat dir nichts Wertvolles geklaut."

„Tja ..." Nein, sie hatte nichts gestohlen, doch sie hatte seine Chance zerstört, sich bei den Hütern der Nacht einzuschleusen.

„Ich kann das Wegwerfhandy anpeilen und schauen, wo es auftaucht, wenn sie es wieder anschaltet."

„Mach das. Ruf mich sofort an, wenn du was hast."

Mick nickte. „In Ordnung. Mach die Tür hinter dir zu.“ Er wandte sich zu seinem Computer zurück und tippte auf der Tastatur.

Zoltan hätte es nie toleriert, dass einer seiner Untertanen so mit ihm sprach, doch er konnte es sich nicht leisten, Mick zu vergraulen. Er brauchte ihn, um Enya zu finden. Allerdings konnte Zoltan sich nicht nur auf Mick alleine verlassen. Er musste selbst etwas unternehmen und die Stadt nach ihr durchkämmen.

13

Enya fühlte sich müde und ausgelaugt, als hätte sie die ganze Nacht Kämpfe ausgefochten. Und in gewisser Weise hatte sie das auch. Nur dass der Kampf mental und nicht körperlich geführt wurde. Immer wieder hatte sie ihre Entscheidung, Zoltan nicht zu töten, als sie die Gelegenheit dazu hatte, in ihrem Kopf durchgespielt. Sie wusste nicht, ob ihn am Leben zu lassen die hirnrissigste Entscheidung ihres ganzen Lebens war oder ein Zeichen dafür, dass sich hinter ihrer Fassade der harten Frau eine verletzliche versteckte. Beide Erklärungen waren schlecht. Und was noch schlimmer war: Sie durfte ihren Kameraden nicht davon erzählen. Die Demütigung könnte sie nicht ertragen. Nicht nur das. Sie würde auch vor den Rat gestellt werden.

Was sollte sie denn sagen? *Hey, Leute, stellt euch mal vor: Ich habe Zoltan kennengelernt, habe ihn ein paar Mal gefickt und mich dann entschieden, ihn am Leben zu lassen, weil der Sex so heiß war.*

Fuck!

Na, zumindest war sie nicht komplett doof gewesen, nachdem sie seine Wohnung verlassen hatte: Sie hatte sofort ihr Handy abgeschaltet, sodass er es nicht nachverfolgen konnte – falls er clever genug war, das zu tun – und es erst im Komplex wieder angeschaltet, wo ein mächtiges Verschlüsselungssystem sowie Magie dafür sorgte, dass keine Telefone dorthin zurückverfolgt werden konnten. Jemand, der versuchte, elektrische Signale am Standort des Komplexes zu finden, sah dort nur eine tote Zone. Trotzdem konnten die Hüter der Nacht Anrufe und Nachrichten im Komplex erhalten. Genauso wie sie Zoltans Voicemail bekommen hatte.

Enya, ich bin's. Hör zu, wir müssen reden. Es tut mir leid, was geschah ... wie es geschah. Ich kann nicht ändern, was ich bin. Aber für dich kann ich mich verändern. Ich kann sein, so wie du mich brauchst. Bitte gib mir eine Gelegenheit, alles zu erklären.

Was für eine totale Scheiße! Als könnte sich ein Dämon ändern! Dämonen waren durch und durch böse. Zoltan war ihr Feind und er würde immer ihr Feind sein. Weder eine Menge Sex noch liebevolle Worte konnten daran etwas ändern.

Verärgert über sich selbst, dass sie Zoltan erlaubt hatte, sie um seinen kleinen Finger zu wickeln, verließ Enya ihr Privatquartier und machte sich auf den Weg zur Gemeinschaftsküche. Als sie eintrat, beendeten mehrere ihrer Kollegen gerade ihr Frühstück. Leila bereitete Brotzeiten für die Zwillinge vor, die seit kurzem in den Kindergarten gingen. Dieser besondere Kindergarten für ihresgleichen befand sich an einem sicheren Ort in Schottland, nur eine kurze Portalreise entfernt. Kinder der Hüter der Nacht aus aller Welt wurden dort unterrichtet.

Als Enya Julia und Xander betrachtete, verspürte sie ein kleines Ziehen in der Magengegend. Als Hüterin der Nacht lag ihre Pflicht darin, Kinder für ihr Volk zu gebären, doch sie hatte sich stattdessen entschlossen, eine Kriegerin zu werden. Sie hatte ihre Wahl noch nie bereut, doch aus irgendeinem Grund fragte sie sich heute Morgen, wie ihr Leben aussähe, wenn sie den anderen Weg eingeschlagen hätte. Mit Sicherheit wäre sie dann nicht in diese Situation mit Zoltan hineingeschlittert.

„Morgen, Enya", rief Hamish ihr zu und winkte sie zum Tisch.

Sie näherte sich und schenkte sich eine Tasse Kaffee mit ein bisschen Sahne ein. „Morgen." Sie setzte sich und trank einen Schluck. „Igitt, wer hat denn heute Kaffee gemacht? Der schmeckt total bitter."

„Wenn du's noch lauter sagst, beleidigst du Daphne", warnte Hamish sie. „Außerdem schmeckt der Kaffee gut. So wie immer."

Enya schob die Tasse von sich. „Ja, wie auch immer."

„Pfannkuchen, Enya?", rief Logan vom Herd aus.

„Nein danke. Keinen Hunger.“ Nach der vergangenen Nacht glaubte sie nicht, dass sie je wieder etwas essen konnte. Herauszufinden, dass ihr Freund ein Dämon war, konnte einer Frau so etwas antun.

„Also, was wirst du ihm sagen?“, fragte Hamish und rückte näher.

„Wem?“

„Diesem Eric. Pearce sagte, dass er ihn gecheckt hat und dass alles okay ist.“

Enya zuckte mit den Schultern. „Nicht mehr, als nötig ist und als Erklärung dafür dient, was er gesehen hat.“

„Okay ... Willst du, dass einer von uns mitkommt, wenn du dich mit ihm triffst?“

„Ich bin der Sache gewachsen“, erwiderte sie knapp.

„Wow. Was ist denn los?“

Enya erhaschte die Blicke von Leila und Daphne, die durch ihren Ausbruch aufmerksam geworden waren. „Nichts.“ Als die beiden Frauen sich wieder den Zwillingen und ihrem eigenen Frühstück widmeten, sagte sie zu Hamish: „Ich werde mich sowieso von ihm trennen. Also ist es nicht notwendig, ihm zu sagen, was wirklich los ist.“ Die Lüge würde ihr hoffentlich ihre Kollegen vom Hals halten und verhindern, dass sie Zoltans Spur nachgingen. Denn wenn sie tiefer nachforschten, würden sie letztendlich herausfinden, wer er war. Mehrere ihrer Kollegen würden sogar sein Gesicht erkennen: Aiden, Hamish und Logan auf jeden Fall, genauso wie Leila und Winter. Und es war möglich, dass auch einige der anderen ihn schon einmal gesehen hatten.

„Bist du dir sicher?“

„Ja. Er ist eigentlich nicht mein Typ.“ Das stimmte: Dämonen waren nicht ihr Typ.

„Wenn du das sagst.“ Er warf einen Blick auf die Frauen. „Aber du weißt hoffentlich, dass dir hier niemand verübeln würde, wenn du eine Beziehung wolltest. Ich meine, du bist ja die Einzige –“

„Die Einzige, die niemanden hat?“, unterbrach Enya. „Ja, ich bin nicht blind. Aber vielleicht will ich ja niemanden. Hast du das jemals in Betracht gezogen? Vielleicht will ich keine häusliche Glückseligkeit.“ Sie erhob sich vom Tisch und trug ihre Tasse zur Spüle, wo sie die ekelhafte Flüssigkeit ausgoss.

Logan gesellte sich zu ihr. „Hey, kannst du mir heute einen Gefallen tun?“

Sie warf ihm einen Seitenblick zu. „Kommt drauf an.“

„Winter muss ganz dringend mit Cinead sprechen, aber ich kann sie nicht hinbringen, weil ich eine Mission habe. Würdest du sie zu ihm bringen und bei ihr bleiben, bis sie wieder zurückkommen will?“

Enya nickte. „Klar. Also hat die Puppe funktioniert? Sie hatte eine Vision?“

Logan sah über seine Schulter, doch die anderen plauderten am Esstisch. „Ja. Die hat sie ganz aufgewühlt, aber sie wollte mir nicht sagen, was sie gesehen hat. Sie sagte, dass Cinead der Erste sein sollte, der davon erfährt.“

„Klingt ominös.“

„Es hat sie wirklich mitgenommen. In so einem Zustand habe ich sie nur gesehen, als sie Visionen ihres eigenen Todes hatte.“

„Also glaubst du …?“ Enya hielt sich davon ab, ihre Vermutung in Worte zu hüllen.

Er zuckte mit den Schultern. „Ich weiß es nicht, aber ich nehme es an. Jedenfalls ist es am besten, wenn du sie hinbringst anstatt einer der Kerle. Sie braucht vielleicht hinterher eine Schulter, an der sie sich ausweinen kann. Die Schwangerschaft ist schwierig genug für sie. Die Hormone machen sie viel emotionaler als sonst und da braucht sie einfach ihre Freundinnen.“

„Du denkst, ich bin Winters Freundin?“

„Natürlich. Das sind alle Frauen hier. Aber dich bewundert sie am meisten. Also tu das bitte für mich, ja?“

„Na klar. Sie wird bei mir in guten Händen sein.“

Logan drückte ihre Schulter und wandte sich wieder dem Herd zu.

Zumindest würde es Enya von ihren Problemen ablenken, wenn sie Winter zu Cineads neuem Haus begleitete. Es war besser, als hier herumzusitzen und darauf zu warten, dass ihr eine Mission in den Schoß fiel. Außerdem besuchte sie Cinead gerne. Sie liebte die tiefe Stimme des älteren Mannes und die beruhigende Wirkung, die diese auf sie hatte. Doch wenn Logan recht hatte, dann würde heute ein schwieriger Tag für das angesehene Ratsmitglied werden. Winter hatte bisher immer ihre Visionen mit allen Bewohnern des Komplexes zuerst geteilt, die guten sowie die schlechten. Dass sie dieses Mal ihre Vision für sich behielt und darauf bestand, zuerst mit Cinead zu sprechen, bedeutete zweierlei: Es handelte sich um eine Vision von seinem Sohn und es waren schlechte Nachrichten, sehr schlechte Nachrichten. Herauszufinden, wie schlecht sie waren, darauf würde Enya geduldig warten müssen.

Winter sah etwas mitgenommen aus, als Enya sie aus ihrem Privatquartier abholte. Ihr Schwangerschaftsbauch war kaum sichtbar, doch ihr Gesicht war kreideweiß. Als hätte sie den Tod gesehen. Vielleicht hatte sie das.

„Hey", sagte Enya sanft. „Bist du so weit?"

„Nicht wirklich, aber Logan hat Cinead bereits angerufen und er erwartet uns." Winter seufzte. „Manchmal hasse ich meine Gabe. Es scheint, als wäre ich immer der Überbringer schlechter Nachrichten."

Enya zwang sich zu lächeln. „Sag das nicht. Du hast schon vielen Leuten mit deinen Visionen geholfen. Logan, Pearce. Und so vielen anderen. Aber nicht alles kann gut enden."

Winter nickte. „Das weiß ich. Aber ich hatte so auf gute Nachrichten für Cinead gehofft. Er hat so viel verloren." Tränen wallten in ihren Augen auf. Sie schniefte und atmete ein.

„Du schaffst das schon", sagte Enya.

Winter setzte ein Lächeln auf. „Ich schaffe das."

„Na dann." Enya führte sie zum Portal, das in einem der Untergeschosse des riesigen Komplexes gelegen war. Davor blieb sie stehen.

„Momentan reise ich ungern im Portal."

„Es macht dir doch keine Angst mehr, oder?", fragte Enya und legte bereits ihre Hand auf das in den Stein eingeritzte Symbol eines Dolches.

„Nein, das ist es nicht. Aber seit ich schwanger bin, wird mir da drinnen so schwindlig."

Unter Enyas Handfläche erwärmte sich der Stein und ganz plötzlich war er weg und offenbarte einen kleinen höhlenartigen Raum dahinter. „Das vergeht wieder. Und es dauert nur ein paar Sekunden." Enya trat durch die Öffnung und nahm Winters Hand. „Halte dich einfach ganz fest an mir, wenn dir das hilft."

Winter betrat das Portal und legte einen Arm um Enyas Taille. „Danke."

Einen Augenblick später wurde es um sie herum stockdunkel. Enya konzentrierte sich auf ihr Ziel und spürte, wie das Portal ihrem Befehl nachkam. Unter ihren Füßen begann der Boden zu schaukeln.

„Ii!", rief Winter aus. „Mir wird schlecht."

„Fast da", sagte Enya, obwohl auch ihr flau wurde, als wären Winters Empfindungen ansteckend. „Nur noch ein paar Sekunden."

Gerade rechtzeitig kamen sie an und traten aus dem Portal. Winter atmete tief durch und Enya tat es ihr gleich.

„Besser?", fragte Enya.

„Besser."

Enya blickte zu der Kamera, die den Eingang des Portals im Fokus hatte. Es schien, als wären alle Sicherheitssysteme bereits installiert worden, was bedeutete, dass Cinead schon über ihre Ankunft Bescheid wusste. Da Enya am Tag zuvor bereits hier gewesen war, leitete sie Winter durch den Keller zu der Treppe, die ins Erdgeschoss führte. In der Diele wartete Cinead bereits auf sie. Zwei Arbeiter waren damit beschäftigt, ein schweres Gemälde, das in eine Schutzhülle eingewickelt war, durch die Tür ins Haus zu tragen.

„Wohin?", fragte einer der Männer Cinead.

„Einen Moment bitte, Enya, Winter." Cinead wandte sich den zwei Männern zu. „Zum ersten Treppenabsatz. Dort." Er deutete zu der breiten Treppe, die auf halber Höhe zum ersten Stock eine Wendung machte.

„Okay", erwiderte der Mann und er und sein Kollege gingen auf die Treppe zu.

Cinead wandte sich wieder an seine Gäste. „Enya, Winter, sehr schön, euch beide zu sehen."

„Es ist schon eine Weile her, Cinead." Winter nahm seine Hand und umklammerte diese mit beiden Händen.

Cinead sah auf ihre Hände und dann zurück zu Winters Gesicht. „Also ist es schlimm?"

Winter deutete zu der offenen Tür, die in den Wohnraum führte. „Können wir uns hinsetzen?"

Cinead nickte. „Enya, würdest du bitte?" Er deutete zu den zwei Möbelpackern und Enya verstand ihn. Sie musste auf die zwei aufpassen.

„Natürlich. Ich bleibe hier."

Cinead und Winter verschwanden im Wohnzimmer und schlossen die

Tür hinter sich. Enya verblieb bei den Arbeitern, die grunzend und schnaufend das schwere Gemälde die Treppe hinaufschleppten und es auf dem ersten Treppenansatz an die Wand lehnten. Der ältere der zwei nahm einen Kastenschneider und schlitzte die Papphülle auf.

Beide Männer waren Menschen, doch sie gehörten zu dem Netzwerk vertrauter Personen der Hüter der Nacht. Sie waren gründlich überprüft worden, um sicherzugehen, dass es nichts in ihrem Hintergrund gab, was sie besonders anfällig für den Einfluss der Dämonen machte. Zusätzlich hatte man ihnen nur so viel Informationen gegeben, dass sie ihre Aufgabe erfüllen konnten, nicht mehr und nicht weniger.

Möbelpacker wurden stets nur ein einziges Mal beauftragt, um sicherzustellen, dass sie maximal zwei Standorte der Hüter der Nacht preisgeben konnten, sollten die Dämonen sie in ihre Klauen bekommen. Nur Gegenstände, die nicht in das Portal passten, wurden von den Menschen transportiert. Es gab auch noch andere Sicherheitsmaßnahmen. Seit die Hüter der Nacht mit Scanguards alliiert waren, löschte ein Vampir die Erinnerungen der Personen, die an dem Umzug beteiligt waren. Computerspezialisten in den verschiedenen Komplexen in der ganzen Welt – wie zum Beispiel Pearce – sorgten sich um den Rest und löschten elektronische Akten des Umzugs.

Als die zwei Männer endlich das lebensgroße Gemälde aus der Hülle, die es während des Transports beschützt hatte, befreiten, sah Enya hoch zum Treppenansatz. Das Gemälde zeigte Cinead als jungen Mann. Sein dunkles Haar war ungebärdig, seine braunen Augen stechend. Sie zogen sie an, verlangten, dass sie ihn ansah, ihn bewunderte. Die Ausstrahlung, die von dem Mann in dem Ölgemälde ausging, war greifbar. Dazu noch seine tiefe Stimme, welche Frau hätte ihm damals je widerstehen können? Er erinnerte sie an einen Mann, dem sie nicht hatte widerstehen können. Doch diesem Gedankengang wollte sie nicht nachgehen. Durfte sie nicht. Also beobachtete sie weiterhin, wie die Möbelpacker das Gemälde mit den vorhandenen Haken an die Wand hängten.

Cinead war in seinen jüngeren Jahren wirklich ein gut aussehender Mann gewesen. Selbst jetzt war er noch viril und sah nicht älter als Ende Fünfzig aus, dabei war er in Wirklichkeit mehrere Jahrhunderte alt. Und ganz alleine. Würde Enya eines Tages genauso alleine sein?

Hinter ihr ging eine Tür auf. Sie warf einen Blick über ihre Schulter und sah Winter aus dem Wohnzimmer kommen. Ihre Augen waren geschwollen. Sie hatte geweint. Sie zog die Tür hinter sich zu und begegnete Enyas Blick.

„Lass uns gehen. Er will jetzt alleine sein", sagte Winter mit einer Stimme voller Schmerz.

Enya nickte. „Und die Umzugsleute?"

„Der Rat hat einen Wächter geschickt –"

Das Geräusch von Schritten ertönte aus einem Korridor.

„Da ist er ja", sagte Winter.

Enya erkannte den jungen Mann, der sich näherte, als einen Hüter der Nacht, und nickte ihm zu. „Wir gehen dann."

Ein Nicken und ein kurzer Gruß und Enya führte Winter zurück in den Keller. Als sie diesen erreichten, drückte Enya Winters Hand.

Winter zwang ein Lächeln auf ihre Lippen, doch es war voller Leid.

„Wie hat er den Tod seines Sohnes aufgenommen?", fragte Enya.

Winters Augen weiteten sich. „Den Tod?" Sie schüttelte den Kopf.

Enya blieb abrupt stehen. „Aber ... äh, Logan sagte, dass es schlechte Nachrichten wären, und da du auch –"

„Er ist nicht tot. Es ist viel schlimmer. Cineads Sohn ist ein Dämon."

Enyas Herz hörte auf zu schlagen. Sie fühlte sich, als würde sie an der Luft, die sie nicht ausatmen konnte, ersticken. Vor ihren Augen verschwamm alles, als würde sie in der Luft umhergewirbelt werden. Doch dann kam alles zu ihr zurück – klarer als zuvor.

Das Bild des Babys, ein kleines Ölgemälde, das Cineads nackten Sohn auf seinem Bauch liegend zeigte. Das Muttermal in Form einer Axt auf dem Po des Babys, das der Maler exakt eingefangen hatte.

Das Gemälde, das Cinead als jungen Mann, der dieselben Eigenschaften hatte wie ein anderer Mann in Enyas Leben, zeigte. Wie konnte sie das zuvor übersehen haben? Wie konnte sie die ganze Zeit nur so blind gewesen sein?

Sie blieb stehen und wandte sich Winter zu. „Ich habe oben etwas vergessen. Ich bin gleich wieder da." Enya wartete nicht auf Winters Antwort, sondern lief zur Treppe zurück, und als sie sich außerhalb Winters Sichtlinie befand, machte sie sich unsichtbar.

14

Zoltan starrte die fünf Dämonen an, die auf ihn zukamen. Sie sahen weder freundlich aus, noch schienen sie ihren Herrscher zu respektieren.

Die Sonne war gerade untergegangen und Zoltan befand sich nur Schritte von seinem Wohngebäude entfernt. Er hatte den Weg hinten herum genommen, den durch die Gasse, weil seine Kontaktlinsen in Kürze durchbrennen würden und er vermeiden wollte, gesehen zu werden. Das war offenbar sein erster Fehler gewesen. Sein zweiter war, dass er nicht geschlafen hatte und erschöpft war. Er hatte die Stadt nach Enya durchkämmt. Ohne Erfolg. Mick hatte auch keine besseren Nachrichten zu berichten. Also hatte Zoltan sich entschlossen, zu seiner Wohnung zurückzukehren, sich ein paar Stunden auszuruhen und es dann nochmals zu versuchen. Er würde nicht aufgeben. Er musste mit Enya sprechen. Doch so wie die Lage jetzt aussah, würde er dazu nicht die Gelegenheit bekommen.

Fünf Dämonen und fünf tödliche Dolche gegen einen erschöpften Großmächtigen. Die Chancen standen schlecht. Wer auch immer ihn aus dem Weg räumen wollte, gab sich große Mühe und hatte ganz offensichtlich gute Informationen erhalten. Seinen Attentätern nur ein paar Schritte von seinem Unterschlupf in der Menschenwelt entfernt zu begegnen, bedeutete, dass sein Gegenspieler von seiner Wohnung wusste. Nicht dass diese Tatsache im Moment die wichtigste war. Schließlich brauchte ein toter Herrscher keine Wohnung mehr. Zu seiner Überraschung bedauerte er nur eine Sache: Er würde nie herausfinden, wie es sein würde, Enya jede Nacht in seinem Bett zu haben.

Zoltan umklammerte seinen Dolch fester. Er würde nicht kampflos untergehen. Er würde einige dieser Scheißkerle mitnehmen. Er wandte sich zu seiner Linken und stürmte zuerst auf den Dämon an der äußeren Flanke zu, was der Idiot nicht erwartet hatte. Zoltan, mit seinem Dolch vor sich, knallte auf ihn, hob ihn von seinen Füßen und schleuderte ihn auf die anderen vier zu. Drei der Männer schafften es, aus dem Weg zu gehen; nur einer verlor durch den verletzten Dämon sein Gleichgewicht. Beide fielen auf den Asphalt, während die anderen drei sich näherten.

Zoltan sah sich um, doch es gab nicht viel, was er tun konnte. Den Schwanz einzuziehen und dorthin zurückzulaufen, woher er gekommen war, würde zu nichts führen. Außerdem würde er nicht wie ein Feigling sterben.

Mit einem Grunzen, seine Kiefer zusammengepresst, hechtete er nach vorne und ließ seinen Dolch fliegen. Dieser traf sein Ziel: die Brust eines der sich nähernden Dämonen. Der Schweinehund fiel nach hinten. Doch die anderen zwei waren unbeeindruckt und der Dämon, der zuvor zu Boden gefallen war, hatte sich wieder aufgerappelt. Zoltan bückte sich, um seinen zweiten Dolch aus seinem Stiefel zu ziehen. Diese Handlung kostete ihn eine kostbare Sekunde und erlaubte einem seiner Angreifer, sich, mit dem Dolch auf Zoltans Herz gerichtet, auf ihn zu stürzen. Vorübergehend verlor Zoltan das Gleichgewicht und strauchelte. Mit seinem freien Arm blockierte er instinktiv die Dolchhand des Attentäters, doch spürte, wie dessen Klinge seinen Ärmel zerriss.

Schon kam auch ein zweiter Angreifer von der anderen Seite auf ihn zugestürmt.

„Fuck!“, fluchte Zoltan.

Er drückte den Dämon, dessen Messer beinahe in seinen Arm geschnitten hatte, von sich und zu seiner Überraschung erstarrte der Bastard mitten in der Bewegung. Sein Mund öffnete sich weit und seine Augen nahmen den Ausdruck völliger Überraschung an. Einen Augenblick später floss grünes Blut aus seinem Mund und er fiel zu Boden.

„Was zum …“

Doch Zoltan hatte keine Zeit, auszutüfteln, was geschehen war. Der zweite Angreifer hatte ihn erreicht und zerrte ihn zu Boden, während sich ein dritter dem Nahkampf anschloss. Zoltan stieß sein Knie nach oben und schaffte es, einen seiner Angreifer von sich zu schleudern, doch der andere machte mit seinem Dolch eine Bewegung nach unten. Zoltan konnte seinen Arm nicht schnell genug hochbringen, um den Angriff zu blockieren.

„Scheiße!“ Das war’s.

Doch der Dolch stoppte ein paar Zentimeter entfernt von Zoltans Brust und der Kopf des Angreifers wurde wie von einer unsichtbaren Hand nach hinten gezerrt. In der nächsten Sekunde schlitzte ihm jemand die Kehle auf und grünes Blut regnete auf Zoltan hinab. Jetzt wusste er, dass er nicht alleine war. Jemand half ihm. Jemand, der unsichtbar war.

Verwirrt erstarrte der dritte Dämon, der sich auf ihn gehechtet hatte, für einen Sekundenbruchteil. Lange genug, dass der unsichtbare Retter den Dolch in sein Herz stechen konnte. Zoltan sprang auf, schnappte sich einen Dolch von einem der toten Dämonen und rannte auf den einzigen Dämon zu, der noch auf den Füßen war, doch jemand stellte ihm ein Bein und er fiel nach vorne. Zoltan wirbelte den Kopf in Richtung des Arschlochs: der verletzte Dämon, der am Boden lag. Ein Hieb traf ihn im Gesicht und schleuderte seinen Kopf zur Seite. Zoltan rollte auf dem Boden, sprang auf und wirbelte zu dem verletzten Dämon herum. Gerade rechtzeitig, denn der Attentäter hatte es geschafft sich aufzurappeln und kam ihm hinterher. Doch dieses Mal war Zoltan vorbereitet. Er raste an dem Bastard vorbei, wirbelte herum und stach seinen Dolch in den Rücken des Dämons, drehte diesen auch noch in der Wunde, dann zog er ihn heraus und kickte den Toten zu Boden, wo er sich zu seinen Brüdern gesellen konnte.

Hinter sich hörte er Murren und einige dieser Laute kamen auf jeden Fall von einer Frau. Und sie war in Schwierigkeiten. Grünes Blut hatte sie bespritzt und obwohl sie noch unsichtbar war, gaben die Blutflecken ihren Standort preis.

„Enya, duck dich!“, rief Zoltan ihr zu und hob seine Dolchhand über seine Schulter. Als er sah, wie sich die Flecken aus grünem Dämonenblut bewegten, warf er den Dolch. Dieser fand sein Ziel. Der letzte der fünf Dämonen strauchelte ein paar Sekunden, bevor er tot nach vorne fiel.

Zoltan atmete schwer und stützte sich mit den Händen auf den Knien auf. Adrenalin pumpte durch seine Venen, so wie ein Schnellzug durch die Landschaft schnitt. Er hatte überlebt, doch nicht dank seines eigenen Handelns. Er sah hoch und vor seinen Augen machte Enya sich sichtbar.

„Du hast mich gerettet." Er schüttelte den Kopf. Hatte sein Katzbuckeln etwa funktioniert? Wenn er gewusst hätte, wie wirksam es war, hätte er es schon früher angewendet.

„Wir müssen die Leichen verstecken. Hilf mir." Sie deutete zu den großen Müllcontainern, die sich an einer Seite der Gasse aneinanderreihten.

Zusammen hoben sie den ersten Dämon in den Container.

„Ich habe nach dir gesucht", sagte Zoltan. „Sieht so aus, als hättest du meine Nachricht erhalten und dich entschlossen, mir zuzustimmen, dass wir uns unterhalten sollten."

Sie schnaubte. „Schmeichle dir nicht selbst." Sie deutete auf die nächste Leiche und ergriff die Beine des Toten.

Zoltan hakte seine Hände unter die Achseln des Dämons und zusammen trugen sie ihn zum Müllcontainer, schwenkten ihn vor und zurück, um genügend Schwung zu bekommen und ihn über die Kante zu hieven.

„Hör zu, Enya, zwischen uns gibt es offensichtlich etwas. Du und ich. Wir wollen dasselbe." Zumindest, wenn es um Sex ging.

Sie warf ihm einen genervten Blick zu. „Wenn du davon sprichst, deine toten Freunde von der Straße zu entfernen, ja, dann wollen wir dasselbe."

Er hob den dritten Typen hoch. „Die sind ganz sicher nicht meine Freunde."

„Und ich dachte immer, dass alle Dämonen zusammenhalten." Sie nahm die Beine des toten Dämons. „Sieht so aus, als gäbe es Ärger in der Unterwelt."

„Das könnte man so sagen. Jemand will mich umbringen."

„Das ist ja wohl klar."

Die dritte Leiche landete im Müllcontainer.

„Jemand will sich meines Throns bemächtigen. Und wer immer das auch ist, er meint's ernst."

Sie hob eine Augenbraue. „Eine Revolution? Sie wollen also einen nachsichtigeren Herrscher?"

„Im Gegenteil. Sie wollen einen härteren. Einen, der Resultate liefern kann, wenn es darum geht, die Hüter der Nacht zu vernichten."

Sie schüttelte den Kopf. „Ich verstehe. Also hattest du dir gedacht, du sackst mich ein und zementierst deine Herrschaft, indem du mich opferst. Welche Frau hört so was nicht gerne von dem Mann, mit dem sie schläft? Echt nett, Romeo."

Zoltan seufzte und fuhr sich mit der Hand durchs Haar. „Enya, so ist es nicht. Nicht mehr."

„Ach wirklich? Willst du mir erzählen, dass du dich geändert hast? So eine Scheiße! Dämonen ändern sich nicht." Sie versetzte dem vierten Dämon einen besonders harten Tritt, bevor sie ihn in den Müllcontainer warfen.

„Das sagst du immer, doch es sieht nicht so aus, als würdest du das selbst glauben. Oder du wärst mir heute Nacht nicht zu Hilfe gekommen. Verdammt, Enya, du hast mir das Leben gerettet. Du kannst mir nicht weismachen, dass du dafür keinen Grund hattest. Du empfindest etwas für mich und du weißt, dass ich etwas für dich empfinde." Das war keine komplette Lüge. Denn da er Enya begehrte, sorgte er sich um ihr Wohlergehen, daher empfand er etwas für sie.

„Es war eine Gegenl–"

„Nein, es war keine Gegenleistung und das weißt du auch. Du weißt, dass ich dir die zwei Dämonen auf den Hals gehetzt habe, damit ich dich retten konnte, also zählt das nicht."

„Es waren drei Dämonen, nicht zwei."

Er nickte. „Den dritten habe ich nicht geschickt." Er deutete zum Müllcontainer. „Wer auch immer diese Attentäter geschickt hat, hat auch den dritten Dämon gestern Nacht geschickt."

„Das ist so beschissen!"

Als Enya sich von ihm abwandte und auf den letzten toten Dämon zuging, schnappte er ihren Oberarm und brachte sie dazu, sich umzudrehen. „Dem stimme ich zu. Es ist beschissen. Aber das ändert nichts an der Tatsache, dass du heute Nacht den Großmächtigen, den Mann, von dem du behauptest, dass du ihn am meisten hasst, gerettet hast." Er zog sie zu sich. „Und erzähl mir nicht, dass du es getan hast, weil du glaubst, du schuldest mir etwas. Sag mir die Wahrheit."

Enya funkelte ihn an. „Du willst die Wahrheit? Ich geb dir die verdammte

Wahrheit." Ihre Nasenflügel bebten. „Es kann sein, dass du als Hüter der Nacht geboren wurdest und die Dämonen dich entführten."

Zoltan ließ ihren Arm los, als hätte er sich verbrannt. Sein Herz schlug ihm bis in die Kehle und raubte ihm seine Stimme.

„Ja, ich glaube, du bist Angus, der Sohn eines unserer Ratsmitglieder. Darum habe ich dir das Leben gerettet. Denn wenn du es wirklich bist, dann muss ich versuchen, dich zu retten."

„Das ist unmöglich. Ich würde wissen, wenn ich einmal ein Hüter der Nacht gewesen wäre, oder wenn mich jemand entführt hätte. Glaub mir, das ist nicht der Fall."

„Dafür gibt's eine Erklärung, aber hier ist nicht der richtige Ort für eine lange Unterhaltung. Also, wenn's dir nichts ausmacht ..." Sie deutete zu der fünften Leiche.

„Na gut, lass uns das fertig machen", brummte er. Doch die Vorstellung, dass er als Hüter der Nacht geboren worden war, war immer noch lächerlich, egal, was für eine Erklärung es gab. Er war durch und durch ein Dämon.

ENYA BEMERKTE ZOLTANS SKEPTISCHEN GESICHTSAUSDRUCK. Das konnte sie ihm nicht übelnehmen. Herauszufinden, dass der Anführer der Dämonen einmal ein Hüter der Nacht gewesen war, würde jeden durcheinander bringen. Kein Wunder, dass er nicht überzeugt aussah. Doch bald, wenn sie ihm die Beweise, die sie hatte, zeigte, würde er die Wahrheit akzeptieren müssen.

Als sie sich des fünften toten Dämons entledigt hatten, deutete Enya auf Zoltans Jacke. „Zieh sie aus und schmeiß sie weg."

Er warf ihr einen verwunderten Blick zu. „Dir gefallen plötzlich meine Klamotten nicht?"

„Siehst du die Flecken aus grünem Dämonenblut? Wenn du willst, dass ich dich zu einem sicheren Versteck bringe, ohne dass wir gesehen werden, dann schmeißt du sie weg." Sie warf ihre eigene Jacke weg, die auch von Blut befleckt war, dann begann sie, die Dolche der Dämonen einzusammeln. Sie wischte das grüne Blut sorgfältig ab, dann steckte sie die Dolche in ihre Stiefel und Taschen.

Zoltan warf seine Jacke in die Mülltonne. „Deshalb sah dich der fünfte Dämon. Du kannst Dämonenblut nicht unsichtbar machen."

Eine Sekunde lang zögerte Enya. Hatte sie ihm bereits zu viel offenbart? Schließlich war er immer noch ein Dämon.

„Keine Angst. Wir haben das bereits herausgefunden. Du hast keine Staatsgeheimnisse ausgeplaudert."

„Tja, dann lass uns mal. Sprich nicht, wenn wir uns in der Nähe von Leuten befinden, sonst werden wir entdeckt."

„Das wird interessant werden. Ich war noch nie unsichtbar."

„Kurzmeldung: Das bist du bereits. Also halte die Klappe und folge mir."

Zoltan sah auf seine Hände, drehte sie herum und stellte sich dann ihrem Blick. „Ich glaube, es funktioniert nicht. Ich kann mich immer noch sehen. Und übrigens auch dich."

Enya verdrehte die Augen. „Glaub mir, dass du für alle anderen unsichtbar bist. Also los, bevor ich es bedaure." Sie begann zu gehen und er ging neben ihr her. „Deine Augen wurden während des Kampfes dämonengrün. Hast du deine farbigen Kontaktlinsen verloren?"

„Sie haben sich aufgelöst. Das kommt von der Chemikalie, die die grüne Farbe erzeugt. Letztendlich brennt sie durch die Linsen."

Sie und ihre Kollegen hatten sich schon so etwas gedacht. „Wie lange halten sie an?"

„Diejenigen, die ich trug, etwa acht Stunden. Doch meine Untertanen haben nicht dieselben. Sie benutzen kommerziell erhältliche farbige Kontaktlinsen. Und die lösen sich ..." Er zögerte. „... schneller auf."

Sie schüttelte den Kopf. „Du magst wohl deine Untertanen nicht sehr, wie?"

„Sie sind entbehrlich. Und dumm."

„Schätzt du sie schon immer so ein?"

Er zuckte mit den Schultern. „Warum nicht? Ich bin intelligenter als sie, stärker als sie. Warum würde mein Gegenspieler sonst fünf Attentäter schicken?"

Sie lachte auf. „Arrogant, wie?"

„Du glaubst, ich bin angeberisch? Gefallen dir solche Männer?"

„Wir sprechen nicht über meinen Geschmack in Sachen Männern."

Glücklicherweise kamen gerade mehrere Leute auf sie zu, also hatte sie guten Grund ihn zum Schweigen zu bringen. „Leute kommen – ruhig."

In den nächsten zehn Minuten, während Enya sie durch mehrere belebtere Straßen navigierte, bis sie eine etwas abgelegenere Gegend erreichten, sprachen sie nicht. Vor ihnen, in der Nähe einer Autobahnauffahrt, befand sich ein Motel. Enya deutete darauf. Bei einer Ampel warteten sie, bis sich diese umschaltete, dann überquerten sie die Straße und betraten den Besitz. Direkt außerhalb des Büros hing ein Neonschild.

Sie zeigte darauf. „Von dem bleiben wir fern."

„Also weißt du es?", fragte er.

„Dass Neonleuchten ausbrennen, wenn ihnen ein Dämon zu nahe kommt? Ja, diese Warnung hat schon vielen Hütern der Nacht das Leben gerettet." Sie deutete zu einem Zimmer an einem Ende des Gebäudes, das wie ein T aussah. Das war ihre beste Wahl. Das Bürofenster, von dem der Manager einen direkten Blick auf dieses Zimmer gehabt hätte, war mit Holz verschlagen. Es schien, als hätte jemand das Glasfenster eingeschlagen.

Bei dem Zimmer am Ende blieb Enya stehen. „Ich schaue, ob es leer ist. Warte hier."

Sie marschierte durch die geschlossene Tür. Wie sie gehofft hatte, war der Raum unbenutzt. Es gab kein Gepäck, die Handtücher waren sauber, der Mülleimer leer und das Bett unbenutzt. Die Verdunklungsvorhänge waren schon zugezogen. Perfekt.

Sie ging zur Tür zurück und öffnete sie. „Schnell."

Zoltan kam herein und verschloss die Tür hinter sich. „Licht?", fragte er.

„Benutze nur die Nachttischlampe."

Er betätigte den Lichtschalter, während Enya die Dolche, die sie den toten Dämonen abgenommen hatte, aus den Stiefeln und Taschen nahm und sie auf einen kleinen Tisch legte.

Zoltan sah sich in dem spärlich beleuchteten Raum um. Sie bemerkte, wie sein Blick auf das Bett fiel und sich ein Grinsen auf seinen Lippen breit machte. Typisch.

„Das kannst du gleich wieder vergessen."

Zu ihrer Überraschung wischte er das Grinsen von seinem Gesicht und wurde ernst. „Sag mir, warum du glaubst, dass ich einmal ein Hüter der Nacht war und warum ich mich nicht daran erinnere."

„Du warst ein sechs Monate altes Baby, als es geschah."

„Als was geschah?"

„Als du entführt wurdest, obwohl deine Eltern damals glaubten, dass die Dämonen dich getötet hatten. In deiner Wiege war Blut, genug um annehmen zu müssen, dass sie dich umgebracht hatten."

Er hob eine Augenbraue. „Und woher willst du wissen, dass dieses Baby doch nicht tot ist?"

„Weil Winter es sah."

„Die Hellseherin."

Enya nickte. „Ja, ich glaube, du bist ihr begegnet." Sie stoppte sich. „Nein, lass mich das anders sagen. Du hattest sie entführt."

„Stimmt. Aber nur, um ihr ein Angebot zu machen. Leider hat sie mir jemand vor meiner Nase aus der Unterwelt geschnappt. Eines Tages darfst du mir erklären, wie ihr das geschafft habt."

„Nur im Traum", sagte Enya knapp.

„Na gut. Also hatte Winter eine Vision. Was sah sie?"

„Den Jungen als ein etwas älteres Kind, vielleicht zwölf Jahre alt, aber mit grünen Dämonenaugen."

„Das könnte jedes x-beliebige Kind sein. Wieso glaubt sie, dass der Junge, den sie sah, das Baby war, das die Dämonen entführten? Von dem, was ich von Babys weiß, sehen sie alle gleich aus, und du kannst mir nicht vormachen, dass du vorhersehen kannst, wie ein Kind zwölf Jahre später aussieht. Nichts für ungut. Es gibt nichts, das anzeigt, dass Winters Vision mit mir zu tun hat."

„Doch. Tatsächlich gibt es mehrere Dinge." Sie hob einen Finger. „Winter hatte ihre erste Vision von der Entführung des Babys, als sie in der Unterwelt war. Ich glaube, es geschah in dem Moment, als du sie schlugst, weil sie sich dir widersetzte. Dieser Körperkontakt könnte die Vision heraufbeschworen haben."

Er zuckte mit den Schultern. „Ist das alles?"

Enya schüttelte den Kopf und zog ihr Handy heraus. Sie öffnete die Bild-App und scrollte zu dem Foto, das sie zuvor in Cineads Haus gemacht hatte. Sie drehte den Bildschirm so, dass er ihn sehen konnte.

„Das ist dein Vater als junger Mann, vermutlich so alt, wie du jetzt bist. Als ich es heute Morgen sah, dachte ich mir, dass es mir bekannt vorkam. Ich konnte nur keine Verbindung herstellen, bis mir Winter von ihrer neuesten Vision erzählte, in der der Junge ein Dämon war. Da wurde mir alles klar."

Sie sah ihn direkt an, doch Zoltan begegnete ihrem Blick nicht. Stattdessen schienen seine Augen auf dem Foto auf ihrem Handy zu kleben. Er griff danach und nahm es ihr aus der Hand, wobei eine betäubende Stille seine Handlung begleitete. Dann schüttelte er den Kopf, als wollte er es nicht glauben.

„Viele Leute sehen einander ähnlich. Ich wette, dass, wenn wir die Welt absuchen, wir mehrere Männer finden, die mir ähnlich sehen. Das ist kein Beweis."

„Na gut." Enya nahm ihr Handy zurück. Sie wünschte, sie müsste ihren nächsten Befehl nicht erteilen, doch es schien, als wäre Zoltan sturer und schwerer zu überzeugen, als sie gedacht hatte. „Dreh dich um und zieh deine Hose herunter."

„Wie bitte? Heißt das, die Konversation ist vorbei und wir gehen direkt zum Sex über?"

„Hier geht's nicht um Sex."

„Okay, also Liebe machen. Wie immer du es auch nennen willst."

„Ich sagte, dreh dich um und zieh deine Hose runter."

Langsam wandte er sich um und begann, seine Hose aufzumachen. „Sei vorsichtig oder du machst mich noch ganz heiß und wir wissen doch beide, wohin das führt." Er schob seine Hose bis zur Mitte seiner Oberschenkel hinab.

„Die Boxershorts auch."

Er kam dem Befehl nach. „Gefällt dir, was du siehst?" Er hätte die Worte nicht großspuriger sagen können, wenn er es darauf angelegt hätte.

Enya beschloss, ihm nicht zu antworten, hielt die Kamera auf ihn und knipste ein Foto.

Zoltan wirbelte herum. „Hast du gerade meinen Arsch fotografiert? Ist das deine Vorstellung von versautem Vorspiel? Denn da kann ich dir viel bessere Vorschläge machen, wenn du mich nur danach fragst."

Sie lachte spöttisch. „Ich habe ein Bild von deinem Muttermal gemacht."

„Wozu?"

Sie drehte den Bildschirm des Handys zu ihm. „Das ist dein Muttermal."

Er zuckte mit den Schultern. „Glaubst du, das habe ich noch nie gesehen? Ich schaue ab und zu in den Spiegel."

„Das glaube ich gerne." Welcher Mann musterte sich nicht ab und zu, um zu sehen, ob er sich gut machte? Und Zoltan machte sich sehr gut, wenn es nach den Maßstäben der meisten Frauen ging. Ihrem Maßstab nach war er perfekt.

Sie wischte zu dem Foto, das sie früher am Tag gemacht hatte, und zeigte darauf. „Das ist ein Foto von einem Bild von Angus, Cineads Sohn. Schau dir die linke Pobacke an."

Zoltan beugte seinen Kopf näher zu ihrem, dann nahm er ihr das Handy aus der Hand und vergrößerte das Foto mit seinen Fingern. Seine Augen weiteten sich. Er wischte wieder zu dem Foto, das Enya gerade gemacht hatte, dann wieder zum anderen, dann hob er plötzlich seinen Kopf und starrte sie an.

„Das ist unmöglich."

„Ist es nicht", sagte sie. „Das bist du als sechs Monate altes Baby. Du bist Angus. Du bist Cineads Sohn und du warst ein Hüter der Nacht, als du geboren wurdest."

Verärgert drückte Zoltan Enya das Handy zurück in die Hand. „Na gut! Was, wenn es wahr ist? Glaubst du wirklich, mein Vater wird mich mit offenen Armen willkommen heißen? Ich hasse es, dich daran zu erinnern" – er deutete zu seinen Augen – „aber ich bin immer noch ein Dämon." Er zog seine Hose wieder hoch.

„Es muss einen Weg geben, das zu ändern." Sie steckte ihr Handy weg. „Wir können einen Weg finden."

„Wenn du irgendetwas über Dämonen weißt, und ich glaube, das tust du, dann weißt du das: Einmal ein Dämon, immer ein Dämon. Es gibt keine Erlösung."

Das wusste sie. Doch gegen alle Widrigkeiten hoffte sie, dass er irgendwie gerettet werden konnte.

Plötzlich lagen Zoltans Finger unter ihrem Kinn und er hob ihr Gesicht, damit sie ihn ansehen musste.

„Du weißt, dass es für einen Dämon keine Erlösung gibt, und trotzdem hast du mich heute Nacht gerettet. Nicht für meinen Vater, nicht für dein

Volk, sondern für dich, Enya. Du willst mich immer noch, doch du kannst die Tatsache nicht akzeptieren, dass ich ein Dämon bin und immer ein Dämon sein werde. Es ist an der Zeit, dass du dir das eingestehst.“

„Das kann ich nicht.“ Sie versuchte, sich aus seinem Griff zu befreien, doch er drückte sie an die Wand.

„Doch, das kannst du. Wenn ich, der Anführer der Dämonen, zugeben kann, dass ich mich in eine Hüterin der Nacht, meine Todfeindin, verliebe, dann kannst du das auch.“

15

Scheiße!

Die Worte waren heraus, bevor Zoltans Gehirn sie registrieren konnte. Er hatte das nicht sagen wollen. Liebe hatte keinen Platz in seinem Kopf und noch viel weniger in seinem Herzen. Warum verdammt nochmal sprach er also plötzlich von Verliebtheit? Tat er es, um Enya noch mehr zu manipulieren, damit sie zu ihm zurückkam? Das musste es sein. Die Beweislage war klar: Er wollte Enya in seinem Bett haben. Daher war jegliches Mittel erlaubt. Selbst ihr zu gestehen, dass er sich in sie verliebte? Natürlich. Allerdings hatte er keine bewusste Entscheidung getroffen, diese bestimmte Taktik anzuwenden, damit sie zu ihm zurückkam. Warum waren die Worte also so einfach, so glatt über seine Lippen gerollt? Und warum hatten sie so aufrichtig geklungen?

„Das ist doch absoluter Wahnsinn! Du bist nicht in mich verliebt!", sagte sie mit erhobener Stimme.

Etwas in ihrem Benehmen provozierte ihn so, dass er ihr widersprechen wollte. Aus reinem Trotz. „Wir wären nicht das erste feindliche Liebespaar. *Romeo und Julia? West Side Story?* Warum also nicht Zoltan und Enya?" Und ganz plötzlich fragte er sich selbst: Warum nicht *Zoltan und Enya*? Was war daran so falsch?

„Weil wir plötzlich nur noch Feinde haben würden. Mein Volk würde mich ausstoßen und dich jagen. Und deins würde das Gleiche tun."

Er schmunzelte, denn er war unverständlicherweise erfreut, welche Richtung die Konversation nahm. „Und wieder streitest du nicht ab, dass du Gefühle für mich hast. Glaubst du nicht, dass das etwas aussagt?" Er senkte seinen Kopf und brachte seine Lippen zu ihren, bis nur noch ein paar Zentimeter zwischen ihnen lagen. „Ich will dich, Babe, genauso sehr wie du mich willst. Wenn das nicht der Fall ist, dann stoß mich weg."

Sie könnte alles hier beenden. Aufgeben, sein Angebot annehmen, verschwinden. Doch er wollte nicht, dass sie das tat. Und warum auch? Er lechzte schon so lange nach Enya und jetzt war er so nahe dran, zu bekommen, was er wollte. Was tat es schon, wenn er Gefühle für sie entwickelte. Wenn er bedachte, wie heiß der Sex zwischen ihnen war, war es nicht gerade eine Überraschung, dass die Begierde zwischen ihnen sich in etwas Anderes, etwas Intimeres verwandelte. Das änderte nichts für ihn. Er war immer noch der Großmächtige. Wo stand denn geschrieben, dass der Großmächtige sich nicht verlieben durfte und trotzdem weiterhin über die Unterwelt herrschen konnte?

Er musterte Enyas Gesicht. Obwohl er nicht genau wusste, wie sie sich letztendlich entscheiden würde, wusste er eins mit Sicherheit: Sie bedauerte keinesfalls, was sie getan hatte. Sie hatte den Kampf genossen, hatte es genossen, die Dämonen zu töten – und ehrlich gesagt, er auch – und nicht nur, weil sie glaubte, dass Zoltan als Hüter der Nacht geboren worden war und sie ihn retten musste.

Diesen Teil glaubte er jetzt. Die Beweise waren selbst für ihn zu überzeugend, um sie zu verleugnen. Als er das Foto seines Vaters als junger Mann gesehen hatte, war es ihm vorgekommen, als schaute er in einen Spiegel. Obwohl er wusste, dass Enya ihm die Wahrheit gesagt hatte, änderte das nichts für ihn. Er könnte nie wieder ein Hüter der Nacht werden. Er würde immer ein Dämon bleiben. Und es war diese Tatsache – eine Tatsache, die Enya besser als jede andere kannte – die ihn vermuten ließ, dass Enya ihn aus egoistischen Gründen gerettet hatte.

Sie hatte Gefühle für ihn und wenn er sie erst wieder in sein Bett bekam, dann würde er sie zwingen, sich diesen Gefühlen zu stellen. Er würde sie dazu bringen, zu erkennen, dass aus ihrer Beziehung, obwohl sie mit Täuschung und jeder Menge Sex begonnen hatte, mehr werden konnte. Schließlich hatte er schon seit Jahren Fantasievorstellungen von Enya und obwohl er immer geplant hatte, sie zu seiner Sklavin zu machen, sobald er die Hüter der Nacht besiegt hatte, klang dieser Gedanke nun hohl. Er wollte Enya nicht gegen ihren Willen nehmen. Er wollte, dass sie ihn mit der vollen Erkenntnis, wer und was er war, wollte. Kein Wenn und Aber. Ihm wurde jetzt klar, dass es nie genug gewesen wäre, sie zu seiner Sklavin zu machen. Er wollte sie als seine Königin.

„Enya", murmelte er. „Du musst eine Entscheidung treffen. Zeig mir, dass ich dir nicht gleichgültig bin, oder stoß mich weg."

„Ich brauche Zeit", sagte Enya und ihr Atem strich dabei über seine Lippen.

Er erkannte ihre Worte als einen Hilfeschrei. „Ich gebe dir so viel Zeit, wie du brauchst, bis du so weit bist, mir zu gestehen, was du empfindest. Aber ich brauche dich jetzt in meinem Bett. Ich kann keine Sekunde länger warten. Also flehe ich dich an, selbst wenn du nur Lust für mich empfindest, teile zumindest diese mit mir."

Sie hob ihre Hände zu seinem Gesicht und umschlang es. „Wird das reichen?"

„Nein. Aber ich kann ein geduldiger Mann sein." Er ließ eine Hand auf ihren Hintern gleiten und zog sie an sich, damit sie seinen Schwanz spüren musste. „Mein Körper ist allerdings nicht so geduldig. Wenn ich in deiner Nähe bin, kann ich meine fleischlichen Gelüste nicht kontrollieren. Wenn ich mit dir zusammen bin, kann ich diesen Teil von mir nicht beherrschen." Tatsächlich hatte er bereits eine ausgewachsene Erektion und sie hatten sich noch nicht einmal geküsst.

„Sagst du das nur, um mich ins Bett zu bekommen?", fragte sie.

Er wich ein bisschen mit seinem Kopf zurück und Enya senkte ihre Hände auf seine Brust. „Oh, Enya. Dich ins Bett zu bekommen, wäre so einfach. Ich müsste dich nur einfach daran fesseln und dich so lange reiten, wie ich will. Aber das reicht mir nicht. Es war lange Zeit mein Fantasiebild ... von dem Moment an, als ich dich das erste Mal sah. Doch alles hat sich geändert. Jetzt will ich so viel mehr. Ich will, dass du mich willst, *mich*, Zoltan. Ich will, dass du freiwillig zu mir kommst. Ich will, dass du dich danach sehnst, meinen Schwanz in dir zu spüren. Meinen Mund auf deinen

Titten. Meine Hände auf deiner Haut. Denn danach sehne ich mich: in deiner engen Muschi gefangen zu sein und deine Hände und Lippen auf mir zu spüren. In deine Augen zu schauen, wenn du kommst, wenn nur wir beide zählen. Das ist, was ich will.“

Ein abgehackter Atemzug rollte über Enyas Lippen. „Du musst aufhören zu sprechen oder ich komme, ohne dass du mich berührt hast.“

„Ich nehme an, das heißt, dass du mein Bett teilen willst.“

Enya antwortete nicht. Stattdessen legte sie ihre Lippen auf seine und küsste ihn. Dabei schlang sie ihre Arme um ihn und drückte sich an ihn, als befürchtete sie, dass er versuchen würde zu fliehen.

Zoltan hieß sie willkommen, indem er mit seiner Zunge in ihren Mund drang und mit ihrer tanzte. Er liebte es, sie zu küssen, ihr sanftes Stöhnen zu entlocken, bis sie atemlos war, bis ihr Körper weich und nachgiebig war. Er spürte ihren Busen an seiner Brust, spürte ihre harten Brustwarzen, die durch sein Hemd stachen. Er drückte ihren Hintern, genoss es, wie fest sich ihr Fleisch in seiner Hand anfühlte. Enya tat nichts zögerlich. Wenn sie sich ihrer fleischlichen Gelüste hingab, dann tat sie das voll und ganz und hielt nichts zurück. Das liebte er an ihr. Sie spielte keine Spielchen mit ihm, war weder schamhaft noch berechnend, sondern sündhaft und leidenschaftlich.

Er liebte es, wie sie seine Hose nach unten schob und sich an seinem Schwanz rieb, beinahe die harte Erhöhung ritt, wo von der Spitze schon etwas Samen entkommen und durch seine Boxershorts gesickert war. Er war auch nicht untätig, zog ihr das Oberteil aus der Hose und ließ seine Hand daruntergleiten. Wie schon die Male zuvor trug sie nichts darunter, keinen BH, der ihm den Zugriff verweigern würde. Ihre Kleidung war so unkompliziert wie ihre Einstellung zum Sex.

Er nahm eine Brust gefangen und knetete sie in seiner Handfläche, genoss die Art und Weise, wie ihr festes Fleisch auf seine Berührung reagierte und wie Enya in seinen Mund stöhnte, als er ihren Nippel hart zwickte. Doch obwohl er wusste, dass sie es grob mochte, würde es heute Nacht anders sein. Heute Nacht würde er ihr zeigen, dass er etwas für sie empfand, dass er ein zärtlicher Liebhaber sein konnte, ein zärtlicher Mann.

Ihm wurde heiß, also ließ er einen Moment von Enya ab und entledigte sich seines Hemdes, dann griff er nach Enyas Oberteil und zog es ihr über den Kopf.

„Mein Gott, du hast wunderschöne Titten“, sagte er und zog sie zurück in seine Arme. „Alles an dir ist perfekt.“

Er nahm ihre Lippen wieder gefangen, während er sich daran machte, Enyas Hose zu öffnen und diese weit genug hinunter zu schieben, dass er seine Hand in ihr Höschen gleiten lassen und ihre Muschi berühren konnte.

Enya keuchte und warf ihren Kopf zurück, ihre Augen waren geschlossen. „Oh Gott.“

Er rieb entlang ihres feuchten Schlitzes, dann schob er einen befeuchteten Finger zu ihrem Lustknopf. „Schau mir in die Augen und ich lass dich kommen.“ Er wollte, dass sie seine Dämonenaugen sah, während er ihr Vergnügen bereitete, wollte, dass ihr bewusst wurde, dass, obwohl er ein Dämon war, er ihr nicht wehtun würde. „Bitte.“

Enya öffnete ihre Augen und sah ihn direkt an.

„Genau so, Babe. Genau so.“ Er hielt ihren Blick fest, während er kleine Kreise über ihre Klitoris malte und das Organ fester und schneller rieb. Enya keuchte und öffnete ihren Mund. Schweiß sammelte sich auf ihrer Stirn. Er beschleunigte sein Tempo, streichelte ihr Lustzentrum immer gieriger. Er hätte nie gedacht, dass er es liebte, einer Frau Vergnügen zu bereiten, ohne etwas für sich selbst zu wollen. Doch in diesem Augenblick konnte er nur an Enyas Vergnügen denken.

„Oh, oh ...“ Ihre Augenlider flatterten und ihr Körper verkrampfte sich.

Er wusste, dass sie nahe dran war. „Ich will meinen Namen hören, wenn du kommst. Kannst du das für mich tun? Kannst du meinen Namen ausrufen?“ Nichts würde ihm mehr Vergnügen bereiten.

Ihre Augen weiteten sich, als hätte sie für einen Augenblick vergessen, wer er war. Doch dann zwickte er ihre Klitoris und Enya verkrampfte sich. Zoltan glitt mit seinem Mittelfinger in ihre Scheide, während er seinen Daumen auf ihre Klitoris drückte.

„Oh ... oh ... Zoltan, ja, ja!“

Ihre Muskeln verkrampften sich um seinen Finger und gewährten ihm den köstlichen Augenblick ihrer Ergebung und ließen ihn an ihrem Vergnügen teilnehmen.

„Wunderschön“, murmelte er und senkte seinen Kopf, um sie zu küssen.

Sie sackte gegen ihn zusammen und er fing sie auf und hielt sie fest, bis ihr Orgasmus verebbte. Er schaffte es, sich seiner Stiefel und Hose zu entledigen, dann hob er Enya hoch und trug sie zum Bett, wo er sie sanft hinlegte.

Langsam befreite er sie vom Rest ihrer Kleidung und zog seine Boxershorts aus. Jetzt nackt senkte er sich über sie und als hätten sie das schon tausende Male getan, machte Enya ihre Beine breit und hieß ihn willkommen. Er drang mit einem Stoß in sie ein und verankerte sich bis zum Anschlag.

Enya sah zu ihm hoch und legte ihre Hände auf seine Hüften. „Ich liebe deinen Schwanz in mir, Zoltan. Mach Liebe mit mir."

So wie sie seinen Namen sagte, kam er beinahe zum Höhepunkt. Sie sah ihn jetzt wirklich und er sah keinerlei Abscheu, keinerlei Angst in ihren Augen, wenn sie ihn ansah. Vielleicht hatten sie doch eine Chance.

„Was immer du willst", sagte er.

Er stützte sich auf Knien und Ellbogen ab und begann, sich in ihr zu bewegen, sich ein paar Zentimeter herauszuziehen und dann wieder in ihre willkommenheißende Wärme zurückzugleiten. Er nahm sich Zeit. Er war nicht in Eile. „Ich liebe es, wie eng du bist. Ich liebe es, wie du mich wiegst." Er verlagerte sich, sodass er seinen Kopf zu ihren Brüsten senken und diese küssen konnte. „Und ich liebe es, wie deine Brüste sich an mir reiben und deine harten Nippel mich kitzeln."

Er zog seine Hüften zurück und stieß, dieses Mal schneller, nach vorne. Enya ließ ein Stöhnen erklingen und bäumte sich ihm entgegen. Er lächelte sie an. „Ich wollte nicht, dass du glaubst, ich hätte deine Muschi vergessen." Er lieferte ein paar schnelle Stöße, gefolgt von langsamerem Schaukeln, das dazu gedacht war, ihre Klitoris zu entfachen.

„Das mag ich", murmelte Enya.

„Gut." Er verlagerte sich wieder, hob ein Bein über ihren Schenkel, damit ihre Beine miteinander verflochten waren wie eine Schere. „Dann magst du das vielleicht auch." Er presste sich an sie, drückte ein Bein gegen die Außenseite ihres Oberschenkels und verursachte damit das Gefühl, dass ihre Muschi noch enger war. Gleichzeitig drückte er seine Leiste noch fester an ihre Klitoris, damit die Reibung Enyas Erregung erhöhte.

„Zoltan", rief sie atemlos aus.

Er wiederholte die Bewegung, während er seinen Kopf zu einer Brust neigte und ihren Nippel in seinen Mund saugte. Er schleckte darüber, während er gleichzeitig tief in ihre Scheide stieß. Er war sich vollkommen bewusst, dass Enya nicht viel mehr ertragen konnte, doch sie beschwerte sich nicht. Er hatte richtig geraten: Sie wollte im Bett dominiert werden, wollte, dass sich jemand um sie kümmerte, damit sie sich gehen lassen konnte. Und er liebte es, sie so zu sehen, wie sie ihren Körper genoss.

Immer wieder stieß er seinen Schwanz tief in sie und jedes Mal rollten Laute des Vergnügens über Enyas Lippen.

„Sprich mit mir“, sagte sie schwer atmend. „Deine Stimme. Ich muss sie hören.“

Ein Lächeln bildete sich auf seinen Lippen. „Du willst, dass ich versaut mit dir rede?“

Sie keuchte. „Ja. Deine Stimme erregte mich schon von dem Augenblick an, als wir uns in der Bar kennenlernten, sogar bevor ich dein Gesicht sah. Ich spürte es.“

Er drang tief und hart in sie ein. „Ich hätte dich auf der Straße ficken können und du hättest es mir erlaubt, nicht wahr?“

Ihre Augen weiteten sich, doch dann gab Enya zu, was ihm ihre Augen bereits mitteilten: „Ja.“

„Das wollte ich.“ Er beschleunigte seine Stöße. „Ich wollte dich gleich dort ausziehen und dich ficken, egal wer zuschaute.“

Enya erschauderte und ihre Nippel wurden noch härter.

„Und du hättest mir gleich dort den Schwanz gelutscht, wenn ich es verlangt hätte, nicht wahr?“

Enya drückte ihren Kopf in das Kissen und bäumte sich ihm entgegen. „Ja!“

„Ja, weil du lasterhaft bist, Enya. Du willst dich sündhaft benehmen.“ Er lieferte ein paar Stöße, doch bald würde er die Beherrschung verlieren. Zu wissen, was Enya ihm schon in dem Moment erlaubt hätte, als sie sich kennen lernten, machte ihn geiler als je zuvor. „Ich hätte dir gleich dort auf der Straße meinen Schwanz füttern sollen.“

„Warum hast du es nicht getan?“, fragte sie stöhnend.

„Weil ich keine Ahnung hatte, wie sündhaft du bist.“ Er senkte seinen Kopf zu ihrem Gesicht. „Und wie ausgehungert nach Sex. Genauso ausgehungert wie ich. Also sei jetzt ein gutes Mädchen und drück meinen Schwanz ganz fest.“

Er spürte, wie ihre Muskeln seinem Befehl nachkamen und sie seinen Schwanz wie eine Faust umklammerten. Das war genau, was er brauchte.

„Fuck!“, sagte er, als sein Samen bereits durch seinen Schwanz schoss und aus der Spitze heraus explodierte.

Unter ihm spürte er Enya eine Sekunde nach ihm zum Orgasmus kommen. Ihre Muskeln zuckten, ihre Brust hob sich. Er sah in ihr Gesicht und erkannte einen Ausdruck reiner Freude und Glückseligkeit. Erleichtert und befriedigt brach er auf ihr zusammen und rollte sich von ihr, bevor er sie wieder an sich zog, sodass ihr Rücken sich an seine Brust schmiegte und ihr Hintern sich in die Kurve seines Körpers gegen seine Leiste drückte.

Obwohl er gerade gekommen war, war sein Schwanz noch hart. Er richtete ihn mit ihrer Muschi aus und glitt von hinten in sie hinein. Ihre Scheide, die jetzt von ihren gemeinsamen Säften triefte, verengte sich sofort um ihn.

„Hmm“, sagte Enya und zog seinen Arm um ihren Körper.

„Ist das ein *hmm, das ist gut*, oder ein *hmm, was hat er jetzt vor*?“, fragte Zoltan.

Enya wandte ihren Kopf, um ihn anzusehen. „Es ist ein *hmm, ich bin überrascht*.“

„Weswegen?“

„Ich hatte keine Ahnung, dass du ein Mann bist, der nach dem Sex kuschelt.“

„Vielleicht mache ich mich ja für die nächste Runde bereit“, neckte er sie.

„Nein, tust du nicht.“

„Darf ich dir ein Geheimnis gestehen?“

„Sicher.“

„Das habe ich noch nie getan. Ich meine, nach dem Sex mit einer Frau zu kuscheln.“ Er hatte es nie verstanden. Nie das Bedürfnis danach gehabt. Und er verstand auch nicht, warum er ihr dies jetzt offenbarte. Hatte sein Orgasmus ihm den Verstand geraubt?

„Soll das heißen, dass Dämonen nicht kuscheln?“

Er lachte leise. „Nein, soll es nicht. Aber ich hatte noch nie das Bedürfnis, nach dem Sex eine Frau in den Armen zu halten. Das wollte ich nie. Aber mit dir, ich weiß nicht, da ist es einfach anders. Ich will die Nacht mit dir verbringen. Mit dir einschlafen und zusammen aufwachen.“

„Sagst du das nur, um mir zu beweisen, dass du kein böser Dämon bist?"

„Ich sage dir die Wahrheit." Er verstand, warum sie misstrauisch war. Schließlich hatte er sie zuvor betrogen.

Sie nickte. „Okay, da wir bei der Wahrheit sind, darf ich dich etwas fragen?"

„Natürlich."

„Dämonen werden nicht krank, stimmt's?"

„Richtig. Wir sind unsterblich, so wie ihr."

„Was hatte es dann mit dem Migräneanfall auf sich? Hast du den nur vorgespielt, um mich in dein Netz zu ziehen?"

Er legte seine Hand auf ihre Schulter, um Enya halbwegs zu ihm zu drehen. „Nein. Das ist nicht etwas, das ich je vortäuschen würde. Welcher Mann will denn vor der Frau, die er versucht zu verführen, schwach aussehen? Glaub mir, wenn ich diese Migräneanfälle loswerden könnte, dann würde ich das unverzüglich tun."

„Aber ich verstehe nicht, wie du als Dämon Migräne haben kannst. Das ist eine Krankheit. Dämonen werden nicht krank. Das hast du selbst gesagt."

Er zuckte mit den Schultern. „Das weiß ich. Aber ich kann nicht einfach jemanden danach fragen, oder? Meine Untertanen wissen nichts davon. Bis jetzt habe ich es immer geschafft, sie vor jedem zu verbergen, denn wenn sie je von meinem Leiden Wind bekommen, bin ich so gut wie tot. Niemand will einen schwachen Herrscher."

„Du bist nicht schwach."

Es war lieb, dass sie das sagte, doch das änderte nichts daran, wie diese Anfälle ihn machten: verletzlich. „Sag das den anderen Dämonen. Ein Herrscher sitzt nur so lange auf dem Thron, wie er ihn auch verteidigen kann."

„Glaubst du, dass jemand von deiner Migräne erfahren hat und dass sie dir deshalb heute die Attentäter auf den Hals gehetzt haben?"

„Nein. Sollte jemand es herausfinden, würde derjenige das allen Dämonen mitteilen. Sie würden keine Attentäter schicken müssen. Jeder würde hinter mir her sein. Es würde nicht viel bedürfen, mich zu stürzen. Das würden sie nicht in der Menschenwelt tun. Sie würden es in der Unterwelt tun, damit jeder Zeuge davon werden könnte."

„Warum?"

„Weil derjenige, der mich tötet, den Thron bekommt. Er wird als der stärkste Dämon, der rechtmäßige Erbe angesehen werden. Ich glaube, derjenige, der hinter den Attentaten steckt, ist viel hinterhältiger. Er will nicht als derjenige angesehen werden, der mich ohne guten Grund umbringt. Das würde eine Revolte unter jenen auslösen, die mir treu sind. Ich vermute, dass seine eigene Gefolgschaft gering ist. Er muss mich umbringen lassen und dann später seine eigenen Attentäter bloßstellen und sie vor Gericht bringen und sich dadurch die Position als Großmächtiger verdienen, weil er meinen Tod gerächt hat."

„Verdächtigst du jemanden?"

„Mehrere, doch mein Hauptverdächtiger ist Vintoq, meine rechte Hand. Er ist schlau und ehrgeizig. Doch ich kann nichts beweisen. Daran arbeite ich noch."

„Wenn's darum geht ..."

„Ja?"

Enya seufzte. „Ich glaube nicht, dass du in die Unterwelt zurückkehren solltest. Bleib hier und –"

„Ich bin der Herrscher", unterbrach er. „Wenn ich nicht zurückkehre, dann macht sich jemand anderer zum Großmächtigen. Und ich kann meinen Thron nicht einfach kampflos aufgeben."

Enya wandte sich ganz zu ihm und sein Schwanz rutschte aus ihrer Scheide. Sie setzte sich auf. „Aber das ist doch nicht mehr wichtig. Habe ich dir denn nicht bewiesen, woher du kommst? Wer dein Vater ist? Cinead ist ein Ratsmitglied. Er wird respektiert. Ich bin mir sicher, dass wir zusammen herausfinden können, wie wir dich wieder in einen Hüter der Nacht verwandeln."

Zoltan ergriff ihre Schultern, denn er wollte diesen unmöglichen Traum aus ihr herausschütteln. „Kein Dämon ist je wieder in das verwandelt worden, was er zuvor war. Am allerwenigsten ein Dämon wie ich. Ich habe zu viele niederträchtige Taten begangen. Ich verdiene keine Erlösung. Warum kannst du das nicht akzeptieren?"

„Weil ich nicht will, okay? Ich will nicht akzeptieren, dass du dich nie mehr zurückverwandeln kannst." Tränen stiegen in ihre Augen. „Warum versuchst du denn nicht zumindest einen Weg zu finden?"

Zoltan zog sie in seine Arme und wiegte sie. „Es tut mir leid. Ich wollte dir nicht wehtun. Ich bin nur realistisch.“ Er drückte einen Kuss in ihr Haar. „Bitte weine nicht, Babe. Das tut mir im Herzen weh.“

Sie hob ihren Kopf und sah ihn an. „Weil du nicht durch und durch böse bist. In deinem Inneren steckt noch etwas Gutes.“

Er schenkte ihr ein trauriges Lächeln. „Meine Gefühle für dich sind das einzig Gute in mir.“ Und selbst diese waren kaum stark genug, um ihn in eine gute Person zu verwandeln. „Alles Gute, das mir widerfahren ist, ist dein Tun. In jener Nacht konntest du selbst meine Migräne verscheuchen. Als du mich berührtest, hast du sie verdrängt.“ Er küsste sie zärtlich. „Es war vermutlich dein Virta, das mir half.“

Ihre Augen weiteten sich. „Du weißt vom Virta der Hüter der Nacht?“

„Ja, wir sind uns dessen bewusst. Keine Angst; wir können nur die Lebenskraft eines Menschen aussaugen, nicht das Virta eines Hüters der Nacht.“

Sie nickte abwesend. „Aber ich habe mein Virta nicht benutzt, um dir bei deiner Migräne zu helfen. Ich wagte es nicht, sonst hättest du es vielleicht gespürt und die Nebenwirkungen gesehen und Fragen gestellt.“

Das überraschte ihn. „Was hast du dann getan?“

„Nichts. Ich habe dich nur berührt und dir zugeredet. Vielleicht hast du dich nur entspannt und darum verging sie. Was hat sie denn eigentlich ausgelöst? Vielleicht sollten wir damit anfangen.“

Er erinnerte sich ganz genau an den Augenblick. Doch er zögerte, das in Worte zu fassen, woran er damals gedacht hatte.

„Du weißt, was sie ausgelöst hat …“ Sie sah ihn an. „Was war es?“

Er vermied ihren Blick. „Es tut mir leid, Enya …“

Sie legte ihre Hand unter sein Kinn und zwang ihn, sie anzusehen. „Sag es mir.“

Er holte tief Luft. „Ich dachte daran, wie nahe ich meinem Ziel war, dein Vertrauen zu gewinnen, damit du mich bald zu deinem Komplex mitnehmen würdest. Damit ich die Hüter der Nacht von innen heraus zerstören könnte.“

Ganz lange sagte Enya nichts. Hatte er das wenige Vertrauen zerstört, das sie zwischen ihnen aufgebaut hatten?

„Und während der Migräne, als ich versuchte, sie zu lindern, woran dachtest du da?“, fragte sie.

Er zuckte mit den Schultern. „Was macht das jetzt noch aus?“

„Es macht was aus."

„Ich vergaß meinen Plan. Ich vergaß, dass ich dich hinterging. Ich dachte nur noch daran, dass ich die Nacht mit dir verbringen wollte, nicht weil es Teil meines Plans war, sondern weil ich dich wollte. Das tue ich immer noch."

„Das muss es gewesen sein", sagte sie wie zu sich selbst.

Er sah sie an. „Was muss es gewesen sein?"

„Du hast die Migräne selbst verscheucht. Du hast sie dadurch ausgelöst, dass du an deinen Plan, mir und meinen Kameraden wehzutun, gedacht hast, und du hast sie verscheucht, indem du diesen Plan vergessen hast."

„Aber das ist unmöglich."

„Vielleicht nicht", sagte sie aufgeregt. „Verstehst du denn nicht? Ich glaube, in dir steckt immer noch ein Teil eines Hüters der Nacht. Und dieser Teil rebelliert, wenn du versuchst, uns Schaden zuzufügen."

Konnte das der Grund sein? Wollten seine Migräneanfälle ihm mitteilen, dass er einen anderen Weg einschlagen sollte? Einen, der zur Erlösung führte? Selbst wenn das wahr wäre, würde er das überhaupt wollen? Er war ein Dämon, seit er sich erinnern konnte. Wer würde er denn sein, wenn er nicht mehr der Großmächtige war?

Konnte er diese Art von Macht aufgeben? Und wofür? Für eine ungewisse Zukunft?

16

Enya streckte ihre müden Glieder und öffnete die Augen. Ihr langes Haar fiel wie ein dicker Vorhang großer Locken über ihr Gesicht. Sie hatte ihre Zöpfe vor dem Zubettgehen gelöst, um besser schlafen zu können. Die Verdunklungsvorhänge waren noch geschlossen, doch an einer Seite drang etwas Licht in den Raum. Es war Morgen. Sie hatte gut in Zoltans Armen geschlafen und sich sicher gefühlt, doch sie hatte auch geträumt. Im Schlaf hatte ihr Gehirn versucht, eine Lösung zu finden, um Zoltan zu retten. Sie versuchte, sich an das Gesicht zu erinnern, das sie in ihrem Traum gesehen hatte, das Gesicht einer Person, die ihr vielleicht helfen konnte.

Sie drehte sich zur anderen Seite und streckte die Hand nach Zoltan aus. Doch sie berührte nur ein leeres Kopfkissen. Sie schoss hoch und schaltete die Nachttischlampe an. Ihre Augen flogen zu der Stelle am Boden, wo Zoltan in der Nacht zuvor seine Kleidung fallen gelassen hatte. Die Klamotten waren weg, ebenso wie seine Stiefel.

Fuck! Er war verschwunden. Ohne ein Wort. Wie ein Dieb in der Nacht. Hatte ihm die letzte Nacht denn nichts bedeutet? Indem er ihr sagte, dass er unmöglich ändern konnte, was er war, hatte er damit versucht, ihr beizubringen, dass es keine Zukunft für sie gab? Keine gemeinsame Zukunft?

Nackt sprang sie aus dem Bett und eilte zum Tisch. Die Dolche, die sie dort in der Nacht zuvor hingelegt hatte, waren noch da. Sie griff nach einem und sah das Blatt Papier, das dieser beschwert hatte. Sie nahm es hoch und ihr Puls beruhigte sich sofort.

Ich hole uns Frühstück. Warte auf mich. Bin gleich wieder da. Z.

„Sei nicht paranoide", murmelte sie sich zu. Nach dem, was sie in der letzten Nacht miteinander geteilt hatten, würde Zoltan nicht einfach verschwinden. Er hatte ihr gestanden, dass er Gefühle für sie hegte, obwohl er nicht genau geäußert hatte, welche. Und er hatte ihr von seinem schändlichen Plan erzählt, ihr Geheimnisse offenbart, die er niemals einem Feind gegenüber preisgeben würde.

Sie atmete ein paarmal tief durch und ging zur Dusche.

Zoltan empfand etwas für sie. Und sie für ihn.

Enya drehte das Wasser auf und trat unter die Brause. Ihre besten Ideen hatte sie immer unter der Dusche. Der stete Wasserstrahl, der über ihren Körper rieselte, wirkte wie eine Meditation. Es war beinahe hypnotisch und transportierte sie zu ihren Träumen zurück.

Vor ihrem geistigen Auge sah sie alte Bücher und Manuskripte. Vielleicht würde sie in den alten Geschichtsbüchern einen Hinweis finden. Es musste doch ein Ritual geben oder einen Zaubertrank, der einen Dämon in seine ursprüngliche Form zurückverwandeln konnte. Sie erstarrte. Oder einen Zauberspruch. Ja, einen Zauberspruch. Ganz plötzlich erschien das Gesicht der Person, die sie im Traum gesehen hatte. Das war es. Sie wusste, was sie zu tun hatte.

Rasch duschte sie fertig und trocknete sich ab. Mit einem Handtuch um ihren Körper gewickelt, ihr Haar offen über ihren Rücken fallend, verließ sie das Bad. Sie fand ihr Höschen, zog es an und warf das Handtuch aufs Bett. Ihr Oberteil war verknittert, doch das war egal. Sie zog es über ihren Kopf und versuchte, ihr Haar zu entwirren. Da sie keinen Kamm zur Hand hatte, zog sie schnell ihre Haare zu einer Seite ihres Kopfes und flocht einen langen Zopf. Sie würde es später gut durchkämmen. Aber jetzt hatte sie wichtigere Dinge zu tun.

Enya stieg in ihre Cargohose und zog sie hoch. Sie spürte etwas Schweres in einer der Taschen und tastete danach. Es war nur ihr Handy – natürlich abgeschaltet, damit ihre Kollegen sie nicht aufspüren konnten, für den Fall, dass ihnen auffiel, dass sie noch nicht zum Komplex zurückgekehrt war. Allerdings bezweifelte sie, dass ihre Kameraden schon nach ihr suchten. Schließlich wusste Hamish, dass sie geplant hatte, in der Nacht zuvor mit ihrem Freund „Eric“ zu sprechen, um ihm zu erklären, was er gesehen hatte. Weder Hamish noch die anderen würden es sonderbar finden, dass sie nicht im Komplex geschlafen hatte. Das verschaffte ihr etwas Zeit, bis sie ihr Fragen stellen würden. Zeit, die sie brauchte, denn sobald Zoltan mit dem Frühstück zurück war, würde sie auf eine kurze Reise gehen müssen.

Ein Geräusch, als trete jemand mit einem Stiefel gegen die Tür, ließ ihren Blick dorthin schnellen. Bevor sie sich fragen konnte, wer so etwas tun würde, wurde ihr klar, dass es nur Zoltan sein konnte. Er hatte keinen Schlüssel und vermutlich die Hände voll mit Kaffeebechern und was immer er sonst noch als Frühstück ansah. Barfuß eilte sie zur Tür, denn sie wollte ihn draußen nicht zu lange warten lassen, falls das Zimmermädchen schon begonnen hatte, die Zimmer sauber zu machen.

Sie drehte den Türknauf, doch bekam nicht einmal die Gelegenheit die Tür aufzuziehen, denn jemand trat sie auch schon auf. Die Tür traf sie. Ein Mann mit einer Sonnenbrille drängte sich herein. Zwei andere, die Augen ebenfalls hinter Sonnenbrillen versteckt, folgten ihm. Sie musste kein Genie sein, um zu erkennen, dass das keine Menschen waren. Ihre Waffen identifizierten sie als Dämonen.

„Fuck!“ Sie sprang auf und wirbelte herum, um nach dem Dolch zu hechten, den sie auf den Nachttisch gelegt hatte. Die Dolche, die sie in der Nacht zuvor den toten Dämonen abgenommen hatte, waren außer Reichweite – um an sie heranzukommen, müsste sie direkt auf die Dämonen zulaufen.

Sie schwang sich über das Bett, um sich den Dolch vom Nachttisch zu schnappen, berührte auch schon dessen Griff, als einer ihrer Angreifer sie am Knöchel packte und ruckartig nach hinten zog. Sie kämpfte gegen ihn an.

„Hör auf, dich zu wehren, du Schlampe!“

Ein zweiter Dämon schnappte einen ihrer Arme und kugelte ihn beinahe aus dem Gelenk, als er ihn nach hinten bog.

Enya schrie vor Schmerz auf. „Ich werde euch Scheißkerle umbringen!“

Der dritte Dämon sprang aufs Bett und ergriff ihren Zopf. Er zog ihn so schnell zurück, dass sie ein Schleudertrauma erlitten hätte, wenn sie nicht unsterblich gewesen wäre.

„Nicht, wenn wir dich zuerst umbringen", grunzte einer ihrer Angreifer.

Sie versuchte, ihm mit ihrem freien Arm einen Hieb zu versetzen, doch die anderen zwei Dämonen drückten sie zu fest nach unten, und einer rammte sein Knie in ihren Rücken, sodass sie nicht ausholen konnte. Bevor sie noch einen weiteren Fluch ausstoßen konnte, schob ihr ein Dämon einen Lappen in den Mund.

„Halt die Klappe, Hüterin!"

Enya wehrte sich und kämpfte so sehr gegen sie an, dass es aller drei Dämonen bedurfte, sie vom Bett zu heben. Schließlich berührten ihre Füße wieder den Boden und sie versuchte, sich darin zu verkrallen, doch die Dämonen schleppten sie einfach mit, zerrten sie durch die Tür hinaus und um die Ecke des Gebäudes.

Dort, neben einem großen Baum machte einer eine Handbewegung und beschwor einen Vortex hervor.

Fuck! Sie nahmen sie mit in die Unterwelt! Sie versuchte zu schreien, doch der Knebel in ihrem Mund hinderte sie daran.

Zoltan, für diesen Verrat wirst du büßen! Ich werde dich umbringen, selbst wenn es das Letzte ist, was ich tue!

Sie war sich sicher, dass Zoltan den Dämonen gesagt hatte, wo sie sie finden konnten. Niemand anderer wusste davon und er hatte sich günstigerweise wie ein Dieb in der Nacht davongemacht. Zum Teufel, nur durch seine Nachricht, dass er Frühstück besorgte, hatte er dafür gesorgt, dass sie auf ihn wartete. Was für eine verdammte Idiotin sie doch gewesen war. Wie hatte sie ihm nur vertrauen können?

ZOLTAN GING um die Ecke des Gebäudes herum, ein Papptablett mit zwei Kaffeebechern in einer Hand, eine Tüte mit verschiedenen Gebäckstücken in der zweiten, und warf einen Blick zum Motel auf der anderen Straßenseite. Sein Herz stoppte, als er sah, was sich nur ein paar Meter entfernt von dem Motelzimmer, in dem er die letzte Nacht mit Enya verbracht hatte, abspielte.

Ein Vortex stand offen und drei Dämonen zerrten eine sich wehrende, geknebelte Enya hinein.

Er ließ das Frühstück fallen und raste über die Straße, kümmerte sich nicht um die Autos, die ihm ausweichen mussten, oder das darauffolgende verärgerte Hupen. Er war nur darauf bedacht, den Vortex rechtzeitig zu erreichen, um Enya herauszuziehen. Trotz seiner Geschwindigkeit wusste er, dass er zu spät kommen würde. Der letzte Dämon verschwand bereits in dem Vortex und die wirbelnde Masse aus dunklem Nebel und Luft wurde kleiner.

„Nein!"

Niemand hörte seinen Schrei. Bis er die Stelle erreichte, wo der Vortex gewesen war, hatte sich der Staub auf dem Boden wieder gelegt und nicht einmal die Fußabdrücke der Dämonen waren sichtbar.

Sein Herz schlug wie ein Presslufthammer und Wut raste durch seine Venen. Wie konnten diese Scheißkerle wagen, das zu berühren, was ihm gehörte? Wie konnten sie es wagen, ihre schmutzigen Pfoten auf seine Frau zu legen? Niemand hatte das Recht, Enya zu berühren! Niemand außer Zoltan! Sie gehörte ihm und nur ihm! Wer auch immer Enyas Entführung angeordnet hatte – und er war sich sicher, dass die drei Dämonen nur Handlanger waren –, würde dafür bezahlen.

Er fuhr sich mit zitternder Hand durchs Haar. Fuck! Alles schien sich um ihn zu drehen, als wäre sein Leben gerade aus den Angeln gehoben worden. Ein abgehackter Atemzug riss sich aus seiner Brust und damit traf ihn die Erkenntnis wie aus dem Nichts. Zuerst wollte er sie nicht wahrhaben, doch selbst er konnte nicht verleugnen, was ihm ins Gesicht starrte: Er hatte tatsächlich Gefühle für Enya. Er wusste es, weil der Gedanke, dass ihr jemand wehtun würde, mit einer Wucht durch sein Herz schnitt, die die Klinge des Attentäters nicht hätte bewerkstelligen können. Allerdings war diese Neuigkeit nicht besonders willkommen. Wenn er sie als wahr akzeptierte und darauf reagierte, würde sich sein ganzes Leben ändern. Alles, wofür er geschuftet hatte, all seine Pläne, seine Ziele, sein Streben würden sich genauso in Staub auflösen wie die Leichen der vielen Dämonen, die er in die Lavagruben gestoßen hatte. Und er hatte keinerlei Garantie, dass seinem Herzen zu folgen zu Erfolg führen würde. Nichtsdestotrotz musste er es versuchen.

Obwohl er sofort in die Unterwelt hinunterfahren wollte, hielt er sich davon ab und ging stattdessen zum Motelzimmer. Die Tür stand offen und Zoltan trat schnell ein und schloss sie hinter sich. Er musste einen Plan ausarbeiten, um Enya zu befreien, und das konnte er nicht tun, wenn er ihr, ohne die Sache zu überdenken, nacheilte.

Wie zum Teufel hatten seine Untertanen Enya gefunden? Er und Enya waren von dem Moment an, als sie die Gasse, wo sie die fünf Dämonen getötet hatten, verlassen hatten, unsichtbar gewesen. Zoltans Handy war abgeschaltet, was die Möglichkeit, dass sie ihn elektronisch verfolgten, ausschloss. Außerdem wusste keiner in der Dämonenwelt von dem Telefon. Er benutzte es nur, wenn er mit Menschen kommunizieren musste. So wie er Enya kannte, war sie genauso vorsichtig, wenn es um elektronische Geräte ging, die zu ihr zurückverfolgt werden konnten. War Enya nach draußen gegangen und zufällig gesehen worden, obwohl er befohlen hatte, dass keine Dämonen sich in Baltimore sehen lassen durften?

Er sah sich im Zimmer um. Es gab nicht viele Indizien eines Kampfes, nur ein Stuhl war umgefallen. Allerdings standen Enyas Schuhe neben dem Bett, auf dem ein feuchtes Handtuch lag. Sie hatte sich geduscht und angekleidet, ihre Schuhe jedoch noch nicht angezogen. Sie war nicht nach draußen gegangen, jedenfalls nicht freiwillig. Er sah zur Tür zurück. Das Schloss war, ebenso wie der Türrahmen, intakt. Sie hatte die Dämonen hereingelassen, was bestätigte, dass die Dämonen gewusst hatten, dass sie hier war. Sie hatten es auf sie abgesehen, deshalb vermutete er, dass sein Gegenspieler wusste, dass er mit Enya zusammen war. Doch wie viel wusste der Verräter über seine Beziehung zu ihr?

Die Entführer waren in Eile verschwunden und hatten sich nicht einmal die Mühe gemacht, die Dolche, die Enya in der Nacht zuvor den toten Dämonen abgenommen hatte, mitzunehmen. Sie lagen immer noch auf dem Tisch beim Fenster. Zoltan ging darauf zu und stieß versehentlich an einen von Enyas Schuhen und drehte ihn mit der Sohle nach oben. Dort, hinten am Absatz, war ein großer grüner Fleck. Er griff nach dem Schuh und berührte die Stelle. Sie war trocken. Blut von der Nacht zuvor. Blut, das Enya nicht unsichtbar machen konnte. War noch ein Dämon auf der Lauer gelegen, hatte die anderen fünf angreifen sehen und war dann Zoltan und Enya gefolgt, nachdem sie die Leichen beseitigt hatten? Der grüne Blutfleck auf Enyas Schuh hätte es einem Dämon möglich gemacht, ihnen aus sicherer Entfernung zu folgen. Wenn das wahr war, dann bedeutete es, dass der Dämon, der ihnen gefolgt war, zurück zu seinem Anführer gerannt war, um ihm zu berichten, was er gesehen hatte.

Enya und die Dämonen, die sie geschnappt hatten, hatten Zoltan nicht kommen sehen, was gut war. Es bedeutete, dass er sich vorbereiten und eine Geschichte erfinden konnte, die ihm seine Dämonen abkaufen würden, und ihm somit ermöglichten, Enya zu befreien. Die meisten waren leichtgläubig genug alles zu glauben, solange der Großmächtige es voller Autorität verkündete. Doch der Verräter, der es auf seinen Thron abgesehen hatte, könnte nicht so leicht getäuscht werden. Zoltan brauchte einen Plan, sich mit ihm auseinanderzusetzen. Er durfte allerdings keine Zeit verlieren, denn früher oder später würden seine Untertanen anfangen, ihre Gefangene zu quälen. Und der Gedanke, dass jemand seiner Frau wehtat – oder noch schlimmer, sie misshandelte –, brachte sein Blut zum Kochen. Er musste sie finden, bevor das geschah.

17

Weniger als eine Stunde, nachdem er Zeuge von Enyas Entführung geworden war, kam Zoltan in dem Vortexkreis an, der seinem Privatquartier in der Unterwelt am nächsten lag. Er hatte eine neue Jacke über sein Hemd angelegt, um die Dolche zu verstecken, die er mitgebracht hatte. Er trug keine Kontaktlinsen, doch für den Notfall hatte er eine Sonnenbrille sowie ein paar andere Dinge in seine Tasche gesteckt, die sich eventuell als nützlich erweisen könnten, sollte sein Plan nach hinten losgehen.

Zoltan schloss den Vortex und sah den Mann an, der Dienst hatte. Er war überrascht, dass Yannick den Vortexkreis selbst bewachte und nicht einer seiner Untergebenen. Das war ihm auch recht. Yannick war einer der Männer, mit denen er sowieso sprechen wollte.

„Oh Großmächtiger, ihr seid zurück." Yannick verbeugte sich kurz.

„Yannick", sagte Zoltan. Er wollte mit seiner nächsten Frage nicht zu erpicht klingen, also verlieh er seiner Stimme einen beiläufigen Ton. „Gab's was Ungewöhnliches, während ich weg war?"

„Nicht bis vor einer Stunde."

Zoltan hob eine Augenbraue. „Was soll das heißen? Sag's direkt; ich habe viel Arbeit vor mir."

„Eine Patrouille brachte einen Gefangenen zurück. Einen Hüter der Nacht."

Zoltan schaffte es Überraschung vorzutäuschen. „Ein Hüter der Nacht. Wo ist er?"

„In der Bleizelle, aber er ist kein –"

„Wer hat ihn sich geschnappt?", unterbrach er und unterstrich damit, dass er annahm, dass es sich um einen männlichen Hüter der Nacht handelte, obwohl er nur allzu gut wusste, dass es Enya war. „Ich möchte den Mann belohnen."

„Tja, es ist kein männlicher Hüter der Nacht, sondern eine weibliche, die gefangen genommen wurde."

„Eine Frau?"

Yannick nickte. „Aber ich weiß nicht, wer genau sie geschnappt hat. Mir wurde erst vor kurzem mitgeteilt, dass eine Drei-Mann-Routinepatrouille die Gefangene zurückbrachte. Ich kann die Einzelheiten erfragen, oh Großmächtiger."

„Gut, gut. Später. Ich möchte die Gefangene sehen." Zoltan rieb sich die Hände. „Endlich machen wir Fortschritte! Bring mich zu ihr."

„Sofort, oh Großmächtiger." Yannick rief einen der Korridore hinab, wo Zoltan die Silhouette einer Wache ausmachen konnte: „Eine Vortexwache zur sofortigen Ablösung."

Einen Augenblick später hörte Zoltan das Geräusch schwerer Schritte, als ein Mann auf sie zulief. Als er sie erreichte, blieb er stehen und verbeugte sich. Zoltan erkannte ihn. Es war Richard.

„Oh Großmächtiger." Dann nickte er Yannick zu. „Richard meldet sich zum Dienst."

Yannick nickte, dann deutete er zu dem Tunnel, der zu den Zellen führte. Fackeln, die in unterschiedlichen Intervallen angebracht waren, erleuchteten den Weg. In der Unterwelt gab es jede Menge von Zellen für alle möglichen Gefangenen, doch nur eine war für einen Hüter der Nacht geeignet. Das Innere dieser Zelle war mit Blei ausgelegt, damit der Hüter der Nacht seine übernatürlichen Kräfte nicht anwenden konnte. Weder konnten sie durch die Wände dringen noch sich unsichtbar machen. Es hieß, dass eine Langzeiteinkerkerung die Kräfte eines Hüters der Nacht permanent auslöschen konnte. Leider wusste Zoltan nicht, wie lange ein Hüter dem Blei ausgesetzt sein musste oder ob das Gerücht überhaupt wahr war. Jedenfalls musste er Enya so schnell wie möglich befreien.

Als Zoltan um die letzte Ecke bog, bevor er die Türen zu den verschiedenen Zellen erreichte, erkannte er Silvana, die dort Wache stand – zusammen mit einem riesigen Dobermann. Es überraschte Zoltan nicht, dass ein Hund einen gefangenen Hüter der Nacht bewachte. Schließlich hatten die Dämonen bisher noch nie hundertprozentig bestätigen können, dass sich Hüter wirklich nicht unsichtbar machen konnten, wenn sie durch Blei blockiert wurden. Der Hund diente als Backup, sollte alles andere fehlschlagen. Sozusagen Plan B. Sollte Enya unsichtbar entkommen, würde der Hund sofort ihrem Geruch folgen. Allerdings hatte er nicht erwartet, dass Silvana, die Hundetrainerin, selbst hier sein würde. Das musste geändert werden, damit sein Plan funktionierte.

„Oh Großmächtiger!", sagte Silvana.

Zoltan bekam nicht die Gelegenheit zu antworten, denn im gleichen Augenblick kam jemand vom anderen Ende des Tunnels auf sie zu. Er erkannte Vintoq sofort.

„Oh Großmächtiger, ihr seid zurück." Vintoq deutete zur Bleizelle. „Ich hoffe, man hat euch informiert, dass unsere Männer eine Hüterin der Nacht eingefangen haben?"

Zoltan nickte. Natürlich tauchte Vintoq gerade in dem Moment auf, als Zoltan die Gefangene sehen wollte. Wahrscheinlich wollte Vintoq sehen, wie sein Gebieter darauf reagierte, Enya zu sehen. Es wäre jetzt zwecklos, vorzugeben, dass er sie nicht kannte. Wenn Vintoq der Verräter war, würden ihn die Dämonen, die Enya entführt hatten, bereits darüber informiert haben, dass Zoltan mit ihr zusammen gewesen war, obwohl es klar war, dass die drei zu feige gewesen waren, ihn zu konfrontieren und gewartet hatten, bis er das Motel verlassen hatte, um sich Enya zu schnappen. Ja, das war tapfer von ihnen: drei große Männer gegen eine zierliche Frau.

„Vintoq, gutes Timing. Ich wollte mir gerade die Gefangene ansehen." Zoltan deutete zu Silvana. „Sperr die Tür auf."

Er beobachtete sorgsam, wie sie einen großen Schlüssel aus ihrer Brusttasche zog und diesen in das altertümliche Schlüsselloch steckte. Das knarzende Geräusch, welches das Umdrehen des Schlüssels begleitete, hallte unheimlich von den Tunnelwänden wider. Silvana zog an dem schweren

Ring, der als Griff diente, und öffnete die Tür. Drinnen gab es keine Lichtquelle, doch etwas Licht aus dem Gang drang in die Zelle. Zoltan bedeutete Silvana, zur Seite zu treten, und machte ein paar Schritte, bis er im Türrahmen stand, den er fast komplett einnahm. Er hatte nicht die Absicht, die Zelle zu betreten. Er war nicht doof. Wenn Vintoq der Verräter war, konnte es gut sein, dass Silvana auf seiner Seite war. Zusammen könnten sie die Tür einfach hinter Zoltan zusperren und Yannick umbringen, falls dieser protestierte.

Zoltans Augen gewöhnten sich schließlich an die Dunkelheit und er erkannte Enya. Nicht dass er eine Bestätigung brauchte, dass sie tatsächlich die Gefangene war, doch er musste ihr verdeutlichen, dass er sie befreien würde.

„Du!" Sie sprang plötzlich mit wütenden Augen und verbissenem Kiefer auf ihn zu. „Du verdammtes Arschloch!"

Er sah ihr in die Augen und hob die Hand, schwenkte seinen Finger in einer Geste, die Nein andeutete, während er lautlos sagte: *Vertrau mir. Ich hole dich hier raus.*

Doch entweder konnte Enya die Worte nicht von seinen Lippen ablesen oder sie glaubte ihm nicht, denn sie funkelte ihn weiterhin wütend an. „Ich werde dich umbringen!"

Bevor sie noch etwas sagen konnte, das ihn in eine Situation brachte, in der er mehr erklären müsste, als er wollte, wirbelte er herum und schritt zurück in den Gang, bevor er die Tür zuknallte.

„Absperren!", befahl er Silvana, die unverzüglich den Befehl ausführte.

Als der Schlüssel im Schloss gedreht wurde, bedeutete Zoltan Yannick und Vintoq, sich ein paar Meter weiter entfernt im Gang zu ihm zu gesellen. Außerhalb der Reichweite der Zelle wandte sich Zoltan seinen Leutnants zu. „Wer zum Teufel hat das getan?"

„Oh Großmächtiger?", fragte Vintoq mit einem ratlosen Gesichtsausdruck. Oh ja, er war schon ein Schauspieler.

„Gibt es ein Problem? Sie ist mit Sicherheit eine Hüterin der Nacht", fügte Yannick, offensichtlich ebenso erstaunt, hinzu.

„Ja, es gibt ein Problem!" Zur Betonung deutete Zoltan zurück zur Zelle. „Diese Hüterin der Nacht ist die, an der ich am Arbeiten war! Sie hat keine Ahnung, dass ich der Großmächtige bin; sie glaubt, ich bin ein ganz gewöhnlicher Dämon, der sich bessern will. Sie vertraut mir, weil ich meine Rolle gut gespielt habe. Und jetzt entführen sie ein paar Idioten und zerstören meinen Plan. Ich war so nahe dran" – er machte ein Zeichen mit seinem Daumen und Zeigefinger – „dass sie mir genug vertraut, mich zu ihrem Komplex einzuladen! Und dann schnappen sie ein paar übereifrige Handlanger. Was zum Teufel machten die in Baltimore? Habe ich nicht ausdrücklich befohlen, dass kein Dämon sich in Baltimore aufhalten darf?" Er verengte seine Augen und funkelte beide Männer an, denn er wollte nicht verraten, dass er Vintoq verdächtigte, hinter seinem Rücken gehandelt zu haben.

„Ja, oh Großmächtiger, das habt ihr", sagte Vintoq. „Ich habe alle Patrouillen schon vor Wochen aus Baltimore abgezogen, genau wie ihr befahlt."

„Wer zum Teufel hat sie dann dorthin geschickt?" Zoltan sah Yannick an. „Besorge mir die verdammten Vortexaufzeichnungen."

„Natürlich, oh Großmächtiger." Yannick verbeugte sich.

Zoltan brummte. „Ich schwöre, wenn ich denjenigen, der dafür verantwortlich ist, erwische, werden Köpfe rollen."

Yannick räusperte sich.

„Was sonst noch?", biss Zoltan heraus.

„Ihr solltet mit Ulric sprechen. Ich hörte, dass die drei Männer, die die Gefangene zurückbrachten, auf einer Geheimmission waren. Das ist Ulrics Bereich."

Zoltan nickte. „Schick ihn in mein Büro. Sofort!"

Er wirbelte auf den Fersen herum und marschierte davon. Innerhalb weniger Minuten war er in seinem Büro, wo er ein paar Atemzüge nahm, um sich zu entspannen. Er hatte den verärgerten Herrscher sehr gut gespielt, denn es war nicht schwer gewesen, Verärgerung vorzuspielen. Schließlich hatten seine Dämonen Enya geschnappt und jetzt musste er sich etwas ausdenken, um sie zu befreien. Sein Herz schlug wie wild bei dem Gedanken, dass er versagen könnte. Doch er durfte sich nicht erlauben, so etwas überhaupt zu denken.

Er musste ruhig bleiben und seinen Gedanken nicht erlauben, ihn zu überwältigen. Gleichzeitig war es wichtig, dass er herausfand, wer hinter dem Attentat auf ihn sowie Enyas darauffolgende Entführung steckte. Es war offensichtlich, dass die zwei Dinge miteinander verbunden waren. Derselbe Verräter war für beides verantwortlich. Es war an der Zeit herauszufinden, wer das war.

Ein Klopfen an der Tür kündigte seinen Besucher an.

„Herein!“

Die Tür ging auf und Yannick trat ein. „Ulric ist hier, oh Großmächtiger.“

„Worauf wartest du dann? Schick ihn herein!“

„Äh, da ist noch etwas, oh Großmächtiger.“ Yannick räusperte sich nervös.

„Was?“

„Die Neuigkeit, dass wir eine Hüterin der Nacht gefangen genommen haben, verbreitet sich wie Lauffeuer unter euren Untertanen. Sie fragen alle, was ihr mit ihr vorhabt.“

„Das habe ich noch nicht entschieden.“

„Es ist nur ... sie wollen ein öffentliches Spektakel. Sie wollen zusehen, wie sie gefoltert wird, um für die Morde an den Dämonen zu büßen, die sie und ihr Volk vollbracht haben.“

„Wir wollen alle, dass sie bestraft wird, aber im Moment bleibt sie in der Zelle. Niemand berührt sie. Verstehst du das?“ Zoltan stach seinen Finger in Yannicks Brust. „Ich mache dich persönlich für ihr Wohlergehen verantwortlich. Ich brauche sie lebend und ich brauche sie gefügig. Und das wird nicht der Fall sein, wenn ich ein Exempel an ihr statuiere. Ist das klar?“

Yannick nickte. „Ja, oh Großmächtiger.“

„Und bring mir die Unterlagen, die du für mich zusammenstellen solltest.“

Yannick deutete an Zoltan vorbei. „Sie sind auf eurem Schreibtisch.“

Zoltan grunzte. „Schick Ulric herein.“

Yannick wandte sich um und ging in den Gang hinaus. Einen Augenblick später trat Ulric ein und verbeugte sich.

„Ihr wolltet mich sehen, oh Großmächtiger.“

„Schließ die Tür!“

Ulric zuckte zusammen, dann schloss er rasch die Tür.

„Mir wurde zugetragen, dass die drei Dämonen, die die Hüterin der Nacht gefangen nahmen, auf einer Geheimmission in Baltimore waren. Stimmt das?“

Ulric blinzelte. „Tut mir leid, das weiß ich nicht."

„Was soll das heißen? Das ist eine einfache Frage. Hast du sie auf eine Geheimmission nach Baltimore geschickt oder nicht?"

Er räusperte sich. „Ja und nein. Ich meine, sie waren auf einer Geheimmission, aber nicht in Baltimore. Zumindest sollten sie nicht dort sein."

„Wieso waren sie dann in Baltimore?"

„Ich weiß es nicht."

„Dann frage sie verdammt nochmal."

„Das kann ich nicht."

Zoltan funkelte ihn wütend an. „Du wirst mir gehorchen!"

„Sie sind verschwunden."

„Was?", stieß Zoltan hervor.

„Nachdem die Hüterin eingesperrt war, gingen sie weg, angeblich zu ihren Quartieren, doch niemand hat sie seitdem mehr gesehen."

„Vielleicht zurück in die Menschenwelt?"

Ulric schüttelte den Kopf. „Ich habe alle drei Vortexkreise überprüft und mir wurde mitgeteilt, dass sie nicht nach oben gingen. Sie müssen sich irgendwo anders verstecken."

Zoltan versuchte, die Nachricht zu verdauen. „Tja, ist das nicht praktisch?" Die Männer, die ihm sagen konnten, wie sie ihm und Enya gefolgt waren, um sie zu entführen, wurden vermisst.

„Oh Großmächtiger?", fragte Ulric, denn er schien Zoltans Sarkasmus nicht zu verstehen.

„Verschwinde!", donnerte Zoltan.

Ulric eilte aus dem Büro und ließ Zoltan sich wundernd zurück, ob der Dämon, der für den Geheimdienst zuständig war, die Wahrheit gesprochen hatte. Hatte Ulric die drei Dämonen nach ihrer Rückkehr in die Unterwelt beseitigt, um alle Spuren, die zu ihm führten, auszulöschen? Oder war Ulric wirklich ahnungslos und ein anderer Dämon hatte die drei benutzt, damit sie die Drecksarbeit erledigten, und dabei dafür gesorgt, dass Ulric die Schuld zugeschoben würde, wenn die drei Entführer spurlos verschwanden?

„Fuck!", fluchte Zoltan leise. Mit jedem Stück Information, das er aufdeckte, entfernte er sich mehr von der Spur des Verräters. Die Anzahl der Verdächtigen vergrößerte sich immer mehr. Neben Vintoq hatte auch Ulric

Gelegenheit gehabt, die Entführung zu planen. Doch stand Ulric auch hinter dem Anschlagsversuch von vor ein paar Monaten?

Zoltan marschierte zu seinem Schreibtisch und überflog ihn. Er fand das Blatt Papier, das Yannick ihm dort hingelegt hatte: eine Liste der Dämonen, die an jenem Tag nach oben gereist waren, zusammen mit dem Zweck ihrer Reise. Er studierte die Liste und versuchte, sich an das Gesicht des Attentäters in dem verlassenen Gebäude zu erinnern. Vintoq stand tatsächlich auf der Liste. Er war an jenem Tag in der Menschenwelt gewesen. War er dort gewesen, um den Attentäter zu ermorden, bevor der arme Teufel den Namen seines Gebieters hatte preisgeben können? Es musste einen Weg geben, das herauszufinden.

Zoltan ging zur Tür, öffnete sie und stieß beinahe mit Wilson, dem untersetzten Dämon, der für die Waffen zuständig war, zusammen.

„Wilson, was gibt's?"

„Äh, oh Großmächtiger. Ich wollte nur erwähnen, dass eure Untertanen ungeduldig werden. Sie wollen wissen, was ihr mit der gefangenen Hüterin der Nacht vorhabt."

Zoltan legte den Kopf etwas zur Seite. Das war nicht Wilsons Bereich. Warum kümmerte es ihn, was mit der Gefangenen geschah? „Yannick hat mich bereits darüber informiert. Ich sagte ihm, genau wie ich jetzt dir sage, dass ich noch nicht entschieden habe, was mit ihr geschehen wird."

„Natürlich, oh Großmächtiger."

„Aber da du schon hier bist, kannst du gleich etwas für mich tun. Ich muss mit der Gefangenen sprechen. Hol sie und bring sie zu meinem Privatquartier."

Wilson hob überrascht eine Augenbraue. „Zu eurem Privatquartier, oh Großmächtiger? Wie viele Wachen soll ich bringen, um sie zu bewachen?"

„Nur eine." Hätte Zoltan keine gesagt, dann hätte Wilson diese Nachricht an Silvana, die im Moment Enya bewachte, weitergeleitet und Silvana hätte Wilsons Worte in Frage gestellt und Enya sowieso begleitet. Sie würde sich nicht so einfach abschütteln lassen. Allerdings würde er dafür sorgen, dass Silvana vor seinem Privatquartier wartete, damit er alleine mit Enya sprechen konnte.

„Hmm."

„Was?", fragte Zoltan knapp.

„Ist eine Wache genug? Was, wenn sie ihre Kräfte benutzt und verschwindet?“

„Selbst wenn ihre Kräfte außerhalb der Bleizelle funktionieren, kann sie die Unterwelt nicht ohne einen Vortex verlassen. Und ich bezweifle, dass einer meiner Untertanen dumm genug ist, einen für sie heraufzubeschwören. Oder stimmst du mir da nicht zu?“

„Natürlich stimme ich dem zu, oh Großmächtiger.“

„Und lass etwas Essen in mein Quartier liefern.“

„Unverzüglich, oh Großmächtiger.“ Wilson eilte davon.

18

Enyas Augen hatten sich leicht der Dunkelheit angepasst. In der Zelle gab es kein Licht, doch der kleine Spalt zwischen der Tür und dem unebenen Boden erlaubte ihr zu sehen, wenn sich jemand vor der Tür bewegte. Ab und zu sah sie einen Schatten das Licht blockieren und einmal hatte sie einen Hund knurren gehört. Es überraschte sie nicht, dass die Wache vor der Tür einen Hund bei sich hatte. Es war allgemein bekannt, dass die Dämonen Hunde benutzten, um Hüter der Nacht, die sich unsichtbar gemacht hatten, auszuschnüffeln. Nicht dass sie hier dazu die Gelegenheit haben würde. In der mit Blei ausgelegten Zelle war sie machtlos. Sie konnte auch nicht durch die Wände oder Tür dringen, denn ebenso wie sie sich nicht unsichtbar machen konnte, konnte sie sich auch nicht dematerialisieren. Was nur eine Option übrig ließ: darauf zu warten, dass jemand die Tür öffnete und sie hoffentlich woanders hinbrachte. Dann würde sie es riskieren.

Sie war noch nicht lange eingesperrt, als sie die Schatten mehrerer Dämonen vor ihrer Zelle auftauchen sah, deren Unterhaltung sie jedoch nicht mitverfolgen konnte. Enya sprang auf und beobachtete weiterhin die Tür. Endlich hörte sie das Geräusch von Metall, das gegen Metall kratzte. Jemand steckte den Schlüssel in das Schlüsselloch und drehte ihn.

Die Tür öffnete sich. Grüne Augen waren das Erste, was sie sah. Eine

Sekunde später hatten sich ihre Augen angepasst und sie konnte eine Person erkennen, einen männlichen Dämon, der nur ein paar Zentimeter größer war als sie, doch mindestens fünfzehn bis zwanzig Kilo schwerer. Er trat in die Zelle und hinter ihm sah Enya nun den anderen Dämon, eine Frau, mit einem Dobermann stehen.

Ein rasselndes Geräusch zog ihren Blick zurück zu dem männlichen Dämon. Erst jetzt bemerkte sie die Fesseln in seinen Händen.

„Wenn du mir Schwierigkeiten machst, dir die hier anzulegen, wird Silvana dem Hund befehlen, dir an die Kehle zu gehen", warnte sie der Dämon.

Sie deutete zu den Fesseln. „Lass mich raten, die sind aus Blei."

Der Dämon lachte leise. „Da haben wir ja eine ganz Schlaue eingefangen."

„Nicht schlau genug", sagte die Dämonin, die der andere Silvana genannt hatte, höhnisch. „Jetzt fessle sie schon, damit wir die Sache hinter uns bringen können." Sie sprach mit einem starken Akzent.

Enya wusste, dass es zwecklos war, die zwei Dämonen ohne ihre übersinnlichen Kräfte zu bekämpfen, also streckte sie ihnen ihre Arme entgegen. Die Ketten würden genau die gleiche Wirkung haben wie die Bleizelle: Sie würden ihre Kräfte genauso fesseln wie ihre Hände. Die Dämonen waren schlauer, als sie sie eingeschätzt hatte. Viel schlauer, sonst wäre sie nie auf Zoltans Lügen hereingefallen. Jetzt konnte sie nur hoffen, dass sie eine Gelegenheit bekam, sich zu befreien und Huckepack mit einem ahnungslosen Dämon zurück in die Menschenwelt zu reisen – so wie Logan und Winter es getan hatten, und Wesley und Virginia vor ihnen.

Der Dämon überprüfte die Fesseln. Sie hielten. „Los dann." Er schubste sie aus der Zelle und drehte sie nach links, wo Enya den langen Gang sehen konnte, von dem mehrere andere Tunnel abzweigten.

„Stopp, Wilson. Ich bringe sie hin", sagte Silvana.

Wilson drehte sich um und Enya bemerkte, wie die beiden eine lautlose Schlacht ausfochten, bis Wilson schließlich mit den Schultern zuckte. „Mir egal."

Wilson marschierte davon, während Silvana sich zu Enya begab, der Hund dicht an ihrer anderen Seite. „Es wird wie folgt funktionieren: Du gehst, wohin ich es dir befehle. Versuch zu laufen und ich hetze dir Rex auf den Hals. Er ist heute noch nicht gefüttert worden."

„Und du scheinbar auch noch nicht."

Silvana stieß ihren Ellbogen in Enyas Seite und brachte sie eine Sekunde lang zum Schwanken. Dann beugte sich die Dämonin zu ihr, als wären sie plötzlich dick befreundet. „Unter uns: Ich hoffe, du läufst. Ich sehe gern zu."

Enya funkelte sie an, doch sie hielt sich davon ab, die Litanei von Schimpfwörtern, die ihr auf der Zunge saß, auf das Miststück loszulassen. Es würde ihrer Situation nicht helfen. Später, wenn sie frei war – falls sie sich befreien konnte –, würde sie dafür sorgen, dass Silvana einen langsamen und qualvollen Tod starb.

Sie gab sich nicht die Mühe zu fragen, wohin Silvana sie brachte. Die Schlampe würde ihr sowieso nicht antworten, also nutzte Enya ihre Energie, sich den Pfad einzuprägen, den sie nahmen. Nach ihrer Schätzung gingen sie weniger als fünf Minuten, bevor Silvana vor einer unscheinbaren Tür Halt machte und klopfte.

Es dauerte nur ein paar Sekunden, bis die Tür aufging und ein sehr vertrauter Mann im Türrahmen erschien. Ihr Kiefer verkrampfte sich sofort und ihre Hände ballten sich zu Fäusten. Das war genau das Gesicht, auf das sie eindreschen wollte.

„Bring die Gefangene herein", sagte Zoltan.

Silvana nickte Enya zu, hineinzugehen, doch Enya bewegte sich nicht.

„Fick dich!", fluchte Enya und spuckte zur Betonung auf den Boden.

Silvana hob den Arm und holte aus, doch ihre Faust traf Enyas Gesicht nicht. Kein anderer als Zoltan selbst hatte ihren Arm zurückgehalten. Sichtlich verdutzt wandte Silvana sich Zoltan zu.

„Aber sie hat euch beleidigt, oh G–"

„Genug!", sagte er. „Ich kümmere mich um sie. Du darfst gehen."

Er griff nach Enyas Fesseln und zog sie daran in den Raum. Enya hatte keine andere Wahl, als ihre Beine zu bewegen, sonst wäre sie direkt in seine Arme gefallen.

„Geh!"

„Ich werde mit Rex eure Tür bewachen." Silvana nickte streng.

„Wie du willst." Zoltan knallte die Tür zu.

„Du v–"

Zoltan legte zwei Finger auf Enyas Lippen, um sie vom Sprechen abzuhalten. Doch sie würde sich nicht so einfach zum Schweigen bringen lassen. Wütend über seinen Verrat riss sie ihre gefesselten Hände nach oben und versetzte ihm mit einem Aufwärtshaken einen Schlag gegen sein Kinn. Dabei wippte sein Kopf zurück, bevor er überhaupt wusste, was ihm geschah.

Zoltan drückte eine Hand gegen sein Kinn. Doch anstatt sie anzuschreien oder zurückzuschlagen, hielt er ihr den Mund zu und hob sie hoch. Bevor sie sich befreien konnte, trug er sie bereits um eine Ecke in dem großen Raum und trat eine andere Tür auf. Er betrat den kleineren Raum, ein Badezimmer, und schloss die Tür hinter sich. Dort stellte er sie wieder auf die Beine und entfernte seine Hand von ihrem Mund.

„Verdammt noch mal, Enya, nicht so laut. Wir können es nicht riskieren, dass jemand unsere Unterhaltung mit anhört."

„Unterhaltung?", brummte sie. „Du dachtest, dass wir uns unterhalten, du verdammtes Stück Scheiße?" Sie riss ihr Knie hoch, doch Zoltan blockierte es.

„Hey, nicht die Familienjuwelen. Die brauchen wir noch."

„Wir? Im Traum vielleicht, du hinterhältiger Bastard!" Wie konnte er es nur wagen, anzudeuten, dass sie je wieder mit ihm schlafen würde?

„Lass mich für klare Verhältnisse sorgen: Ich habe dich nicht entführt."

„Oh nein, natürlich nicht. Das haben deine Untertanen für dich besorgt! Für wie dumm hältst du mich? Du warst der Einzige, der wusste, dass ich in dem Motel war und auf dich gewartet habe." Sie schnaubte. „Sag mir, hat es dir Spaß gemacht, mein Vertrauen zu erschleichen? Hat dir das gefallen? Hast du herzlich hinter meinem Rücken gelacht? Hmm?"

Zoltan packte sie bei den Schultern und drückte sie an die Steinwand. „Nein, ich habe nicht gelacht. Ich war zu sehr damit beschäftigt, mir einen Plan auszudenken, wie ich dich befreien und wieder in die Menschenwelt zurückbringen kann."

„Lügner!"

„Ich habe deine Entführung nicht angeordnet. Es war der Verräter, der es auf meinen Thron abgesehen hat."

„Oh, wie praktisch. Dieser Verräter existiert vermutlich gar nicht." Zoltan hatte vermutlich jeden einzelnen Vorfall von Anfang an geplant – so wie ein gut inszeniertes Theaterstück. Und sie hatte die Hauptrolle gespielt, die Heldin, die zu dumm zum Leben war. „Niemand anderer wusste, wo ich war. Ich habe mich draußen nicht sehen lassen. Sie kamen zur Tür. Sie klopften. Sie wussten es!“

Zoltan nickte. „Weil du Dämonenblut auf dem Absatz deines Stiefels hattest. Es blieb sichtbar, als wir verschwanden, nachdem wir die Leichen beseitigt hatten.“

Sie schüttelte langsam den Kopf. „Das ist unmöglich.“

„Aber es ist wahr. Das Blut war trocken, als ich zurück ins Zimmer kam, also konnte es nicht von den Kidnappern stammen, die dich schnappten. Es muss einen sechsten Dämon gegeben haben, der uns folgte.“

Konnte das wahr sein? Oder log er sie wieder an? Aber warum würde er jetzt noch lügen müssen, wo sie doch schon in seinem Reich war, wo sie doch keine Chance hatte zu fliehen? Was würde ihm das bringen?

„So haben sie uns gefunden“, fuhr Zoltan fort. „Er muss Verstärkung geholt haben, während wir ... äh ... schliefen und dann auf eine gute Gelegenheit gewartet haben, dich zu schnappen.“ Er seufzte. „Ich wünschte, ich hätte nie das Zimmer verlassen, um Kaffee und Gebäck zu besorgen.“

Sie sah ihm in die Augen und bemerkte erst jetzt, dass er keine farbigen Kontaktlinsen trug. Er war ganz Dämon.

„Bitte, Enya, du musst mir glauben.“

Sie zögerte, doch sein Blick wurde immer intensiver. Seine Augen wurden größer. Sie brauchte ein paar Sekunden, um zu kapieren, dass der Grund dafür ganz einfach war: Sein Gesicht kam näher. Sie hob ihre gefesselten Hände, um ihn von seinem Vorhaben abzuhalten – und sie wusste genau, was er vorhatte –, doch sie war wie gelähmt.

„Als ich sah, wie sie dich schnappten, war ich auf der anderen Straßenseite. Ich konnte nicht schnell genug zum Vortex laufen. Ich habe es versucht, Enya. Ich habe versucht, zu dir zu laufen. Denn ich weiß, wozu meine Untertanen fähig sind, ich weiß, was sie dir antun können, und das riss mir fast das Herz aus dem Leib. Ich kann es nicht zulassen, dass sie dir wehtun. Das würde mich umbringen.“

Ein feuchter Schein lag nun über seinen Augen und sie sahen wie tiefe Becken voller Wasser aus. Gegen ihr besseres Urteilsvermögen und obwohl sie befürchtete, dass Zoltan sie immer noch belog, sah sie ihn weiter an.

Etwas zog sie zu ihm. Sie spürte eine Verbindung, etwas, das sie davon überzeugte, dass sie mit ihm in Sicherheit war, obwohl sie nicht verstand, was es war.

„Dann hilf mir“, murmelte sie.

„Ich verspreche, dich von hier zu befreien.“ Eine Sekunde später waren seine Lippen auf ihren und er küsste sie mit der Leidenschaft eines Mannes, der eine zweite Chance bekommen hatte. Sie hieß ihn willkommen und teilte ihre Lippen, erwiderte seinen Kuss, so wie sie es in der Nacht zuvor getan hatte. Doch genauso schnell, wie der Kuss begonnen hatte, war er auch schon vorbei.

„Ich wünschte, ich könnte jetzt Liebe mit dir machen, doch wir haben nicht viel Zeit“, sagte Zoltan und drückte seine Stirn an ihre. „Ich muss dich zurück in die Zelle schicken.“

Mit ihren gefesselten Händen schob Enya ihn weg. „Was?“

„Lass es mir dir erklären.“

„Ja, das solltest du machen.“

„Ich weiß immer noch nicht, wer hinter all dem steckt. Aber ich weiß, dass er schon seit Jahren gegen mich arbeitet. Und ich bin immer noch keinen Schritt weiter, herauszufinden, wer die Attentäter oder deine Entführer geschickt hat.“

„Tja, wäre es nicht am einfachsten, die drei Dämonen, die mich entführten, zu fragen, wer sie geschickt hat?“

Zoltan zog eine Grimasse. „Das *wäre* am einfachsten, wenn die drei, die dich entführten, nicht verschwunden wären. Und wenn ich mich nicht täusche, sind sie vermutlich tot. Der Verräter hinterlässt keine Spuren.“

„Das ist praktisch.“

„Ja, ist es.“ Er fuhr sich mit der Hand durch sein dunkles Haar. „Mittlerweile weiß er vermutlich, dass ich Gefühle für dich hege und dass er mir damit wehtun kann, wenn er dir wehtut. Er wird dich dazu benutzen, an mich ranzukommen. Er wird nie aufgeben. Ich muss ihn aus dem Weg räumen.“

„Damit er sich deinen Thron nicht unter den Nagel reißt?“ Enya schüttelte den Kopf. Also ging es Zoltan doch nur um sein Königreich.

„Meinen Thron? Du glaubst, um das geht’s hier? Dass ich mir Sorgen mache, abgesetzt zu werden?“ Er blies einen Atemzug heraus. „Es geht hier um dich. Um deine Sicherheit. Solange ich den Verräter nicht eliminiere, wirst du nie vor ihm sicher sein. Er wird dich foltern. Meinetwegen. Weil ich etwas für dich empfinde."

Enya starrte Zoltan an. Zu viele Gedanken und Fragen schwirrten in ihrem Kopf umher. „Und wenn du ihn eliminiert hast, wirst du dann weiterhin auf dem Thron der Unterwelt sitzen?"

Zu ihrer Überraschung ließ Zoltan ein humorloses Lachen entkommen. „Enya, das ist jetzt nicht wichtig. Lass uns austüfteln, wie wir dich am besten von hier befreien."

Etwas in seinem Gesichtsausdruck setzte die Räder in ihrem Gehirn in Gang. Plötzlich verstand sie genau, was er tat.

„Sobald du mir geholfen hast zu entkommen und den Verräter erledigt hast, sind deine Tage in der Unterwelt gezählt. Einer Hüterin der Nacht bei der Flucht zu verhelfen ... Das kommt dem Hochverrat gleich, stimmt's?"

Er zuckte mit den Schultern. „Das ist jetzt egal."

„Zoltan, sag mir die Wahrheit. Was passiert dann?"

Er zögerte ein paar Sekunden, die sich wie Minuten anfühlten. „Jeder Dämon darf mich dann ohne Nachspiel töten. Und derjenige, der es schafft, wird den Thron besteigen."

Endlich verstand sie alles. Zoltan riskierte für sie sein Leben. „Warum?"

„Das ist die Regel."

„Nein, nicht das. Warum tust du das für mich?"

Ein echtes Lächeln umspielte seine Lippen und er hob die Hand und strich über ihre Wange. „Weil du es wert bist. Wenn ich dich ansehe, verspüre ich eine Verbindung. Ich fühle mich, als hätte ich einen Teil von mir in dir zurückgelassen. Und mein einziger Gedanke ist, dich zu beschützen." Er lachte. „Schon verrückt, dass ein Dämon das sagt, oder?"

„Nein, nicht verrückt. Denn ich verspüre das Gleiche, wenn ich dich ansehe. Es gibt etwas, das uns verbindet. Ich weiß nicht, was, aber ich kann es spüren."

Er drückte einen sanften Kuss auf ihre Lippen. „Dann lass uns einen Weg finden, dich von hier zu befreien und den Verräter zu vernichten, damit er dir nicht wehtun kann, wie er schon so vielen anderen vor dir wehgetan hat."

„Was sagst du da?"

„Dass er vor dir schon anderen wehgetan hat?"

Sie nickte. „Was hast du damit gemeint?“

„Nur, dass er Menschen getötet hat, um meine Pläne zu durchkreuzen. So wie er eure Emissarius Nancy Britton tötete und –“

„Und Tessa die Überdosis Heroin verabreichte!“, unterbrach Enya. „Du sagtest zuvor, dass du das nicht getan hast.“

„Das stimmt. Ich wollte Tessa doch nicht in eine Märtyrerin verwandeln, damit sie die Wahl gewinnt. Und ich habe auch Nancys Mord nicht genehmigt.“ Er hob seine Hände. „Das war nie mein Plan.“

„Dann habe ich eine Idee, wie wir den Verräter enttarnen können.“

19

Zoltan blieb an der Tür stehen und sah über seine Schulter. „Bereit?"

„So bereit, wie ich je sein werde", flüsterte Enya.

„Dann lass uns die Sache angehen", erwiderte er und ergriff die Fesseln um Enyas Handgelenke, bevor er die Tür aufriss und sie nach draußen zerrte.

Wie erwartet stand Silvana mit dem Dobermann, dessen Nasenflügel beim Erfassen von Enyas Geruch bebten, neben ihr Wache.

„Bring sie zurück in die Zelle. Und dann berufe eine Besprechung für alle Leutnants ein. Wir treffen uns in zwanzig Minuten. Ich will, dass alle pünktlich sind. Ist das klar?"

Silvana deutete zu Enya. „Und wer soll sie bewachen?"

Zoltan verengte die Augen. „Du hast jede Menge Männer, die dir unterstehen. Wähle verdammt noch mal einen aus! Und dann beweg deinen Arsch zur Konferenzhöhle."

„Unverzüglich, oh Großmächtiger", erwiderte Silvana, schnappte Enya bei den Fesseln und zog sie entlang des Korridors, der zu den Zellen führte.

Zoltan folgte ihr mit den Augen. Mit ein bisschen Glück könnte sein Plan sogar funktionieren. Alles hing von einem vorsichtig choreografierten Ablauf von Geschehnissen ab. Zoltan bog in einen anderen Korridor und ließ sich von seinem Gedächtnis durch das Labyrinth aus Tunneln führen. Viele neue

Dämonen verliefen sich hier, doch er war hier aufgewachsen. Als Junge hatte er in den vielen Korridoren, Tunneln und Höhlen Verstecken gespielt. Er kannte jede Sackgasse, jede Abkürzung und jede Ritze, die zum Verstecken geeignet war.

Er nutzte nun diese Kenntnisse, um den Tunnel zu erreichen, der direkt hinter der Höhle lag, in der sich die Zellen befanden. Er hörte die ausgesprochen schweren Schritte von Silvana und die zweifellos viel leichteren Enyas, doch er konnte die des Hundes nicht hören. Augenblicke später vernahm er eine leise Unterhaltung, dann wurde die Zellentür geöffnet. Mehr Kettenrasseln: Silvana nahm Enya die Fesseln ab, was bedeutete, dass Enya jetzt in der Zelle war. Noch ein paar Sekunden, noch ein paar Geräusche und der Schlüssel drehte sich im Schloss.

Augenblicke später wurde das Auftreten von Silvanas Stiefeln, das von den Steinwänden widerhallte, immer leiser. Dann war es still. Zoltan wartete noch eine weitere Minute, um sicherzugehen, dass sie in den anderen Tunnel abgebogen war, von wo aus sie keine Sicht mehr zurück in die Zellenhöhle hatte. Mit einer Hand in seiner Manteltasche tauchte Zoltan aus dem Tunnel auf und marschierte in die Höhle. Der Dämon, der außerhalb Enyas Zelle Wache stand, war ein erfahrener. Das machte nichts. Der Dobermann saß wachsam neben ihm und drehte seinen Kopf in Richtung Zoltan, als er dessen Stiefel hörte.

„Oh Großmächtiger“, sagte der Wächter.

„Todd, ist Silvana nicht hier?“, fragte Zoltan und näherte sich so schnell wie möglich, ohne Verdacht zu erregen. „Sie sollte hier auf mich warten, damit wir zusammen zu der Besprechung gehen.“

„Oh Großmächtiger“, erwiderte Todd und wandte seinen Kopf in Richtung des Tunnels, in dem Silvana verschwunden war. „Ihr habt sie gerade verp–“

Der Dolch, den Zoltan in das Herz der Wache stieß, schnitt ihm das Wort ab. „Ja, ich weiß.“ Er drehte die Klinge, um dafür zu sorgen, dass der Mann auch wirklich tot war, dann zog er sie heraus und wischte sie sorgfältig an der Kleidung der Wache ab, bevor er dessen Leiche zu Boden gleiten ließ. Er versicherte sich, dass kein Blut auf seine Kleidung gespritzt war und steckte den Dolch zurück in seine Tasche.

Der Dobermann winselte und Zoltan wandte sich zu ihm. Es war gut, dass alle Hunde in der Unterwelt darauf trainiert waren, den Großmächtigen zu beschützen. Sie würden ihn nie anfallen. Er nahm ein Stück Bratwurst aus seiner anderen Tasche und gab sie dem Hund.

„Guter Junge, Rex."

Der Dobermann schluckte die Wurst mit allem, was darin war, hinunter: ein schnellwirkendes Pulver, das Zoltan ins Innere gestopft hatte, damit der Hund einschlief. In ein paar Stunden würde Rex wieder so munter wie zuvor sein. Während der Hund ruhiger wurde und sich hinlegte, durchsuchte Zoltan die Taschen der toten Wache nach dem Schlüssel für die Zelle, ergriff ihn schnell und wandte sich dann der Tür zu. Er warf einen letzten Blick auf den Hund und bemerkte, wie sich dessen Augen schlossen, bevor er die Tür aufschloss und sie aufzog.

„Enya, schnell", sagte er.

Sie kam aus der dunklen Zelle heraus. „Du hast dein Versprechen gehalten."

„Zweifelst du immer noch an mir? Enya, Enya. Ich habe das Gefühl, ich muss dir irgendwie einhämmern, was du mir bedeutest."

„Und mit *einhämmern* meinst du …" Sie senkte ihren Blick zu seiner Leiste.

„Sieh mich nicht so an oder wir schaffen es nie, hier rauszukommen." Er zog sein Hemd aus der Hose, dann zog er ein zweites Hemd, das er daruntergestopft hatte, hervor und reichte es Enya. „Zieh das an. Es ist ungewaschen und trägt meinen Geruch. Das dürfte mit den Hunden helfen." Während Enya das Hemd über ihr Oberteil zog und es zuknöpfte, richtete Zoltan seine eigene Kleidung wieder. Dann sah er zu dem toten Dämon. „Nimm seinen Dolch."

Enya beugte sich hinab und nahm dem toten Wächter die Waffe ab, dann hielt sie inne und deutete zu ihren nackten Füßen. „Du hast nicht zufällig ein Paar Schuhe meiner Größe herumliegen, oder?"

„Leider nicht. Aber vielleicht ist das gut so. Niemand wird deine Schritte hören."

„Okay." Sie ließ den Dolch in eine der Taschen ihrer Cargohose gleiten, dann zog sie ihr Handy aus einer anderen und schaltete es ein. „Kein Empfang."

„Wie ich dir schon sagte. Zum Glück brauchst du keinen Empfang. Sorg dafür, dass es auf lautlos gestellt ist."

„Ist es schon. Ich bin so weit."

„Bleib die ganze Zeit so nah wie möglich bei mir. Mein Hemd wird deinen Geruch maskieren, doch nicht vollkommen."

„Keine Angst, ich werde an dir drankleben wie Leim. Du bist meine Fahrkarte nach oben."

Er beugte seinen Kopf zu ihr und lächelte. „Ich hoffe, das ist nicht alles."

Sie küsste ihn schnell, dann wich sie zurück. „Sieht so aus, als würdest du das erst später herausfinden."

„Scherzboldin."

„Das magst du doch", murmelte sie und in der Mitte des Satzes wurde sie unsichtbar.

Mit einem letzten Blick auf den schlafenden Hund folgte Enya Zoltan, der sie durch das Tunnellabyrinth führte. Dass Zoltan das arme Geschöpf nicht getötet hatte, zeigte ihr, dass er ein Herz hatte. Er hatte immer noch Gutes in sich und sie würde nicht aufgeben, bis sie einen Weg gefunden hatte, ihn zu dem zurückzuverwandeln, als was er geboren worden war. Doch im Moment lag ihr Fokus auf zwei Dingen: den verräterischen Dämon, der nicht nur ihr Leben, sondern auch Zoltans gefährdete, zu identifizieren sowie aus der Unterwelt zu entfliehen.

Damit Zoltan wusste, dass sie noch immer bei ihm war, selbst wenn er sie weder sehen noch hören konnte, legte sie ihre Hand auf seinen Unterarm und ging, wenn ihnen niemand entgegenkam, neben ihm her. Nur wenn sie Platz für einen Dämon machen musste, der an ihnen vorbeigehen wollte, marschierte sie hinter Zoltan.

Trotz der Tatsache, dass Zoltans Herrschaft gefährdet war, bemerkte sie den Respekt, mit dem seine Untertanen ihn grüßten. Oder die Unterwürfigkeit, die er in ihnen auszulösen schien. Zum ersten Mal, seit sie herausgefunden hatte, wer Zoltan wirklich war, sah sie den Großmächtigen in ihm. Er bewegte sich mit Bestimmtheit, mit Entschlossenheit, mit dem Wissen, dass sein Wort hier unten Gesetz war. Und sie wussten es alle. Seine

Untertanen waren entbehrlich, austauschbar und der Gnade des Großmächtigen ausgesetzt. Als hätte er eine Maske über sich gezogen, war Zoltan nur Augenblicke nach dem zärtlichen Austausch außerhalb der Zelle in diese Rolle geschlüpft. Nichts von dem Mann, den sie kannte, war jetzt noch sichtbar. So musste es sein. Wenn seine Untertanen herausfänden, was unter seiner ruchlosen Fassade lag, wären sie beide tot.

Zoltan ging schnell und Enya wusste, warum. Er musste es rechtzeitig zur Besprechung schaffen, vorzugsweise bevor alle versammelt waren, sodass niemand vermuten würde, dass er Zeit gehabt hätte, die Gefangene zu befreien. Er brauchte ein Alibi.

Nachdem sie ein paar mehr Abzweigungen eingeschlagen hatten, stoppte er vor einer Tür und öffnete sie. Er marschierte in die große, wie ein elegantes Esszimmer wirkende Höhle, schloss jedoch die Tür nicht hinter sich, um ihr die Gelegenheit zu geben, ihm zu folgen. Um einen großen Steintisch herum saßen zwei Männer sowie eine Frau, die sie erkannte: Silvana. Ein vierter Mann stand am Kopfende des Tisches und beugte sich leicht darüber. In dem Moment, als Zoltan eintrat, verstummte die Unterhaltung und alle Gesichter wandten sich ihrem Führer zu.

„Oh Großmächtiger“, sagten sie beinahe gleichzeitig und erhoben sich von ihren Stühlen.

Enya benutzte den zeitweiligen Lärm, den die Stühle machten, als sie über den Boden kratzten, um ihre eigenen Bewegungen zu verdecken und zog ihr Handy aus der Tasche. Sie entsperrte es.

Zoltan warf dem Mann, der am Kopfende des Tisches stand und nun zur Seite wich, einen missbilligenden Blick zu. Eindeutig war dies Zoltans Platz. „Vintoq, wo sind die anderen? Yannick, Ulric und Tamara?“

Vintoq verbeugte sich. „Sie sind auf dem Weg, oh Großmächtiger. Tatsächlich glaube ich, ich höre sie kommen.“

Enya machte ein Foto.

Augenblicke später betraten zwei Männer und eine Frau den Raum und grüßten Zoltan.

„Setzt euch“, befahl Zoltan und nahm auf dem Stuhl am Kopfende Platz.

Enya machte mehrere Fotos, dann ging sie um die andere Seite des Tisches herum, um einen besseren Sichtwinkel zu bekommen, als sie abrupt stehenblieb.

Scheiße!

Dort, auf der anderen Seite des Tisches und verdeckt durch dessen Steinplattform, saß ein fies aussehender Pitbull zu Silvanas Füßen. Die Ohren des Hundes spitzten sich und seine Nasenflügel bebten plötzlich. Hatte das Tier ihren Geruch aufgespürt? Ein leises Knurren kam von dem Hund und er sah direkt in Enyas Richtung.

Silvanas Blick schoss zu dem Hund. „Ruhig, Junge."

Zoltan sprang auf und schlug mit der Faust auf den Tisch. „Du hast einen Hund hierher gebracht? Begründe das!"

Silvana räusperte sich, während sie den Kopf des Tieres streichelte. „Es ist nur eine Vorsichtsmaßnahme, oh Großmächtiger. Jetzt wo wir eine Hüterin der Nacht in der Unterwelt gefangen halten, können wir nicht vorsichtig genug sein. Der Hund ist für euren Schutz hier. Sicherlich könnt ihr dies zu schätzen wissen, sollte die Gefangene entfliehen und sich an euch rächen wollen."

„Ja. Und wem habe ich das zu verdanken?" Zoltan funkelte die Versammelten wütend an. „Wenn irgendein Idiot nicht die drei Männer nach Baltimore geschickt und meinen sorgfältig ausgearbeiteten Plan durchkreuzt hätte, dann wäre ich jetzt in einem der Komplexe der Hüter der Nacht. Aber nein, jemand konnte meinen Befehlen nicht gehorchen!"

Enya wagte es nicht, sich zu bewegen, denn sie hatte Angst, dass der Hund sie beim leisesten Geräusch anspringen würde. Sie war gezwungen, die restlichen Dämonen von ihrem Standort aus zu fotografieren.

„Und wenn ich herausfinde, wer das war, wird es Konsequenzen geben." Zoltan setzte sich wieder. „Jetzt kann ich nur versuchen zu retten, was noch zu retten ist. Das Hüter-der-Nacht-Luder dazu zu bringen, mir jetzt noch zu vertrauen, ist unmöglich. Sie weiß jetzt, dass ich der Großmächtige bin. Jetzt können wir sie nur noch als Köder benutzen."

Mit anzuhören, wie Zoltan auf so erniedrigende Weise von ihr sprach, war krass, doch sie verstand, warum er sie mit Schimpfworten überschütten musste: Wenn er es nicht täte, würden seine Leutnants sich fragen, ob er Skrupel hegte, oder noch schlimmer, Gefühle.

„Ich glaube, ich habe euch enttäuscht, oh Großmächtiger", sagte Vintoq. „Meine oberste Priorität wird nun sein, die drei Dämonen, die für die

Gefangennahme der Hüterin der Nacht verantwortlich sind, zu finden und sie zu befragen, um zur Wahrheit zu gelangen."

Enya musterte Vintoqs Gesicht. Wollte er seinen Herrscher nur beschwichtigen oder meinte er, was er sagte? Sie wusste es nicht. Falls er wirklich der Verräter war, verbarg er seine wahren Gefühle sehr gut und spielte den treuen Untergebenen ausgezeichnet.

Zoltan nickte, obwohl sie wusste, dass die drei Männer, die sie geschnappt hatten, seiner Vermutung nach schon lange tot waren. „Und jetzt ... Irgendwelche Ideen, wie wir die Hüterin der Nacht zu unserem Vorteil benutzen könnten, jetzt wo meine Tarnung aufgeflogen ist?"

Die fünf Männer und zwei Frauen vermieden es, in Zoltans Richtung zu schauen, und richteten stattdessen ihre Augen auf den Tisch oder auf eine entfernte Stelle. Enya wollte schnauben. Es war eindeutig, dass Zoltan das Gehirn dieser Operation war. Ohne ihn würde die Unterwelt nie so einen negativen Einfluss auf die Welt haben. Nur gab es da eine Person unter den Versammelten – und sie wollte nicht annehmen, dass das ein Mann war –, die ihre wahre Intelligenz, ihre wahre Gerissenheit verbarg: der Verräter.

„Irgendjemand?"

„Wir könnten sie foltern, damit sie uns verrät, wo ihr Komplex ist", sagte ein männlicher Dämon.

Zoltan warf ihm einen gelangweilten Blick zu. „Folter, wirklich? Das ist deine geniale Idee? Es handelt sich hier nicht um einen Menschen. Sie ist eine Unsterbliche. Was auch immer wir ihr antun, außer sie zu töten, wird nur eine momentane Unannehmlichkeit für sie sein. Einer Hüterin wie ihr können wir nicht genug Schmerz zufügen, um sie dazu zu bringen, ihre Geheimnisse zu enthüllen. Oder würdest du etwas über die Unterwelt verraten, wenn dich jemand foltern würde?"

„Lieber würde ich sterben!", erwiderte der Dämon, ohne mit der Wimper zu zucken.

Ob es Prahlerei war, die ihn zu dieser Antwort zwang, oder die Tatsache, dass er vor Zoltan Angst hatte, war egal. Seine Antwort erstickte den Vorschlag der Folter. Zum Glück, denn obwohl Zoltan recht hatte, dass Folter nicht bei ihr funktionieren würde, war sie nicht besonders scharf darauf, sich dieser unterziehen zu müssen.

„Irgendjemand anderer?", fragte Zoltan. „Wie ich mir schon dachte.

Zuerst zerstört ihr meinen Plan und dann könnt ihr nicht mal eine Alternative liefern. Wie immer muss ich alles selbst machen.“

„Oh Großmächtiger, ich bin sicher, wir können einen neuen Plan aufstellen“, sagte Tamara schnell, als wollte sie ihren Gebieter beschwichtigen.

Bevor Zoltan noch etwas sagen konnte, wurde die Tür aufgerissen und ein Dämon stürmte herein. Enya bemerkte, wie der Hund sofort aufsprang und in Richtung des Eindringlings schaute. Das gab ihr die Gelegenheit, sich auch zu bewegen – näher in die andere Ecke des Raumes, weiter von dem Hund entfernt.

„Was zum –“

„Oh Großmächtiger, der Mann, der die Hüterin der Nacht bewachte, wurde tot vor der Bleizelle aufgefunden.“

Zoltan sprang inmitten des verdutzten Keuchens seiner Untergebenen auf, und spielte seine Überraschung sehr gut. „Und die Gefangene?“

„Verschwunden!“

Zoltan schlug seine Faust auf den Tisch. „Findet sie! Verdammt noch mal, ihr Schwachköpfe! Findet die Hüterin der Nacht und bringt sie zu mir! Sofort!“

Die Dämonen um den Tisch sprangen alle auf und Enya musste rasch aus dem Weg gehen und sich gegen die Wand drücken, damit niemand sie anrempelte.

Fuck! Sie hatten den toten Wächter viel zu schnell gefunden. Jetzt würde eine Flucht doppelt so schwierig und voller Gefahren sein. Sie konnte nur hoffen, dass Zoltan noch ein paar Asse im Ärmel hatte.

20

Zoltan hatte gehofft, dass sie mehr Zeit hätten, doch die Entdeckung des toten Dämons bedeutete, dass er improvisieren musste. Leider hatte er keine Ahnung, wo im Besprechungszimmer sich Enya versteckte. Er konnte nur auf ihre Instinkte vertrauen und hoffen, dass sie sich ihm mit einer Berührung offenbarte, sobald es ihr möglich war.

„Alle an eure Posten!", sagte er, um die Besprechungshöhle so schnell wie möglich zu leeren. „Alarmiert eure Leute und stellt Suchmannschaften zusammen. Durchkämmt jeden Quadratzentimeter der Unterwelt! Sie muss gefunden werden!"

Während die Leutnants hinauseilten, näherte sich Yannick Zoltan. „Und die Vortexkreise? Was, wenn sie versucht, mit einem Dämon mitzureisen?"

Zoltan brummte. „Da du immer noch nicht herausgefunden hast, wie man die Vortexkreise temporär stilllegt, wirst du die Wachen verdoppeln müssen. Und warne alle davor, dass sie das vielleicht versuchen wird! Jetzt geh!"

Obwohl die Wachen an den Vortexkreisen zu verdoppeln eine Flucht erschweren würde, hatte er keine andere Wahl, als so eine Maßnahme anzuordnen. Täte er es nicht, würde Yannick den Braten riechen.

Schließlich verschwanden alle, alle bis auf Silvana und ihren Pitbull.

„Ich werde an eurer Seite bleiben“, kündigte sie an. „Zusammen mit Baby.“ Sie streichelte den Kopf des Hundes.

Sie hatte also wirklich einen der bösartigsten Hunde in ihrem Zwinger Baby getauft. Doch keineswegs würde Silvana an seiner Seite bleiben. „Ich nehme den Hund selbst. Du wirst bei den anderen Hunden gebraucht. Wenn jemand die Gefangene finden kann, dann bist das du. Ich verlasse mich auf dich.“

„Aber, oh Großmächtiger, ihr braucht Schutz.“

„Baby wird mich beschützen. Geh jetzt. Das ist ein Befehl!“, sagte er.

Endlich verbeugte sie sich, reichte ihm die Leine und verließ den Raum. Er beobachtete, wie sie den Gang hinuntereilte und dann in einem Seitentunnel verschwand, bevor er sich umwandte und von der offenen Tür zu einer Stelle ging, an der er und der Hund nicht vom Gang aus gesehen werden konnten.

„Enya?“, murmelte er.

Fast sofort verspürte er eine Hand auf seinem Rücken, dann einen Atemzug an seinem Ohr. „Was machen wir mit dem Hund?“

Das Tier knurrte bereits, denn es roch Enya trotz des Hemdes mit Zoltans Geruch, das sie trug.

„Mach dir um den Hund keine Sorgen“, sagte er. „Alle Hunde hier unten sind darauf trainiert, meinen Befehlen zu folgen.“ Er sah den Hund an. „Sitz, Baby, sitz.“ Der Hund fügte sich. „Hinlegen.“ Der Pitbull legte sich ganz auf den Boden. „Siehst du?“

„Gut. Aber wir nehmen den Hund nicht mit.“

„Müssen wir, zumindest bis wir zu einem Vortexkreis gelangen. Wenn wir Silvana begegnen und sie sieht mich ohne Hund, dann wird sie Verdacht schöpfen.“

„Das ist egal“, sagte Enya. „Sie wird dich nicht sehen. Ich werde kein Risiko eingehen. Wir werden unsichtbar von hier verschwinden. Lass den Hund hier.“

Der Hund knurrte wieder.

„Schau doch, er mag mich nicht“, sagte Enya.

„Das ist es nicht. Er glaubt, dass ich in Gefahr bin, weil er dich riechen und hören kann. Er wird mir jetzt nicht mehr von der Seite weichen. Mich zu beschützen, überstimmt jetzt jeglichen Befehl, den ich ihm geben könnte.“

„Dann narkotisiere ihn."

„Tut mir leid. Ich habe keine Wurst mehr."

„Fuck!", fluchte Enya.

„Geh an meiner anderen Seite neben mir her und wenn uns jemand entgegenkommt, geh hinter mir und lege deine Hand auf meine Hüfte, damit ich weiß, dass du da bist."

„Na gut."

Ihrem Ton nach zu urteilen war Enya über die Wende der Ereignisse ganz und gar nicht erfreut, doch Zoltan wusste, dass es so am besten war. Unsichtbar durch die Tunnel zu marschieren und anderen Hunden zu begegnen, würde bedeuten, Aufmerksamkeit auf sich und Enya zu lenken. Wenn er sichtbar blieb, würden die Hunde ihn einfach nur zur Kenntnis nehmen und an ihm vorbeilaufen und mit etwas Glück würden sein Geruch und seine Schritte Enyas Geruch und Schritte verdecken.

„Lass uns gehen." Er streckte seine freie Hand aus und spürte, wie Enya sie ergriff. Es war immer noch ein komisches Gefühl, jemanden zu berühren, der unsichtbar war, doch er könnte sich daran gewöhnen.

„Komm", befahl er dem Hund und ging los.

Der Korridor war leer, bis sie eine Abzweigung erreichten, doch als sie in den ersten Seitentunnel einbogen, wurde es rege. Er drückte Enyas Hand, um sie zu beruhigen, dann ließ er sie los und marschierte weiter, während Enya mit ihrer Hand auf seinem Rücken hinter ihm her ging. Er hielt den Hund an der kurzen Leine, damit das Tier nicht stoppen und schnüffeln konnte, wer hinter ihm war.

Mehrere Dämonen eilten an ihm vorbei und grüßten ihn mit einem knappen Nicken und einem noch knapperen „Oh Großmächtiger." Aus irgendeinem Grund fing er an, diese Anrede zu verabscheuen. Er fühlte sich gerade nicht wie der Großmächtige, denn er benahm sich nicht wie der Herrscher der Dämonen. Er verriet sein eigenes Volk und er hatte deswegen nicht einmal Schuldgefühle.

Und etwas anderes kam ihm plötzlich: Seit er angefangen hatte, Gefühle für Enya zu empfinden, hatte er keinen einzigen Migräneanfall mehr gehabt. Und diesen Gefühlen hatte er sich stellen müssen, seit seine Untertanen sie entführt hatten. Er hatte sie noch nicht in Worte gefasst, doch er wusste, was sie waren. Er hätte nie gedacht, dass er fähig war, eine

Frau bedingungslos zu lieben, doch hier war es, schwarz auf weiß. Er sollte Enya seine Gefühle gestehen, doch welchen Zweck hatte das schon? In ein paar Tagen würde er tot sein, entweder von den Hütern der Nacht umgebracht, die versuchten, Enya vor dem Fehler, mit einem Dämon verwickelt zu sein, zu beschützen oder – was wahrscheinlicher war – von seinen eigenen Untertanen ermordet, sobald sie ihn aufgespürt hatten. Er machte sich keine Illusionen über seine Zukunft. So naiv war er nicht. Doch eine Sache musste er vollbringen, bevor er starb: Enya in Sicherheit bringen.

Zoltan nahm den nächsten Tunnel und benutzte seine Kenntnisse über das riesige Labyrinth, um die Gegenden zu meiden, wo es vor Dämonen nur so wimmelte. In dem kurzen Verbindungstunnel, den sie betraten, waren sie alleine. Endlich hatte er eine Gelegenheit, ein paar Worte mit Enya zu wechseln.

„Alles okay?", fragte er.

„Ja. Wie weit noch?"

„Ein, zwei Meilen. Wir müssen einen Umweg machen, um zu dem Vortexkreis zu gelangen, den ich im Sinn habe. Je weniger Verkehr wir begegnen, desto besser. Ich will nicht einem meiner Leutnants erklären müssen, wohin ich gehe."

„Du kannst doch einfach alle umbringen, die Fragen stellen", schlug Enya vor.

Zoltan lachte leise. „Habe ich schon erwähnt, dass es mich ganz heiß macht, wenn du so blutrünstig sprichst?"

Ein sanftes Lachen ertönte von Enya. „Alles macht dich heiß." Eine unsichtbare Hand landete auf seinem Hintern und packte ihn fest.

Die Berührung sandte einen Hitzestoß durch seinen Körper. „Du bist schon eine Frau, Enya. Du könntest jeden Mann haben. Warum bis du immer noch mit mir zusammen?"

„Du bist meine Fahrkarte hier raus."

„Ja, das sagtest du schon mal. Und danach?"

„Schhh!", warnte sie ihn plötzlich.

Einen Sekundenbruchteil später hörte er Schritte und Bellen aus einem Seitentunnel etwa ein Dutzend Meter vor ihnen kommen. Augenblicke später sah er einen Rottweiler an einer Leine um die Ecke hetzen. Hinter dem Hund erschienen drei Dämonen, alle bis zu den Zähnen bewaffnet und auf Blut aus.

Als ihre Augen auf Zoltan fielen, sagten sie sofort: „Oh Großmächtiger."

Doch Zoltan bekam keine Chance zu antworten. Der Rottweiler stürzte mit gefletschten Zähnen knurrend und grollend auf ihn zu. Sein Herrchen versuchte, ihn zurückzuhalten, doch das Tier war so stark, dass es ihn einfach mitzog.

„Halte deinen Hund im Zaum!", befahl Zoltan.

Doch das Biest zog an seiner Leine und bellte laut. Der Pitbull begann auch zu bellen und stellte sich vor Zoltan, um ihn zu verteidigen.

„Ich weiß nicht, was mit ihm los ist", sagte der Hundeführer.

Zoltan wusste nur allzu gut, was mit dem Hund los war: Er hatte Enyas Geruch aufgeschnappt.

„Halte ihn verdammt nochmal zurück!", brummte Zoltan. „Oder ich lasse den Pitbull auf ihn los." Er verengte seine Augen. „Wenn du den Hund nicht kontrollieren kannst, dann solltest du ihn auch nicht führen." Angriff war die beste Verteidigung. „Jetzt geht mir verdammt nochmal aus dem Weg!"

Zoltan wandte sich zur Seite, sodass Enya nun zwischen ihm und der Tunnelwand war und der Pitbull vor ihm stand. Die drei Dämonen mit dem Rottweiler waren nur drei Meter von ihnen entfernt.

Ein zweiter Dämon packte die Leine und zusammen zogen sie den Hund näher heran, sodass er Zoltan und die unsichtbare Hüterin der Nacht hinter ihm nicht angreifen konnte.

„Jetzt geht schon vorbei! Und wenn euer verdammter Hund mich auch nur streift, dann werdet ihr alle dafür büßen!"

Genug eingeschüchtert eilten die drei Dämonen an ihm vorbei und zerrten den protestierenden Rottweiler mit sich, obwohl das Tier weiter über seine Schulter schaute und den unsichtbaren Feind anbellte.

„Das war knapp", murmelte Enya hinter ihm.

„Komm", flüsterte er und eilte den Tunnel entlang.

Sie brauchten noch ein paar Minuten, bis sie endlich den Vortexkreis sehen konnten, auf den sie zugingen. „Du weißt, was du tun musst", flüsterte er Enya zu.

„Keine Angst."

Er nickte, dann marschierte er die letzten fünfzig Meter zum Kreis, als gehörte ihm die Bude – und das tat sie auch. Und solange er sich wie der Großmächtige benahm und nicht wie ein Mann, der seine Untertanen für eine Frau verraten hatte, dann würden sie auch nicht wissen, was ihnen geschah.

Der Vortexkreis wurde von mehr Männern als üblich bewacht – von drei. Yannick überließ offensichtlich nichts dem Zufall, und wäre die Sache anders gelegen, dann würde Zoltan den Mann loben. Doch heute wäre ihm ein bisschen weniger Eigeninitiative von Yannick recht gewesen.

Die Wachen hatten Zoltan bereits erspäht und grüßten ihn mit einer Verbeugung ihrer Köpfe. Es war an der Zeit, sie abzulenken.

„Wachen", sagte er mit fester Stimme, als er sich ihnen näherte. „Man hat mir zugetragen, dass ich Yannick hier finden würde. Wo ist er?"

„Yannick, oh Großmächtiger?", erwiderte einer der Dämonen. „Aber er beschützt doch nur den Hauptvortexkreis selbst."

Zoltan wusste, dass Yannick den Vortexkreis bevorzugte, der am nächsten zu Zoltans Büro gelegen war. Das war der Grund, warum Zoltan sich entschieden hatte, stattdessen diesen zu benutzen.

„Er wollte, dass ich ihn hier treffe." Zoltan funkelte die drei Wachen finster an und ging sogar noch näher auf sie zu, bis er nur noch einen halben Meter entfernt war. „Willst du mir verdammt nochmal sagen, dass er nicht hier ist?"

Der Dämon, der zuerst gesprochen hatte, wandte seine Augen ab. „Er hat uns nicht mitgeteilt, dass ihr kommen würdet, oh Großmächtiger. Entschuldigung."

„Was machst du dann noch hier? Hole ihn!"

Der Dämon machte einen Schritt nach links, von Zoltan weg, während Zoltan den nächsten Teil seines Ablenkungsmanövers durchführte. Zu dem Dämon zu seiner Rechten sagte er: „Hier, mach dich nützlich und halte den Hund für mich." Er drückte dem Mann die Leine in die Hand.

Das war das Zeichen für Enya zu handeln.

Zoltan wandte sich zu dem dritten Dämon, zog seinen Dolch aus dem Ärmel, wo er ihn festgeschnallt hatte, und stach die Klinge in das Herz des Dämons. Er musste sich nicht umsehen, um zu wissen, dass Enya den Dämon tötete, den er Yannick holen geschickt hatte; er konnte Enya ächzen hören, als sie den Dolch in ihn stach und der sterbende Dämon ein gurgelndes Geräusch von sich gab.

Zoltan wirbelte herum, bereit den Dämon anzugreifen, der durch die Leine in der Hand verhindert war, doch er hätte sich keine Sorgen machen müssen: Grünes Blut tränkte bereits sein Hemd und seine Faust öffnete sich und ließ die Leine fallen.

„Hab ihn“, sagte Enya, immer noch unsichtbar.

„Danke!“ Zoltan nahm die Leine und band sie schnell um einen kleinen Felsblock. Dann machte er eine Handbewegung und beschwor mitten im Kreis einen Vortex hervor. „Gib mir deine Hand.“

Enya ergriff seine Hand und zusammen traten sie in die wirbelnde Masse aus Nebel und Luft, während der Pitbull protestierend aufheulte.

Zoltan legte seine Arme um Enya und hielt sie fest, während er sich auf den Bestimmungsort konzentrierte.

21

Enya hielt sich an Zoltan fest, während sie der Vortex zu verschlingen schien. Dies war ganz anders, als in einem Portal der Hüter der Nacht zu reisen. Und sehr verwirrend, um nicht zu sagen Übelkeit erregend.

Sie ist in Sicherheit. Gott sei Dank ist sie in Sicherheit.

Sie wusste instinktiv, dass dies Zoltans Worte waren, obwohl er sie nicht ausgesprochen hatte. Was nur eins bedeuten konnte: Sie konnte seine Gedanken hören.

Zoltan, ich kann spüren, was du denkst.

Doch sie bekam keine Antwort. Stattdessen drangen noch mehr Gedanken zu ihr.

Ich bringe jeden um, der ihr wehtun will. Ich darf sie nicht verlieren.

Seine Worte verrieten ihr, dass Zoltan ihre Gedanken nicht hören konnte, obwohl sie seine hören konnte. Und noch etwas anderes wurde ihr klar, obwohl sie es schwer fand zu glauben: Seine Gefühle waren tiefer, als sie erwartet hatte. War das möglich? War es möglich, dass ein Dämon jemand anderen lieben konnte?

„Wir sind hier", kündigte Zoltan an.

Zeitgleich klang das verwirrende Gefühl ab. Zoltan hatte einen Arm von ihr genommen, hielt sie jedoch noch mit dem anderen fest und zog sie mit sich, als er aus dem Vortex stieg.

Den Vortex hinter ihrem Rücken, machte Enya sich sichtbar und starrte auf eine Wand vor sich. Sie orientierte sich schnell. Sie waren hinter ein großes Gebäude teleportiert, wo Container für Industriemüll neben einem großen Metallgaragentor standen. Sie waren bei einer Laderampe. Sie spähte zum gegenüberliegenden Ende der Gasse und konnte dort in der Ferne die goldüberzogene Rotunde des Rathauses sehen.

„Hier entlang." Sie deutete in Richtung des Rathauses und sah über ihre Schulter.

Der Vortex fiel in sich zusammen und Zoltan griff in seine Innentasche. Für einen Sekundenbruchteil fragte sie sich, ob er nach einer Waffe griff, und ihr Herz hörte auf zu schlagen. Einen Augenblick später zog er eine dunkle Sonnenbrille über seine dämonengrünen Augen und Enyas Herz begann wieder zu schlagen.

Zoltan erhaschte ihren Blick und legte seinen Kopf etwas zur Seite. „Enya, inzwischen solltest du wissen, dass du mit mir sicher bist."

Sie kam sich doof vor, legte ihre Arme um ihn und küsste ihn. „Tut mir leid, aber ich bin gerade aus der Unterwelt entflohen. Mir scheint, ich bin noch ein bisschen nervös."

„Ja, du genauso wie ich. Lass uns aus der Öffentlichkeit verschwinden, bevor sie herausfinden, dass ich dir bei der Flucht geholfen habe." Er nahm ihre Hand in seine.

Sie schaute auf ihre verschlungenen Hände.

„Stimmt was nicht?", fragte er.

Sie schüttelte den Kopf. Sie hatte noch nie mit einem Mann Händchen gehalten, nicht einmal, wenn sie alleine waren. Und jetzt hielt sie mit einem Dämon Händchen und noch dazu bei Tageslicht in der Öffentlichkeit. „Nein, alles in Ordnung. Absolut alles."

Sie verließen die Gasse. Enya sah sich weiterhin wachsam um, beobachtete die Fußgänger, denen sie auf der Hauptstraße begegneten, auf einen Angriff vorbereitet. Als nichts geschah, begann sie, sich zu entspannen.

„Ich konnte in dem Vortex deine Gedanken hören."

Zoltans Kopf wirbelte zu ihr, doch sie konnte seine Augen hinter der dunklen Sonnenbrille nicht sehen. „Was? Wie?"

„Ich weiß es nicht. Aber es stimmt mit dem überein, was meine Kollegen berichteten. Als sie in einem eurer Vortexe waren, konnten sie die Gedanken des Dämons hören. Sie haben sich immer gefragt, ob ihr sie auch hören konntet."

„Ich hatte keine Ahnung", sagte Zoltan vollkommen erstaunt. „Ich habe noch nie die Gedanken anderer Dämonen gehört, die mit mir in einem Vortex waren. Und deine konnte ich auch nicht hören. Aber jetzt wo ich es weiß, muss ich versuchen, mich zu erinnern, woran ich im Vortex dachte." Als sie nicht sofort antwortete, fügte er hinzu: „War es etwas so Ähnliches wie *wenn wir die Sache hinter uns haben, müssen wir unbedingt Sex haben*?"

Als Antwort auf seinen Versuch, leichtfertig zu klingen, gluckste sie sanft. „Ich glaube, du weißt sehr wohl, woran du dachtest, und es war nicht Sex."

Er drückte ihre Hand. „Darüber sprechen wir später."

„Ja, nachdem wir herausgefunden haben, wer uns beide umbringen will", sagte Enya, froh darüber, dass sie nicht mitten im Stadtzentrum von Baltimore über ihre Gefühle sprachen.

Als sie nur noch einen Block von ihrem Ziel entfernt waren, erinnerte Enya sich an etwas. „Oh, Scheiße, wir sind bewaffnet. So können wir nicht ins Rathaus. Die haben jetzt Metalldetektoren."

„Dann mach uns unsichtbar und wir gehen um sie herum", schlug Zoltan vor.

Enya sah sich um. „Zu viele Leute. Ich kann uns nicht einfach mitten am Tag unsichtbar machen."

Zoltan deutete zu einem Schild, das auf einen Parkplatz hinwies. „Siehst du die zwei Lastwagen in der Ecke? Die können uns Deckung verleihen."

Enya nickte und zusammen gingen sie auf den Parkplatz. Niemand schien sie zu bemerken, als sie zwischen den zwei Trucks verschwanden. Enya vergewisserte sich, dass niemand sie dort stehen sah, bevor sie sich und Zoltan unsichtbar machte.

Minuten später kamen sie beim Rathaus an, folgten einem anderen Besucher hinein und traten über die Absperrung in die große Eingangshalle des Gebäudes, wodurch sie den Metalldetektor vermieden. Ohne ein Wort zu sagen, deutete Enya auf das Schild zu den Toiletten und es schien, als verstünde Zoltan sie, denn er nickte.

Am Ende eines kurzen Ganges lag ein kleines Foyer mit zwei Türen, eine zur Herrentoilette, die andere zur Damentoilette. Sie waren alleine.

„Okay, wir sind wieder sichtbar", sagte sie.

„Was jetzt?", fragte Zoltan.

„Tessas Büro ist ein Stockwerk weiter oben. Du kannst mit mir zum ersten Stock hinaufkommen, aber es ist besser, wenn du nicht mit reinkommst." Sie begannen, die Treppe hinaufzugehen. „Hamish ist eventuell hier und es kann sein, dass er dich erkennt. Ich glaube, ihr zwei habt schon mal die Hörner aneinandergestoßen."

„Der Ehemann der Bürgermeisterin?", fragte Zoltan. „Ja, wir sind uns begegnet. Er hat meine Pläne durchkreuzt, jemand anderen zum Bürgermeister von Baltimore zu machen." Er zuckte mit den Schultern. „Keine Sorge, ich gehe ihm aus dem Weg." Als sie im ersten Stock ankamen, deutete er zu einem Schild für die Toiletten. „Wenn du fertig bist, such dort hinten nach mir."

„Okay." Sie wandte sich bereits Tessas Büro zu, als Zoltan sie an sich zog und sie küsste. Sie konnte nicht umhin, den Kuss zu erwidern.

Als er sie ein paar atemberaubende Augenblicke später losließ, sagte er: „Nur damit du nicht ohne mich verschwindest."

„Auf keinen Fall", murmelte sie und spürte, wie ihre Wangen sich röteten.

„Gut."

Ihr Herz schlug immer noch wie wild, als Enya zum Bürgermeisterbüro ging und das Vorzimmer ohne anzuklopfen betrat. Collette, Tessas Assistentin, saß an ihrem Schreibtisch und sortierte einen Stapel Umschläge. Sie sah hoch.

„Oh, hallo Enya", sagte sie mit einem freundlichen Lächeln.

„Hi, Collette. Ist Tessa da?"

„Sie ist im Moment sehr beschäftigt." Collette hatte schon für Tessa gearbeitet, als sie noch nicht Bürgermeisterin gewesen war, und handelte sehr beschützend, wenn es um Tessa und deren Zeit ging.

Trotzdem musste Enya sie heute drängen. „Es ist wichtig. Ich brauche nur zwei Minuten ihrer Zeit."

Collette seufzte, dann drückte sie auf einen Knopf der Gegensprechanlage. „Tessa, Enya ist hier."

„Enya?“, kam Tessas Antwort, dann wurde die Tür auch schon aufgerissen und Tessa stand im Türrahmen. „Wo zum Teufel warst du? Alle suchen nach dir.“

Enya ging auf sie zu. „Sag ich dir später, aber zuerst musst du mir einen Gefallen tun.“

Tessa zog sie bereits in ihr Büro. „Keine Anrufe und keine Besucher, Collette, danke.“ Dann machte sie die Tür zu und umarmte Enya. „Die Jungs sind außer sich. Du bist nicht nach Hause gekommen. Sie konnten dich und dein Handy nicht erreichen. Hast du mit ihnen gesprochen? Was ist los?“

„Ich erkläre dir später alles, aber im Moment geht es um etwas viel Wichtigeres. Erinnerst du dich noch an den Tag, als dich ein Dämon mit Drogen vollpumpte?“

Während der Bürgermeisterwahl hatten die Dämonen versucht, Tessa zu schaden und einem anderen Kandidaten zu helfen, der die sowieso schon rassistisch problematische Stadt noch mehr aufgespaltet hätte. Die Dämonen waren so weit gegangen, Tessa als Drogenabhängige hinzustellen, damit sie aus dem Rennen schied. Doch Hamish, der für ihren Schutz zugeteilt war, hatte sie gerade noch rechtzeitig gerettet, nachdem die Dämonen ihr eine Überdosis Heroin verabreicht hatten.

Tessa legte ihre Stirn in Falten. „Ich denke ungern daran zurück, aber ich kann mich genau erinnern. Warum?“

„Würdest du den Dämon erkennen, der dir die Drogen verabreicht hat?“

„Sein Gesicht werde ich nie vergessen.“

„Gut.“ Enya zog ihr Handy heraus und navigierte zu ihren Fotos. „Ich werde dir jetzt mehrere Fotos zeigen. Wenn der Dämon, der dir die Drogen gab, darunter ist, dann sag es mir, okay?“

„Aber –“

Enya drehte das Handy so, dass sie Tessa das erste Foto zeigen konnte.

Tessa keuchte. „Oh mein Gott, du hast Dämonen fotografiert?“

„Ist es der?“

Tessa schüttelte den Kopf und Enya wischte nach links. Dann machte sie weiter, bis Tessa plötzlich das Handy ergriff. „Das ist er. Das ist der Dämon, der in meine Wohnung eindrang und mir die Drogen verabreichte.“ Sie starrte direkt in Enyas Augen. „Wo hast du ihn gefunden?“

„Pack lieber zusammen. Wir gehen zum Komplex zurück. Ich möchte nicht alles zweimal erklären müssen. Okay?"

„Ich hoffe, deine Erklärung ist gut."

„Glaub mir, das ist sie." Als Tessa ihre Handtasche schnappte, fügte Enya hinzu: „Ruf Hamish an, dass er nicht kommen muss, um dich abzuholen."

„Oh, Hamish ist schon hier. Er ging sich nur die Hände waschen."

Enyas Herz begann wie verrückt zu schlagen. „Oh Scheiße!"

ZOLTAN WUSSTE, dass er nicht alleine in der Herrentoilette war. Die Tür einer der fünf Abteile war geschlossen und jemand betätigte gerade die Spülung. Zoltan wandte sich der Reihe Waschbecken zu und machte den Wasserhahn an. Um unverdächtig zu wirken, pumpte er Seife in seine Hand und seifte seine Hände unter dem Wasser ein. Dann wurde die Tür der Toilette geöffnet und ein Mann kam heraus. Zoltan schaute flüchtig in den Spiegel und senkte dann seinen Blick zurück auf seine Hände.

Verdammt!

Kein anderer als Hamish, der Hüter der Nacht, der mit der Bürgermeisterin verheiratet war, und den Zoltan bereits mehrere Male bekämpft hatte, ging auf ein Waschbecken zu. Zoltan spürte, wie sein Herzschlag sich beschleunigte. Er trug eine Sonnenbrille, um seine Augen zu verbergen, doch dieses Zubehör war wohl kaum unauffällig, wenn es im Gebäude getragen wurde. Und Hamish war nicht doof. Wenn dieser die Sonnenbrille erst einmal bemerkte, würde er sicher einen genaueren Blick auf Zoltans Gesicht werfen und erkennen, dass sie sich kannten.

Es war höchste Zeit, dass er verdammt noch mal von hier verschwand.

Zoltan wandte sich ab, schüttelte das Wasser von seinen Händen und machte ein paar Schritte.

„Haben die den verdammten Händetrockner immer noch nicht repariert?", fragte Hamish von dem Waschbecken aus und schaute in den Spiegel.

Aus dem Augenwinkel seines rechten Auges bemerkte Zoltan, wie Hamish Zoltans Spiegelbild fixierte. Hamish erstarrte und schaute auf die Sonnenbrille.

Wenn er auf Hamish' Frage nicht antwortete, würde er noch verdächtiger wirken, also murmelte Zoltan ein „Sieht so aus" und ging weiter auf die Tür zu, an dem Händetrockner vorbei, als das verdammte Ding plötzlich – vermutlich durch einen Bewegungssensor aktiviert – anging.

Zoltan zögerte einen Sekundenbruchteil. Sich nun die Hände unter dem Händetrockner zu trocknen, würde bedeuten, sein Gesicht zu wenden und Hamish einen noch besseren Blick auf sein Spiegelbild zu gewähren. Das konnte er nicht riskieren. Doch scheinbar brauchte der Hüter der Nacht keinen zweiten Blick.

„Verfluchter Dämon", knurrte Hamish.

Zoltan wirbelte herum. Hamish hielt bereits einen Dolch in der Hand und hatte eine Kampfhaltung eingenommen. Doch Zoltan wusste, dass er seine Waffe nicht ziehen konnte. Wenn er Hamish verletzte – oder, noch schlimmer, tötete – würde Enya ihm nie vergeben.

„Die Sonnenbrille war's, oder?"

Hamish deutete zu dem großen Fenster hinter sich. „Ist schon den ganzen Tag bewölkt. Und ich würde nie eine Fresse wie deine vergessen." Er pausierte. „Zoltan."

Zoltan hob seine Hände. „Hör zu, Hüter, ich will keinen Ärger. Ich marschiere ganz einfach hier hinaus und niemand wird verletzt."

„So leicht mach ich's dir nicht." Hamish verengte seine Augen. „Offensichtlich bist du nicht so mutig, wenn du nicht einen Haufen Dämonen dabei hast, die dir den Rücken freihalten."

Die Beleidigung tat weh. „Als ich sagte, dass ich von hier verschwinde und niemandem wehtue, meinte ich dabei dich. Ich will dir nicht wehtun. Nimm das Angebot an."

Hamish prustete höhnisch. Natürlich würde der Idiot Zoltans Angebot nicht annehmen. Das sah er in der Art, wie der Hüter der Nacht ihn ansah. Er wollte diesen Kampf. Er wollte eine Gelegenheit bekommen, den Großmächtigen zu töten. Und wenn Zoltan Enya nie kennengelernt hätte, dann hätte er ihm diese Gelegenheit sogar gewährt. Doch alles war jetzt anders. Hamish war ein Teil Enyas Familie.

„Hamish – so heißt du doch, oder?" Zoltan brauchte keine Bestätigung, und er bekam auch keine. „Wenn du mich angreifst, muss ich mich verteidigen."

„Oh, das hoffe ich doch sehr. Das wird deinen Tod noch besser machen. Ich warte schon auf diesen Moment, seit du Tessa zum Sterben zurückgelassen hast."

Zoltan schüttelte den Kopf. „Das war nicht ich."

Hamish schnaubte. „Dann machst du also die Drecksarbeit nicht selbst. Was gibt's sonst Neues?"

„Ich habe die Überdosis deiner Gefährtin nicht genehmigt."

„Ein Lügner und ein Mörder. Keine Überraschung."

„Und die Beleidigungen hören nicht auf. Du machst es mir immer schwerer, dir nicht wehzutun."

„Halte mich nicht hin."

„Na gut." Zoltan zog seinen Dolch aus der Tasche und machte sich bereit.

Hamish sprang zuerst, hechtete mit einer Wucht auf Zoltan zu, die von dem Glauben gespeist wurde, dass Zoltan Tessa Schaden zugefügt hatte. Sein Hass auf Zoltan wurde in der Art deutlich, wie er seinen Gegner anfunkelte. Doch Zoltan konnte Hamish nicht erlauben, sich an ihm zu rächen. Heute würde niemand sterben. Nicht, wenn er etwas mitzureden hatte.

Zoltan sprang zur Seite, um Hamish auszuweichen. Doch der Hüter der Nacht schien diese Bewegung erwartet zu haben, denn er machte im letzten Moment einen Bogen und streifte die Hand, die Zoltan zur Verteidigung gehoben hatte, mit seinem Dolch. Die Wunde war nicht tief, doch sie blutete. Grüne Tropfen regneten auf die Fliesen.

Hamish grunzte verärgert, machte wieder einen Satz und zwang Zoltan, ihm nochmals zur Verteidigung auszuweichen. Als Zoltan sich auf den Fersen umdrehte, rammte er seinen Ellbogen in Hamish' Seite und brachte ihn zum Schwanken. Doch der Bastard war wendig und gewann sein Gleichgewicht innerhalb einer Sekunde wieder.

„Verfluchter Dämon!", grollte Hamish, schlug mit dem Bein aus und kickte seinen Fuß in Zoltans Kniekehlen.

Die Wucht des Aufpralls schleuderte Zoltan zu Boden, doch er rollte sofort zur Seite und sprang auf, bevor Hamish ihn in dieser verwundbaren Position erwischen konnte. Doch Hamish gab nicht auf. Er kam immer wieder auf ihn zu, stach mit der Klinge auf ihn ein, kickte und schlug, während Zoltan sich nur zu verteidigen versuchte, um sich Hamish so gut wie möglich vom Hals zu halten. Das machte Hamish noch kühner und wie es schien noch brutaler. Als Hamish ihm mit dem Dolch in den Oberschenkel schnitt und dort eine tiefe Wunde hinterließ, hatte Zoltan genug.

„Du verdienst es aber jetzt", brummte er und wehrte sich.

Zoltan schlug Hamish in den Hals, dann trat er ihn seitwärts, sodass dieser mit solcher Wucht gegen das Waschbecken krachte, dass das Porzellan einen Sprung bekam. Das Wasser lief noch und sickerte jetzt durch den Sprung auf den Boden. Hamish ließ sich von dem beschädigten Becken jedoch nicht ablenken und drückte sich davon weg und trat Zoltan in den Magen, während hinter ihm die Verankerung des Waschbeckens knackste und Porzellanstücke auf den Fußboden fielen.

Zoltan stolperte nach hinten und prallte gegen eines der Abteile. Er rettete sich davor, in die Toilette zu fallen, indem er die Kanten des Abteils ergriff und sich nach vorne katapultierte, seinem Angreifer entgegen, wobei er allerdings seinen Dolch verlor. Das war egal. Er würde diesen sowieso nicht gegen Hamish verwenden.

Hamish grinste und warf einen triumphierenden Blick auf den Dolch, der aus Zoltans Reichweite geschlittert war. Riesenfehler. Dies gab Zoltan einen Sekundenbruchteil, während dem er Hamish nach hinten schleudern konnte, sodass er auf seinem Hintern landete. Zusammen schlitterten sie auf dem jetzt nassen Boden entlang, bis die Wand sie stoppte. Obwohl Hamish auf dem Rücken lag, mit Zoltan auf ihm, war er in der Lage, seinen Dolch auf Zoltans Hals zu zielen. Zoltan blockierte ihn gerade noch rechtzeitig. Mit der gleichen Bewegung schmetterte er Hamish' Ellbogen zurück und nagelte seinen Arm am Boden inmitten der zerbrochenen Porzellanstücke fest.

Mit seinem linken Arm hinderte Zoltan Hamish daran, ihm einen Schlag an seine Schläfe zu versetzen. „Hör auf zu kämpfen, du Idiot!"

Doch Hamish hörte nicht auf ihn. Er wehrte sich weiterhin. Zoltan heftete ihn am Boden fest und schlug nun seine Faust auf Hamish' Handgelenk, damit dieser den Dolch fallen ließ. Zoltan schnappte ihn sich, dann wirbelte er sein Gesicht zu Hamish zurück.

Der Hüter der Nacht starrte ihn an. Einen Moment lang bewegten sie sich beide nicht.

„Tut mir leid, was ich jetzt tun muss", sagte Zoltan und schlug den Griff des Dolches auf Hamish' Arm, damit dieser gegen die zackige Kante des Porzellans knallte.

Hamish schrie vor Schmerzen auf.

Den Dolch immer noch in der Hand, sprang Zoltan auf und entfernte sich ein paar Schritte. „Du hast mir keine Wahl gelassen."

Hamish schaute zu ihm hoch und setzte sich mit Hilfe seines guten Armes auf, während der andere schlaff herabhing. Der Knochen war gebrochen.

„Nächstes Mal, nimm mein Angebot an, wenn ich dir schon eins mache." Zoltan rannte zu dem halb offenen Fenster.

„Warum bringst du mich nicht um?", rief Hamish ihm nach, während Zoltan das Fenster weit aufmachte und sich auf den Sims hievte.

Er sah über seine Schulter. „Frag Enya. Sie ist der Grund, warum du noch lebst." Er hörte das Geräusch einer Tür, die aufgerissen wurde, doch er konnte hier nicht länger bleiben. Er musste jetzt fliehen.

Zoltan sprang.

22

Enya stürmte in die Herrentoilette, Tessa nur ein paar Schritte hinter ihr. In dem Moment, als sie um die Ecke eilte, von wo aus sie den ganzen Raum sehen konnte, rutschte Enya beinahe aus. Hamish saß auf dem nassen Boden, neben dem zerbrochenen Porzellan eines Waschbeckens, seine Klamotten zerrauft und vor Wasser triefend. Ein Arm hing schlaff herab, als er jetzt versuchte, aufzustehen. Enya schaute sich um, doch von Zoltan war nichts zu sehen. Als sie zurück zu Hamish sah, erhaschte sie etwas Grünes auf dem Boden. Dämonenblut.

„Wo ist er? Hast du ihn verletzt? Hast du ihn getötet?“ Sie eilte zu Hamish. „Was zum Teufel ist passiert?“

Hamish funkelte sie wütend an, doch er hatte keine Gelegenheit zu antworten, denn Tessa kam endlich hereingerannt und warf die Arme um ihren Mann.

„Bist du in Ordnung?“, fragte Tessa. „Bist du verletzt?“

„Ich bin okay. Nur ein gebrochener Arm“, sagte er zu Tessa und ließ seine Stimme gelassen und beruhigend klingen. Doch sein Ton veränderte sich, als er sagte: „Enya, ich möchte, dass du mir erklärst, warum Zoltan mich nicht umgebracht hat, obwohl er die Gelegenheit dazu hatte, und mir stattdessen nur den Arm brach, damit ich ihm nicht nachjagen konnte.“

Enya schluckte. Zoltan hatte die Entscheidung getroffen, Hamish’ Leben zu verschonen? Erleichterung durchflutete sie. Zoltan hatte Gutes in sich. Und er war davongekommen, zwar mit einer Verletzung, doch diese schien, dem wenigen Blut am Boden nach zu urteilen, geringfügig zu sein.

„Enya!“ Hamish schnappte sie am Oberarm und schüttelte sie. „Er hat dich mit Namen erwähnt. Er sagte, ich solle dich fragen, warum er mein Leben verschonte. Also hast du jede Menge zu erklären.“

„Ja, sieht so aus.“ Sie seufzte. „Ich würde vorschlagen, dass wir uns dazu setzen, aber ...“ Sie deutete zu dem nassen Boden, dann zuckte sie mit den Schultern und entschloss sich, mit der guten Nachricht anzufangen. „Ich wurde von den Dämonen entführt und in der Unterwelt eingesperrt. Zoltan half mir zu entkommen.“

Hamish und Tessa starrten sie an.

„Er hat was gemacht? Warum zum Teufel sollte Zoltan dir zur Flucht verhelfen?“, fragte Hamish.

Enya atmete tief aus. Es gab keine gute Art und Weise, auf die sie die schlechten Nachrichten, oder was Hamish als schlechte Nachrichten ansehen würde, verkünden konnte. „Weil er mein Freund ist. Er ist Eric Vaughn und ich glaube, er liebt mich.“ Zumindest musste sie das annehmen, obwohl er die Worte nie gesagt hatte. Aber warum sonst würde er so viel für sie aufs Spiel setzen?

Nur das stete Laufen des Wasserhahns, den noch niemand zugedreht hatte, war für die nächsten paar Sekunden in der Herrentoilette zu vernehmen. Niemand atmete. Niemand bewegte sich. Und Enya hätte schwören können, dass Tessas und Hamish’ Herzen bei der unerwarteten Neuigkeit zu schlagen aufgehört hatten.

„Fick mich!“, sagte Hamish.

„Mich auch“, fügte Tessa hinzu.

„Ich muss euch noch viel mehr erklären“, sagte Enya. „Doch das sollten wir zuhause besprechen. Zusammen mit den anderen. Ich will die Geschichte nicht zweimal erzählen müssen.“

Zuerst sah es so aus, als würde Hamish sofort auf die ganze Geschichte bestehen, doch dann deutete er zu seinem Arm. „Ich muss den Arm schnell heilen. Ich habe das Gefühl, dass ich ihn bald wieder brauche, um jemanden wegen Dummheit zu verprügeln.“

Enya ging nicht auf den Seitenhieb ein. Wenn Hamish erst die volle Wahrheit kannte, würde er seine Meinung ändern.

Zu ihrer Erleichterung bestand Hamish während der Fahrt nach Hause nicht auf Erklärungen. Als Leila ihn in der kleinen, super ausgestatteten Klinik im Komplex wieder zusammengeflickt und Ryder ihm Vampirblut gegeben hatte, das den Heilungsprozess beschleunigte, waren alle Bewohner des Komplexes – außer den Zwillingen, die ihre Hausaufgaben machten – im Kommandozentrum versammelt. Die Neuigkeiten, dass Enya von den Dämonen entführt worden war und ihre Flucht Zoltan zu verdanken hatte, hatten sich bereits verbreitet. Genauso wie die Tatsache, dass sie mit einem Dämon ging.

Als die Tür zum Kommandozentrum hinter ihr zufiel, fühlte sie sich, als hätte sie gerade einen Gerichtssaal betreten, in dem die Geschworenen bereits über ihr Schicksal entschieden hatten. Sie konnte es ihnen nicht einmal übelnehmen: In den Augen ihres Volkes hatte Enya Hochverrat begangen, indem sie sich mit einem Dämon eingelassen und ihn nicht getötet hatte, als sie die Gelegenheit dazu bekam.

Alle Blicke landeten auf ihr. Sie öffnete ihren Mund, doch kein Laut kam heraus. Verdammt, das war noch schwerer, als sie gedacht hatte.

Sie räusperte sich. „Als ich anfing, mit Eric auszugehen, glaubte ich, er wäre ein Mensch. Ich hatte keinen Grund, etwas anderes anzunehmen, vor allem, da ich diejenige war, die ihn anmachte. Selbst als er mir half, die Dämonen, die mich in jener Nacht angriffen, zu bekämpfen, spielte er immer noch den normalen Mann, der von Dämonen keine Ahnung hatte."

Sie hob ihr Kinn in Pearce' Richtung. „Doch als Pearce das LinkedIn Konto von Eric Vaughn fand und ich das Foto sah, wusste ich, dass etwas nicht stimmte. Trotzdem – nennt mich doof, denn in Gedanken macht ihr das sowieso schon – schöpfte ich keinerlei Verdacht, dass er ein Dämon sein könnte. Ich dachte, er wäre in Identitätsdiebstahl verwickelt. Dann fand ich es heraus. Ich hätte ihn gleich da umbringen sollen."

„Ja, und warum hast du das nicht getan?", fragte Logan und zeigte zu Winter. „Oder hast du vergessen, was er Winter antat?"

Enya schüttelte den Kopf. „Nein, ich habe nichts vergessen. Ich weiß von allen seinen Gräueltaten. Ich konnte es nur nicht tun. Und jetzt bin ich froh, dass ich ihn nicht getötet habe, denn am Tag darauf, als ich Winter zu Cinead brachte, fand ich die Wahrheit über Zoltan heraus."

„Was für eine verdammte Wahrheit?", fluchte Logan. „Er ist der Herrscher der Dämonen."

„Er ist durch und durch schlecht!", fügte Hamish hinzu. Er kochte vor Wut. „Er hat Tessa mit Heroin vollgespritzt, um sie umzubringen, und du bist froh, dass du ihn nicht getötet hast? Wer zum Teufel bist du? Was ist mit dir geschehen?"

„Zoltan hat nicht versucht, Tessa umzubringen. Er hat niemanden zu Tessas Wohnung geschickt." Enya nickte Tessa zu. „Ich habe Tessa Fotos von Zoltan und seinen Leutnants gezeigt. Sie hat den Dämon, der ihr die Droge gespritzt hat, identifiziert. Es war nicht Zoltan. Er hat das nicht getan."

„Also hat er's nicht persönlich gemacht. Na super. Warum verteidigst du ihn immer noch?", schrie Hamish sie beinahe an.

„Ist er so gut im Bett?", fragte Manus.

Enya stemmte die Hände in die Hüften. „Ja, verdammt noch mal. Aber das ist nicht der Grund, warum ich ihn verteidige. Zoltan gehört zu uns."

Verwirrtes Gemurmel durchzog den Raum.

„Und was soll das heißen?", fragte Aiden, der heute der gelassenste ihrer Kollegen war.

Enya nahm einen tiefen Atemzug. „Zoltan ist Cineads entführter Sohn, Angus." Sie ließ die Neuigkeit einsinken.

„Das erfindest du doch einfach", sagte Pearce.

Winter schüttelte den Kopf. „Das glaube ich nicht."

Alle sahen sie an.

„Als Enya mich zu Cinead begleitete, musste ich ihm sagen, dass ich weiß, was mit seinem Sohn passierte. Er ist nicht tot. Er ist ein Dämon."

Enya nickte. „Danke, Winter. Zumindest unterstützt eine Person mich hier."

„Oh, ich unterstütze dich nicht. Ich berichte nur die Tatsachen."

„Was auch immer", sagte Enya.

„Selbst wenn Winter recht hat und Cineads Sohn ein Dämon ist, dann bedeutet das nicht, dass Zoltan dieser Dämon ist", sagte Pearce.

„Ich kann es beweisen." Enya zog ihr Handy heraus und navigierte zu ihren Fotos. Mit ihrer WLAN-Verbindung schickte sie ein Bild zum Hauptbildschirm im Kommandozentrum.

Alle starrten auf das Foto.

Hamish streckte seinen guten Arm danach aus. „Das ist Zoltan. Ich habe erst vor einer Stunde mit ihm gekämpft. Also, was soll dieses Gemälde beweisen?"

Enya wandte sich ihm zu. „Das ist nicht Zoltan. Das ist Cinead, als er noch ein junger Mann war."

Keuchen ertönte im Raum und prallte von den kahlen Wänden wider.

Enya schickte noch zwei weitere Fotos zu dem Bildschirm und zeigte diese nebeneinander. „Links ist das Muttermal, das Angus auf seinem Po hatte; rechts ist Zoltans Muttermal. Sie sind identisch. Zoltan ist Angus."

Stille legte sich über die Versammelten. Sie tauschten Blicke aus und schüttelten die Köpfe, doch ihren Gesichtsausdrücken nach zu urteilen, erkannte Enya, dass sie den Beweisen, die sie präsentiert hatte, Glauben schenkten.

„Enya, ich weiß nicht, wie ich das sagen soll", sagte Pearce, „aber obwohl wir jetzt wissen, was mit Cineads Sohn geschah, ändert das nichts daran, wer Zoltan ist. Er ist immer noch ein Dämon, egal was er vorher war. Cinead wird der Erste sein, der dir befehlen wird, ihn zu töten, obwohl er einst sein Sohn war."

Enya schüttelte den Kopf. „Nein. Ihr versteht nicht. Zoltan hat noch Gutes in sich. Er ist nicht durch und durch böse. Er kann gerettet werden."

Kim legte ihre Hand auf Enyas Arm. „Es tut mir leid, Enya. Ich weiß, dass du glauben willst, dass er gut ist. Aber ich habe seine andere Seite am Leibe erfahren. Seine Dämonen haben meine Mutter ermordet. Und er hat beinahe mich umgebracht, um sich das Buch zu schnappen, hinter dem er her war." Sie deutete zu Leila, Winter, Daphne und Tessa. „Wir haben alle seinetwegen gelitten. Du kannst nicht einfach erwarten, dass wir vergessen, was er uns angetan hat. Du bist geblendet von dem, was du glaubst, für ihn zu empfinden."

Enya entriss ihren Arm Kims Berührung. „Es geht nicht um das, was ich empfinde. Er kann gerettet werden." Sie sah die Versammelten an, hoffte verzweifelt, einen Verbündeten zu finden. Ihr Blick fiel auf Hamish. „Hamish! Du hast heute mit ihm gekämpft. Du sagtest selbst, dass Zoltan die

Gelegenheit hatte, dich zu töten. Stattdessen hat er dein Leben verschont. Bedeutet das denn gar nichts?“

Hamish zögerte. „Ich gebe zu, dass er mich hätte töten können. Ich gebe sogar zu, dass er mich erst gar nicht angreifen wollte. Doch beweist das wirklich, dass er noch etwas Gutes in sich hat? Enya, er hat es nur deinetwegen getan. Weil er dich als seine Fürsprecherin braucht. Was, wenn das immer noch Teil seines Plans ist?“

„Nein, nein.“ Sie durfte ihren Brüdern nicht erlauben, Zweifel in ihr zu säen. „Er hat mir alles gestanden. Er hat mir von seinem ursprünglichen Plan erzählt, aber er hat sich verändert. Er wird nichts tun, um uns wehzutun. Er hat alles für mich aufs Spiel gesetzt. Sein eigenes Volk jagt ihn jetzt, weil er sie verraten hat – für mich.“

„Vielleicht will er, dass du das glaubst“, sagte Aiden.

„Du hast unrecht. Ihr habt alle unrecht.“

„Na gut“, sagte Logan. „Sag uns, wo er jetzt ist. Lass uns ihn herbringen und befragen. Dann werden wir ja sehen, ob er uns auch überzeugen kann.“

Enya funkelte Logan an. „Für wie dumm hältst du mich denn? In dem Moment, wo ich euch verrate, wo er ist, bringt ihr ihn um.“ Nicht dass sie wusste, wo Zoltan sich gerade aufhielt. Doch bevor sie die Unterwelt verlassen hatten, hatte sie ihn gebeten, sein Wegwerfhandy angeschaltet zu lassen, damit sie ihm eine Nachricht zukommen lassen konnte, sollten sie sich trennen müssen.

„Verdammt, Enya“, sagte Manus. „Siehst du denn nicht, dass Zoltan dich nur manipuliert? Wach auf!“

„Ich bin wach. Und ich weiß, dass ich ihn retten kann. Ich kann Cinead seinen Sohn zurückgeben. Ich werde einen Weg finden.“

„Es gibt keinen Weg“, erwiderte Manus. „Einmal ein Dämon, immer ein Dämon.“

„Ja“, fügte Pearce hinzu. „Du kannst nicht einfach Sim-Sala-Bim sagen, ihn mit einem Zauberstab berühren und dann ist er plötzlich wieder ein Hüter der Nacht. So funktioniert das nicht.“

Enya wirbelte zu Pearce herum, um ihn anzustarren. „Was hast du gesagt?“

„Du hast mich schon gehört.“

Ja, das hatte sie. „Ein Zauberspruch“, murmelte sie zu sich selbst und erinnerte sich an den Morgen der Entführung. In der Dusche hatte sie daran gedacht, an wen sie sich für eine Rettung von Zoltan wenden sollte.

Kim, die ihr am nächsten stand, sagte: „Du glaubst, eine Hexe kann Zoltan wieder in einen Hüter der Nacht verwandeln?"

Enya stellte sich Kims Blick. „Nicht eine gewöhnliche Hexe." Sie wandte sich in Richtung Tür.

„Wohin, glaubst du, kannst du jetzt gehen?", rief Hamish ihr nach.

Sie sah über ihre Schulter. „Hilfe holen."

„Du gehst nirgendwo hin", sagte Hamish.

„Ich tue, was mir passt." Sie marschierte zur Tür.

„Lass sie gehen, Hamish", sagte Pearce. „Es hat keinen Zweck ..."

Enya trat durch die Tür in den Gang und tippte schnell eine SMS auf ihrem Handy, dann schickte sie sie an Zoltan, um ihm mitzuteilen, dass er bleiben sollte, wo er war, und sie sich wieder melden würde. Als er bestätigend antwortete, schaltete sie ihr Handy ab und machte sich zum Portal auf.

23

Enya brauchte weniger als eine halbe Stunde, um Scanguards' Hauptquartier im Mission District von San Francisco zu erreichen. Es war immer noch hell und würde auch noch für ein paar Stunden so bleiben, was bedeutete, dass viele der Vampire, die bei Scanguards angestellt waren, nicht hier sein würden. Darüber war sie froh. Obwohl sie die Vampirverbündeten der Hüter der Nacht liebte, hatte sie heute keine Zeit zum Quatschen.

In dem gläsernen Foyer ging sie zur Rezeption, wo eine helläugige menschliche Frau sie begrüßte.

„Wie kann ich Ihnen helfen?"

„Ich möchte Wesley Montgomery sprechen. Es ist dringend. Sagen Sie ihm, dass Enya hier ist."

„Bitte schauen Sie in diese Kamera", wies sie Enya an und deutete dabei zu einer kleinen Kamera, die auf dem Rezeptionstisch angebracht war. Enya kam der Bitte nach und die Frau nickte und tippte etwas auf ihrer Tastatur. Scanguards hatte offenbar ein neues System, Besucher anzukündigen.

Innerhalb von Sekunden erklang ein hörbares Ping und der Drucker spuckte einen Besucherpass aus. Die Rezeptionistin schaute darauf, dann übergab sie ihn an Enya.

„Hier, Ma'am. Gehen Sie bitte den Gang hinunter. Wesley wird Sie vor der V-Lounge treffen."

„Danke." Enya schnappte sich den Besucherpass und stopfte ihn in ihre Tasche, dann wandte sie sich dem Korridor zu.

„Ma'am, Sie müssen ihn an Ihre Jacke heften …", rief die Rezeptionistin ihr nach.

Doch Enya ignorierte sie und ging weiter. Sie hatte keine Zeit für Formalitäten. Zoltans Zukunft stand auf dem Spiel. Genauso wie ihre. Sie war nicht dumm: Wenn sie ihre Kollegen nicht davon überzeugen konnte, dass Zoltan gerettet und wieder in einen Hüter verwandelt werden konnte, dann müssten sie sie dem Rat ausliefern, der sie vor Gericht stellen würde. Das war ihre Pflicht.

Wesley kam gerade um die Ecke, als Enya beim Eingang zur V-Lounge, einem Ort, der für Vampire und andere übersinnliche Geschöpfe reserviert war, ankam. Menschen durften die Lounge nicht betreten.

„Hi Enya, was für eine nette Überraschung."

„Schön, dich zu sehen, Wes. Können wir reden?"

„Stimmt etwas nicht?"

Sie deutete zur Tür. „Alleine?"

Wes zog seine Zugangskarte durch den Kartenleser und führte sie in den großen Raum, der einer Businesslounge in einem Fünf-Sterne-Hotel gleichkam. Enya sah sich um. Außer dem Barkeeper war niemand hier. Wes zeigte zur Sitzecke, die ihnen am nächsten gelegen war, und sie setzten sich hin.

Wesley war der erste und einzige Außenseiter gewesen, der es je geschafft hatte, ein Portal der Hüter der Nacht zu verwenden, eine Handlung, die ihn nach Baltimore teleportiert hatte, wo er letztendlich ein Bündnis zwischen den Vampiren und den Hütern der Nacht vermittelt hatte – doch erst nach einem Abenteuer, das eine Reise in die Unterwelt beinhaltete, wobei er das Herz des Ratsmitglieds Virginia gewann.

„Was brauchst du?", fragte er nun ganz geschäftsmäßig.

Deshalb mochte sie Wesley. Obwohl er ein Witzbold und ein legerer Typ war, erkannte er sofort, wenn es um etwas Ernstes ging.

„Kurz gesagt: deine Hilfe."

„Okay? Gib mir die groben Punkte."

„Ich bin mir sicher, dass Virginia dir irgendwann gegenüber erwähnt hat, dass das Ratsmitglied Cinead einen Sohn hatte, von dem man glaubte, dass er als Baby von den Dämonen getötet worden war."

Wes nickte. „Das habe ich gehört. Aber nach allem, was Winter berichtete, wurde das Baby entführt."

„Das stimmt. Und ich habe ihn gefunden."

„Wow! Das ist etwas zum Feiern. So wie ich Cinead kenne, wird er überglücklich sein."

Enya verzog ihr Gesicht. „Nicht unbedingt. Ich scheue mich davor, es ihm zu sagen."

„Aber warum denn?"

„Weil sein Sohn jetzt ein Dämon ist. Und nicht nur irgendein Dämon. Er ist Zoltan."

Wes ließ sich zurück in die Sofakissen fallen und stieß einen tiefen Atemzug aus. „Zoltan? Sprechen wir von *dem* Zoltan? Herrscher der Unterwelt, der Großmächtige, und so weiter, und so fort."

Sie nickte.

„Oh, das ist aber eine Scheiße."

„Ja, das könnte man so sagen."

„Also willst du, dass ich Virginia bitte, mit Cinead zu sprechen?"

„Nein. Ich brauche deine Hilfe, nicht Virginias. Ich habe nicht vor, Cinead zu sagen, dass ich seinen Sohn gefunden habe, wenn ich ihm nicht gleichzeitig sagen kann, dass er gerettet werden kann."

„Gerettet?" Wes' Stirn legte sich in Falten. „Sagst du wirklich, was ich da höre? Dass du ihn in das zurückverwandeln willst, was er einmal war?" Er fing an, den Kopf zu schütteln.

„Ich wuchs damit auf, an das Mantra *einmal ein Dämon, immer ein Dämon* zu glauben. Aber das will ich jetzt nicht mehr glauben. Darum brauche ich dich. Dich und Charles. Ihr seid mächtige Hexer. Ihr beide kennt jeden erdenklichen Zauberspruch. Ihr müsst etwas finden, das Zoltan wieder in das zurückverwandelt, was er einmal war."

Wes ließ ein freudloses Lachen entkommen. „Warum kommst du nie, wenn du etwas Einfaches willst, wie zum Beispiel einen Zauberspruch, um jemanden in ein Schweinchen oder eine Ratte zu verwandeln? Das kann ich wirklich gut."

Enya zuckte mit den Schultern. „Ich brauche im Moment kein Schweinchen und keine Ratte. Komm schon, du bist meine einzige Hoffnung."

„Okay, dann lass uns mal mit Charles sprechen und sehen, was er meint." Er erhob sich. „Er ist unten in seinem neuen Labor. Wir nennen es den Hexenkessel."

„Er hat jetzt hier im Gebäude ein Labor?" Enya folgte ihm die Tür hinaus.

„Ja, nachdem er beinahe zweimal das Haus niedergebrannt hat, hat Roxanne vorgeschlagen, dass er es woandershin verlegt."

„Vorgeschlagen?"

Wes zwinkerte ihr zu. „Tja, zumindest bleibt er bei dieser Version der Geschichte." Er führte sie zu den Aufzügen und drückte auf einen Knopf. „Vielleicht ist es besser, wenn du das nicht erwähnst." Er grinste.

„Wie du meinst."

Die Aufzugstüren öffneten sich und sie traten hinein.

„Na, was gibt's sonst Neues?"

Enya zuckte mit den Schultern. „Ich wurde von ein paar übereifrigen Dämonen in die Unterwelt verschleppt."

„Oh Gott! Wie ist denn das passiert?"

„Lange Geschichte. Ich erzähle sie dir irgendwann. Gruseliger Ort. Es stinkt überall nach verfaulten Eiern."

Wes nickte. Als einer der wenigen Leute, die je die Unterwelt betreten hatten, wusste er davon. „Schwefel. Also, wie hast du's wieder raus geschafft?"

„Bin bei einem Dämon mitgefahren, so wie du und Virginia." Nicht ganz wie Wes und seine Gefährtin, denn der Dämon, dessen Vortex die beiden benutzt hatten, um wieder in die Menschenwelt zu gelangen, hatte nicht gewusst, dass er blinde Passagiere hatte.

„Cool! Ich hoffe, du hattest die Gelegenheit, ein paar dieser Scheißkerle abzumurksen."

Die Aufzugstüren öffneten sich und gaben Enya einen Moment Zeit zu entscheiden, ob sie antworten wollte. Sie entschied sich, unverbindlich zu bleiben. „Du kennst mich ja."

Sie folgte Wesley einen Korridor entlang, dann benutzte er seine Zugangskarte wieder und öffnete eine Tür. Er trat vor ihr in den Raum, dann sah er über seine Schulter. „Okay, die Luft ist rein. Keine unmittelbar bevorstehenden Explosionen."

„Sehr lustig", sagte ein Mann vom anderen Ende des Raumes.

„Willkommen im Labor", sagte Wesley.

Enya trat ein und ließ die Tür hinter sich zufallen. Der Raum sah ganz und gar nicht wie ein Labor aus. Ja, die Wände, der Boden und die Decke waren weiß, doch damit hatte es sich auch schon mit den Ähnlichkeiten. Alles andere sah eher aus, als gehöre es in eine Hütte in einem alten Wald. Hänsel und Gretel kamen ihr in den Sinn. Der große Hexenkessel, der über einer Gasfeuerstelle in einem großen Steinkamin hing, war das erste Anzeichen, dass dies kein konventionelles Labor war. Die Einmachgläser, die auf den Regalen und allen verfügbaren Oberflächen standen, waren ein weiteres Indiz, genauso wie die vielen altertümlich aussehenden Bücher, von denen einige aus der Zeit vor der Erfindung der Druckerpresse stammten.

„Ihr zwei kennt euch, oder?", fragte Wes.

Charles, der legere Kleidung und eine Schürze trug, kam auf sie zu und streckte ihr die Hand entgegen. „Wir sind uns ein- oder zweimal begegnet", sagte er. „Muss auf einer Scanguards Party gewesen sein. Schön, dich wiederzusehen, Enya."

Enya schüttelte ihm die Hand. „Gleichfalls."

„Hat dich Wes dazu überredet, eine Tour durchs Labor zu machen?"

„Nein. Ich bin freiwillig hier", scherzte sie.

„Na, das höre ich gerne. Ich vermute, du brauchst einen Zauberspruch oder etwas Ähnliches. Wie kann ich dir helfen?"

„Tatsächlich", warf Wes ein, „braucht sie deine und meine Hilfe. Wir müssen herausfinden, ob es etwas gibt, das einen Dämon wieder in das verwandeln kann, was er einmal war."

Charles starrte sie an. „Wozu denn, zum Teufel? Bringt diese verdammten Scheißkerle doch einfach um."

„Ich kann ihn nicht umbringen", sagte Enya. „Er ist der Sohn eines unserer Ratsmitglieder." *Und ich liebe ihn*. Doch das war nicht relevant.

„Willst du damit sagen, er ist ein Hüter der Nacht und hat sich dem Bösen zugewandt? Wow!"

„Noch schlimmer", sagte Enya. „Er kann sich nicht daran erinnern, je ein

Hüter der Nacht gewesen zu sein. Er wurde von den Dämonen entführt, als er noch nicht einmal ein Jahr alt war."

Charles fuhr sich mit der Hand durchs Haar und atmete tief aus. Dann sah er Wesley an. „Sieht so aus, als wär's an der Zeit, ein paar Bücher zu wälzen. Also teilen wir uns die Arbeit."

„Einverstanden", sagte Wes. Dann schaute er Enya an. „Das wird eine Weile dauern. Willst du hoch in die Lounge gehen, während wir hier arbeiten?"

Sie schüttelte den Kopf. „Ich bleibe hier. Vielleicht kann ich helfen."

„In Ordnung", sagte Wes. „Lasst uns an die Arbeit gehen."

24

Zoltan überprüfte noch einmal sein Handy. Immer noch keine Nachricht von Enya. Nach der SMS, die sie ihm mehrere Stunden zuvor geschickt hatte, hatte er in einer Wohnung mit einem *Zu-vermieten*-Schild im Fenster Unterschlupf gefunden. Er hatte Glück gehabt: Die Wohnung war möbliert, also hatte er es sich bequem gemacht und wartete. Seine oberflächlichen Wunden verheilten bereits.

Dem Warten überdrüssig, rief er Enyas Nummer an. Sofort sprang die Mailbox an. Er wartete auf den Piepton.

„Enya, wo bist du? Ist alles in Ordnung? Ruf mich an."

Er legte auf, dann ging er in die Küche und drehte den Wasserhahn auf. Er spritzte sich etwas kaltes Wasser ins Gesicht und fuhr sich mit den Händen durchs Haar.

Das Knarzen des Holzbodens hinter ihm ließ ihn herumwirbeln und nach seinem Dolch greifen.

„Das würde ich nicht tun", sagte ein Mann direkt vor ihm.

„Auf jeden Fall keine gute Idee", ergänzte ein zweiter.

Scheiße! Das Spiel war aus. Er hatte Enya vertraut, doch es schien, als hätte sie sich von ihren Leuten überzeugen lassen, dass er es nicht wert war, gerettet zu werden. Oder hatte sie ihn einfach aufgegeben, als sie gesehen hatte, wie er Hamish verletzt hatte? Egal. Ohne ihr Vertrauen war alles vorbei.

Zoltan hob langsam die Hände. Eine unsichtbare Hand entwaffnete ihn.

„Das ist echt mutig“, sagte er. „Zwei unsichtbare Hüter der Nacht gegen einen Dämon.“

„Drei“, korrigierte ihn eine weitere Stimme, bevor alle drei Männer sichtbar wurden. Sie waren mit Dolchen bewaffnet und würden Zoltan umbringen, sollte er eine falsche Bewegung machen.

Hamish – der sicherlich noch seinen gebrochenen Arm pflegte – war nicht dabei, doch Zoltan erkannte die anderen drei, auch wenn er sich deren Namen nicht ganz sicher war.

„Lasst mich raten, der Baltimore-Komplex macht heute einen Ausflug. Oh toll!“ Er würde ihnen nicht die Genugtuung geben, ihnen zu zeigen, dass er sich seiner Niederlage bewusst war.

„Ich wusste nicht, dass Zoltan Humor hat“, sagte einer der Hüter zu seinem Kollegen.

Zoltan grinste spöttisch. „Wie lange habt ihr gebraucht, Enya davon zu überzeugen, mich aufzugeben?“

„Du glaubst, dass Enya dich aufgegeben hat?“

„Wie hättet ihr mich sonst gefunden? Sie ist die Einzige, die meine Nummer weiß.“

„Stimmt schon, aber wir haben ihre Handydaten kopiert und deine Anrufe und SMS hierher zurückverfolgt. Wir brauchten eine Weile, da wir den ganzen Wohnblock durchsuchen mussten, doch es hat sich gelohnt, nicht wahr, Kumpels?“

Die anderen sahen ihn triumphierend an, doch Zoltan scherte sich nicht darum. Sein Herz setzte einen Schlag aus. „Sie hat mich nicht verraten …“ Enya war ihm immer noch treu. Sie hielt ihr Versprechen.

„Tja, manchmal müssen wir Enya vor sich selbst retten. Deshalb sind wir hier.“

Die anderen zwei nickten zustimmend.

„Weil sie sonst als Verräterin ihres Volkes gebrandmarkt wird“, sagte Zoltan.

„Nicht, wenn wir das vermeiden können.“

„Okay. Solange ihr nichts passiert.“ Das war zumindest ein Trost. Enya war wieder am Busen ihres Volkes und wenn Zoltan tot war, würde der verräterische Dämon keinerlei Grund mehr haben, ihr etwas anzutun. Doch er musste dafür sorgen, dass die Dämonen von seinem Tod Kenntnis erhielten, oder der Verräter würde weiterhin Enya jagen.

„Lasst uns gehen", sagte einer der Männer und ergriff Zoltans Oberarm.

Ein anderer packte ihn von der anderen Seite und zusammen begannen sie, ihn in Richtung Tür zu schleppen.

„Ich habe eine Bitte", sagte Zoltan.

„Dämonen erfüllen wir keine Bitten."

„Sie ist nicht für mich. Es geht um Enyas Sicherheit."

Drei Augenbrauenpaare hoben sich.

„Sorgt dafür, dass meine Untertanen von meinem Ableben erfahren. Sie müssen meine Leiche sehen, um es zu glauben."

Die drei wechselten neugierige Blicke.

„Und wie hat das etwas mit Enyas Sicherheit zu tun?", fragte einer.

„Es gibt einen Verräter unter meinen Leuten, einen Dämon, der meinen Thron will. Solange ich am Leben bin, wird er alles unternehmen, um mich zu zerstören, und das beinhaltet, Enya wehzutun. Weil er weiß, wenn er ihr wehtut, dann tut er damit auch mir weh. Er wird sie erst in Ruhe lassen, wenn er davon überzeugt ist, dass ich tot bin."

Einen Augenblick lang war es still, dann sagte einer der drei: „Wir überlegen es uns."

„Jetzt aber los", sagte der zweite. „Manus, du fährst."

„Wie du willst", erwiderte Manus. „Logan, Handschellen."

Logan zog schwere Handschellen aus seiner Tasche. Zoltan hatte keinen Grund, sich zu wehren. Sein Leben war schon verwirkt. „Ich nehme an, ihr wollt es nicht hier vollbringen." Er zuckte mit den Schultern. „Mir ist es egal, wo ihr mich umbringt."

„Ja, Klappe", schnappte Manus. „Für einen verdammten Dämon redest du viel zu viel."

„Letzte Worte und so. Ich dachte, das würdet ihr verstehen", erwiderte Zoltan. „Ich will ja nicht einmal eine letzte Mahlzeit."

„Ich weiß wirklich nicht, was sie in ihm sieht", murrte Logan und legte die Handschellen um Zoltans Handgelenke. „Aiden, hast du die Kapuze?"

Aiden reichte ihm einen schwarzen Stoff und Logan ergriff ihn.

„Ihr verbindet mir die Augen? Euer Ernst? Wem soll ich denn erzählen, wohin ihr mich bringt, wenn ich erst mal tot bin?“, fragte Zoltan. Sterben war eine Sache; die Klinge nicht kommen sehen, war eine ganz andere.

Logan zog die Kapuze über Zoltans Kopf und raubte ihm somit die Sicht.

„Wohin bringt ihr mich?“

Doch keiner der drei antwortete. Sie zerrten ihn aus der Wohnung. Draußen stießen sie ihn auf den Rücksitz eines Fahrzeugs. Zwei von ihnen, vermutlich Logan und Aiden, stiegen mit Zoltan hinten ein, während Manus vorne hineinsprang und losfuhr. Da er nichts sehen konnte und seine Hände hinter seinem Rücken gefesselt waren, wurde Zoltan herumgeschleudert, wann immer Manus abbog, das Fahrzeug beschleunigte oder bremste. Und nach dem zu urteilen, wie oft das geschah, hatte er das Gefühl, dass der Hüter der Nacht es absichtlich tat, um ihn zu ärgern. Doch das war ihm egal. Er würde dem Scheißkerl nicht die Genugtuung geben, indem er sich beschwerte.

Als das Fahrzeug endlich nach einer gefühlten Ewigkeit anhielt und Logan und Aiden ihn wieder herauszerrten und auf die Füße stellten, machte Zoltan sich bereit. Er hörte Verkehrslärm aus der Ferne, doch dort, wo sie angehalten hatten, war es relativ ruhig. Durch die Kapuze konnte er nur Schatten sehen, doch er konnte nicht erkennen, wo er war. Vermutlich irgendwo, wo die Hüter der Nacht sicher sein konnten, dass niemand sie beobachtete, wenn sie ihn töteten, und wo sie sein grünes Blut leicht wegwaschen konnten.

Er holte tief Luft und machte sich auf das gefasst, was kommen würde. Sein einziges Bedauern war, dass er Enya nicht gesagt hatte, dass er sie liebte.

„Das ist es also, wie?“, fragte er.

„Ja“, sagte Aiden.

„Bringen wir ihn rein“, sagte Logan.

Zwei Hüter schnappten Zoltan und führten ihn in eine andere Richtung. Nach nur ein paar Schritten spürte er anderen Boden unter seinen Stiefeln. Das Kopfsteinpflaster, das er nach dem Aussteigen aus dem Fahrzeug betreten hatte, war verschwunden. Dann hörte er eine schwere Tür, die hinter ihm geschlossen wurde, und die Verkehrsgeräusche verstummten. Es war so still wie in einem Mausoleum. Wie passend, ihn in einer Gruft zu töten.

Sie gingen weiter.

„Stufen, pass auf", sagte Manus, und Logan und Aiden navigierten Zoltan über die Treppe.

Er wusste, was das bedeutete. Sie würden ihm seinen letzten Wunsch nicht gewähren, seine Leiche irgendwo abzulegen, wo die Dämonen sie finden und seinen Tod bestätigen konnten.

„Schweinehunde", fluchte er. „Ihr wollt mich also in einem dunklen Loch umbringen, wo niemand mich je finden wird?"

Einer der Männer trat ihn und Zoltan verlor beinahe sein Gleichgewicht.

„Steck ihn endlich in die verdammte Zelle", sagte Logan. „Bevor ich ihn dafür, was er Winter angetan hat, grün und blau verprügle."

Eine schwere Tür knarzte, dann nahm jemand die Kapuze von Zoltans Kopf. Er machte sich schnell mit seiner Umgebung vertraut. Ein Keller, doch kein gewöhnlicher. Die Runen entlang der Wände verrieten sofort, wo er war. „Ihr habt mich in euren Komplex gebracht? Warum?"

„Weil wir hier unsere Gefangenen einsperren", erwiderte Aiden und schubste Zoltan zum Eingang der Zelle, deren Tür offen stand. „Dreh dich um."

Zoltan kam dem Befehl nach, immer noch überrascht, dass sie ihn noch nicht getötet hatten und scheinbar auch keine Eile damit hatten.

Aiden schloss die Handschellen auf und nahm sie ihm ab. „In die Zelle, sofort!"

Zoltan trat in den dunklen Raum und wandte sich um. Aiden schlug ihm die Tür ins Gesicht. Er hörte einen Schlüssel, der im Schloss gedreht wurde. Er war eingesperrt.

Zoltan trat mit dem Fuß gegen die Tür. „Was verdammt nochmal habt ihr vor? Seid ihr zu feige, mich zu töten? Wirklich?"

Doch er bekam keine Antwort, sondern nur das Geräusch sich entfernender Schritte, das von den dicken Steinmauern widerhallte.

25

Enya schloss das schwere Buch, das sie durchgeblättert hatte. Das Wissen, das Charles und Wesley in ihrer kleinen Gruft unter dem Scanguards-Hauptquartier angesammelt hatten, war sehr beeindruckend und beinhaltete Bücher, die die Geschichte der Hüter der Nacht und das wenige, das über die Dämonen der Angst bekannt war, wiedererzählten. Sie hatte in den Bänden, die sie durchgesehen hatte, nichts gefunden, das darauf hindeuten würde, dass ein Dämon in seine ursprüngliche Form zurückverwandelt werden konnte.

„Okay", sagte Charles und erhob sich von seinem Stuhl, während er auf einen Eintrag in dem Buch, das er las, deutete. „Das könnte was sein."

Begierig sah Enya auf den Absatz. „Tut mir leid, aber ich kann so gut wie kein Rumänisch. Kannst du's übersetzen?"

Wesley gesellte sich zu ihnen. „Nichts in den Büchern, die ich durchgesehen habe. Was ist das?" Er beugte sich über den Eintrag. „Hmm. Irgendwas über einen Dämon und den Herzschlag von Bluttränen? Wie?"

„Nein, nein", sagte Charles. „Das übersetzt du falsch. Hier: *Wenn der Dämon das Leben*, oder es kann auch Herzschlag bedeuten, *seines eigenen unschuldigen Blutes verschlingt, wird seine Seele Tränen ausscheiden*, oder weinen, *und ihm seine wahre* ... äh ... *Identität* ... oder vielleicht sein wahres Ich, *wiedergeben*. Ja, ich glaube, das soll es heißen." Charles sah hoch.

„Was bedeutet das?“, fragte Enya.

„Bin mir nicht sicher. Das ist eine Zigeunergeschichte aus dem elften Jahrhundert. Und solche Geschichten sind notorisch vage, wenn sie wiedererzählt werden. Es könnte also bedeuten, dass der Dämon das Blut eines Unschuldigen nehmen muss, um sich von seinen Sünden reinzuwaschen, damit er wieder zurückverwandelt wird.“

Wes schüttelte den Kopf. „Einen Unschuldigen opfern? Das klingt nicht richtig.“ Er beugte sich nochmals über das Buch und deutete zu einem Wort. „Das bedeutet nicht nur Blut. Es bedeutet Fleisch und Blut, was auch Abkömmling heißen kann.“

„Was, wenn es nicht Abkömmling heißt? Was, wenn es Vorfahre heißt? Wie in Vater?“, fragte Enya. Was, wenn Zoltans Vater ihn irgendwie erlösen konnte?

„Hmm“, sagte Wes und sah flüchtig zu Charles. „Aber hier steht unschuldig, und wenn wir mal ehrlich sind, dann ist wohl kaum jemand über einem Alter von fünf Jahren wirklich ohne Sünde.“

„Dem stimme ich zu“, sagte Charles. „Lasst uns also annehmen, es bedeutet Abkömmling, dann würde es so übersetzt werden: *Als der Dämon das Leben,* oder den Herzschlag, *seines unschuldigen Abkömmlings schluckte, weinte seine Seele und gab ihm sein wahres Ich zurück.*“

„Das gibt mir nicht viele Anhaltspunkte“, sagte Enya enttäuscht. „Wie kann ein Dämon den Herzschlag einer anderen Person schlucken? Das klingt nicht richtig.“

Charles seufzte. „Tut mir leid. Ich wünschte, ich könnte dir mehr helfen.“ Er deutete zu den Büchern, die er von den Regalen genommen hatte. „Aber ich habe nichts anderes. Das ist der einzige Eintrag, der der Erlösung eines Dämons am nächsten kommt.“

Enya nickte. Hatte sie wirklich erwartet, dass Wes und Charles in so kurzer Zeit etwas finden würden? Nicht erwartet, doch erhofft. „Und Zaubersprüche?“

Wes schüttelte den Kopf. „Ich habe schon über Zaubersprüche nachgedacht, doch alle Verwandlungssprüche, die ich machen könnte, wären nur temporär – weißt du, wie zum Beispiel jemanden wie ein übernatürliches Geschöpf wirken lassen, um jemanden zu täuschen. Doch diese Zaubersprüche funktionieren nur für kurze Zeit. Nur Minuten, vielleicht Stunden. Das hilft uns nicht weiter."

„Ich habe gehört, dass du mal jemanden in eine Ratte verwandelt hast", sagte Charles.

Wesley zog eine Grimasse. „Erinnere mich bloß nicht daran. Aber im Ernst, kein Zauberspruch kann das Ich einer Person permanent ändern. Nicht so, wie du es willst."

„Das verstehe ich", sagte Enya. „Trotzdem danke. Tut mir leid, eure Zeit vergeudet zu haben."

„Es war keine Zeitvergeudung", versicherte Charles ihr, „und wenn ich herausfinde, was diese Zigeunergeschichte wirklich bedeutet, sage ich dir Bescheid."

„Danke euch beiden." Sie wandte sich der Tür zu.

„Ich begleite dich hinaus", bot Wesley ihr an.

„Danke, ich finde den Weg schon." Sie drehte den Türknauf und verließ das Labor.

Draußen im hellen Korridor ging sie in Richtung der Aufzüge, um so schnell wie möglich von allen Leuten, die sie kannten, wegzukommen. Doch sie kam nicht weit. Auf halbem Weg den Flur entlang musste sie nach Luft schnappen und dabei riss sich ein Schluchzen aus ihrer Brust. Ein weiteres arbeitete sich zu ihrer Kehle hinauf, bevor sie es hinunterzwingen konnte. Tränen füllten ihre Augen und es machte keinen Sinn, sie aufzuhalten.

„Enya?"

Sie wirbelte herum und erkannte Maya, die Vampirärztin, die in einen weißen Arztkittel gekleidet war, an der Tür zu einem Raum stehen. Enya hatte nicht einmal das Öffnen der Tür gehört.

Sie versuchte die Tränen, die bereits ihre Wangen hinuntergelaufen waren, wegzuwischen, doch es war umsonst. Maya zog sie bereits in ihre Arme.

„Liebchen, was stimmt denn nicht?"

Enya versuchte, sich ihr zu entziehen, doch die Arme der mitfühlenden Vampirin waren zu tröstend, um sie zu verlassen. „Es ist nichts." Denn wie konnte sie ihr erklären, was sie bedrückte? Wie konnte sie gestehen, dass sie in einen Dämon verliebt war, der nicht gerettet werden konnte?

„Komm in die Klinik. Mein Patient ist schon weg. Dort sind wir alleine."

Enya ließ Maya sie in die Klinik führen, wo sie sich auf eine Bank setzte und ein paarmal tief durchatmete.

Maya setzte sich neben sie und legte ihre Hand auf Enyas.

„Tut mir leid. Ich weiß nicht, warum ich geweint habe. Es ist wirklich nichts", log Enya. „Nur Stress, glaube ich."

Maya sah sie an wie eine Frau, die alle Antworten kannte. „Keine Sorge. Ich war auch ziemlich nahe am Wasser gebaut, als ich schwanger war."

Enya schoss hoch. „Wie?"

Maya erhob sich langsam. „Ja, in den ersten Monaten war ich sehr emotional. Ich bin mir sicher, das ist es. Aber nur um sicherzugehen, kann ich dich schnell untersuchen."

Enya stand wie gelähmt da. „Mich untersuchen? Aber mir geht es gut. Und ich bin nicht schwanger. Ich bin nicht gebunden." Hüter der Nacht waren nur fruchtbar, wenn sie gebunden waren.

Maya hob eine Augenbraue. „Liebchen, ich kann zwei Herzen in dir schlagen hören. Also, außer du hast ein Herzleiden, was ich bezweifle, oder ein zweites Herz, was ich auch bezweifle, dann gehört der zweite Herzschlag einem anderen Wesen."

„Aber ... Das ist nicht möglich ..." Enya stoppte sich und erinnerte sich an das unwohle Gefühl, das sie überkam, wann immer sie in einem Portal reiste. Oder daran, als sie sich hatte übergeben müssen, nachdem sie herausgefunden hatte, dass Zoltan ein Dämon war.

Sie spürte Mayas Hand auf ihrem Arm. „Darf ich meine Hände auf deinen Bauch legen?", fragte Maya.

„Brauchst du dafür kein Stethoskop?"

„Vampirsinne, weißt du." Sie lächelte.

Enya nickte und Maya legte eine Hand auf ihren Bauch, bewegte diese nach oben und unten, dann von der einen Seite zur anderen Seite, bevor sie sie ruhen ließ. Ein warmes Lächeln erschien auf ihren Lippen. „Ich kann den Herzschlag des Babys spüren. Er ist stark. Du bist auf jeden Fall schwanger. Und wenn du nicht gebunden bist, dann bin ich mir nicht sicher, wie das geschehen konnte, aber glaube mir, es ist geschehen. Wer ist der Vater?"

Enya starrte Maya an. Es gab nur einen Mann, der als Vater in Frage kam, selbst wenn sie nicht erklären konnte, wie das hatte geschehen können. Ja, sie hatten natürlich Sex gehabt, und zwar ohne Verhütung. Doch keine

Hüterin der Nacht war je schwanger geworden, außer sie war an einen Mann gebunden.

„Enya?“ Mayas Stimme holte Enya zurück in die Wirklichkeit. „Du sahst aus, als würdest du ohnmächtig.“

Und warum auch nicht? War denn die Tatsache, dass sie von einem Dämon schwanger war, nicht genug Grund für jemanden, ohnmächtig zu werden?

„Ich muss es ihm sagen.“

Zoltan, dem Herrscher der Unterwelt, sagen, dass sie sein Kind erwartete.

WENIGER ALS EINE halbe Stunde später, nachdem sie San Francisco über das Portal, das in einem BART-Tunnel im Mission District gelegen war, verlassen hatte, war Enya wieder in ihrem Privatquartier im Baltimore-Komplex. Sie hatte dafür gesorgt, dass niemand sie zurückkommen hatte sehen, da sie keine Lust auf jede Menge Fragen hatte. Sie hatte selbst zu viele Fragen. Wie es überhaupt möglich gewesen war. Wie Zoltan reagieren würde. Doch eine Frage überschattete alle anderen. Würde das Kind ein Dämon sein?

Nachdem sie eine gute Stunde lang auf und ab gegangen war, entschied sie endlich, dass es keinen Sinn hatte, noch länger zu warten. Zoltan hatte das Recht, es zu erfahren. Sie rief ihn auf dem Wegwerfhandy an und ließ es klingeln. Einmal, zweimal, dann hörte sie es klicken.

„Hey, Enya.“

Ihr Herz stoppte. Die Stimme gehörte nicht Zoltan.

„Logan? Was zum Teufel?“, sagte sie. „Warum hast du sein Handy? Wo ist er?“

„Komm in die Kommandozentrale und wir reden.“

Sie legte auf und schob ihr Telefon in die Hosentasche, während sie bereits aus ihrem Zimmer eilte und sich zur Kommandozentrale des Komplexes aufmachte. Wenn ihre Kameraden Zoltan wehgetan hatten, dann würden sie dafür büßen.

Enya stürmte in den Raum, ohne die Tür zu öffnen. Es schien, als hätte Logan sie nicht so schnell erwartet, denn er unterhielt sich mit Hamish, dessen Arm in einer Schlinge steckte. Pearce und Ryder saßen vor den Computern und Aiden stand über einen Schreibtisch gebeugt.

„Du verdammtes Schwein!“ Sie stürmte auf Logan zu und schleuderte ihn an die Wand. „Was hast du mit ihm gemacht?“

Als sie erneut auf Logan, der sich wieder aufrappelte, zuhechtete, sprangen Pearce und Aiden ihr in den Weg und hielten sie zurück. Sie wehrte sich gegen deren Griff und funkelte sie wütend an.

„Keine Angst, euch beide werde ich auch verprügeln, sobald ich mit dem hier fertig bin.“ Sie schob ihr Kinn in Logans Richtung.

„Du verprügelst gar niemanden, du Hitzkopf“, sagte Logan gelassen. „Und wir haben deinem verdammten Dämonenfreund nichts angetan, also beruhige dich.“

„Wo ist er?“ Sie ließ ihren Blick im Raum umherschweifen und bemerkte, dass Manus und Grayson nicht anwesend waren. „Was machen Manus und Grayson mit ihm?“

„Sie bewachen ihn nur“, sagte Logan.

Enya schnaubte.

„Er sagt die Wahrheit“, ergänzte Aiden, der sie immer noch festhielt.

Sie wirbelte ihren Kopf zu ihm. „Wo ist Zoltan? Wo ist er?“ Sie trat Aiden ans Schienbein und er ließ sie los.

„Verdammt, Enya!“, sagte Aiden. „Das war nicht nötig.“

„Ja, aber es fühlte sich gut an.“ Sie wirbelte ihren Kopf als Warnung zu Pearce. Dieser betrachtete sie und ließ sie ebenfalls los.

Als ihre Augen auf Hamish, der sie mit Ryder an seiner Seite geduldig beobachtet hatte, fielen, hob Hamish seinen verwundeten Arm. „Dein Freund hat mich bereits verletzt, also musst du dir nicht die Mühe machen.“

„Also, wo sind Manus und Grayson? Haben sie Zoltan zum Rat gebracht?“

Logan verdrehte die Augen. „Glaubst du, wir sind doof? Wenn wir Zoltan zum Rat bringen, dann finden die heraus, dass du mit ihm schläfst. Und du weißt, was das bedeuten würde. Du würdest als Verräterin gekennzeichnet werden.“

Das Wort schnitt tief in sie. Ja, sie war eine noch viel schlimmere Verräterin, als sich ihre Kollegen überhaupt vorstellen konnten.

„Trau uns doch etwas zu, Enya“, fuhr Logan fort. „Wir werden dich nicht verraten, nur weil Zoltan es geschafft hat, dich auszutricksen, damit du ihm vertraust. Wir regeln das auf unsere Weise, ohne den Rat hineinzuziehen."

„Ja", fügte Hamish hinzu. „Niemand wird je herausfinden, dass du einen Fehler gemacht hast."

„Einen Fehler?", brummte sie. „Ich habe keinen verdammten Fehler gemacht. Ihr seid diejenigen, die einen Fehler gemacht haben."

„Sei vernünftig, Enya", sagte Logan. „In ein paar Tagen, wenn du dich beruhigt hast, wirst du verstehen, dass es nur eine Lösung für dieses Problem gibt. Du wirst zu demselben Schluss kommen: Obwohl Zoltan Cineads Sohn ist, kann er nicht gerettet werden. Er ist unten eingesperrt."

Ein Hoffnungsstrahl blühte in ihr auf. Sogar Logan schien das zu bemerken.

„Manus und Grayson bewachen ihn, also versuch gar nicht erst, ihn zu befreien. Keiner deiner Tricks wird funktionieren. Wenn du glaubst, du kannst dich unsichtbar nähern, tu's nicht. Grayson wird dich riechen, sobald du den Gang betrittst."

„Ihr Arschlöcher!", fluchte sie. „Ich will ihn sehen. Ich will mit ihm reden."

„Nein!", erwiderte Aiden. „Du bekommst ihn nicht zu sehen, bis wir davon überzeugt sind, dass du bereit bist, ihn umzubringen."

Sie funkelte ihre Kollegen an. Wie konnten sie es wagen, über ihr Leben zu entscheiden? Zoltan töten? Sie hatte es nicht fertiggebracht, als sie entdeckt hatte, dass er ein Dämon war. Wie könnte sie ihn jetzt töten, wo sie wusste, dass sie sein Kind erwartete?

„Das wird nie geschehen!"

Mit einem Knurren wirbelte Enya herum und stürmte aus der Kommandozentrale. Sie machte sich nicht die Mühe, hinunter zur Bleizelle zu gehen, um zu sehen, dass Manus und Grayson auch wirklich Zoltan bewachten. Sie wusste, dass Logan die Wahrheit gesprochen hatte. Stattdessen zog sie sich in ihr Privatquartier zurück. Sie musste Zoltan befreien. Er hatte dasselbe für sie getan.

Enya schnappte sich ihren Computer, ließ sich auf die Couch fallen und fuhr das Gerät hoch.

„Brüder, ihr seid nicht die Einzigen, die auf schmutzige Tricks zurückgreifen", sagte sie. „Ich habe auch ein Ass im Ärmel."

26

Das Schmettern eines Alarms außerhalb seiner Zelle riss Zoltan aus einem leichten Schlaf. Er sprang sofort auf und eilte zur Tür, um herauszufinden, was im Komplex vor sich ging.

„Durchbruch der Peripherie", wiederholte eine weibliche Computerstimme, die sich mit einem schrillen Signalton abwechselte. Dann unterbrach eine männliche Stimme: „Dämonenangriff! Alle zum Westeingang. Ich wiederhole: Dämonenangriff!"

Verflucht! Die Dämonen hatten sie gefunden. Wie, das wusste Zoltan nicht. Sie würden Enya angreifen und er saß in dieser verdammten Bleizelle und konnte ihr nicht helfen. Frustriert hämmerte er gegen die Tür.

„Lasst mich raus! Verdammt nochmal! Öffnet die verfluchte Tür und lasst mich raus! Ich kann euch gegen die Dämonen helfen!"

Doch niemand antwortete auf seinen Hilfeschrei. Die zwei Männer, die vor seiner Zelle Wache gestanden hatten, waren vermutlich schon weg, um ihren Brüdern zu Hilfe zu eilen. Und er stand hier, hilflos. Wieder donnerte er seine Faust an die schwere Tür und plötzlich öffnete sich diese. Licht strömte in die Zelle und einen Augenblick lang war er geblendet.

„Schnell, lass uns von hier verschwinden."

„Enya?" Er blinzelte.

Enya ergriff seinen Arm. „Mach genau, was ich dir sage."

Er trat aus der Zelle. „Gib mir eine Waffe, damit ich uns gegen die Dämonen verteidigen kann." Er ließ seinen Blick schweifen, suchte nach den Eindringlingen, doch bis jetzt war in den Gängen noch niemand zu sehen.

„Es sind keine Dämonen da", sagte Enya und führte ihn den Gang entlang.

„Was?"

„Ablenkungsmanöver. Ich habe das Computersystem ausgetrickst, sodass es glaubt, wir würden von Dämonen angegriffen." Sie deutete zu einer Treppe. „Hier hinunter."

Er rannte neben ihr her und nahm zwei Stufen auf einmal. „Um mich zu retten?"

Sie warf ihm einen Seitenblick zu. „Sie stellten Grayson, einen unserer Vampirhybriden, und Manus als Wachen auf. Ich wäre nie an ihnen vorbeigekommen."

„Kluges Mädchen." Er sah den Korridor hinunter, in den Enya ihn führte, und bemerkte, dass es eine Sackgasse war. „Wohin gehen wir?"

„Zum Portal." Einen Augenblick später blieb sie vor einer Steinwand stehen und sah hoch.

Zoltan folgte ihrem Blick und schaute direkt in eine Kamera. „Sind wir unsichtbar?"

„Noch nicht." Sie drückte ihre Hand auf die Steinwand und Zoltan bemerkte, wie diese darunter zu glühen begann.

Einen Augenblick später war die Wand verschwunden. Das Portal war offen. Statt sofort in den dunklen Raum zu treten, sah Enya zur Kamera hoch, hob ihre Faust und streckte den Mittelfinger aus. Das musste er ihr lassen: Enya behielt ihre Meinung nicht für sich.

„Geh hinein", befahl sie ihm, schob ihn hinein und folgte. Drinnen nahm sie seinen Arm. „Ok, tu genau, was ich dir auftrage. Wir sind jetzt beide unsichtbar und wir gehen jetzt wieder hinaus. Von nun an absolute Stille."

Er stellte keine Fragen, sondern folgte ihren Anweisungen. Als sie wieder im Korridor standen, schloss sich das Portal. Enya hielt ihn bei der Hand und wieder eilten sie durch mehrere Gänge und mehrere Treppen hinauf. In der Zwischenzeit plärrte der Alarm immer noch, doch Zoltan sprach weder noch drückte er seine Dankbarkeit aus oder teilte Enya mit, wie stolz er auf sie war. Sie hatte ihre Kollegen getäuscht und diese glaubten nun, sie hätten den

Komplex durch das Portal verlassen. Sie würden nicht wissen, wo sie mit der Suche beginnen sollten. Und sie hatte es für ihn getan. Sein Herz schwoll vor Liebe an. Niemand zuvor hatte ihm je solche Treue, solche Hingabe entgegengebracht.

Der Alarm stoppte. Er sah Enya an. Sie dachten das Gleiche: Ihre Kameraden hatten ihr Ablenkungsmanöver erkannt und wussten jetzt, dass es keinen Dämonenangriff gab. Noch eine Treppe höher und Enya zerrte ihn zum Ende eines anderen Ganges. Dort blieb sie stehen, holte Luft und öffnete die Tür vor sich. Endlich ein Ausgang.

Sie gingen durch die Tür und Enya zog sie hinter ihnen zu.

Zoltan erstarrte. Sie waren nicht draußen; sie waren immer noch im Komplex. Er wirbelte herum.

„Das ist mein Privatquartier", sagte sie. „Niemand wird vermuten, dass ich dich hier verstecke. Sie sind zu sehr damit beschäftigt, herauszufinden, wohin wir mit Hilfe des Portals verschwunden sind."

Er schüttelte den Kopf und zog sie in seine Arme. Er hob sie von den Füßen, dann nahm er ihren Mund mit einem sengenden Kuss gefangen. Im Moment waren sie in Sicherheit und dafür war er dankbar.

Mit einem Seufzer ließ er von ihr ab und sah ihr in die Augen. „Du rettest mich ständig. Und du riskierst alles, wofür du jemals gearbeitet hast. Warum?"

Sie holte tief Luft und instinktiv wusste er, dass die Antwort mehr als nur eine belanglose Bemerkung sein würde. „Weil ich will, dass mein Kind seinen Vater kennenlernt."

Ein paar Sekunden lang machten die Worte keinen Sinn, als wären sie in der falschen Reihenfolge gesprochen worden, als wären sie auf dem Weg von ihrem Gehirn zu ihren Lippen durcheinander geschüttelt worden. Doch dann erreichten sie endlich sein Gehirn und alles machte Sinn.

„Du bist schwanger? Von mir?"

„Nein, ich mache Spaß." Sie verdrehte die Augen. „Natürlich bin ich verdammt nochmal schwanger. Und es ist deins. Ich habe schon seit Monaten mit niemand anderem geschlafen, also außer es war der Heilige Geist –"

Zoltan drückte seine Lippen auf ihren Mund und küsste ihre Flüche weg. Er legte seine Arme um sie und zog sie in eine so enge Umarmung, dass diese sie beide atemlos machte. Als sie ihre Hände in sein Haar schob und ihn festhielt, wusste er, dass sie verstand, was dieser Kuss bedeutete. Aber nur um sicherzugehen, nahm er seine Lippen von ihren und sagte, was er schon früher hätte sagen sollen.

„Ich liebe dich, Enya, ich liebe dich mit jeder Faser meines Körpers. Mit jedem Gramm meines Herzens, egal wie kläglich es ist. Und ich werde unser Baby genauso lieben."

Ein Schluchzen riss sich von Enyas Kehle und ihre Augen füllten sich mit Tränen.

„Oh mein Gott", murmelte er. „Habe ich etwas Falsches gesagt? Es tut mir leid, meine Liebste – sag mir, was ich falsch gemacht habe. Bitte."

Sie schniefte. „Nichts. Du hast nichts falsch gemacht." Sie lächelte durch ihre Tränen, die in kleinen Bächen ihre Wangen hinabliefen. „Du hast das Richtige gesagt. Ich habe es nur nicht erwartet. Ich hatte nicht zu hoffen gewagt, dass du …"

Mit Daumen und Zeigefinger hob er ihr Kinn hoch. „Dass ich was? Dieses Baby will? Dass ich es willkommen heiße?" Er strich ihr übers Haar und streichelte ihre weichen Locken.

„Dass du mich liebst", sagte sie.

Er bewegte seinen Kopf nach links, dann nach rechts. „Glaubst du wirklich, ich hätte mein Leben und mein Königreich für dich riskiert, wenn ich dich nicht lieben würde? Du bist mir wichtiger als alles andere. Für dich und für unser Kind würde ich mein Leben opfern. Was immer notwendig ist, damit ihr beide in Sicherheit seid."

Enya zog seinen Kopf zu ihr. „Ich liebe dich, Zoltan. Aber ich will nicht, dass du für mich stirbst. Ich will, dass du für mich lebst. Für mich und unser Kind. Denn dieses Kind ist ein Wunder."

Zoltan lachte leise. „Ein Wunder? Versteh mich nicht falsch, ich will dieses Kind. Aber ein Wunder? Wohl kaum. Babe, wir hatten Sex ohne Verhütung. Und nicht nur einmal. Früher oder später musste es passieren."

Sie schüttelte den Kopf. „Nein, du verstehst nicht. Hüter der Nacht sind nicht fruchtbar, bis sie an einen Partner gebunden sind. Ich hätte nie schwanger werden sollen."

Erstaunt sah er sie an. Das war etwas, das er nicht über die Hüter der Nacht gewusst hatte. „Wenn das stimmt, dann verstehe ich es nicht. Ich meine, ich möchte gerne glauben, dass ich ... äh, weißt du, ein Hengst bin ...“ Er zwinkerte ihr zu und bekam ein Augenverdrehen als Antwort. „Aber vielleicht solltest du zu einem Arzt gehen und dich versichern, dass es kein falscher Alarm ist. Schließlich hatten wir das erste Mal vor nur einem Monat Sex. Ist das nicht ein bisschen zu früh, eine Schwangerschaft feststellen zu können?“

„Normalerweise würde ich dir zustimmen, aber ich war heute schon beim Arzt. Bei einer Vampirärztin in San Francisco.“

„Eine Vampirin? Eine eurer Verbündeten?“

Enya nickte. „Ich habe ihre Kollegen aufgesucht, um mir Rat zu holen, und traf sie dann zufällig, als ich dort war. Sie hat den Herzschlag des Babys gehört. So habe ich es herausgefunden. Es ist bestätigt.“

Zoltan zog sie wieder in seine Arme. „Ich bin froh, dass es geschehen ist. Damit verringert sich die Chance, dass du mich verlässt.“

„Darüber machst du dir Sorgen? Dass ich dich verlassen könnte?“

„Kannst du mir das übelnehmen? Schließlich sprechen einige Punkte gegen mich, wo ich doch ein Dämon bin.“ Er deutete zur Tür. „Deine Leute mögen mich nicht gerade besonders. Sie debattierten darüber, mich zu töten. Bin mir nicht sicher, warum sie mich nicht gleich umgebracht haben, als sie mich schnappten. Fast als hätten sie Skrupel. Als sorgten sie sich, wie du darauf reagieren würdest.“

Einen Moment lang sagte Enya nichts, doch hinter ihren blauen Augen machten die Rädchen in ihrem Gehirn Überstunden. „Ich glaube, das können wir nutzen.“

„Was können wir nutzen?“

„Sie wollen mich nicht verärgern.“

„Ich deute ungern auf das Offensichtliche hin“, sagte Zoltan langsam, „aber dadurch, dass du mich aus der Bleizelle befreit hast, hast du diese Karte schon verspielt. Du hast dein Volk verraten – schlimmer kann’s nicht werden.“

„Ich könnte noch etwas Schlimmeres tun ...“

Er hob eine Augenbraue. Was braute seine sexy Kriegerin jetzt zusammen? „Warum solltest du etwas noch Schlimmeres tun wollen?“

„Um es besser zu machen.“

„Ich kann dir nicht folgen. Wie kann etwas Schlimmeres tun es besser machen?“

Ein Lächeln bog Enyas Lippen nach oben. „Weil es bedeuten würde, dass sie dir nichts antun können. Niemand würde es wagen, den Gefährten einer Hüterin der Nacht zu verletzen.“

Zoltans Herz stand für eine gefühlte Ewigkeit still. Enya bot ihm den höchsten Beweis der Liebe an. Und was würde er ihr im Gegenzug geben? Eine Welt voller Unglück, denn wenn sie sich an ihn band, würde ihr Volk sie verstoßen. Sie würden nie einen Dämon in ihrer Mitte akzeptieren. Wenn er ihr Angebot annahm, würde er sie zu einem Leben im Exil verurteilen, einem Leben weit weg von allen, die sie liebte. Sie würde nie sicher sein: Sobald die Dämonen herausfanden, dass sie mit seinem Kind schwanger war, würden sie sie jagen, und ohne Freunde, ohne Verbündete, würde es nicht lange dauern, bis die Dämonen sie beide töteten und das Kind aus ihrem Leib schnitten.

„Das können wir nicht tun“, sagte er. Als ihre Blicke sich trafen, sah er den Schmerz in ihren Augen. Die Enttäuschung. Aber bevor sie sich aus seiner Umarmung befreien konnte, fügte er hinzu: „Denn das würde bedeuten, dass du den Schutz deines Volkes verlierst. Sie werden mich nie akzeptieren. Sie werden dich verstoßen. Und dann wirst du nur mich haben, der dich beschützt. Das wird nicht reichen, nicht gegen die Horden von Dämonen, die uns auf die Pelle rücken werden. Das kannst du doch nicht wollen.“ Er ließ von ihr ab und sah zu ihrem flachen Bauch. Er streckte seine Hand danach aus und berührte sie dort. „Ich will, dass unser Kind lebt, selbst wenn ich es nie sehen, nie berühren darf, nie seine Lebenskraft spüren kann. Dieses Kind ist unschuldig. Lass es uns nicht in diesen Krieg hineinziehen.“

Enya, deren Blick seiner Hand gefolgt war, sah nun zu ihm hoch und ein sonderbarer Ausdruck überzog ihr Gesicht. „Es ist nicht der Herzschlag. Das war die falsche Übersetzung.“ Es schien, als spräche sie zu sich selbst. „Charles und Wesley hatten unrecht. Es ist nicht der Herzschlag.“

„Wovon sprichst du?“, fragte Zoltan, während Sorgen um Enyas Wohlbefinden sein Rückgrat hinaufkrochen.

Sie umklammerte seine Oberarme. „Charles und Wesley, die zwei Hexer, die ich in San Francisco um Rat gebeten habe, wie ich dich wieder in einen

Hüter verwandeln kann, haben etwas gefunden. Eine Zigeunergeschichte. Eine Geschichte von einem Dämon, der erlöst wurde."

„Eine Geschichte? Oh, Enya, es gibt so viele Märchen, die die Runde machen." Und er wollte sich keine Hoffnung darauf machen, noch wollte er ihre Hoffnung zermalmen, also fügte er hinzu: „Erzähl mir die Geschichte."

„Als der Dämon den Herzschlag seines unschuldigen Abkömmlings schluckte", zitierte sie, *„weinte seine Seele und gab ihm sein wahres Ich zurück."* Sie drückte seine Arme. „Aber sie haben es falsch übersetzt. Es ist nicht der Herzschlag. Es ist die Lebenskraft des Kindes. Es ist sein Virta. Und die einzige Art und Weise, auf die du das Virta des Kindes spüren kannst, ist während des Bindungsrituals, weil du dann nicht nur mein Virta bekommst, sondern auch das des Kindes. Deines eigenen unschuldigen Abkömmlings."

Zoltan fuhr sich mit zitternder Hand durchs Haar. „Das ist verrückt." Doch was, wenn es wahr war? Was, wenn es funktionierte? Ihm wurde plötzlich klar, dass die Frage, die er viel früher gehabt hatte, ob er die Macht des Großmächtigen aufgeben könnte, überhaupt nicht mehr wichtig war. Jetzt war nur noch eine Sache wichtig. „Und wenn es nicht funktioniert, wenn ich ein Dämon bleibe, was geschieht dann mit dir und dem Kind?"

Enya lächelte. „Du wirst mein Gefährte sein. Und wir werden allem trotzen, das sich uns in den Weg stellt."

Zoltan nahm eine Strähne ihrer blonden Locken und wischte sie aus ihrem Gesicht. „Mir ist noch nie eine mutigere Frau als du begegnet." Er zog sie an sich. „Oder eine, die sexyer ist."

„Ist das ein Ja?"

Zoltan schmunzelte. „Ist das ein Antrag?"

„Ja."

„Warum hast du so lange gebraucht?"

Enya verdrehte die Augen. „Traditionell macht das der Mann."

„Enya, Babe, ich bezweifle, dass unsere Beziehung je traditionell sein wird. Aber damit bin ich einverstanden. Solange du mir gehörst, bin ich mit allem einverstanden." Er hielt einen Augenblick inne. „Mit einer Dusche wäre ich jetzt auch einverstanden – der Gestank der Unterwelt klebt an mir."

Sie schmunzelte. „Unter einer Bedingung. Ich darf mich dir anschließen."

„Das kann ich einrichten."

27

Enya ließ ihre Augen über Zoltans Rücken schweifen, als dieser in die Dusche trat, die mit grünen und blauen Kieselsteinen gefliest war, um einem Regenwald zu ähneln. Er drehte das Wasser an. Dieses lief in kleinen Bächen seinen Körper hinunter und streichelte die Rippen und Rillen seiner muskulösen Form. Die Szene erinnerte sie an die Nacht, als sie sich in seine Wohnung geschlichen und beobachtet hatte, wie er sich befriedigte, und erweckte in ihr eine Begierde, die nur knapp unter der Oberfläche lag.

„Willst du mich nur anglotzen oder kommst du mit rein?“

„Am Anglotzen gibt’s nichts auszusetzen.“

Er sah über seine Schulter. Seine Augen waren ein helles Grün und erinnerten sie daran, dass es eine verbotene Frucht war, nach der ihr gelüstete. Doch sie bedauerte nichts. Keinen einzigen Augenblick. Keine einzige Berührung.

Sie folgte ihm in die Dusche, legte ihre Hände auf seinen Rücken und ließ sie über seine geschmeidige Haut zu den festen Muskeln seines Pos hinuntergleiten. Er war mehr als nur gut proportioniert. Als hätte ihn eine höhere Macht geformt, ihn in jeglicher Hinsicht perfekt gemacht.

Zoltan stemmte seine Hände an die Wand und tauchte seinen Kopf unter das Wasser, um es über sein Haar und sein Gesicht laufen zu lassen. „Ich liebe deine Hände auf mir."

„Dann lass mich dich waschen." Sie griff nach der Seife, drückte einen großzügigen Klecks in ihre Handfläche und begann, Zoltan zu waschen.

Sie spürte, wie er sich unter ihrer Berührung so selbstverständlich entspannte, dass sie sich fragte, welchen Luxus er als der Großmächtige genossen hatte. „In der Unterwelt, hattest du dort Dämonenfrauen, die das für dich taten? Dich wuschen? Dir Vergnügen bereiteten?" Sie griff um ihn herum und legte ihre seifige Hand um seinen Schwanz. „Dich befriedigten?"

Er sog einen Atemzug ein und bewegte seine Hüften, damit ihre Hand zur Wurzel seines hart werdenden Schwanzes glitt. „Diese Art von Intimität wollte ich nie. Dass sich jemand so um mich kümmerte, hätte bedeutet, die Kontrolle an jemanden abzugeben. Meinen Schutzwall zu senken. So war es nie. Es war immer nur Sex." Er wandte sich zu ihr um. „Ich konnte nie zuvor jemandem vertrauen."

Enya ließ ihre Hände über seine Vorderseite gleiten, seifte ihn ein und wusch den Schmutz der Unterwelt von ihm, dann kümmerte sie sich ganz besonders um seinen Schwanz und seine Hoden. Sie spürte, wie er seinen Atem anhielt, als sie seine harte Männlichkeit zwischen ihren Handflächen hielt und ihn zärtlich streichelte. Als sie zu ihm hochsah, bemerkte sie, wie sein Blick auf ihre Brüste gerichtet war.

„Du erregst mich mehr, als alle anderen Frauen das je konnten."

Zoltan bewegte sich, sodass das Wasser die Seife wegwaschen konnte. Dann streckte er beide Hände aus und legte sie auf ihre Brüste, drückte sie mit seinen Handflächen. Ein Stöhnen kam über ihre Lippen.

„Ich glaube, jetzt bin ich an der Reihe, dich zu waschen."

Er drehte sie um, dann zog er sie an seine Brust. Einen Augenblick später waren seine Hände auf ihr und seiften ihre Brüste mit dem weichen Schaum ein, massierten sie, während sie sich an ihn lehnte, sodass sein Schwanz an ihren Po drückte. Immer wieder massierte er ihre Brüste rhythmisch, bevor er eine Hand zwischen ihre Beine gleiten ließ und sie auch dort zärtlich wusch. Bevor sie wusste, was er vorhatte, hatte er auch schon die Brause ergriffen und benutzte sie, um den Schaum von ihrer Muschi zu waschen. Doch er schien noch nicht damit fertig zu sein, selbst als kein Schaum mehr vorhanden war. Stattdessen änderte er die Einstellung, damit das Wasser nun mit mehr Druck heraussprühte. Er richtete den Duschkopf auf ihre Muschi und bewegte ihn auf und ab und von Seite zu Seite, bis Enya einen genussvollen Aufschrei von sich gab.

„Ah, genau hier“, flüsterte er in ihr Ohr, während er mit seiner freien Hand eine Brust drückte. „Sag mir, hast du das jemals getan, um dich zum Höhepunkt zu bringen?“

Enya lehnte ihren Kopf an seine Brust, während ihre Beine von dem starken Wasserstrahl, der auf ihre Klitoris gerichtet war und diese entzündete, schwach wurden. „Ja.“

Ein heiseres Lachen ertönte in ihrem Ohr. „Du bist eine sündhafte Frau, Enya. Du wirst mich auf Trab halten, damit ich dafür sorge, dass du dich mit mir nie langweilst.“ Er brachte die Brause näher zu ihrem Fleisch und erhöhte dadurch den Wasserdruck.

Die Intensität des Vergnügens entlockte ihr ein Keuchen. Noch ein paar Sekunden und sie würde kommen.

„Du wirst mir immer sagen, wie ich dir Vergnügen bereiten soll, hörst du?“

Seine tiefe Stimme katapultierte sie über die Kante. Ihr Orgasmus raste durch sie wie ein Tornado und ließ ihre Knie einknicken. Doch sie fiel nicht. Zoltan hielt sie mit beiden Händen an sich gepresst, den Duschkopf hatte er fallen gelassen. Er legte eine Handfläche über ihre Muschi und hielt sie sanft, bis die Wellen des Vergnügens abklangen.

„Ich glaube, du bist der Sündhafte“, murmelte Enya und wandte ihren Kopf zu ihm.

„Warum?“ Er grinste so schamlos, wie ein Mann grinste, der genau wusste, was er getan hatte. „Ich bin nicht derjenige, dessen Knie nachgegeben haben.“

„Aber du bist schuld daran.“

„Kannst du wieder alleine stehen?“

„Ja, warum?“

„Damit ich das hier machen kann.“

Er ergriff ihren Busen und fuhr fort, ihn zu kneten, während er seinen Schwanz an ihrem Po rieb und ihr damit zeigte, wie groß und hart er geworden war. Ihre Nippel fühlten sich wund an und ihre Muschi war immer noch empfindlich, jedoch bereit für mehr. Und sie wusste, dass Zoltan ihr genau das geben konnte, was sie brauchte.

„Zoltan?"

„Hmm?"

„Trockne mich ab. Und dann lass mich bitte nicht länger warten und mach Liebe mit mir."

Bei Enyas Worten lächelte Zoltan. „Damit bin ich einverstanden."

Er trocknete sie und sich selbst mit einem großen, flauschigen Badetuch, das weicher war als alles, was ihn je in der Unterwelt berührt hatte, ab. Enyas langes Haar war offen und stellenweise feucht, doch es war nicht durchnässt. Sie machte sich nicht die Mühe, es zu kämmen oder zu bürsten, sondern nahm einfach seine Hand und führte ihn zu ihrem Schlafzimmer. Von hinten sah sie wie Lady Godiva aus, wunderschön und gleichzeitig stark. Er war ein Glückspilz, weil er ihr Herz und ihr Vertrauen gewonnen hatte. Er hoffte nur, dass er sie nicht enttäuschen würde, denn es gab keine Garantie, dass er je die Fesseln des Dämons von sich schütteln konnte.

Enya zog das Laken des großen Bettes zurück und legte sich hin, dann sah sie sofort zu ihm hoch. Ihr Blick schweifte über seinen Körper und sie machte kein Geheimnis aus der Tatsache, dass ihr gefiel, was sie sah. Er spürte ihr Verlangen körperlich, spürte, wie dieses Wissen sein Blut nach Süden strömen ließ, um seinen Schwanz sogar noch mehr anschwellen zu lassen. Als ihre Augen auf seiner harten Erektion zu ruhen kamen, löste sich ein Brummen tief aus seiner Brust. Verdammt, ganz tief im Inneren war er ein Biest, ein Tier, das darauf wartete, seine Gefährtin zu fordern. Alles andere war nur eine Maske, eine Verkleidung, um das schwächere Geschlecht nicht zu verängstigen.

Er musste bei dem Gedanken beinahe lachen. Enya konnte kaum als das schwächere Geschlecht bezeichnet werden. Sie war alles andere als schwach und fügsam. Tatsächlich war sie perfekt für ihn.

Zoltan glitt auf das Bett und rollte über Enya. Sie machte bereits ihre Beine breit, um ihn willkommen zu heißen, und ohne ein Wort, ohne Vorspiel, stieß er in ihre feuchte Muschi. Vor Monaten hatte er sich nie vorgestellt, dass Enya sich ihm so freiwillig hingeben würde. Er hatte erwartet, dass sie sich wehren würde und dass er sie mit der Zeit zähmen würde, damit sie ihn akzeptierte. Und selbst damals hatte er nie von dem zu träumen gewagt, was sie ihm heute Nacht anbot: Eine Verbindung, die nie mehr aufgelöst werden konnte.

Enya legte eine Hand auf seine Brust, die andere auf seinen Nacken. „Ich liebe es, wie du dich in mir anfühlst."

Er zog sich ein paar Zentimeter aus ihr heraus, dann fuhr er tiefer hinein. „Das ist gut, denn ich werde diesen Ort nie wieder verlassen – zumindest nicht für lange." Er begann, sich in ihr vor und zurück zu bewegen, mit den Hüften zu schaukeln, während er sich auf seinen Knien und Ellbogen aufstützte und ihr tief in die Augen sah. „Von dem Augenblick an, als ich dich das erste Mal sah, wusste ich, dass wir füreinander bestimmt sind. Ich hatte mir nur nicht erträumt, dass es so gut sein würde."

Enya streichelte seinen Nacken und sandte einen erotischen Schauder sein Rückgrat hinab in sein Steißbein. „Es wird sogar noch besser werden." Ihr Lächeln war gleichzeitig sündhaft und verheißungsvoll, während sie ihre inneren Muskeln zwang, ihn fester zu drücken.

„Füchsin", murmelte er und stieß fester zu, wobei er sein Tempo langsam und gleichmäßig beließ. Er wollte dies nicht übereilen. Enya zu seiner Gefährtin zu machen, war ein Ereignis, das er so lange wie möglich auskosten wollte.

Enya zog seinen Kopf zu sich hinunter und nahm seine Lippen gefangen. Ihre Zungen verbanden sich und er kostete die Tiefe ihrer Hingabe, die Wahrheit ihrer Liebe und das Ausmaß ihrer Treue. Und noch etwas anderes: die Größe ihrer Hoffnung. Dieselben Gefühle erfüllten nun auch ihn, als hätte sie ihm die Erlaubnis gegeben, zu lieben, zu vertrauen und zu hoffen. Er hinterfragte diese Gefühle nicht länger und versuchte nicht, sie zu analysieren. Stattdessen akzeptierte er die Veränderungen, die Enya in ihm hervorgerufen hatte.

Ohne es bewusst zu tun, nahm ihr Liebesspiel ein anderes Tempo an, ein Tempo, das dringender wurde, als sie sich aneinander wanden, nicht nur durch seinen Schwanz in ihrer Muschi verbunden, sondern auch durch ihre verschmolzenen Lippen, ihre tanzenden Zungen, ihre verschlungenen Hände. Es fühlte sich an, als bewegten sie sich synchron miteinander. Ihre

Körper bewegten sich als einer, ihre Atmung verschmolz, ihre Herzen schlugen als eines. Dann spürte er es: Ein Strom aus Energie, aus einer Macht, die unbegrenzt zu sein schien, floss in ihn, verbreitete sich in seinen Zellen, verschlang ihn, bis er es spürte, sie spürte. Vor seinem inneren Auge sah er sie: ohne Schutzwall um sich, ohne jeglichen Schutz: ihr wahres Ich, die Kriegerin, die ihn liebte. Die Frau, die sich ihm hingab, um ihn zu befreien.

Er spürte, wie sich seine Brust unter den schweren Empfindungen verengte, als würde er platzen, und riss seine Lippen von ihr. Sein Orgasmus traf ihn wie aus dem Nichts und sandte mehr Vergnügen durch seinen Körper, als er je zuvor erlebt hatte.

„Schick das Virta an mich zurück. Vollende die Verbindung“, verlangte sie. „Zeige dich mir.“

Obwohl er nicht genau wusste, was er tun musste, schien sein Körper es zu wissen. Er legte eine Hand auf Enyas linke Brust und befahl dem Virta, das sie mit ihm geteilt hatte, zu ihr zurückzukehren. Zu seinem Erstaunen spürte er etwas, das sich anfühlte, als liefe eine Flamme seinen Arm hinab, in seine Hand, bevor winzige Feuerwerke unter seiner Handfläche zu explodieren und in Enyas Haut einzudringen schienen.

Sie bäumte sich auf, brachte ihm ihren Oberkörper entgegen, als hätte sie einen elektrischen Schlag erhalten. Fassungslos wollte er aus Angst ihr wehzutun zurückweichen, doch sein Körper weigerte sich, die Verbindung zu trennen. Dann traf ihn eine zweite Welle, eine andere. Dies war nicht Enyas Virta, sondern das des Kindes. Es schoss mit einer anderen Geschwindigkeit, jedoch mit nicht geringerer Intensität, durch ihn, bis es seinen Arm hinabströmte und wieder mit Enya verschmolz.

Erst jetzt bemerkte er, dass seine Hautfarbe sich verändert hatte. Er schimmerte golden. Zoltan hob seine Hand von Enyas Brust und betrachtete sie verwundert, dann sah er seinen anderen Arm an und fand dort die gleiche Farbe.

„Wir sind aneinander gebunden“, sagte Enya mit einem Lächeln.

Er sah in ihre Augen und wollte ihr antworten, doch ein Krampf durchzuckte seinen Oberkörper. Der ersten Zuckung folgte eine zweite, bevor er es schaffte, sich von Enya abzurollen und seine Hand über sein Herz zu krallen, um damit zu versuchen, das Gefühl, als quetschte ein Schraubstock alles Blut aus seinem Herzen, zu stoppen.

„Nein!", schrie er voller Qualen auf.

Enya kniete neben ihm auf dem Bett, versuchte ihm zu helfen, doch sie konnte nichts tun. Die Schmerzenswellen kamen immer wieder; die Zuckungen ließen nicht nach, gaben ihm keine Gelegenheit, sich von ihr zu verabschieden. Denn er wusste, dies war sein Ende. Er spürte es.

„Zoltan! Oh nein, bitte!", weinte Enya.

Es tut mir leid, versuchte er zu sagen, doch er hatte keine Luft, um die Worte herauszubringen. Vor seinen Augen verschwamm alles und sein Kopf wollte explodieren. Durch den Schmerz hindurch streckte er seine Hand nach Enya, seiner Gefährtin, deren Virta ihn umbrachte, aus. War das nicht poetische Gerechtigkeit? Ein Hüter der Nacht hatte eine letzte Abwehr, sollte je ein Dämon sein Herz gewinnen: Das Bindungsritual würde seinen Untergang bedeuten.

„Enya", schaffte er zu sagen. Er schluckte, versuchte, seine raue Kehle zu befeuchten und als er das tat, konnte er seine eigenen Tränen schmecken. Oder waren es Enyas? Das mussten sie sein, denn ein Dämon konnte nicht weinen.

Er spürte plötzlich ihre Lippen auf seinen; sie küsste sein Gesicht, tröstete ihn. Ihre Tränen vermischten sich und in seinem Herzen verspürte er nur noch eins: Enyas Liebe. Urplötzlich bemerkte er, dass der Schraubstock um sein Herz verschwunden war. Seine Lunge füllte sich mit Luft. Der Schmerz verschwand. Er schoss zum Sitzen hoch und legte seine Arme um Enya.

Sie drückte ihn. „Ich dachte, ich hätte dich verloren." Sie wich zurück, um ihn anzusehen. Ihre Augen weiteten sich schockiert.

„Was?", fragte er alarmiert.

Ein lautes Geräusch drang zu seinen Ohren.

„Dachte mir doch, dass ich einen Dämon gerochen habe."

Zoltan wirbelte seinen Kopf in Richtung der bedrohlichen männlichen Stimme und sah einen Vampir in der offenen Tür stehen. „Fuck!"

28

Enya drehte den Kopf in Richtung des Eindringlings und schnappte sich gleichzeitig das Bettlaken, um sich und Zoltan zu bedecken. Der Eindringling war niemand anderer als Grayson, der mit seinem triumphierenden Gesichtsausdruck aussah, als hätte er gerade eine Wette gegen seine Kollegen gewonnen. Und das hatte er vermutlich auch – er hatte seinen übernatürlichen Geruchssinn verwendet, um Zoltan zu finden.

Hinter ihm eilte Hamish in den Raum. Sein Arm war nicht mehr in der Schlinge, da der Bruch, den Zoltan verursacht hatte, mittlerweile vollständig verheilt war.

„Wie kannst du nur?", sagte er und blickte an ihr vorbei auf Zoltan. „Du hast dein Virta mit einem verdammten Dämon geteilt?"

Da alle es sehen konnten, versuchte sie nicht, es abzustreiten. „Wir sind aneinander gebunden. Ihr könnt ihm jetzt nichts mehr anhaben."

Hamish sah Grayson an. „Ruf die anderen. Sag ihnen, dass die Suche abgeblasen ist. Sie sollen sofort zum Komplex zurückkehren."

Grayson zog sein Handy heraus und wählte eine Nummer. Dann fing er leise an zu sprechen.

Als Hamish ein paar Schritte weiter in den Raum trat, hob Enya die Hand. „Bleib verdammt nochmal, wo du bist, Hamish."

Zoltan zog sie an sich, um ihren nackten Körper noch weiter zu bedecken. „Wie wäre es mit etwas Privatsphäre? Wie du sehen kannst, ist Enya nicht angezogen."

Der beschützerische Klang seiner Forderung sandte ihr einen Schauder den Rücken hinab.

„Genauso wie du", fauchte Hamish heraus und kniff die Augen zusammen. „War das dein Plan, sie zu verführen, sie dazu zu bringen, sich mit dir zu verbinden, damit du uns von innen heraus zerstören kannst? Hast du überhaupt eine Ahnung, was du getan hast?" Er zeigte auf Enya. „Weißt du, welche Strafe Enya erwartet, weil sie sich mit einem verdammten Dämon verbunden hat?"

„Er ist kein Dämon mehr", unterbrach Enya. „Sieh seine Augen an. Sie sind jetzt braun. Sie haben sich verändert."

„Haben sie das?", fragte Zoltan und blickte sie an.

„Oh, wie toll. Er trägt farbige Kontaktlinsen. Auf diesen Scheiß falle ich nicht mehr rein", höhnte Hamish.

„Aber es ist die Wahrheit. Er trägt keine Kontaktlinsen. Seine Augen haben sich nach dem Verbindungsritual verändert. Er ist jetzt wieder ein Hüter der Nacht. Es hat funktioniert. Was Wesley und Charles herausgefunden haben, hat funktioniert. Siehst du das nicht?"

„Wes und Charles wissen davon?" Hamish' Stimme klang immer wütender. „Sie haben dir gesagt, du sollst dich an Zoltan binden? Tja, dann werde ich sie auch auf die Liste der Leute setzen, die ich vermöbeln muss."

„Sie wissen nichts von unserer Verbindung. Sie wissen nichts von Zoltan", sagte Enya. „Also beruhige dich. Wenn du einfach nur kurz die Klappe halten würdest, kann ich alles erklären."

„Als ob. Er ist kein Hüter der Nacht. Kannst du das nicht sehen? Er hat keine Aura. Also egal, was ihr beide mir vormachen wollt, ich kaufe es euch nicht ab."

Zoltan knurrte und blickte Hamish finster an. „Du wolltest sie also für dich, nicht wahr? Bist du deswegen so angefressen? Du kannst sie nicht haben. Enya gehört mir." Er legte seine Arme um sie, um seine Aussage zu untermauern.

Hamish schüttelte den Kopf. „Enya und ich? Wie zum Teufel kommst du auf so etwas? Enya ist wie eine kleine Schwester für mich. Und ich nehme es nicht einfach hin, wenn ihr jemand wehtut."

„Willst du damit andeuten, dass ich ihr wehtun werde?" Zoltans Brust schien noch breiter zu werden. „Ich würde für sie und unser Kind mein Leben geben, wenn das bedeutete, dass sie sicher sein werden. Also –"

„Kind?" Hamish keuchte.

Grayson, der das Handy immer noch an seinem Ohr hatte, sagte zu der Person, mit der er sprach: „Warte kurz." Dann starrte er Enya an. „Du bist schwanger von einem Dämon? Oh fuck!"

„Etwas Respekt bitte!", biss Enya zurück und nahm dann Zoltans Hand. „Und wenn du es unbedingt wissen willst, ja, ich bin schwanger."

„Bullshit. Das ist doch nur ein Trick, damit wir ihm nichts antun", sagte Hamish. „Ihr habt euch gerade erst aneinander gebunden. Du kannst noch nicht schwanger sein."

Enya zuckte mit den Schultern. „Maya hat es bestätigt. Sie hat den Herzschlag des Babys gehört."

Hamish gab Grayson ein Zeichen.

„Nun, wenn das so ist", sagte Grayson, „kann ich das ebenfalls bestätigen." Er trat näher heran. „Mein Vampirgehör –"

„Keinen weiteren Schritt!", knurrte Zoltan. „Oder es ist dein letzter. Enya ist immer noch nicht angezogen. Und ich werde verdammt nochmal nicht erlauben, dass ihr ein anderer Mann nahekommt. Habe ich mich deutlich genug ausgedrückt?"

Graysons Fangzähne traten hervor und seine Lippen schälten sich zurück.

„Fahr deine verdammten Fangzähne ein", befahl Enya. „Oder ich reiße sie dir aus."

Mit einem Knurren zog Grayson seine Fangzähne langsam zurück.

„Und jetzt gebt uns ein paar Minuten, um uns anzuziehen. Dann können wir reden. Wir treffen euch im Wohnzimmer."

„Kommt nicht in Frage", sagte Hamish. „Wir warten vor der Tür. Wir eskortieren euch." Er gab Grayson ein Zeichen. „Grayson, raus jetzt."

Beide Männer verließen das Zimmer und schlossen die Tür hinter sich.

„Und beeilt euch", rief Hamish durch die geschlossene Tür. „Oder wir helfen euch beim Anziehen."

„Klappe, Hamish!“, rief Enya zurück.

Zoltan atmete laut aus. „Ich habe das Gefühl, dass Hamish nicht davon überzeugt ist, dass ich auf eurer Seite bin.“

Enya zuckte mit den Schultern und sprang aus dem Bett. „Er wird seine Meinung ändern, wenn wir ihm zeigen können, wie sehr du dich verändert hast.“ Sie ging zum Schrank und öffnete ihn, dann nahm sie eine frische Jeans und ein langärmeliges Shirt heraus. „Zieh dich lieber an, damit wir seine Meinung ändern können, bevor sich die ganze Bande wie ein Rudel hungriger Wölfe auf uns stürzt.“

Sie begann sich anzuziehen und sah aus den Augenwinkeln, wie Zoltan auf seinen Schwanz hinabblickte, der immer noch stahlhart war.

„Ähm, ja, das“, sagte sie und zeigte auf seine Erektion. „Der beruhigt sich nicht, solange deine Haut golden schimmert.“

„Und wie lang werde ich so schimmern?“

„Ein paar Stunden.“

„Du scherzt wohl.“

Zum ersten Mal, seit sie unterbrochen worden waren, grinste sie verschmitzt. „Nein. Das ist das Virta, das dich immer noch durchströmt. Es sorgt dafür, dass ein Mann seine Gefährtin befriedigen kann.“

Zoltans Kinnlade fiel herunter. „Bisher hatte ich noch keine Beschwerden von dir, dass ich dich nicht befriedigen konnte.“

„Und es gab auch noch nichts, weswegen ich mich beschweren musste. Aber leider kann ich das nicht abstellen. Jedes Mal, wenn ich dir mein Virta gebe, wirst du hart werden.“

Zoltan zog seine Hose an und schob sein gewaltiges Anhängsel hinein, bevor er den Reißverschluss schloss. „Also war das nicht das letzte Mal, dass du mir dein Virta gibst?“

Sie knöpfte ihr Hemd zu und schaute ihm weiter beim Anziehen zu. „Nein. Und wenn alles gut geht, dann gibst du mir deines und ich werde golden schimmern.“

„Und was bewirkt das bei dir?“, fragte er, während er grinsend nähertrat.

„Jedes Mal, wenn du mich berührst, werde ich einen Orgasmus haben.“

Er zog sie in seine Arme. „Ich glaube, das gefällt mir.“

„Gut.“ Sie küsste ihn schnell und wand sich dann aus seinen Armen, um nicht der Versuchung, seine Erektion auszunutzen, zu verfallen. „Jetzt lass uns herausfinden, was das Virta unseres Kindes außer deinen braunen Augen noch verursacht hat. Das kann nicht die ganze Verwandlung gewesen sein."

„Vielleicht müssen wir es noch ein paar Mal machen."

Enya verdrehte die Augen. „So gerne ich das auch tun würde, werde ich es nicht, bevor ich mit Wes und Charles darüber gesprochen habe. Du wärst in meinen Armen beinahe gestorben. Was, wenn dich das nächste Mal ganz umbringt?"

„Was, wenn nicht?"

Sie ignorierte die Frage. „Lass uns testen, was du sonst noch tun kannst, ob du irgendwelche Fähigkeiten der Hüter der Nacht bekommen hast und welche dämonischen Aspekte du verloren hast."

„Wie willst du das anstellen?"

Enya zeigte auf die Wand, die das Schlafzimmer vom Badezimmer trennte. „Geh durch die Wand."

Zoltan zog eine Augenbraue hoch. „Und wie soll ich das anstellen?"

„Denk einfach nur daran. Stell dir vor, du gehst durch die Wand, und es wird passieren."

Er zögerte und ging dann langsam auf die Wand zu. Bevor er sie erreichte, drehte er den Kopf zu ihr. „Bist du sicher?"

„Versuch es einfach."

Er machte einen weiteren Schritt und stieß sich den Kopf an der Wand. Er taumelte zurück und legte eine Hand auf die Stirn. „Autsch!"

Enya verbarg ihre Enttäuschung. „Vielleicht dauert es etwas. Wie wäre es, wenn du versuchst, dich unsichtbar zu machen?"

„Lass mich raten: Ich stelle es mir vor und es wird passieren?"

Sie lächelte. „Siehst du, du lernst schnell."

Er schnitt eine Grimasse. „Ja, genau."

Plötzlich verschwand er vor ihren Augen. Ihr Herz blieb kurz stehen und Aufregung schoss durch ihre Adern. Es funktionierte! Das Virta ihres Babys verwandelte ihn zurück zu einem Hüter der Nacht. Sie seufzte und Tränen schossen ihr in die Augen.

„Es tut mir leid, Babe. Es tut mir leid, dass es nicht funktioniert. Vielleicht haben wir etwas falsch gemacht."

Zoltans Hände an ihren Oberarmen zogen sie an ihn.

Unter Tränen schüttelte sie den Kopf. „Das ist nicht der Grund, warum ich weine. Zoltan, du bist unsichtbar. Du hast es geschafft."

„Was?" In dem Augenblick, als er sprach, tauchte er mit einem verwirrten Blick vor ihr auf. „Aber ich sehe mich immer noch."

„Ein Hüter der Nacht sieht sich immer, selbst wenn er für alle anderen unsichtbar ist."

„Aber wie weiß ich dann, ob ich unsichtbar bin?"

„Du wirst es spüren. Keine Sorge, du wirst in der Lage sein, unterscheiden zu können, ob du sichtbar oder unsichtbar bist."

„Ich hoffe, du hast recht."

„Lass uns gehen." Sie zeigte zur Tür. „Ich glaube, Hamish wird langsam ungeduldig. Und Grayson sucht nach einem Grund, seine Fangzähne in einen Dämon zu schlagen."

„Ich knipse ihm das Licht aus, wenn er es nur versucht", sagte Zoltan.

Enya atmete tief ein und ging zur Tür. Sie öffnete sie und sah Hamish und Grayson auf sie warten. Als Zoltan den Korridor betrat, musterten sie ihn.

„Ich hoffe, du hast ihm keine Waffe gegeben", sagte Hamish.

„Ich bin unbewaffnet", sagte Zoltan knapp und blickte auf den Dolch in Hamish' Hand. „Also entspann dich. Ich bin nicht hier, um euch etwas anzutun."

„Das ist noch nicht geklärt", sagte Hamish.

Enya ging voran. „Ich sehe euch im Wohnzimmer, sobald ihr beide mit eurem Schwanzvergleich fertig seid." Sie grinste in sich hinein, denn sie wusste, wer diesen Wettbewerb im Moment gewinnen würde. Und sie wusste auch, dass Hamish sich dieser Sache bewusst war.

Sie hörte Hamish knurren, als die drei Männer ihr folgten.

„Zoltan, du solltest deiner Gefährtin etwas Respekt beibringen", sagte Hamish.

Zu ihrer Überraschung lachte Zoltan. „Zeitverschwendung. Keiner wird je diese Frau zähmen. Und das ist es auch, was mir an ihr so gefällt."

„Ich nehme alles zurück", antwortete Hamish. „Du hast sie nicht manipuliert. *Sie* hat *dich* manipuliert. Mann, du stehst total unter der Fuchtel und merkst es nicht einmal."

Enya verkniff sich ein Kichern. Hamish hatten sie im Sack. Und die anderen würden wie Dominosteine fallen.

29

Bis sich die restlichen Hüter der Nacht im großen Wohnraum versammelt hatten, hatte Zoltan herausgefunden, wer wer war. Er war den meisten von ihnen schon einmal begegnet, nicht nur als sie ihn gefangen genommen hatten, sondern auch während der zahlreichen Schlachten, die sie gegeneinander geführt hatten. Unter ihnen waren zwei Vampire – Grayson, der Scheißkerl, der seinen Blick nicht von Enyas halbnacktem Körper hatte abwenden können, und Ryder, der genauso jung, doch etwas ruhiger und höflicher als sein vampirischer Freund war.

Bis auf Hamish warfen alle Hüter der Nacht Zoltan feindliche Blicke zu. Und noch etwas fiel ihm auf: Keine der Frauen war anwesend. Vielleicht hatten sie sie weggesperrt, weil sie Angst hatten, Zoltan könnte ihnen etwas antun. Nun, das hatte er nicht vor, doch es würde sich als schwierig erweisen, diese Krieger von seinen guten Absichten zu überzeugen.

Enya hatte ihnen erklärt, dass das Verbindungsritual Zoltan verändert hatte. Aber die Hüter wirkten nicht überzeugt.

„Braune Augen bedeuten nicht automatisch, dass er jetzt ein Hüter der Nacht ist", sagte Logan. „Ich meine, seht ihn euch an: Er hat keine Aura."

„Aber er kann sich unsichtbar machen", protestierte Enya und gab Zoltan ein Zeichen. „Zeig es ihnen."

Zoltan konzentrierte sich und stellte sich vor, unsichtbar zu werden.

Doch die Männer starrten ihn immer noch an und blickten ihm direkt in die Augen, was bedeutete, dass sie ihn immer noch sehen konnten. Zuvor hatte es doch funktioniert. Warum jetzt nicht?

„Entspann dich, Zoltan“, sagte Enya. „Wünsch dir einfach nur, dass niemand dich sehen kann, nicht einmal ich.“

Er blickte in ihre Augen und sah, dass sie an ihn glaubte. Und er würde sie nicht enttäuschen.

„Fuck!“, sagte Manus.

Die anderen gaben ähnliche Flüche und Keuchen von sich.

„Zeig dich, Zoltan!“, befahl Pearce.

Zoltan spürte ein seltsames Gefühl der Sicherheit in sich. Sagte ihm so sein Körper, dass er seine Unsichtbarkeitskräfte benutzte? Er befahl seinem Körper, wieder sichtbar zu werden, und so wie die Männer ihn ansahen, funktionierte es. Sie konnten ihn wieder sehen.

Enya lächelte. „Seht ihr? Er hat unsere Kräfte. Er ist kein Dämon mehr.“

„Okay“, sagte Logan langsam. „Nehmen wir mal an, du hast recht. Nehmen wir an, er hat sich wirklich verändert – bedeutet das, dass all seine dämonischen Züge verschwunden sind?“

Enya zögerte.

„Sie sind also nicht alle weg“, sagte Logan. „Nun, vielleicht sollten wir das überprüfen.“ Er gab Manus ein Zeichen und sie näherten sich Zoltan, während Aidan sich neben Zoltan stellte, um ihn an einer möglichen Flucht zu hindern. „Wenn du jetzt wirklich einer von uns bist, hast du sicher nichts gegen einen kleinen Schnitt, oder?“

Logan zog seinen Dolch und instinktiv wollte Zoltan zurückweichen. Doch er zwang sich, stehen zu bleiben.

„In Ordnung.“ Er streckte seinen Arm aus. Wenn seine Augen die Farbe gewechselt hatten, dann doch sicherlich auch sein Blut.

Logan machte einen dünnen Schnitt in Zoltans Unterarm. Sofort tropfte grünes Blut aus der Wunde. Logan und Manus entfuhr ein Keuchen. Zoltan verlor den Mut. Hatte er sich zu viel erhofft? Würde er auf ewig in diesem Schwebezustand bleiben?

„Immer noch ein Dämon“, verkündete Logan und hielt den blutverschmierten Dolch hoch.

„Das bedeutet nichts!“, sagte Enya. „Er ist immer noch dabei, sich zu verwandeln. Genauso wie seine übersinnlichen Kräfte sich immer noch voll entwickeln müssen, wird sein Körper auch noch etwas brauchen, um sich vollständig zu verändern."

Zoltan blickte zu Enya. Er wusste, dass sie log; sie wusste nicht, warum er sich noch nicht vollständig verwandelt hatte. Sie riet nur, um ihre Brüder zu beruhigen.

„Das kannst du nicht wissen", sagte Logan. Er zeigte auf Zoltan. „Er ist der erste Dämon, der diese sogenannte Transformation durchmacht. Das kann genauso gut nur eine Auswirkung deines Virtas sein. Die Tatsache, dass er immer noch Dämonenblut in sich hat, zeigt uns nur, dass es nur temporär ist."

Enya stemmte ihre Hände in die Hüften und blickte Logan finster an. „Das kannst du aber auch nicht mit Sicherheit sagen. Es ist nicht nur mein Virta. Es ist, wie Wes und Charles gesagt haben: Die Lebenskraft von Zoltans ungeborenem Kind hat ihn verwandelt."

Logan neigte seinen Kopf zur Seite. „Seines ungeborenen Kindes? Wovon zum Teufel sprichst du?"

Als Enya nicht sofort antwortete und Grayson und Hamish einander wissend ansahen, übernahm Zoltan das Wort. „Enya ist schwanger. Von mir."

Empörte Atemzüge füllten den Raum.

Grayson hob die Hand. „Er sagt die Wahrheit. Ich kann den Herzschlag des Babys hören." Er stand nur ein paar Schritte von Enya entfernt. „Ryder?"

Ryder, der einzige andere Vampirhybride kam näher und sah Enya an, die nickte. Er stoppte vor ihr, doch berührte sie nicht. Einen Augenblick später drehte er sich zu den Versammelten um und nickte. „Ja, ich kann ihn auch hören."

Manus seufzte und schüttelte den Kopf. „Ich werde nicht einmal fragen, wie das überhaupt passieren konnte. Um dieses Problem kümmern wir uns später." Er nickte Logan zu. „Ich stimme Logan zu. Wir wissen nicht, ob das nur temporär ist und ob sich Zoltan in ein paar Stunden wieder zurückverwandeln wird. Wir müssen uns sicher sein."

Zoltan fuhr frustriert mit einer Hand durch sein Haar. „Das kann man unmöglich mit Sicherheit sagen. Verdammt, als es passiert ist, dachte ich, ich sterbe. Vielleicht ist das sogar passiert. Vielleicht ist ein Teil meines dämonischen Ichs gestorben." Er blickte zu Enya. „Es stimmt: Niemand hier kann sagen, was passieren wird. Verdammt, bis jetzt habe ich nur eine einzige Fähigkeit der Hüter der Nacht. Ich habe keine Ahnung, ob ich je in der Lage sein werde, durch Wände zu gehen, oder ob ich je eine Aura bekommen werde. Wie soll das irgendjemand hier wissen? Das ist für alle von uns neu. Wir stellen alle nur Vermutungen an."

Keiner der Männer widersprach ihm.

„Ich weiß lediglich, dass ich mich anders fühle. Und ich weiß, dass ich keinem von euch schaden will."

„Das sagst du jetzt", warf Pearce ein. „Aber wir können uns nicht einfach auf dein Wort verlassen."

„Lasst uns mit Wes und Charles reden. Vielleicht können sie uns helfen", schlug Enya besorgt vor. Als niemand antwortete, fügte sie hinzu: „Es kann nicht schaden, sie einfach zu fragen."

Pearce sah seine Kollegen an und nickte dann. „Gut. Ich hole sie auf Lautsprecher." Er schnappte sich ein Tablet von einem Regal, öffnete eine App und wählte eine Nummer. Es klingelte laut genug, dass jeder im Raum es hören konnte.

„Hey, was gibt's?"

„Wes, hier ist Pearce. Wir haben ein paar Fragen an dich und Charles. Bitte hol ihn dazu."

„Oh, Charles ist hier bei mir. Wir sind im Labor."

„Hey, Pearce."

„Hey, Charles. Gut. Ich bin hier mit der ganzen Bande."

Ein kollektives „Hey" ging durch den Raum. Dann nickte Pearce Enya zu.

„Also, Wes, Charles, es geht um diese Zigeunergeschichte, die ihr gefunden habt. Ich habe herausgefunden, was sie bedeutet", sagte Enya und beugte sich über das Tablet.

„Lagen wir richtig?", fragte Wes.

„Im Grunde ja. Aber es war nicht das Leben oder der Herzschlag – es war die Lebenskraft, das Virta."

„Hmm?", entgegnete Wes.

„Was soll das bedeuten?", fragte Charles. „Wenn der Dämon das Virta seines Kindes spürt, wird er transformiert? Aber das kann nicht sein, Enya. Ich meine, das Kind eines Dämons würde kein Virta besitzen."

„Doch", sagte Enya, dann räusperte sie sich. „Es besitzt Virta. Aber das ist nebensächlich. Es geht um etwas anderes."

„Okay, schieß los", sagte Wes.

„Ist es möglich, dass die Transformation nur teilweise eintrifft oder dass es länger dauert, bis sie komplett ist?", fragte Enya.

„Komisch, dass du fragst", sagte Charles. „Wes und ich haben, nachdem du gegangen bist, noch weiter nachgeforscht. Die Geschichte geht noch tiefer."

„Wie meinst du das?", fragte Enya und blickte in Zoltans Augen.

„Scheinbar ist die Seele eines Dämons eine gespaltene Seele."

Mehrere der Männer im Raum raunten: „Was?"

„Tja, lasst mich erklären", fuhr Charles fort. „Wenn eine Person zu einem Dämon wird, wird seine Seele in mehrere Teile gespalten und verstreut. Wenn ein Dämon also erlöst wird, macht es Sinn, dass nicht alle Teile der Seele zur selben Zeit zurückkommen. In der Geschichte gibt es einen Verweis auf einen Tag und eine Nacht oder etwas in der Art. Wes?"

„Ja", sagte Wes, „es war etwas wie ein voller Sonnenzyklus. Was mich glauben lässt, dass es bis zu vierundzwanzig Stunden dauern kann, bis die ganze Seele wiederhergestellt ist."

Zoltan spürte, wie die Enge in seiner Brust sich löste, und er atmete tief ein. Es gab also eine Chance, dass er sich bald vollständig verwandeln würde. Es gab Hoffnung.

„Danke, Wes. Danke, Charles", sagte Enya.

„Immer doch", antworteten beide.

„Bye, Jungs", sagte Pearce und beendete den Anruf.

„Seht ihr", sagte Enya triumphierend und blickte Logan und Manus an. „Es dauert nur etwas."

Die fünf Männer sahen einander nachdenklich an.

Schließlich ergriff Logan das Wort. „Wenn das stimmt und wir ihm deswegen einen Vertrauensbonus einräumen, bleibt immer noch eine Sache."

Zoltan musterte Logans Gesichtsausdruck. Es war klar, dass er, selbst wenn er ganz zu einem Hüter der Nacht werden würde, immer noch einen harten Kampf vor sich haben würde, um akzeptiert zu werden.

„Spuck's aus, Logan", sagte Enya angespannt.

„Zoltan hat den Menschen und uns unsägliche Gräueltaten angetan. Das kann man nicht einfach abtun. Und selbst wenn wir daran glauben, dass er von nun an gut sein wird, bedeutet das nicht, dass der Rat das glauben und ihm die Taten, die er als Dämon begangen hat, vergeben wird." Logan wandte seinen Blick Zoltan zu. „Du hast unsere Gefährtinnen bedroht."

„Du hast Nancy Britton umbringen lassen. Sie war Kims Mutter", sagte Manus. „Sie trauert immer noch um sie."

Aiden räusperte sich. „Leila muss sich wegen dir verstecken. Du hast sie beinahe mit dir in die Unterwelt gezogen."

Zoltan hob die Hände. „Ich weiß, was ich getan habe. Und ich weiß, wofür ich verantwortlich bin." Er zeigte auf Manus. „Ich habe nie den Befehl gegeben, Kims Mutter ermorden zu lassen. Als ich das herausfand, tötete ich den dafür verantwortlichen Dämon. Ich weiß, dass das Nancy Britton nicht wieder lebendig machen wird, aber ihr könnt euch sicher sein, dass der Mörder dafür bezahlt hat. Und Hamish weiß bereits, dass ich Tessa keine Überdosis verabreicht habe. Es gibt einen Verräter, der meinen Thron will, und dieser ist für Tessas Überdosis verantwortlich." Er sah Hamish an.

Hamish nickte. „Ich glaube ihm. Enya hatte Fotos verschiedener Dämonen und Tessa hat einen von ihnen identifiziert. Es war nicht Zoltan."

Zoltan nickte dem Hüter der Nacht zu. „Ich erwarte nicht, dass ihr mir vergebt oder alles vergesst, so als wäre es nie geschehen. Ich bin bereit, mir eure Vergebung und die eures Volkes zu verdienen."

„Wie?", fragte Aiden.

Zoltan atmete tief ein. Er wusste nicht, wann er diese Entscheidung getroffen hatte. Doch er wusste, dass es die richtige war, die einzige, die Enya und sein ungeborenes Kind beschützen konnte. „Indem ich euch helfe, die ganze Unterwelt zu zerstören und sicherzustellen, dass die Dämonen nie wieder hochkommen."

30

Stille füllte den großen Raum für ein paar Sekunden. Keiner der Versammelten sprach; keiner atmete. Hätte Zoltan das empfindliche Gehör eines Vampirs gehabt, hätte er den Herzschlag seines Kindes hören können. Mit geweiteten Augen starrten sie ihn an. Die verschiedenen Gesichtsausdrücke aus gemischten Gefühlen bereiteten ihn auf einen Ansturm von Fragen vor. Es war offensichtlich, dass Unglaube die dominante Emotion im Raum war.

Selbst Enya schien überrascht zu sein. Allerdings spiegelte sie nicht dieselben Gefühle wie ihre Kameraden wider. Stattdessen strahlten ihre Augen, die nun mit einem feuchten Schimmer überzogen waren, vor Liebe und Dankbarkeit.

Schließlich räusperte sich Aiden. „Meinst du das im Ernst?“

Zoltan nickte.

„Und warum würdest du das tun?“, fragte Logan. „Warum würdest du dein eigenes Königreich zerstören und deine Untertanen umbringen?“

Manus grunzte. „Ja, die gleiche Frage habe ich auch. Und noch eine andere: Warum sollten wir dir glauben?“

Zoltan ließ seinen Blick über die Männer schweifen und fragte sich, wo er anfangen sollte. Er wusste, dass er sie auf seine Seite bringen musste, denn für dieses Unterfangen brauchte er ihre Hilfe. Ohne Hilfe war sein Plan im Eimer.

„Ich weiß, dass ihr meinetwegen immer noch Zweifel hegt. Das nehme ich euch nicht übel. Verdammt, wenn ich in euren Schuhen stecken würde, hätte ich auch Zweifel. Und alles, was ich tun kann, um diese zu zerschlagen, ist das: Ich liebe Enya und ich liebe mein ungeborenes Kind. Damit sie in Sicherheit sind, werde ich alles tun. Und wenn ihr eure Frauen genauso liebt, dann wisst ihr, dass ich nicht lüge. Ihr habt euer eigenes Leben aufs Spiel gesetzt, um sie zu retten." Er deutete zu Logan. „Du bist sogar in die Unterwelt eingedrungen, um die Frau, die du liebst, zu retten, ohne zu wissen, ob du es jemals wieder lebendig heraus schaffst. Das ist die Art von Liebe, von der ich spreche, wenn ich sage, dass ich Enya liebe."

Wieder wurde es still im Raum. Die Männer senkten ihre Blicke und musterten plötzlich ihre Schuhe, als wären sie von außerordentlicher Wichtigkeit. Fast als hätte sie Zoltans Erklärung peinlich berührt. Nur eine Person sah ihn direkt an: Enya.

Sie sagte nichts, doch ihre Lippen bildeten lautlose Worte. *Ich liebe dich auch.*

„Okay", sagte Aiden und warf seinen Kameraden einen Seitenblick zu. „Ich glaube dir."

Die anderen nickten zustimmend, gingen jedoch nicht so weit, dies in Worte zu fassen. Zoltan genügte das.

„Danke", sagte er.

„Also sag uns, wie du die Dämonen zerstören willst", sagte Aiden. „Wir versuchen das schon seit Jahrhunderten und haben es noch nicht geschafft."

„Es ist eher einfach. Wir müssen sie nicht umbringen. Wir müssen sie nicht einmal bekämpfen."

Mehrere Augenbrauen hoben sich.

„Wir müssen nur dafür sorgen, dass sie die Unterwelt nie wieder verlassen können."

Manus lachte auf. „Und wie schlägst du vor, machen wir das?"

„Ich nehme an, ihr wisst über die Vortexkreise in der Unterwelt Bescheid?" Als die Männer nickten, fuhr Zoltan fort: „Es gibt nur drei davon. Kein Dämon kann in der Unterwelt einen Vortex hervorbeschwören, außer er steht in einem der Vortexkreise. Wenn wir sie zerstören, wird die

Unterwelt zu einer Gruft werden. Es gäbe keinen Ausweg mehr. Und die paar Dämonen, die sich gerade in der Menschenwelt befinden, wären leicht zu vernichten. Wir bräuchten vielleicht ein paar Monate, aber letztendlich würden wir einen nach dem anderen umbringen."

„Interessante Idee", sagte Aiden, „aber was, wenn sie mehr Vortexkreise errichten? Was dann?"

Zoltan schüttelte den Kopf. „Sie wissen nicht, wie." Als mehrere der Hüter der Nacht missmutig knurrten, hob Zoltan seine Hand. „Ja, ich glaubte es zuerst auch nicht, doch ich beauftragte meine besten Männer damit. Mein Plan, sobald ich euer Volk vernichtet hätte, war eine Invasion der Menschenwelt und dazu hätte ich mehr als drei Vortexkreise gebraucht. Wir haben alles durchgesehen, was wir ergattern konnten – alte Schriften, Magie, alles, was uns einen Hinweis darauf geben könnte, wie die Vortexkreise überhaupt entstanden sind. Wir haben nichts gefunden." Er pausierte und ließ die Worte einsinken. „Es gibt keinen einzigen Dämon, der weiß, wer die Vortexkreise erstellt hat oder wie. Was bedeutet, dass, wenn wir sie permanent zerstören, die Dämonen keinen Ausweg haben."

„Und wie zerstören wir die Vortexkreise?", fragte Manus.

„Wir überfluten sie mit Lava."

„Wo genau liegt die Unterwelt?", fragte Aiden.

Zoltan seufzte. „Ich wünschte, das könnte ich euch sagen."

„Ich verstehe", sagte Aiden knapp. „Du verschweigst uns immer noch etwas. Das bringt das Pendel aber nicht dazu, in deine Richtung zu schwingen, nur damit du das weißt."

„Ich verschweige euch nichts. Die Wahrheit ist, dass niemand weiß, wo sich die Unterwelt befindet. Sie könnte unter der Antarktika, unter Russland, Australien oder den USA liegen. Sie könnte sich sogar die ganze Zeit bewegen. Keiner weiß es. Deshalb brauchen die Dämonen die Vortexkreise. Sie sind das Einzige, das sie an ihr Zuhause verankert. Die einzige Art und Weise, auf die sie ihren Weg nach Hause finden können."

Als er die skeptischen Gesichter der Hüter der Nacht sah, fügte Zoltan hinzu: „Aber wir müssen nicht wissen, wo sie sich befindet. Wir müssen nur einen Vortex in der Menschenwelt öffnen und zu einem der drei Vortexkreise in der Unterwelt reisen. Wenn ich erst einmal dort unten bin, kann ich den Plan ankurbeln. Aber ich brauche Hilfe."

„Was brauchst du?", fragte Aiden.

„Sprengstoff. Ich weiß, wo sich die größten Magmakammern relativ zu den Vortexkreisen befinden. Wenn wir die richtigen Kammern hochsprengen, wird das Lava darin die Vortexkreise überfluten und sie zerstören. Das Lava wird jahrhundertelang flüssig bleiben und selbst wenn es eines Tages erkaltet, wird, was immer die Vortexkreise erschaffen hat, verschwunden sein."

„Das ist eine Selbstmordmission", sagte Enya mit bebender Stimme und starrte ihn entsetzt an. „Wenn du die Vortexkreise zerstörst, kannst du nicht mehr zurückkommen."

„Ich stelle einen Timer ein und teleportiere kurz vorher heraus." Natürlich war das ein Risiko, doch das würde er eingehen.

Enya schüttelte den Kopf. „Wenn du bis dahin noch einen Vortex heraufbeschwören kannst. Was, wenn das nicht der Fall ist?"

„Enya, ich –"

„Es ist mir egal, was du sagst", unterbrach sie ihn und stemmte ihre Hände in die Hüften. Er erkannte diese Geste. Sie war für einen Kampf bereit. „Wenn Wes und Charles recht haben, dann wirst du dich in den nächsten vierundzwanzig Stunden vollkommen in einen Hüter der Nacht zurückverwandeln und all deine Dämonenkräfte verlieren, eingeschlossen der Fähigkeit, einen Vortex heraufzubeschwören. Du wirst dort steckenbleiben. Es wird auch dein Grab werden, und das werde ich verdammt nochmal nicht zulassen."

„Aber das ist der einzige Weg", sagte Zoltan. „Wir müssen die Unterwelt zerstören, sonst wirst du nie in Sicherheit sein, genauso wenig wie unser Kind. Und wenn das bedeutet, dass ich mein Kind nie zu sehen bekomme, dann kann ich das akzeptieren, weil ich weiß, dass ihr zwei in Sicherheit sein werdet."

„Es muss einen anderen Weg geben." Tränen quollen in Enyas Augen auf und er wollte sie in seine Arme nehmen, doch das konnte er nicht, wagte es nicht, oder er würde selbst zusammenbrechen. Er musste stark bleiben, für sie beide.

„Den gibt es nicht. Der einzige Weg aus der Unterwelt ist durch einen Vortex in einem der Kreise." Er ließ ein bitteres Lachen erklingen. „Genauso wie ihr eure Portale braucht, brauchen die Dämonen ihren Vortex."

Enya schniefte, dann wischte sie mit dem Handrücken über ihr Gesicht, und ihre Augen weiteten sich. „Das ist es. Ein Portal."

„Was?", fragte Zoltan, denn er verstand sie nicht, während mehrere der Hüter der Nacht begannen, die Köpfe zu schütteln, als wüssten sie, was Enya andeuten wollte.

„Das ist verrückt", sagte Logan.

„Und es wird nicht funktionieren, nicht für ihn", sagte Manus und deutete zu Zoltan. „Er hat nicht all seine übersinnlichen Kräfte."

„Der Rat wird dem nie zustimmen", sagte Aiden. „Und ohne ihre Zustimmung –"

„Würde mir verdammt nochmal jemand sagen, wovon ihr sprecht?", unterbrach Zoltan mit erhobener Stimme.

Alle verstummten einen Augenblick lang.

„Es ist nicht einmal eine Option", brummte Pearce.

„Viel zu riskant", stimmte Logan zu.

Doch Enya hob ihre Hand, um ihre Kameraden zum Verstummen zu bringen. „Natürlich ist es riskant, aber wir haben uns für dieses Risiko freiwillig gemeldet, als wir Krieger wurden." Sie sah Zoltan an. „Wenn wir irgendwo in der Unterwelt ein Portal erstellen, würden wir entkommen können, selbst wenn du deine Fähigkeit, einen Vortex heraufzubeschwören, verlierst, oder wenn die Kreise zerstört werden, bevor wir hinausteleportieren können."

Zoltan ließ die Aussage einsinken. Es machte einen Sinn, obwohl es da eine Sache gab, die er abklären musste. „Von wem sprichst du, wenn du *wir* sagst?"

„Von mir und dir natürlich."

„Kommt gar nicht in Frage", sagte er knapp.

„Du hast keine andere Wahl. Um ein Portal zu erstellen, braucht man das Blut eines Hüters der Nacht und dein Blut ist immer noch grün. Und ich bin die Einzige hier, die je gesehen hat, wie ein Portal erstellt wird. Ich weiß Bescheid."

„Dann bring es jemandem bei." Er deutete zu ihren Kameraden. „Irgendeinem."

Sie schüttelte den Kopf. „Nein. Wenn etwas schiefgeht, will ich nicht dafür verantwortlich sein, einen meiner Brüder in den Tod geschickt zu haben. Auf keinen Fall. Wir machen das, du und ich."

Pearce räusperte sich und brachte damit alle dazu, ihn anzusehen. „Haben alle hier eins der wichtigsten Dinge vergessen?"

Alle starrten ihn an.

„Der Dolch. Der Rat wird uns nie den Quelldolch übergeben, um euch zwei damit in die Unterwelt schicken zu können. Selbst wenn wir sie von diesem Plan überzeugen können, werden sie das nie tun."

„Dann sagen wir ihnen eben nichts", sagte Enya.

Grayson hob seine Hand. „Äh ..."

„Ja?", keifte Enya.

„Wie wollt ihr an den Dolch kommen? Ich dachte, er ist im Ratskomplex verschlossen und sehr gut bewacht. Das sagtest du selbst."

„Ja, er wird bewacht, aber gegen Außenseiter. Es gibt einen Weg, wie ein Hüter der Nacht den Dolch rausholen kann", sagte Enya.

Aiden hob eine Augenbraue. „Wie?"

Enya lächelte. „Wusstet ihr, dass die Tür zum Ratsarchiv, wo der Dolch aufbewahrt wird, nicht aus Blei gemacht ist?"

Hamish blies einen Atemzug heraus. „Wahnsinn. Du willst einfach unsichtbar dort hineinmarschieren und den Dolch stehlen?"

Enya zuckte mit den Schultern. „Ich hoffte, dass einer von euch das macht, weil ich in der Zwischenzeit Verstärkung von Scanguards sichern muss."

„Was hat Scanguards damit zu tun?", fragte Grayson.

„Wir brauchen ihre Hilfe mit dem Sprengstoff."

„Du übersiehst etwas", sagte Hamish.

Enya wandte sich ihm zu. „Was übersehe ich?"

„Du brauchst drei Teams, um die Vortexkreise simultan mit Sprengstoff zu versetzen, sonst ist die Chance, dass die Dämonen den Sprengstoff frühzeitig entdecken, zu hoch."

Aiden nickte. „Hamish hat recht. Drei Teams bedeutet drei Hüter der Nacht, die diejenigen, die den Sprengstoff anbringen, unsichtbar machen. Sowie jemanden zur Beschützung."

„Aber das kann ich nicht von euch verlangen", sagte Enya.

Aiden sah seine Brüder an. „Nein, kannst du nicht. Aber wir können uns freiwillig melden."

„Aber das Risiko –"

„Das Risiko ist geringer, wenn du und Zoltan mit dem Vortex nach unten teleportiert, dann ein Portal erstellt, wo es gut versteckt ist, und uns dann holt", sagte Hamish. „Was meint ihr, Jungs? Habt ihr Lust, den Dämonen in den Arsch zu treten?"

Zustimmendes Grunzen hallte von den Wänden wider.

„Jungs", sagte Enya mit erstickter Stimme.

„Ich glaube, was Enya sagen will, ist danke", sagte Zoltan und drückte ihre Hand. „Ich ebenfalls. Ihr werdet es nicht bedauern."

Logan nickte. „Sorge dafür, denn wenn du uns hintergehst ..." Er musste den Satz nicht zu Ende führen. Zoltan verstand.

„Beim Leben meines ungeborenen Kindes schwöre ich, mein Versprechen zu halten."

31

Enya sah Grayson lange an. „Ich hoffe, es macht dir nichts aus, deinen Vater anzulügen, oder du kannst gleich wieder kehrtmachen."

Sie, Zoltan und Grayson waren mit dem Portal nach San Francisco gereist und näherten sich jetzt dem Scanguards-Hauptquartier im Mission District. Gleichzeitig reisten Pearce und Aiden zum Ratskomplex, um den Quelldolch zu holen. Ein unsichtbarer Pearce folgte Enyas Anweisungen, den Quelldolch aus seinem Versteck zu entfernen, während Aiden die ganze Zeit sichtbar war, um von Pearce abzulenken. Wäre Pearce alleine gereist und hätte das Portal unsichtbar verlassen, hätte jemand Verdacht geschöpft. Doch dadurch, dass Aiden das Portal sichtbar verließ, würde niemand mit der Wimper zucken oder Aiden fragen, was er im Ratskomplex tat. Er würde seinen Vater unter einem Vorwand besuchen und dann mit dem immer noch unsichtbaren Pearce und dem Quelldolch wieder zurückkehren.

„Keine Sorge", versicherte Grayson Enya. „Das wird nicht das erste Mal sein, dass ich meinem Vater nicht die ganze Wahrheit gestehe. Obwohl ich wirklich nicht weiß, warum wir ihm nicht –"

„Wenn er wüsste, dass der Rat diese Mission nicht genehmigt hat, würde er sich verpflichtet fühlen, sie zu informieren. Gerade du müsstest seine hohen moralischen Prinzipien kennen."

Grayson zuckte mit den Schultern. „Seine Prinzipien haben ihn noch nie davon abgehalten, das Richtige zu tun. Und das Richtige ist, die verdammten Dämonen zu vernichten, egal wie." Er warf Zoltan einen Blick zu. „Nichts für ungut, Kumpel."

„Kein Problem." Zoltan deutete zu einem großen Gebäude auf dem nächsten Block. „Ist es das?"

Grayson nickte. „Ja."

Enya hörte den Stolz aus seiner Stimme heraus. Als Sohn des Gründers und Eigentümers von Scanguards war es sein Schicksal, eines Tages die Firma zu übernehmen – falls Samson sich jemals zur Ruhe setzte, was fraglich war.

„Hmm, also ist das Gebäude voller Vampire. Stimmt's?", fragte Zoltan.

„Ja, sowie Menschen und Hexen", sagte Grayson.

Zoltan blieb stehen und sah zum obersten Stockwerk hoch. „Ich nehme an, dein Vater hat sein Büro im obersten Stock."

„Ja, und?"

„Dann, glaube ich, haben wir ein Problem."

Enya drehte sich zu ihm. „Was meinst du damit?"

Zoltan deutete zum Gebäude. „In dem Moment, in dem wir einem Vampir begegnen, wird er meinen Geruch erhaschen und mich als Dämon identifizieren. Erinnerst du dich nicht? Ich habe immer noch grünes Blut. Ich habe immer noch keine Aura. Sie werden mich schneller anfallen, als du ihnen erklären kannst, dass ich keine Gefahr darstelle."

Enya sah Grayson an. Bei all dem, was in der letzten Stunde passiert war, hatte sie das nicht einmal in Betracht gezogen. „Grayson, ich nehme an, du hast den höchsten Zugangsgrad?"

„Na klar." Grayson schien ihre unausgesprochene Frage sofort zu verstehen. „Wenn wir durch die Tiefgarage hineingehen und von dort den Aufzug zur Chefetage nehmen, dann haben wir die beste Chance, niemandem zu begegnen." Er zog sein Handy heraus. „Ich schicke Blake eine SMS, damit er den Gang auf der Chefetage für uns freihält." Er tippte eine Nachricht ein und schickte sie. Einen Augenblick später kam ein Ton von seinem Handy. „Okay, lasst uns gehen."

Als sie um die Ecke bogen, wo sich unter der Ostseite des Gebäudes der Eingang zur Tiefgarage befand, fragte Enya: „Was hast du ihm gesagt?"

Grayson grinste. „Dass ich einen wertvollen Gefangenen bringe und eine Eskorte zum Büro meines Vaters brauche."

Zoltan blieb stehen. „Willst du mich verarschen? Warum stichst du mir nicht gleich mit dem Dolch in den Rücken, wenn du schon dabei bist?"

„Beruhige dich", sagte Grayson. „Das habe ich nur gemacht, damit dich niemand angreift. Ich weiß, was ich tue."

„Das hoffe ich", sagte Enya. Und sie hoffte, dass Blake einen kühlen Kopf behalten würde, wenn ihm klar wurde, wen sie mitbrachten. „Dann lasst uns mal."

Grayson benutzte seine Zugangskarte sowie seinen Fingerabdruck, um das Tor zur Tiefgarage zu öffnen, und sie gingen hinein. Als das Tor sich hinter ihnen senkte, hatten sie bereits den Aufzug erreicht. Augenblicke später öffneten sich die Türen und Grayson führte sie hinein. Er benutzte seine Zugangskarte erneut, um die Chefetage zu wählen, dann drückte er auf einen zweiten Knopf.

„Wofür ist der?", fragte Enya und deutete darauf.

„Damit der Aufzug auf dem Weg nach oben nirgendwo anders stoppt."

„Gut." Es schien, dass Grayson viel schlauer war, als sie ihn eingeschätzt hatte.

Der Aufzug verlangsamte sich und ein sanfter Ton erklang.

„Wir sind hier", sagte Grayson.

Enya legte ihre Hand unwillkürlich auf den Dolch, der in ihrer Innentasche steckte. Sie war darauf vorbereitet, Zoltan zu verteidigen, sollte Blake einen falschen Schritt machen.

Die Aufzugstüren öffneten sich und offenbarten Blake, der bereits auf sie wartete. Er war nicht bewaffnet, doch Vampire waren stark und selbst ohne Waffen tödlich. Ihre Fänge und Klauen konnten Fleisch viel besser zerreißen als ein Metzgermesser.

Blakes Nasenflügel bebten. Zweifellos erkannte er Zoltans Geruch. Grayson trat aus dem Aufzug und hob seine Hand.

„Ja, er ist ein Dämon. Und nein, er wird niemandem etwas antun."

Trotzdem sah Blake an Grayson vorbei, bis seine Augen schließlich auf Enyas und Zoltans verschlungenen Händen hängenblieben. Seine Brauen hoben sich. Er sah Enya an. „Ich wünschte, ich könnte sagen, dass es schön ist, dich zu sehen, Enya, doch vielleicht hebe ich mir diesen Kommentar auf, bis ich weiß, was hier vor sich geht."

Enya nickte und ließ Zoltans Hand los. „Wir müssen mit Samson sprechen. Es ist dringend."

Langsam trat Blake beiseite und bedeutete ihnen, den Gang zu betreten. „Amaury ist gerade bei ihm. Ich begleite euch."

Grayson ging voran und klopfte an Samsons Tür und öffnete sie, ohne auf eine Antwort zu warten. „Dad, Amaury, ich will, dass ihr ruhig bleibt. Ich habe jemanden mitgebracht."

„Grayson, was –?"

Enya trat mit Zoltan neben ihr ein. Zwei Paare von Vampiraugen fielen auf sie – Samsons und Amaurys. Sofort bebten ihre Nasenflügel wie Blakes zuvor.

„Er will euch nichts Böses", sagte Enya schnell. „Er ist auf unserer Seite." Absichtlich erwähnte sie Zoltans Namen nicht, denn sie vermutete, dass Samson und Amaury nicht gewillt wären ihnen zuzuhören, wenn sie wüssten, dass der Herrscher der Dämonen gerade Scanguards' Hauptquartier betreten hatte. Sie musste sich Zeit erkaufen, um ihnen die Situation zu erklären.

Hinter ihr schloss Blake die Tür und blockierte diese dann von innen.

Samson warf zuerst Blake und dann seinem Sohn einen Blick zu. „Etwas Vorwarnung wäre nett gewesen."

Grayson nahm den Tadel gelassen hin. „Dazu war keine Zeit." Er deutete zu Enya. „Enya wird alles erklären."

Samson sah Amaury an und dieser zuckte mit den Schultern. „Wir sollten uns zumindest anhören, was sie zu sagen hat." Dann zeigte er mit dem Kinn in Richtung Zoltan. „Den Dämon können wir später auch noch umbringen."

Mit undeutbarem Gesichtsausdruck sagte Samson zu Enya: „Los dann."

So knapp wie möglich legte Enya die Situation dar und erzählte ihren Vampirverbündeten, dass der Dämon, den sie mitgebracht hatten, tatsächlich Cineads entführter Sohn war und dass er sich wieder in einen Hüter der Nacht verwandelte. Sie offenbarte Wesleys und Charles' Beteiligung und dass diese dachten, dass Zoltan seine Dämonenkräfte innerhalb der nächsten vierundzwanzig Stunden vollständig verlieren würde, was es zur obersten Priorität machte, die Unterwelt sofort anzugreifen. Aus offensichtlichen Gründen ließ sie seinen Namen aus und nannte ihn stattdessen bei dem Namen, den Cinead und seine Frau ihrem Baby gegeben hatten, Angus.

Als sie fertig war, fuhr Samson sich mit der Hand durch sein dunkles Haar und Amaury atmete tief aus.

„Das ist eine ziemliche Story“, sagte Samson.

„Du glaubst uns doch, oder?“, fragte Enya.

„Komischerweise ja. So was kann man nicht erfinden, oder?“ Er lachte bitter. „Also, das ist Angus?“ Er schüttelte den Kopf. „Du siehst deinem Vater sogar ziemlich ähnlich.“

Zoltan nickte. „Ich weiß.“ Doch er sagte nicht mehr. Zu erwähnen, dass er seinen Vater noch nicht mal getroffen hatte, würde zu viele Fragen aufwerfen und offenbaren, dass der Rat nichts von diesem Unterfangen wusste.

„Was braucht ihr?“, fragte Samson jetzt ganz geschäftsmäßig.

„Sprengstoff und ein paar Leute, die sich damit auskennen“, sagte Zoltan.

Samson sah Amaury an.

„Quinn“, sagte Amaury, dann sah er Enya an. „Ryder ist auch ausgebildet.“

„Wir brauchen noch eine dritte Person, wenn ihr jemanden entbehren könnt“, sagte Enya. „Es gibt drei Vortexkreise in der Unterwelt. Wir müssen sie alle zeitgleich hochsprengen.“

„Ich kann das“, sagte Amaury.

„Bist du dir sicher?“, fragte Samson ihn mit einem Seitenblick.

Amaury verdrehte die Augen. „Weißt du, wie lange es schon her ist, seit ich etwas getan habe, das Spass macht, wie Dämonen hochjagen?“

Samson lachte leise. „Du hast recht. Vielleicht sollte ich auch mitkommen.“

„Delilah wird dich umbringen“, sagte Amaury.

„Sie muss es ja nicht wissen.“ Samson sah seinen Sohn an. „Oder?“

Grayson hob seine Hände. „Ich werde Mom nichts erzählen.“

„Dann ist es abgemacht.“

Erleichterung durchflutete Enya. Sie hatten es über eine weitere Hürde geschafft.

Zoltan streckte seine Hand aus und nach einem kurzen Zögern schüttelte Samson diese. „Wir brauchen etwas Zeit, um alles zu planen. Hast du eine Karte von dem Tunnelsystem und den Vortexkreisen?“

Zoltan schüttelte den Kopf. „Nein. Aber ich kann eine zeichnen.“

„Wir müssen uns beeilen“, unterbrach Enya. „Wir haben keine Ahnung wie lange Z … Angus noch einen Vortex hervorbeschwören kann, der uns in die Unterwelt bringen kann.“

„Es wird nicht lange dauern“, versicherte Samson ihr. „Wir haben alles, was wir brauchen, hier im Haus.“

32

Zoltan war beeindruckt, das musste er zugeben. Zu sehen, wie die Vampire und Hüter der Nacht zusammenarbeiteten, um die Zerstörung der Dämonen vorzubereiten, war eine schöne Sache.

Er und Enya waren zurück zum Komplex in Baltimore gereist und hatten drei Vampire, Samson, Amaury und Quinn, sowie genug Ausrüstung mitgebracht, um den ganzen Kontinent hochzujagen. Jetzt waren alle im Kommandozentrum des Komplexes, einem fensterlosen Raum, der klimatisiert und mit mehreren Computern und Monitoren sowie allen möglichen elektronischen Geräten ausgestattet war, versammelt. Kein Wunder, dass er die Hüter der Nacht nicht hatte vernichten können: In Sachen Technologie waren sie den Dämonen in jeder Hinsicht überlegen.

Enya übernahm die Führung und wies jedem Team, das aus drei Personen bestand, einen Vortexkreis zu: Eine Person hatte Erfahrung mit Sprengstoffen, zwei andere waren zum Schutz dabei. Dabei musste einer davon ein Hüter sein, um das Team unsichtbar zu machen.

„Ihr habt alle eine Karte, die euch die Standorte der drei Vortexkreise anzeigt. Verliert sie nicht. Die drei Explosionen müssen zeitlich aufeinander abgestimmt werden.“ Sie sah hoch. „In Intervallen von dreißig Sekunden.“

„Warum dreißig Sekunden?“, fragte Grayson.

„Damit wir alle drei Explosionen hören und uns vergewissern können, dass die Dämonen die Sprengsätze nicht finden und entschärfen konnten. Wir dürfen keinen Vortexkreis betriebsfähig lassen."

Alle nickten zustimmend.

„Quinn, du arbeitest mit Aiden und Logan. Ihr nehmt Kreis eins. Ryder, du bringst die Sprengsätze bei Kreis zwei an. Hamish und Manus werden dich begleiten. Samson und Amaury, ihr zwei kommt mit mir. Pearce und Grayson bleiben im Komplex zurück."

„Du machst wohl Witze", protestierte Grayson. „Warum darf ich nicht mit?"

„Weil Ryder Erfahrung mit Sprengstoff hat und jemand hier bleiben muss, um den Komplex zu beschützen, falls wir Pech haben und Dämonen uns hierher zurückverfolgen."

Grayson grunzte. „Als ob das passieren würde."

„Grayson", sagte Samson in einem knappen Ton.

Grayson wirbelte den Kopf zu seinem Vater.

„Halt die Klappe!", sagte Samson. „Enya hat recht. Ryder muss das machen. Nach Quinn hat er die meiste Erfahrung mit Sprengstoffen. Und was Amaury und mich betrifft, wir haben ebenfalls genug Erfahrung, um an einem Vortexkreis einen Sprengsatz anzubringen. Aber du wirst hier gebraucht. Es sind Frauen und Kinder im Komplex. Wenn die Dämonen es schaffen, uns mit dem Portal hierher zu folgen, dann musst du sie verteidigen." Er legte eine Hand auf die Schulter seines Sohnes. „Kann ich mich auf dich verlassen, Sohn?"

Grayson richtete sich gerade auf. „Natürlich, Dad."

„Gut. Nun, Angus, wo wird das Portal im Verhältnis zu den drei Vortexkreisen liegen?"

Zoltan reagierte nicht. Er hatte die Landkarte studiert, um die Vor- und Nachteile zwischen zwei verschiedenen Standorten abzuwägen, während Samson seinen Sohn zurechtgewiesen hatte.

„Angus?"

„Zol–" Grayson stoppte sich und verschluckte die zweite Silbe, bevor sie über seine Lippen kommen konnte.

Doch jedermanns Augen waren bereits auf ihn gerichtet.

„Was?", fragte Samson und verengte seine Augen.

„Nichts."

Doch Samson war nicht dumm. Und er war auch nicht von gestern. Seine verschärften Sinne mussten Enyas winziges Keuchen sowie die Beschleunigung ihres Herzschlags, als sie Graysons Fehltritt hörte, aufgeschnappt haben. Samsons Blick schoss zu Zoltan. „Du heißt nicht Angus, nicht wahr?"

Zoltan wusste, dass es keinen Sinn hatte zu lügen. „Nein, heiße ich nicht. Ich hieß so, als ich geboren wurde. Doch jetzt kennt mich jeder unter dem Namen Zoltan." Er ließ eine Sekunde verstreichen. „Oder als der Großmächtige."

Eine gute Weile gab Samson kein Anzeichen, ob diese Information etwas an seiner Bereitschaft ihnen zu helfen änderte. Dann sah er Enya an.

„Du fandest es nicht notwendig mir zu sagen, wer er wirklich ist?"

„Hättest du zugestimmt, wenn du es gewusst hättest?", entgegnete Enya.

„Vertraust du ihm?"

„Er ist mein Gefährte. Ich vertraue ihm mit meinem Leben."

Samson nickte langsam. „Und auch mit dem deines Kindes, nehme ich an."

„Wer hat dir das erzählt?" Enyas Blick schweifte zu Grayson.

„Zur Abwechslung war es nicht Graysons Schuld. Er hat mir nichts gesagt. Doch mein Gehör ist genauso gut wie seins. Ich hörte den Herzschlag des Babys, als wir im Portal reisten. Ich musste mich an deinem Arm festhalten, erinnerst du dich?"

Enya nickte. „Das Baby ist Zoltans." Sie griff nach Zoltans Hand und drückte sie.

Samson fuhr sich mit der Hand durch sein rabenschwarzes Haar. „Tja, ich denke, wenn der Rat der Neun dieser Mission zugestimmt hat, wie kann ich mich dann dagegen stellen?"

Die darauffolgende Stille dauerte eine Sekunde zu lang.

„Ja, sicher, natürlich", sagte Manus. „Wir sollten uns jetzt aufmachen."

Doch Samson hatte die Wahrheit schon aufgeschnappt. „Wollt ihr mich verarschen? Ihr habt diese Mission nicht mit dem Rat besprochen?"

Enya zuckte mit einer Schulter. „Sie hätten nie zugestimmt. Es war schwer genug, meine Kameraden hier zu überzeugen. Also wenn du jemandem Vorwürfe machen willst, dann richte sie an mich. Aber ich würde es wieder tun. Was hast du jetzt vor?"

Samson seufzte und sah Amaury und Quinn an. Beide nickten. „Wir tun, wozu wir hierhergekommen sind: die Vortexkreise zerstören. Um die Konsequenzen kümmern wir uns später.“ Dann sah er Zoltan direkt an. „Und glaube nicht, dass ich zögern werde, dich zu töten, solltest du uns hintergehen.“

„Ich würde nichts anderes erwarten“, sagte Zoltan. Und aus irgendeinem Grund respektierte er Samson seiner Drohung wegen noch mehr.

Kurz darauf war alles soweit. Zoltan und Enya standen in der Gasse vor dem unsichtbaren Komplex – was eine Offenbarung war, die Zoltan aus Zeitgründen nicht einmal richtig bewundern konnte –, während mehrere der anderen etwas weiter entfernt von ihnen standen.

Enya sah zu ihm hoch. „Der Augenblick der Wahrheit.“

Zoltan machte eine Kreisbewegung mit seiner freien Hand. Als er die Kraft des Vortexes spürte, den er heraufbeschwor, seufzte er vor Erleichterung. „Ich kann’s noch“, murmelte er Enya zu.

Sie sah über ihre Schulter. „Ich komme zurück und hole euch, sobald ich kann. Macht euch bereit.“

Er nahm ihre Hand. „Es ist Zeit.“ Ihre Augen trafen sich. Vertrauen schien aus Enyas blauen Augen, obwohl er ihre Angst, in die Unterwelt zurückzukehren, spüren konnte.

Er zog sie näher zu sich und trat in die wirbelnde Masse des Vortexes. Enya hielt sich an ihm fest und er verstand. Der Schwangerschaft wegen war ihr schwindlig. „Fast da.“

Sie antwortete nicht, sondern hielt sich einfach an ihm fest.

Wir sind hier, dachte er, denn er wusste, dass Enya im Vortex seine Gedanken lesen konnte. *Showtime.*

Zoltan trat aus dem Vortex, während Enya sich immer noch an seinem Arm festhielt, doch jetzt unsichtbar war. Was auch gut war, da zwei Dämonen am Vortexkreis Wache standen. Beide warfen ihm einen verdutzten Blick zu und ihre Münder klappten auf.

„Oh Großmächtiger“, schaffte der kleinere der beiden zu sagen. „Uns wurde gesagt, dass äh …“

„Was wurde euch gesagt?", brummte Zoltan und schlüpfte sofort in seine übliche Rolle, damit seine Untertanen nicht dachten, dass etwas nicht stimmte.

Der Zwerg antwortete nicht. Sein Kumpane, ein Dämon mit vollem blonden Haar, räusperte sich. „Äh, was Jeff sagen will ... äh, ist, dass, nachdem die Gefangene entkam, wir annehmen sollten, dass ihr getötet worden seid."

Zoltan rückte ihm auf die Pelle. „Ist das so?"

Der Dämon begann zu zittern. „Er sagte –"

„Wer? Wer hat Lügen über mein mutmaßliches Ableben verbreitet?" Zoltan zog seinen Dolch heraus. „Wer zuerst antwortet, bleibt am Leben."

„Oh Großmächtiger." Dies kam von einem der Tunneleingänge.

Zoltans Kopf schnellte zu dem sich nähernden Dämon. Es war Pech, dass Yannick gerade jetzt auftauchte. Irgendwie musste Zoltan Yannick ablenken, damit er und Enya von hier verschwinden konnten. Zoltan konnte es sich nicht leisten, dass Yannick Fragen stellte. „Yannick? Was geht hier vor sich?"

Yannick näherte sich und deutete zu den zwei Dämonenwachen. „Zurück an die Arbeit. Ihr wisst, was ihr tun müsst." Dann richtete er sich an Zoltan. „Oh Großmächtiger, wir dachten, dass ihr verschollen seid. Wir fanden den Hund, den ihr laut Silvana bei euch hattet, als die Gefangene entkam. Wir nahmen an ..." Er schüttelte den Kopf. „Vintoq sagte ..."

„Vintoq? Wo ist er?"

Yannick zeigte zu einem der Korridore. „In eurem Büro."

Also hatte der Verräter allen aufgetragen anzunehmen, dass Zoltan tot war, und sich selbst zum Großmächtigen gemacht? Zoltan machte ein paar Schritte auf den Tunnel zu, der zu seinem Büro führte, doch er hatte nicht die Absicht, dorthin zu gehen. Dazu hatte er nicht die Zeit, obwohl er nichts mehr wollte, als seinen Dolch in den Verräter zu stoßen.

„Danke, Yannick. Du kannst gehen."

„Ich bring euch zu ihm", sagte Yannick zu Zoltans Verärgerung. Bevor Zoltan protestieren konnte, fügte Yannick hinzu: „Zu eurem Schutz."

„Dann geh voraus", sagte Zoltan. Verdammt, dafür hatte er keine Zeit, doch Yannick war bereits im Tunnel und Zoltan konnte die Augen der zwei Dämonenwachen auf seinem Rücken spüren, wie sie ihm von ihrem Standort am Vortexkreis aus nachsahen.

Yannicks sowie Zoltans Schritte übertönten Enyas viel leichtere. Sie zog an seiner Schulter und er spürte ihren warmen Atem über seinen Hals wandern.

„Yannick ist der Verräter, den Tessa identifiziert hat", flüsterte sie.

Yannick wandte sich um. „Sagtet ihr etwas, oh Großmächtiger?"

Verdammt, Yannick war der Verräter. Jetzt machte alles einen Sinn. Als der Dämon, der für die Vortexkreise zuständig war, zeichnete er das Kommen und Gehen aller Dämonen auf – und hatte die Akten gefälscht, um Vintoq wie einen Verräter aussehen zu lassen. Warum hatte Zoltan das nicht schon früher gesehen? Jetzt war alles glasklar. Vintoq musste als Sündenbock herhalten.

„Nein. Geh schon. Ich will mit Vintoq sprechen."

Doch Yannick kam dem Befehl nicht nach. Er sah an Zoltan vorbei und neigte seinen Kopf etwas zur Seite, als gäbe er jemandem ein Zeichen, bevor er sagte: „Ich fürchte, euer treuer Diener kann euch nicht mehr helfen." Yannick zog seinen Dolch und grinste triumphierend. „Er hatte einen kleinen Unfall."

Zoltan hörte Schritte hinter sich. Die Dämonen, die den Vortexkreis bewacht hatten, näherten sich, zweifellos um Yannicks unausgesprochenem Befehl Folge zu leisten.

„Senke deine Waffe", sagte Zoltan ruhig und zog seinen Dolch aus der Tasche.

Yannick kam dem Befehl nicht nach. Er brüstete sich. „Du kannst mir keine Befehle mehr geben. Ich bin jetzt der Herrscher. Du bist schwach. Weich." Er spuckte auf den Boden. „Du hast viel zu oft Gnade walten lassen. Wie ein verdammter Mensch. Genug davon. Du verdienst nicht, der Großmächtige zu sein. Verdammt, du verdienst nicht einmal, ein Dämon zu sein. Aber bald genug bist du tot. Dafür sorge ich."

„Das bezweifle ich sehr." Schließlich hatte Zoltan noch ein oder zwei Asse im Ärmel.

Yannick ließ seinen Blick schweifen. „Sie ist hier, nicht wahr?"

Zoltan reagierte nicht.

Doch Yannick sah unbeirrt aus. „Na gut, mach's wie du willst." Er schaute an Zoltan vorbei. „Tut es!"

Enya entkam ein Keuchen, das alle hören konnten.

Zoltan wirbelte herum und sah die zwei sich nähernden Dämonen. Jeder hielt eine Sprühflasche mit einer grünen Flüssigkeit in einer Hand und einen Dolch in der anderen.

Da er wusste, dass er nicht viel Zeit hatte, machte Zoltan sich unsichtbar und wandte sich um. Er sprang auf den ahnungslosen Yannick zu, der vermutlich erwartet hatte, dass er die zwei sich nähernden Dämonen zuerst angriff, damit Enya nicht mit grünem Blut besprüht wurde, das ihren Standort preisgeben würde. Aber Zoltan wusste, dass Enya auf sich selbst aufpassen konnte. Er knallte auf Yannick, der sein Gleichgewicht verlor und nach hinten stolperte, doch seinen Dolch festhalten konnte. Einen Sekundenbruchteil später gewann er sein Gleichgewicht wieder, schnippte sein Handgelenk und ließ den Dolch fliegen, doch ohne Zoltan sehen zu können, konnte er nicht genau zielen. Zoltan war bereits zur Seite gesprungen, stürzte sich auf Yannick und stach seinen Dolch in die Kehle des Verräters. Ein gurgelndes Geräusch rollte, zusammen mit grünem Blut, über dessen Lippen.

Zoltan machte sich sichtbar, denn er wollte, dass der sterbende Yannick ihn sah. „Weißt du, was das Problem mit Verrätern wie dir ist? Du sprichst zu viel. Und handelst zu wenig. Du hättest mich töten sollen, als du die Gelegenheit hattest."

Doch Yannick hörte die letzten Worte nicht. Er war bereits tot.

Zoltan sprang auf und wirbelte herum. Einer der Dämonen, der Enya angegriffen hatte, lag tot auf dem Boden, doch der andere presste sie an die Tunnelwand. Ihre Kleidung war mit Dämonenblut befleckt, das ihr ihren Vorteil raubte. Zoltan rannte zu ihr, schnappte ihren Angreifer von hinten, zog dessen Kopf am Schopf nach hinten und schlitzte ihm den Hals auf. Noch mehr Blut spritzte auf Enya, doch das konnte er jetzt nicht vermeiden.

„Danke. Das war knapp", sagte sie und holte tief Luft. „Tut mir leid, dass ich dir von Yannick nicht eher berichtet hatte. Ich hatte es total vergessen."

„Das macht jetzt nichts. Er ist tot." Er deutete zu Yannicks Leiche. „Wir müssen die Leichen schnell verstecken, bevor jemand kommt."

„Wo?"

„Um die Ecke gibt es eine kleine Nische, die groß genug für drei Leichen ist."

Sie gingen an die Arbeit, trugen jede Leiche etwa fünfzig Meter, dann luden sie sie hinter einem großen Felsen ab. Danach bedeckten sie die Blutflecken am Boden mit Staub.

„Du musst deine Klamotten loswerden“, sagte Zoltan, doch Enya war bereits dabei, ihr Hemd und ihre Hose auszuziehen und diese auf die Leichen zu werfen. Innerhalb weniger Sekunden stand sie nur in einem Höschen und einem Unterhemd vor ihm. Der Quelldolch steckte in einem Halfter, der um ihren Oberkörper festgeschnallt war.

„Kannst du noch grünes Blut auf mir sehen?“, fragte sie und drehte sich um ihre Achse.

„Nein. Und auf mir?“ Er wandte sich ebenfalls um.

„Nein.“

„Gut.“ Er knöpfte sein Hemd auf. „Zieh mein Hemd an.“

Sie protestierte nicht und legte sein Hemd an, das bis zur Mitte ihrer Oberschenkel reichte. „Fertig.“

Unsichtbar nahm Zoltan ihre Hand und führte sie in Richtung der Stelle, die sie für das neue Portal auserkoren hatten. „Wir werden nicht viel Zeit haben. Sobald jemandem auffällt, dass dieser Vortexkreis nicht bewacht ist, werden sie misstrauisch werden und Alarm schlagen.“

„Wie weit von hier?“, fragte Enya.

„Nur ein paar Minuten.“

Sie rannten den ganzen Weg, begegneten niemandem, bis sie die kleine, unbenutzte Höhle erreichten, die so groß wie eine Tankstellentoilette war.

„Das ist es“, sagte Zoltan.

Enya verlor keine Zeit. Sie zog den Dolch aus dem Halfter unter dem Hemd und legte die Klinge an die Felswand. Zoltan beobachtete fasziniert, wie der Dolch, scheinbar ganz von selbst, das Symbol eines Dolches in den Felsen ritzte.

„Das ist wie Magie“, sagte er.

Sie lächelte. „Ja, uralte Magie.“

Augenblicke später war das Symbol fertig. Enya trat zurück und betrachtete es.

„Das ist es?“, fragte er.

Sie schüttelte den Kopf und bevor ihm bewusst wurde, was sie vorhatte, schnitt sie sich mit dem Quelldolch in die Handfläche, dann drückte sie ihre blutende Hand auf das Symbol im Stein. Sofort begann die Stelle unter ihrer

Handfläche zu glühen und ein paar Sekunden später war ein Teil der Felswand verschwunden. Dahinter lag eine dunkle Höhle, die kleiner war als der Aufzug in Zoltans Wohngebäude.

Er keuchte ehrfurchtsvoll.

Enya wandte sich ihm zu. „Ich werde die anderen zurückbringen. Vermutlich in zwei Schichten. Es ist nicht genug Platz für alle und die Ausrüstung."

Er nickte. „Ich bleibe hier und vergewissere mich, dass du nicht überrumpelt wirst, wenn du mit den anderen zurückkommst. Aber beeile dich. Wir haben nicht viel Zeit."

Zoltan nahm sie in die Arme und küsste sie. Dann drehte sie sich um und trat in das Portal. Die Öffnung schloss sich einen Moment später und Enya war weg.

33

Enya konzentrierte sich auf ihr Ziel und kam ohne Vorkommnisse im Portal im Baltimore-Komplex an. Trotzdem sahen sie ihre Kollegen, die bewaffnet und kampffertig auf sie warteten, sonderbar an.

Manus deutete auf ihre Kleidung. „Was ist passiert? Ist es dort unten so heiß, dass du strippen musstest?“

Enya verdrehte die Augen. „Ein Ratschlag: Vermeidet Dämonen, die Sprühflaschen mit grünem Blut bei sich haben.“ Sie übergab den Quelldolch an Pearce. „Bewahre ihn sicher auf, ja?“

Pearce nickte. „Darauf kannst du dich verlassen.“

„Kleine Planänderung. Das Portal auf der anderen Seite ist nicht groß genug für uns alle, um gleichzeitig dorthin zu reisen.“ Sie deutete auf die Taschen mit Sprengstoff und elektronischen Geräten. „Wir müssen uns auf zwei Gruppen aufteilen. Ich nehme die erste Gruppe mit, dann komme ich sofort wieder zurück und hole die zweite Gruppe. Einverstanden?“

Alle nickten. Sie wussten, dass Enya sie zum Portal in die Unterwelt leiten musste. Sie war die Einzige, die dort gewesen war und deren Gehirn jetzt damit verankert war. Sobald die anderen Hüter der Nacht beim Portal in der Unterwelt waren, würden sie problemlos selbst nach Baltimore zurückkehren können.

„Okay, Quinn, Logan, Aiden, Ryder, los geht's."

Die Männer schnappten sich ihre Taschen und drängten sich mit ihr in das Portal. Sie befahl der Tür sich zu schließen. Es wurde stockdunkel.

„Haltet ihr euch alle an mir und aneinander fest?"

Nachdem alle bestätigt hatten, dass sie verbunden waren, konzentrierte sich Enya auf ihr Ziel und verspürte die leichte Bewegung des Portals während der Reise. Es war weniger aufrüttelnd, als sie sich in dem Vortex gefühlt hatte, und ihr Magen bekam dieses Mal nicht die Gelegenheit zu rebellieren.

An ihrem Ziel angekommen, beobachtete Enya, wie die vier Männer das Portal verließen. Sie selbst blieb zurück, befahl dem Portal erneut, sich zu schließen, und war innerhalb weniger Sekunden wieder in Baltimore.

Hamish, Manus, Samson und Amaury zwängten sich mit noch mehr Ausrüstung in das Portal. Grayson und Pearce winkten ihnen zum Abschied zu. Dann umgab sie nochmals die Dunkelheit. Sie fühlte sich wie ein Chauffeur, der Leute hin- und herkutschierte. Zum Glück war es eine kurze Fahrt.

Als Enya schließlich am Ziel das Portal hinter sich schloss, sah sie sich um.

Ryder sagte: „Quinn ist schon mit Aiden und Logan unterwegs. Ihr Vortexkreis ist am weitesten entfernt."

Enya nickte. „Habt ihr eure Uhren abgestimmt?"

„Ja. Kein Problem." Ryder hob seine Stoppuhr. „Stellt eure Timer ein." Er gab ihnen genaue Anleitungen. „Okay, der erste Kreis wird in genau fünfundvierzig Minuten von ... jetzt hochfliegen." Alle bestätigten ihre Timereinstellungen. „Der zweite Kreis fliegt dreißig Sekunden später hoch und der dritte dreißig Sekunden danach."

Enya nickte. „Das Portal wird fünf Minuten nach dem letzten Kreis hochgehen. Verpasst den Bus nicht. Danach gibt's keinen mehr."

Ryder, Hamish und Manus schnappten sich ihre Ausrüstung und wandten sich zum Gehen um, doch Enya bemerkte etwas. „Wo ist Zoltan?"

Ryder sah über seine Schulter. „Er war nicht hier, als wir ankamen."

„Was?" Panik stieg in ihr hoch. „Er muss hier sein. Ich habe ihn hier zurückgelassen. Er sollte aufpassen, dass uns niemand überrumpelt."

Ryder zuckte mit den Schultern. „Tut mir leid, das ist alles, was ich weiß. Wir müssen los."

„Ich bin sicher, er ist nicht weit weg", sagte Manus, doch er klang nicht überzeugt.

Ryders Gruppe verschwand und ließ sie mit Samson und Amaury zurück.

Enya gefiel es nicht, wie Samson und Amaury einander ansahen.

„Er hat uns nicht betrogen", keifte sie. „Das würde er nie tun." Sie sah sich in der kleinen Höhle um. Keinerlei Anzeichen eines Kampfes. Kein Blut.

Samson räusperte sich. „Vielleicht musste er jemanden vom Portal weglocken." Er legte seine Hand auf ihre Schulter. „Er wird zurückkommen. Stimmt's, Amaury?"

Amaury nickte. „Wir können nicht hier rumstehen und warten. Wir müssen den Sprengstoff am Vortexkreis setzen. Er weiß, wie viel Zeit wir haben. Er wird auftauchen."

Obwohl sie nach Zoltan suchen wollte, wusste Enya, was ihre oberste Pflicht war: die Vortexkreise zerstören. Samson und Amaury brauchten sie, um sie unsichtbar zu machen, damit sie ihr Ziel unbemerkt erreichen und den Sprengstoff setzen konnten. Sie zählten auf sie und je schneller sie diese Sache erledigte, desto eher konnte sie nach Zoltan suchen. Denn ohne ihn würde sie die Unterwelt nicht verlassen.

Der Vortexkreis, der Enyas Team zugeordnet war, war derjenige, in dem Enya und Zoltan angekommen und dessen Wachen sie getötet hatten. Als Enya aus der Ferne sah, dass neue Wachen aufgestellt worden waren, wandte sie sich an Samson und Amaury.

„Sie haben entdeckt, dass die Wachen verschwunden sind", flüsterte sie. „Zoltan und ich haben die Leichen hinter ein paar Felsen versteckt. Es kann sein, dass sie sie gefunden haben, was bedeutet, dass sie auf uns vorbereitet sind."

Amaury nickte und zog seinen Dolch aus der Scheide. „Das ändert nichts am Plan." Er sah auf seine Stoppuhr. „Wir müssen uns beeilen."

Enya nickte und zog ebenfalls ihren Dolch heraus. „Macht es gründlich." Dann bedeutete sie den zwei Vampiren, ihr zu folgen. Sie traten sanft auf und näherten sich vollkommen lautlos. Nur Enya konnte sie sehen, Samson die Ausrüstung tragend und Amaury bereit für den Angriff. Enya bewegte sich zu der Wache, die neben dem ersten Tunneleingang links stand, dann zeigte sie auf Amaury, während sie sich der Wache näherte, die am vierten Tunneleingang, der sich genau gegenüber dem ersten befand, stand. Als sie ihn erreichte, warf sie einen Blick über ihre Schulter und sah Amaury auf Position. Er sah sie direkt an.

Sie formte die Worte *Eins, zwei* mit ihren Lippen, wirbelte dann zu der Wache zurück und stach ihren Dolch in deren Herz, während sie sofort zur Seite trat, damit das Blut nicht das Hemd beschmutzte, das Zoltan ihr geliehen hatte. Der Dämon brach mit einem leisen Gurgelgeräusch zusammen und sie hörte einen ähnlichen Laut hinter sich, was ihr bestätigte, dass Amaury die andere Wache getötet hatte.

Enya rollte die Wache auf den Rücken, damit sie ihren Dolch herausziehen konnte. Sie wischte diesen ab, bevor sie ihn zurück in die Scheide steckte. Dann wandte sie sich zu Amaury um. Er tat das Gleiche wie sie.

Sie ging zu ihm. „Lass uns die Leichen verstecken", sagte sie leise, dann fügte sie zu Samson hinzu: „Wir entfernen uns nur etwa fünfzig Meter, aber ich werde dich vermutlich nicht unsichtbar machen können, wenn ich so weit weg bin."

„Keine Sorge, mein Gehör ist ausgezeichnet. Ich werde hören, wenn sich jemand nähert, bevor sie mich sehen könnten. Geht schon." Er öffnete bereits seine Tasche mit der Ausrüstung und zog einen handbetriebenen Bohrer heraus, um damit Löcher in einen strategisch gelegenen Felsen zu bohren, der, wenn er in die Luft ging, die Magmakammer darunter öffnen und den Vortexkreis mit Lava füllen würde.

Zusammen trugen Amaury und Enya die erste Leiche zu derselben Stelle, wo Zoltan und Enya die anderen drei Dämonen versteckt hatten. Als sie die Stelle erreichten, waren dort nur noch zwei Leichen. Eine war weg: Yannicks Leiche.

„Scheiße!", fluchte Enya. „Yannick ist weg. Er war der Verräter, der gegen Zoltan arbeitete."

„Glaubst du, er war nicht tot?"

Sie schüttelte den Kopf. „Oh, er war tot. Zoltan und ich haben uns dessen vergewissert. Ich glaube, jemand hat seine Leiche mitgenommen."

„Warum?“

„Weil jemand ihn liebte.“ Das war ganz plötzlich klar. „Er hatte einen Partner. Yannick war nicht der einzige Verräter.“

„Tja, bald wird es egal sein, ob er Hilfe hatte oder nicht.“ Amaury deutete mit dem Daumen über seine Schulter zu der Stelle, wo Samson arbeitete. „Lass uns die zweite Leiche holen.“

Das taten sie auch. Bis sie damit fertig waren, hatte Samson bereits große Fortschritte gemacht und Enya kümmerte sich darum, dass sie alle drei unsichtbar waren. Amaury half Samson, den Sprengstoff so zu verteilen, dass dieser die größte Auswirkung haben würde, dann brachten sie die Zünder und den Timer an. Samson stellte gerade den Timer ein, als beide Vampire erstarrten. Eine Sekunde später hörte Enya es auch: Hunde. Die Unterwelt war in höchster Alarmbereitschaft.

Noch ein paar Sekunden und Samson erhob sich. Dann ergriffen er und Amaury mehrere Felsen, die so groß wie Fußbälle und Basketbälle waren und schichteten sie um den Sprengstoff herum, um diesen sowie den Timer zu verstecken, ohne ihn zu zerquetschen.

„Fertig“, kündigte Samson an.

„Lasst uns verschwinden“, sagte Enya und zusammen machten sie sich auf den Weg zurück.

In der Richtung, in die sie marschierten, gab es so gut wie keine Dämonen. Zoltan hatte den Standort für das Hüter-der-Nacht-Portal gut gewählt. Er war abgelegen, jedoch nahe genug, um alle drei Vortexkreise in absehbarer Zeit zu erreichen.

Als Enya, Samson und Amaury das Portal erreichten, war Quinn bereits mit seinem Team, Logan und Aiden, zurück und damit beschäftigt, den Sprengsatz am Portal anzubringen. Aus offensichtlichen Gründen musste es zerstört werden. Sie konnten kein funktionierendes Portal in der Unterwelt zurücklassen, das den Dämonen eventuell einen Ausweg aus ihrem feurigen Grab verschaffen konnte.

„Fast fertig“, sagte Quinn, ohne sie anzusehen.

„Gut“, sagte Enya, dann wandte sie sich an Aiden. „Ich muss Zoltan finden.“

Sowohl er als auch Logan schüttelten die Köpfe. „Wir haben keine Zeit“, sagte Aiden. „Der erste Vortexkreis wird in“ – er sah auf seine Stoppuhr – „dreizehn Minuten hochgehen.“

„Das gibt mir neunzehn Minuten, ihn zu finden und zurückzubringen.“

„Das ist Selbstmord“, sagte Aiden, „und das weißt du auch.“ Er seufzte und fuhr sich mit der Hand durchs Haar. „Ich gebe zu, ich kenne Zoltan nicht gut, aber ich weiß eins: Er würde nicht wollen, dass du und das Baby umkommen. Er würde wollen, dass du dich rettest.“

Das wusste sie. Doch das hieß nicht, dass sie dem zustimmen musste. „Tja, er kann eben nicht immer alles haben, was er will, oder? Denn ich werde ihn finden und seinen Arsch hier rausholen.“

„Wenn er gefunden werden will“, sagte Logan.

Enya funkelte ihn wütend an. „Du hast unrecht. Ich muss ihn finden. Ihn retten.“

„Ihn retten? Wovor? Vor sich selbst?“, fragte Logan.

„Zoltan und ich töteten Yannick, den Verräter. Ich weiß, dass er tot war. Trotzdem ist seine Leiche verschwunden und das kann nur eins bedeuten: Er hatte einen Komplizen. Und diese Person ist jetzt hinter Zoltan her. Hat ihn vermutlich schon in den Klauen. Ich muss ihm helfen. Er würde das genauso für mich tun.“

In diesem Moment trat Manus, gefolgt von Ryder und Hamish, in die Höhle. Einen Sekundenbruchteil hoffte sie, dass Zoltan hinter ihnen war, doch das war er nicht.

„Der Kreis ist zur Explosion bereit“, kündigte Manus an.

„Ich bin hier auch fertig“, fügte Quinn hinzu.

„Dann lasst uns verdammt nochmal von hier verschwinden“, sagte Manus und legte seine Hand auf das Symbol des Portals und öffnete es somit.

„Ich danke euch allen“, sagte Enya und wandte sich um, aber sie spürte eine Hand auf ihrer Schulter und drehte ihren Kopf.

Aiden sah sie an. „Lass mich dir zumindest helfen.“

Sie schüttelte den Kopf und ihr Herz füllte sich mit Dankbarkeit. „Das kann ich dir nicht erlauben. Du musst zu deiner Familie zurück.“ Dann warf sie einen Blick auf die anderen, die sie alle ansahen. „Mit etwas Glück seht ihr mich bald wieder.“

Bevor noch jemand protestieren konnte, schritt sie in den Tunnel und machte sich unsichtbar. Ein Blick auf ihre Stoppuhr und sie begann zu rennen.

Achtzehn Minuten, bis das Portal hochgehen würde.

Achtzehn Minuten, um herauszufinden, was das Schicksal für sie auf Lager hatte.

Achtzehn Minuten, um Zoltan zu finden.

34

Zoltan hatte einen Fehler gemacht. Er hatte Stimmen von Dämonen sowie Bellen im Tunnel gehört und sich versichern wollen, dass jene Dämonen nicht die kleine Höhle betraten, wo sich das Portal der Hüter der Nacht befand. Er war in den Tunnel getreten, hatte sich jedoch nicht genug konzentriert, um sich unsichtbar zu machen – schließlich war ihm das noch neu – und war prompt von Tamara und den zwei Dämonen, die sie begleiteten, sowie deren Hund entdeckt worden. Da hatte Zoltan nicht zurück gekonnt, oder er hätte riskiert, dass sie ihm folgten und direkt in die Arme der ankommenden Hüter der Nacht und Vampire liefen.

Er hatte sie von dem Portal wegführen müssen, um zu verhindern, dass der Hund die Eindringlinge roch. Theoretisch hätte das funktionieren sollen.

Zoltan war immer noch der Großmächtige und alle Dämonen kamen seinen Befehlen nach. Unter dem Vorwand, er müsste Tamara etwas zeigen, das er entdeckt hatte, befahl er den drei Dämonen, sich in Richtung Zoltans Büro aufzumachen, und sie gingen mit ihm, die zwei Männer hinter ihm, die Frau vor ihm. Doch sie schafften es nicht bis zu seinem Büro.

Nachdem sie etwa fünf Minuten marschiert und mehrere Male abgebogen waren, erreichten sie den Thronraum, den sie durchqueren mussten, als die zwei Dämonen hinter ihm ihn in die Kniekehlen traten, sodass er stolperte und nach vorne fiel. Er schaffte es, seinen Fall abzufangen, herumzuwirbeln und seinen Dolch aus der Scheide zu ziehen, während er gleichzeitig auf die Füße kam.

„Zum Teufel!", sagte er und sprang auf die zwei Dämonen zu, die ganz offensichtlich auf Yannicks Seite waren und nicht wussten, dass ihr Anführer tot war. „Tamara, hilf mir, diese Schweinehunde zu töten." Er tauschte bereits Schläge und Tritte mit den zwei Angreifern aus. Er schaffte es, einen der zwei zurückzutreiben, indem er in den Arm des Dämons stach und dieser seinen Dolch verlor. Der Hund, der zweifellos das Blut roch, sprang auf den verletzten Mann.

„Tamara, verdammt, hilf mir!", donnerte er und wagte es, einen Blick über seine Schulter zu werfen.

Tamara stand mit ihrem Dolch in der Hand und einem höhnischen Lächeln im Gesicht da. „Und warum sollte ich das tun? Du hast Yannick ermordet."

Während er weiterhin den anderen Dämon bekämpfte, versuchte Zoltan es mit Leugnen. „Was? Yannick ist tot? Was ist geschehen?"

Doch Tamara fiel darauf nicht herein. „Als wüsstest du das nicht. Du verdammter Bastard!"

Es war offensichtlich: Sie war Teil der Verschwörung.

Zoltan trat seinen Gegner, schleuderte ihn gegen die Felswand, dann hechtete er ihm hinterher, um ihm seinen Dolch ins Herz zu rammen. Doch er hatte keine Zeit, seinen Sieg zu feiern, denn der verletzte Dämon hatte es geschafft, seinen Dolch wieder zu erlangen, stach damit auf den Hund ein und tötete das arme Tier. Er sprang auf und schwang den Dolch in seiner unverletzten Hand. Allerdings war er mit seiner Linken nicht sehr geschickt. Tamara schien das auch zu bemerken, denn sie machte einen Satz auf ihn zu.

Zoltan machte einen Ausfall zur Seite, um ihr aus dem Weg zu gehen. „Du verdammtes hochnäsiges Miststück."

Sie wirbelte herum und knurrte ihn an. „Na ja, das verdienst du dafür, dass du mich zuerst benutzt und dann fallen gelassen hast." Sie bedeutete dem anderen Dämon, von der gegenüberliegenden Seite anzugreifen, dann sprang sie wieder auf ihn zu.

Zoltan fuhr herum, schaffte es, den angreifenden Dämon zu schnappen und mit ihm Tamara zu blockieren. Ihre Klinge stach in die Brust des

Dämons und tötete diesen sofort.

Jetzt brummte Tamara total verärgert. Als sie den toten Dämon aus dem Weg stieß, damit er sie nicht mit zu Boden zog, schnauzte sie: „Und damit du es weißt: Du bist überhaupt nicht gut im Bett!“

Zoltan ließ die Beleidigung von sich abperlen wie Wasser von Teflon. Sie würde ihn damit nicht ablenken können. „Ich wünschte, ich hätte dich nie gefickt. Das sind zehn Minuten meines Lebens, die ich nicht zurückbekomme.“

Sie umringten einander wie Profiboxer. Es stand eins zu eins. Doch war es kein gerechter Kampf. Zoltan war größer, stärker, zäher. Allerdings musste er ihr eins lassen: Tamara gab nicht auf und zeigte weder Angst noch Respekt für ihren Herrscher.

„Ich hab's genossen, Yannick umzubringen“, gab Zoltan zu, denn er wusste, dass sie das aufregen würde. „Ich gebe zu, ich verdächtigte weder ihn noch dich. Ich dachte, Vintoq wäre der Verräter. Alle Indizien wiesen auf ihn hin. Ein dickes Lob. Ihr habt mich getäuscht. Aber alle guten Sachen kommen schließlich und endlich zu einem Ende, nicht wahr?“

Tamara funkelte ihn wütend an. „Ja, so wie dein Leben.“

„Dann lass es uns hinter uns bringen“, sagte Zoltan und bedeutete ihr, sich zu nähern.

Sie machte einen Satz, doch er hatte ihren Angriff erwartet – er hatte sie oft genug im Kampftraining gesehen und kannte ihre Methoden – und sprang aus dem Weg, dann wirbelte er herum, um hinter ihr zu sein. Er musste nur noch eine schnelle Bewegung mit seinem Dolch machen und ihr die Kehle durchschneiden, doch er kam nicht dazu, diesen Zug auszuführen.

Brennender Schmerz durchfuhr ihn, gefolgt von Krämpfen, die ihn lähmten. Es war weder Tamara noch ein anderer Dämon, der ihn überraschte. „Nicht jetzt“, stöhnte er durch seine zusammengepressten Kiefer, doch es hatte keinen Zweck. Dies war die zweite Welle seiner Verwandlung in einen Hüter der Nacht, diejenige, von der Wesley und Charles vermutet hatten, dass sie innerhalb von vierundzwanzig Stunden eintreten würde. Und sie war noch entkräftender als die erste.

Er taumelte. Er konnte kaum etwas sehen. Doch was er sah, reichte aus, um zu erkennen, dass er dieses Ereignis nicht überleben würde: Tamara starrte ihn an, zuerst erstaunt, dann grinste sie auf diese hinterlistige Art und Weise, die er schon immer an ihr gehasst hatte.

Sie lachte und das Geräusch hallte in seinen Ohren wider, als befände sie sich in einer anderen Höhle.

Als er mit dem Rücken auf dem Boden aufschlug, stand Tamara über ihn gebeugt und ließ ihre Augen über seinen Körper schweifen. Etwas, das sie sah, schien sie zu überraschen. Sie schüttelte den Kopf und sprang auf ihn, landete auf seiner Brust und drückte damit die Luft aus seiner Lunge. Mit ihrem Dolch kratzte sie mit einer Neugierde seinen Hals entlang, die normalerweise für Schüler reserviert war, die im Biologieunterricht ihren ersten Frosch sezierten. „Du blutest rot! Du bist nicht einmal ein Dämon. Du bist einer von ihnen."

Er versuchte, seine Arme zu heben, doch er war gelähmt, konnte sich nicht bewegen, konnte nicht einmal einen Finger heben oder seinen Kopf drehen. Schmerz krallte sich in ihn, zerquetschte ihn und spuckte ihn aus. Er hatte sich noch nie so hilflos gefühlt.

Dessen wurde sich auch Tamara bewusst. Sie warf ihren Kopf zurück und lachte wie ein Cartoon-Bösewicht. „Dich zu töten wird das Beste sein, das mir je widerfahren ist." Sie drückte ihren Dolch an seine Kehle, bereit ihn durch sein Fleisch zu stechen. „Ich werd's langsam machen, damit ich deinen Tod auskosten kann."

Doch plötzlich wurde Tamara zurückgerissen und von ihm gehoben.

„Nur über meine Leiche!" Es war Enya. Ihre Stimme. Oder halluzinierte er bereits?

„Miststück!"

Nein, das war auf jeden Fall Enya. Sie war hier, um ihn zu retten.

Erleichterung und das Wissen, dass er überleben würde, erfüllten ihn. Gleichzeitig verschwand der Schmerz und seine Glieder wurden wiederbelebt und bewegten sich wieder.

Er hörte, wie ein Körper auf dem Boden aufschlug und sah Enyas Gesicht in seinem Blickfeld erscheinen. Sie ging neben ihm in die Hocke. „Sie ist tot." Sie ergriff seinen Arm. „Kannst du dich bewegen?"

„Ja." Mit Enyas Hilfe stand Zoltan auf. Bis er wieder auf seinen eigenen Füßen stand, hatte er seine Kraft wiedererlangt. Jedoch fühlte er sich anders. Er berührte die Stelle, wo Tamara seine Haut aufgeritzt hatte und spürte das

Blut dort. Er sah auf seine Finger. „Sie hat die Wahrheit gesagt. Es ist rot. Ich habe rotes Blut."

Enya nickte. „Und du hast die Aura eines Hüters der Nacht. Aber wir müssen jetzt von hier weg." Sie sah auf ihre Stoppuhr. „Scheiße."

Eine Explosion erschütterte die Unterwelt und verschluckte beinahe Enyas letztes Wort.

„Der erste Kreis", sagte Zoltan und nahm Enyas Hand. „Wir haben noch sechs Minuten."

Sie eilten aus der Höhle und in den nächsten Tunnel. Er wusste nicht, warum, doch er war sich sicher, dass er und Enya unsichtbar waren, was nur bedeuten konnte, dass Enya sie beide unsichtbar machte, sodass sie fliehen konnten.

„Was ist passiert?", fragte sie.

„Pech gehabt. Ich brach gerade dann zusammen, als ich die Oberhand hatte. Wenn du nicht rechtzeitig gekommen wärst, wäre ich jetzt tot." Da er wusste, wie wenig Zeit sie hatten, es zurück zum Portal zu schaffen, fügte er hinzu: „Du hättest nicht riskieren sollen, nach mir zu suchen."

Eine zweite Explosion hallte durch die Tunnel und brachte den Boden unter ihren Füßen zum Erbeben.

Enya warf ihm einen Blick zu. „Wenn du glaubst, du entkommst deinen Pflichten als Vater, dann kannst du das gleich vergessen. So leicht kommst du mir nicht davon."

„Das liebe ich an dir: Du sagst immer, was du denkst." Er grinste. „Und ich werde auf keinen Fall ein abwesender Vater sein. Ich befürchte, du wirst dich mit mir abgeben müssen, ob's dir gefällt oder nicht."

Ein weiteres Donnern, das den Tunnel erschütterte, kündigte die Explosion des dritten Vortexkreises an. Dieses Mal spürte Zoltan die Schockwelle körperlich, als diese einen starken Luftstoß durch das Tunnelsystem sandte.

„Fünf Minuten", sagte Enya.

„Wir schaffen es", sagte Zoltan, obwohl seine Worte mehr Wunsch als Überzeugung waren.

Sie liefen schneller. Zoltan wählte den kürzesten Weg zum Portal, das etwa gleich weit entfernt von Kreis zwei und drei und etwas weiter entfernt von Kreis eins war, der als erster hochgesprengt worden war.

Während sie rannten, begegneten sie panischen Dämonen, die alle in verschiedene Richtungen liefen, einige davon auf die Gefahr zu, ohne es zu wissen. Jedes Mal mussten sich Enya und Zoltan an die Tunnelwände drücken, damit sie nicht mit ihnen zusammenstießen. Doch sie mussten nicht leise bleiben – die Dämonen schrien und brüllten verwirrt und keiner wusste, dass sie bereits alle dem Tode geweiht waren. Selbst die Hunde schienen bestürzt von den Geschehnissen zu sein und jammerten und bellten nervös. Niemand beachtete sie.

Einen Augenblick lang dachte Zoltan an das Schicksal der Tiere. Sie waren unschuldig, doch sie würden denselben Preis bezahlen wie ihre Dämonenherrchen. Er wünschte sich, er könnte sie befreien und in die Menschenwelt mitnehmen, doch das war unmöglich.

„Wie weit noch?", fragte Enya. „Ich kenne mich nicht mehr aus."

„Nur noch eine Minute. Wir sind fast da."

Er erhaschte ihren Blick auf die Stoppuhr und bemerkte, wie Hoffnung ihr Gesicht erhellte. Ja, sie würden es schaffen.

Bei der nächsten Kreuzung bog Zoltan nach rechts – und kam zu einem abrupten Halt. Er breitete seine Arme aus, damit Enya nicht an ihm vorbeilaufen konnte.

„Was?"

Doch er musste ihr nicht sagen, warum er angehalten hatte, denn sie konnte es nun auch sehen.

„Oh Gott!"

Doch Gott hatte nichts mit dem zu tun, was vor ihnen lag: Ein Fluss aus Lava, der ihnen den Weg zum Tunnel, der direkt zum Portal führte, abschnitt. Das Portal war nur zweihundert Meter von ihnen entfernt – so nah und doch so weit weg.

„Es ist zu weit, um drüber zu springen", sagte Zoltan und sah Enya an, deren Augen sich geweitet hatten. Zum ersten Mal sah er wahre Angst in ihnen.

„Das war's dann", murmelte sie und warf ihre Arme um ihn.

Er legte seine Hände auf ihre Schultern. „Nein, war es nicht. Es gibt einen anderen Weg." Es musste einen geben. „Wir müssen den Tunnel, der zum Portal führt, von der anderen Seite her erreichen."

„Aber wie? Wie können wir ihn erreichen? Wir können doch nicht einfach durch weiß Gott wie viele Meter Felswand gehen."

Zoltan blinzelte. „Nein, nicht hier durch. Aber parallel zu diesem hier gibt es einen älteren Tunnel. Sein Zugang brach vor ein paar Jahren ein. Doch der Ausgang auf der anderen Seite ist offen." Er nahm ihre Hand in seine und zog sie zurück in die Richtung, aus der sie gekommen waren. „Hier entlang."

Er ließ seine Augen über die Tunnelwände schweifen und suchte nach der Stelle, wo mehrere Jahre zuvor ein Tunnel nach einem Erdbeben eingebrochen war. Die Dämonen hatten sich nie die Mühe gemacht, ihn auszugraben, da es noch einen weiteren Tunnel gab, der zu den gleichen Höhlen dahinter führte.

Endlich sah er die Felsstruktur, die den zusammengebrochenen Tunnel anzeigte. Er deutete darauf. „Hier." Sie blieben davor stehen.

„Wie dick ist der Fels hier?", fragte Enya.

„Maximal drei oder vier Meter."

Sie nickte. „Du bist jetzt ein Hüter der Nacht." Ihre Stimme zitterte und verriet ihm, dass sie wusste, was für ein Risiko er einging, da er noch nie zuvor durch Wände gegangen war. „Das schaffst du. Stell es dir nur vor und es wird geschehen."

Er nickte. Wenn etwas schief lief und er es nicht durch die Felswand in den Tunnel dahinter schaffte, würde zumindest Enya es schaffen. „Der Tunnel ist etwa hundertfünfzig Meter lang. Am Ende biege rechts ab und dann siehst du den Eingang zu der Höhle mit dem Portal auch schon. Wenn ich es nicht hindurch schaffe, warte nicht auf mich. Verschwinde einfach."

Sie schüttelte den Kopf. „Das wird nicht passieren." Sie umklammerte seine Hand. „Los."

Zusammen marschierten sie durch die Wand und zu Zoltans Erleichterung verspürte er keinerlei Widerstand. Er prallte nicht ab, schlug sich nicht den Kopf an. Er verspürte nichts, das gegen ihn drückte. Einen Augenblick später waren sie durch. Im Tunnel vor ihnen gab es keinerlei Hindernisse, kein Lava.

Ihre Hände immer noch verschlungen rasten sie zum Ende des Tunnels, bogen nach rechts, dann rannten sie zu der kleinen Höhle vor ihnen. Enya schlug ihre Hand auf das Symbol des Portals und eine Sekunde später öffnete sich dieses.

Sie sprangen hinein. Zoltan blickte über seine Schulter und bemerkte, wie der Boden vor dem Eingang zur Höhle einsackte und in den immer größer werdenden Lavastrom hineinfiel. Dann wurde alles dunkel. Das Portal hatte sich geschlossen.

Er legte seine Arme um Enya und verspürte eine leichte Vibration – die Bombe, die das Portal in die Luft sprengen sollte, explodierte. Doch sie teleportierten bereits. Zoltan spürte, wie Enya einen Seufzer der Erleichterung ausstieß.

„Du hast es geschafft", sagte Enya.

„*Wir* haben es geschafft." Er küsste sie.

Augenblicke später entließ er Enya aus seiner Umarmung.

Das Portal öffnete sich und sie trat vor ihm hinaus. Zoltan hörte sie keuchen, bevor er sah, warum. Zwei Männer und eine Frau, die Zoltan noch nie zuvor gesehen hatte, waren Teil des Begrüßungskomitees aus Vampiren und Hütern der Nacht. Nichtsdestotrotz erkannte er einen der Neuankömmlinge sofort. Ihre Blicke trafen sich. Der Mann bebte sichtlich, bevor seine Knie einknickten.

35

Cinead brach nicht zusammen. Virginia war sofort an seiner Seite, stützte ihn gerade rechtzeitig, und er schien seine Kraft schnell wieder zu gewinnen.

„Ich sollte eure ganze Bande in die Bleizelle einsperren", donnerte Barclay. Er funkelte die ganze Besatzung des Baltimore-Komplexes wütend an, dann deutete er zu den Vampiren. „Und hinter dem Rücken des Rates auch noch unsere Verbündeten da mithineinzuziehen ... verachtenswert! Dafür werdet ihr alle zur Rede gestellt."

Dass einer der Männer, den er beschuldigte, sein Sohn Aiden war, schien Primus, dem Vorsitzenden des Rats der Neun, egal zu sein. Aiden wusste das mit Sicherheit auch, denn er hielt die Klappe.

„Also hat wohl jemand geplaudert", sagte Enya und hielt ihr Kinn hoch. Im Augenblick hatte sie vor nichts Angst. Sie war gerade dem sicheren Tod entkommen. Was auch immer Barclay und der Rat ihr nun antun konnten, war im Vergleich dazu nur ein Klaps auf die Hand.

Barclay verengte die Augen – so wie es aussah, bereit eine weitere Kanonade an Beleidigungen loszulassen –, doch Virginia legte ihre Hand auf seine Schulter.

„Erlaube mir." Als ein Mitglied des Rates hatte sie dieselben Wahlrechte wie Barclay und Cinead. „Ja, jemand hat geplaudert, wie du so schön sagst."

Sie deutete zu Samson und Amaury. „Wie du weißt, ist Blake gut mit Wes befreundet. Blake konnte es nicht erwarten, ihm zu erzählen, was ihr geplant hattet. Tatsächlich klang er ein bisschen eifersüchtig, weil er nicht mitmachen durfte. Und da du, Enya, Wes und Charles nach einem Wunderheilmittel für einen Dämon namens Zoltan befragt hast, tja, da war es nicht schwer, zwei und zwei zusammenzuzählen. Als ich also nach Hause kam und Wes fragte, wie sein Tag verlaufen war, erzählte er mir von eurem idiotischen Plan und erwähnte sogar, dass er überrascht war, dass der Rat die Sache genehmigt hatte."

Barclay ergänzte verärgert: „Ja, stellt euch meine Überraschung vor, da wir nie die Gelegenheit hatten, über diesen Plan abzustimmen."

„Ich übernehme die volle Verantwortung", sagte Enya. „Ich habe die anderen dazu überredet. Es ist nicht ihre Schuld. Ich habe sie dazu gezwungen."

Bevor Barclay antworten konnte, trat Zoltan hervor. „Es war meine Idee. Also nehme ich die Schuld auf mich. Tut mit mir, was ihr wollt. Aber verschont Enya und die anderen. Sie haben nur getan, was sie als richtig ansahen."

Barclay sah zu Cinead.

Zum ersten Mal sprach Cinead. „Und war es richtig?"

Zoltan wandte seinen Kopf zu ihm. Er nickte. „Das war es. Wir haben die Dämonen besiegt. Alle drei Vortexkreise wurden mit Lava überflutet. Sie sind zerstört. Und das Portal, das wir erstellten und das uns zurückbrachte, war programmiert, hinter uns in die Luft zu gehen. Ich habe die Explosion gehört. Die Dämonen sind in der Unterwelt eingesperrt. Sie haben keinen Fluchtweg. Und die Dämonen, die gerade hier oben sind, können nicht mehr zurückkehren. Die werden wir uns ganz einfach schnappen können. Wir jagen sie und töten sie, bis keiner mehr übrig ist."

„Wir?", fragte Cinead und sah Zoltan von oben bis unten an, musterte ihn, als sähe er ihn erst jetzt zum ersten Mal. „Also bedauerst du es nicht, dein Königreich zerstört zu haben? Es ist doch dein Königreich, Zoltan, nicht wahr?"

Zoltan nickte. „Ja und ich hatte keine Wahl. Ich musste die Unterwelt zerstören. Ich tat es für Enya und unser ungeborenes Kind."

Die drei Ratsmitglieder keuchten und Enya nahm instinktiv Zoltans

Hand. Sie steckten beide da drinnen und was auch immer für eine Strafe sie bekommen würden, sie würde ihren Teil davon auf sich nehmen, um seine Bürde zu erleichtern.

„Ist das wahr?“, fragte Barclay und sah Enya an.

„Ja, Primus, ich erwarte Zoltans Kind.“ Sie wandte sich an Cinead. „Dein Enkelkind. Das musst du doch bereits vermutet haben. Ich bemerkte, wie du Zoltan angesehen hast, als wir ankamen. Du hast dich selbst in ihm gesehen, nicht wahr? Du weißt bereits, dass er dein Sohn ist. Er ist Angus.“

Cineads Lippen bebten und er brauchte ein paar Sekunden, bis er die Stärke hatte zu sprechen. „Ich hatte nicht gewagt, es zu hoffen.“ Er sah Zoltan an. „Nicht nachdem Winter mir sagte, dass du ein Dämon bist. In meinem Herzen habe ich dich begraben.“ Er schüttelte den Kopf. „Ich habe dich begraben, weil ich keine Hoffnung sah. Keinen Weg, wie du erlöst werden könntest.“ Er hob seine Hände, als wollte er nach Zoltan greifen. „Und doch stehst du hier vor mir von der Aura eines Hüters der Nacht umgeben. Und ich weiß nicht, wie das geschehen konnte. Wie du den Dämon austreiben konntest.“

Zoltan beugte sich zu Enya und legte seine Hand auf ihren flachen Bauch. „Mein Kind hat mich gerettet. Das Virta meines Kindes gab mir mein wahres Ich zurück.“

Enya lächelte ihn an. „Er hat jetzt all seine Kräfte als Hüter der Nacht und sein Blut ist rot. In ihm steckt kein Dämon mehr.“

Cinead nickte Barclay und Virginia zu. „Auf ein Wort.“

Während die drei zur Seite traten, um sich leise zu unterhalten, näherten sich Enyas Kameraden.

„Wir dachten, wir hätten euch verloren“, sagte Hamish und zog sie in eine kurze Umarmung. Dann sah er Zoltan an und drückte dessen Schulter. „Euch beide.“

„Ja, was ist dort unten geschehen?“, fragte Aiden.

„Enya hat mir das Leben gerettet“, sagte Zoltan. „Ich wurde von der Partnerin des Verräters, Tamara, in eine Ecke getrieben. Sie griff mich an, gerade als ich einen weiteren Schüttelkrampf hatte.“

Als die anderen ihn verwirrt anstarrten, erklärte Enya: „Zoltans Verwandlung zurück zu einem Hüter drückte sich in Krämpfen aus, die so schlimm waren, dass ich dachte, er stirbt. Die zweite Welle der Verwandlung traf ihn in der Unterwelt und gab ihm all seine übernatürlichen Kräfte, doch lähmten ihn quasi, während das geschah."

Zoltan nahm ihre Hand und drückte sie. „Du kamst gerade rechtzeitig."

Hinter ihnen meldete sich Quinn. „Und die Vortexkreise und unser Portal? Bist du dir sicher, alles ist in die Luft geflogen und zerstört worden?"

Zoltan lachte leise. „Ja, da du das gerade ansprichst. Meinst du nicht, dass du es mit dem Sprengstoff ein bisschen übertrieben hast?"

Quinn zuckte mit den Schultern. „Vielleicht habe ich ein bisschen extra draufgelegt, nur um sicher zu gehen."

„Ja, das hast du", erwiderte Zoltan.

Enya lächelte. „Tatsächlich waren die Explosionen so gewaltig, dass die Tunnel begannen, sich mit Lava zu füllen. Hat uns den Weg zum Portal abgeschnitten."

Hamish keuchte. „Wie habt ihr es dann raus geschafft?"

„Es hat seine Vorteile, in der Unterwelt aufgewachsen zu sein", sagte Zoltan. „Ich kenne dort unten jede Ecke und ich wusste von einem Tunneleingang, der ein paar Jahre zuvor eingefallen war, doch ich wusste, dass der Tunnel dahinter noch intakt war und zum Portal führte ..."

„Und da Zoltans übersinnliche Kräfte intakt waren, traten wir einfach durch die Felsen und erreichten die andere Seite. Wir haben es gerade noch rechtzeitig zum Portal geschafft."

Manus und Logan schüttelten die Köpfe.

„Das muss man dir lassen", sagte Manus und sah Enya an, „wenn du etwas unbedingt haben willst, dann tust du alles, um es zu bekommen."

„Tun wir das nicht alle?", fragte Logan.

Alle lachten. Dann sah Enya zu den Vampiren. „Samson, Amaury, Quinn, Ryder, ich weiß nicht, wie ich euch danken soll. Ihr habt so viel für mich, für uns, riskiert."

„Dafür hat man doch Freunde", sagte Samson.

„Danke", sagte Zoltan. „Eines Tages, hoffe ich, euch vergelten zu können, was ihr für uns getan habt."

Samson schüttelte den Kopf. „Freunde schulden Freunden nichts. Wir waren froh, helfen zu können." Er deutete zu den drei Ratsmitgliedern, die leise sprachen. „Aber ich bin hier nicht der Chef."

Augenblicke später gesellten sich Barclay, Cinead und Virginia wieder zu ihnen.

„Für heute schlage ich vor, dass ihr euch alle sauber macht und euch ausruht“, sagte Barclay. „Doch die Sache ist noch nicht vorbei. Das betrifft euch alle. Verstehen wir uns?“

Alle Mitglieder des Baltimore-Komplexes nickten.

„Gut“, sagte Barclay. „Also, das beendet dann wohl den offiziellen Teil unseres Besuches.“ Seine Miene entspannte sich und ein Grinsen breitete sich auf seinem Gesicht aus. „Ihr habt es geschafft, ihr habt es wirklich geschafft! Ich weiß nicht, was ich sagen soll.“

„Wie wär's mit Gratulation?“, schlug Virginia vor.

Cinead nickte. „Gut gemacht, ihr alle.“ Dann machte er ein paar Schritte, bis er vor Zoltan stand. „Gut gemacht, mein Sohn.“ Seine Augen füllten sich mit unzähligen Emotionen. „Ich weiß nicht, ob ich mich je an deinen Namen gewöhnen werde, aber vielleicht erlaubst du einem alten Mann, dich bei dem Namen zu nennen, den er dir gab, als du noch ein winziges Baby warst.“

Enya bemerkte, wie Zoltan schwer schluckte. „Nichts würde mir größere Freude bereiten …“ Er zögerte eine Sekunde lang. „Vater.“

36

Vor dem Rat der Neun wurde eine Ermittlung abgehalten, doch am Ende überwog die Tatsache, dass Zoltan die Unterwelt ein für alle Mal zerstört und dabei sein eigenes Leben aufs Spiel gesetzt hatte, alle Schandtaten, die er als Dämon begangen hatte. Die Mitglieder des Baltimore-Komplexes wurden gerügt, weil sie eigenwillig und ohne die Zustimmung des Rates einzuholen gehandelt hatten, doch sie wurden dafür nicht bestraft. Die Vampire, die bei der Zerstörung der Unterwelt ausschlaggebend gewesen waren, kehrten nach einem Gespräch hinter verschlossenen Türen wieder nach Hause zurück. Ihr Bündnis blieb intakt und war stärker als je zuvor. Alles hatte sich zum Guten gewandt.

Eine weitere Sache hatte sich geklärt: der Grund, warum Enya überhaupt hatte schwanger werden können, wo sie doch nicht gebunden und daher unfruchtbar gewesen war. In den Archiven des Rates hatte Cinead alte Schriften gefunden, die die Hüter der Nacht davor warnten, sich mit Dämonen zu paaren. In den Schriften hieß es, dass der Samen eines Dämons dieselbe chemische Reaktion in einer Hüterin der Nacht auslöste wie das Bindungsritual: Die Hüterin der Nacht wurde sofort fruchtbar. Dass Enya ein Kind empfangen würde, war unvermeidlich gewesen.

Zoltan öffnete die Tür zu Enyas Privatquartier und trat ein. Er war noch nicht daran gewöhnt, einfach hindurch zu schreiten. Er würde eine Weile brauchen, bevor er mit all den Veränderungen, die sein Körper in den letzten Tagen durchgemacht hatte, zurechtkam. Gleichzeitig fühlte er sich vollendet. Er hatte keine Migräneanfälle mehr, keine nachklingenden Zweifel. Er war ein Hüter der Nacht und das Virta, das durch seine Venen floss, ließ ihn sich mehr als je zuvor nach seiner Gefährtin sehnen.

„Du bist zurück." Enya erhob sich vom Sofa und unterdrückte ein Gähnen. Sie trug nur ein durchsichtiges rosa Negligé. „Wie geht es Cinead?"

Er trat näher, ohne auch nur eine Sekunde seine Augen von ihrer wunderschönen Figur zu nehmen. „Er ist glücklich, glaube ich. Allerdings bemerkte ich Tränen in seinen Augen, als er mir ein Gemälde meiner Mutter zeigte. Ich habe ihn nicht wissen lassen, dass ich es bemerkte. Ich wollte ihn nicht in Verlegenheit bringen. Ich kenne ihn noch nicht gut." Er zuckte mit den Schultern. „Ich legte meine Hand auf seine Schulter und ich glaube, er begrüßte die Geste."

Enya lächelte. „Mit der Zeit wirst du ihn besser kennenlernen. Er ist ein guter Mann."

„Das kann ich spüren, wenn ich ihn ansehe. Ich hoffe, ich werde ihn nicht enttäuschen." Zoltan seufzte. „Ich war so lange böse. Ich hoffe, ich kann noch viel länger gut sein."

Enya griff nach seinen Händen und zog ihn zu sich. „Dafür sorge ich. Du wirst dir nie Sorgen machen müssen, dass du je wieder dem Bösen verfällst. Ich werde dir stets den Rücken stärken."

Zoltan legte seine Arme um sie und hob sie hoch, damit ihre Köpfe auf gleicher Höhe waren. „Darauf verlasse ich mich." Er ging auf das Bett zu. „Bist du sehr müde?"

Sie lachte leise. „Für das bin ich nie zu müde."

„Bin ich so durchschaubar?"

„Ich kann deinen harten Schwanz spüren. Der verrät dich immer."

„Du kannst einem Mann nicht die Schuld geben, so zu reagieren, wenn ihn seine Frau in nichts mehr als einem dünnen Negligé begrüßt, das nichts der Fantasie überlässt."

„Wär's dir lieber, wenn ich dich in einer Kampfuniform begrüßte?"

„Ich beschwere mich nicht, ich erkläre es nur." Er legte sie sanft aufs Bett, dann begann er, sich auszuziehen, bis er splitternackt vor ihr stand.

Er bemerkte, wie Enya ihre Augen über seinen nackten Körper schweifen ließ und sich die Lippen leckte.

Zoltan grinste. „Ich bin froh, dass du eine Frau bist, die nicht auf schamhaft macht. Bei dir weiß ich immer, wie ich dran bin."

„Auf schamhaft machen ist für Amateure."

Ohne ein weiteres Wort senkte er sich auf sie und drückte ihre Beine auseinander, um Platz für sich zu machen. Mit einer Hand schob er ihr Negligé bis zu ihrer Taille hoch, während er sein Gewicht auf der anderen abstützte.

Enya legte ihre Hände auf seine Hüften und zog ihn näher, bis sein Schwanz an den Eingang ihres Körpers stupste.

„Hmm", sagte sie. „Ich habe den ganzen Tag an das gedacht."

„An das?" Er drang tief und hart in sie ein.

„Jaaaaa!"

„So ging's mir auch." Wann immer er von ihr getrennt war, selbst wenn es nur für ein paar Stunden war, sehnte er sich nach ihr. Er sehnte sich nach dieser besonderen Verbindung, nach der Art und Weise, wie sie ihre Lebenskraft und ihre Seelen miteinander teilten.

Sex hatte eine andere Dimension angenommen. Es war intensiver, befriedigte ihn mehr, ließ ihn mehr Freude, mehr Glück empfinden. Mit Enya zusammen zu sein, war eine Erfüllung, von der er nie hatte träumen können. Jede Berührung war wie ein Zauber, jede Bewegung Teil eines sinnlichen Tanzes, den sie nur miteinander tanzten. Ein Tanz, der ihnen gehörte, und nur ihnen. Sie hatten voreinander keinerlei Geheimnisse mehr. Denn sie waren eins.

Von seiner Liebe zu Enya überwältigt, rief Zoltan sein Virta zu sich und erlaubte diesem, in sie zu fließen, ihren Körper zu füllen, jede Zelle, bis ihre Haut golden schimmerte und Wellen von einem Orgasmus nach dem anderen ihren Körper schüttelten.

„Ich liebe dich", murmelte sie zwischen Stöhnen. „Zoltan, du gehörst mir, nur mir."

„Ich werde immer dir gehören. Ich bin dein Gebieter und dein Untergebener. Du bist meine Königin und meine Sklavin, meine Geliebte und die einzige Frau, die jemals mein Herz regieren wird."

Und nichts würde jemals etwas daran ändern.

37

Sieben Monate später

Zoltan eilte gerade rechtzeitig in die Miniklinik des Baltimore-Komplexes, um zu sehen, wie Leila ein kleines Bündel in Enyas Arme legte.

„Es ist ein Junge", kündigte Leila an und sah über ihre Schulter. Sie lächelte. „Warum hast du so lange gebraucht?"

„Musste nur ein paar Nachzügler umbringen", sagte Zoltan und eilte auf das Krankenhausbett zu, auf dem Enya lag. Während der letzten paar Monate hatten er und die anderen Hüter des Komplexes dafür gesorgt, dass die Dämonen, die sich in der Menschenwelt befunden hatten, als die Vortexkreise zerstört worden waren, erledigt wurden. Sein Dolch war mit deren grünem Blut getränkt und bald würde der Tag kommen, an dem der letzte der Dämonen tot war.

„Mein Sohn war früh dran, wie?", sagte er voller Stolz, als er das Bett erreichte.

Enyas langes Haar war feucht von Schweiß, ihr Gesicht glänzte, doch sie lächelte. „Er hat braune Augen."

Sie begegnete seinem Blick und Zoltan küsste sie. „Tut mir leid, dass ich nicht hier war, Babe. Tut mir leid, dass du das alleine durchstehen musstest."

Sie schmunzelte. „Ich bin froh, dass du es verpasst hast. Es war ein

Durcheinander und Leila hat sich viel besser darum gekümmert, als du das könntest." Sie blickte zu Leila, die sich gerade die Hände trocknete. „Danke, Leila, für alles."

„Ich lasse euch alleine."

Einen Augenblick später hörte Zoltan, wie sich die Doppeltür hinter ihr schloss, doch er hatte die Augen bereits auf seinen Sohn gerichtet. Seinen gesunden Sohn. Die Aura eines Hüters der Nacht umgab ihn und er hatte bereits jede Menge dunkle Haare.

„Wir nennen ihn Angus, wenn du damit einverstanden bist", sagte Zoltan.

„Deinem Vater wird das gefallen."

Zoltan streichelte mit dem Handrücken über die rosige Wange des Babys. „Er ist perfekt."

„Er sieht aus wie du."

„Vielleicht bekommen wir nächstes Mal ein Mädchen, das wie du aussieht."

Das Baby ergriff plötzlich seinen Finger und zog ihn in den Mund und versuchte, daran zu saugen.

„Sieht so aus, als wäre er hungrig", sagte Enya. Sie zog an ihrem Kittel, um eine Brust zu befreien, doch das Baby wurde ungeduldig und begann zu schreien.

„Hey, Angus", gurrte Zoltan, „du bekommst gleich etwas." Er griff nach ihm, damit Enya ihren Kittel vorne öffnen konnte. Doch das Baby schrie weiter. Zoltan starrte seinen Sohn an. „Oh mein Gott."

„Was? Was stimmt nicht?", fragte Enya mit alarmierter Stimme, als sie nach dem Baby griff. Dann sah sie es auch. „Seine Aura. Sie ist ..."

„Weg." Und noch etwas anderes hatte sich verändert, als das Baby zu schreien begonnen hatte. „Seine Augen. Sie sind jetzt dämonengrün."

Enya begegnete seinem Blick. „Er ist immer noch unser Sohn." Sie zog Angus in ihre Arme und führte ihren Nippel zum Mund des Babys. Sofort hörte Angus zu schreien auf und begann zu saugen.

Vor Zoltans Augen kam die Hüter-der-Nacht-Aura des Babys zurück und als sein Sohn die Augen öffnete, während er genüsslich saugte, hatten sich diese wieder in ein Braun zurückverwandelt. Alle Zeichen eines Dämons waren verschwunden.

„Was geschieht mit ihm?“, fragte Enya.

„Als er gezeugt wurde, war ich noch ein Dämon. Ich glaube, er hat diesen Teil von mir geerbt.“ Er beugte sich zu Enya und küsste sie zärtlich. „Ich glaube, er war verärgert, weil er Hunger hatte. Und jetzt, schau doch – jetzt ist er wieder ein perfektes Hüter-der-Nacht-Baby.“

„Zoltan“, murmelte Enya. „Wird er in Gefahr sein, weil er zum Teil Dämon ist?“

Er schüttelte den Kopf. „Jeder hat ein bisschen von einem Dämon in sich. Wir werden ihn lehren, das zu kontrollieren, genauso wie wir alle diese Seite in uns selbst im Zaum halten. Er wird lernen, nur auf das Gute in sich zu hören.“

„Du klingst so sicher.“

Zoltan lächelte. „Ja, weil er etwas geerbt hat, das stärker als das Böse ist: deine Güte. Du hast an mich geglaubt, als niemand es tat. Du hast mir vertraut, als ich mir selbst nicht traute. Du hast mich gut gemacht. Und du hast unserem Sohn diese Güte gegeben. Das Gute wird das Böse besiegen. Daran glaube ich.“

„Das Gute wird das Böse besiegen“, wiederholte Enya und zog seinen Kopf zu sich, um ihn zu küssen.

„Ich liebe dich“, murmelte er an ihren Lippen, bevor er diese gefangen nahm und ihr zeigte, wie sehr.

Lesereihenfolge der Scanguards Vampire & Hüter der Nacht

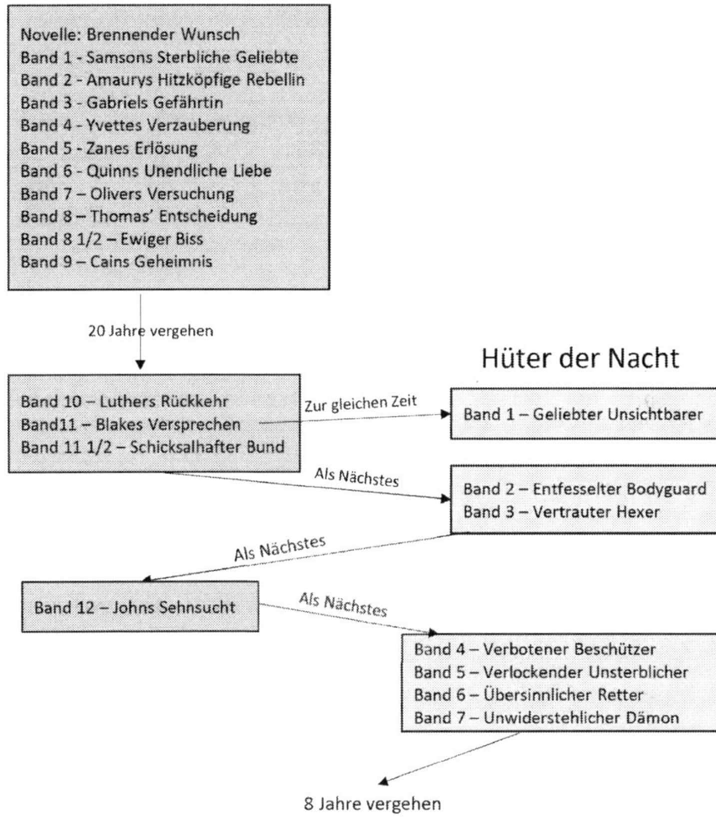

8 Jahre vergehen

Scanguards Hybriden

Die Bände in der Scanguards Hybriden Serie werden zusätzlich auch in der Scanguards Vampir Serie nummeriert. (SV Band 13 = SH Band 1)

Band 1 (SV 13) – Ryders Rhapsodie
Band 2 (SV 14) – Damians Eroberung
Band 3 (SV 15) – Graysons Herausforderung
Band 4 (SV 16) – Isabelles Verbotene Liebe

ÜBER DIE AUTORIN

Tina Folsom ist gebürtige Deutsche und lebt schon seit über 25 Jahren im englischsprachigen Ausland, seit 2001 in Kalifornien, wo sie mit einem Amerikaner verheiratet ist.

Mittlerweile hat sie 50 Bücher in Englisch sowie Dutzende in anderen Sprachen herausgegeben.

https://tinawritesromance.com/deutscheleser/
tina@tinawritesromance.com

facebook.com/TinaFolsomFans
instagram.com/authortinafolsom
youtube.com/TinaFolsomAuthor

Zeitfracht Medien GmbH
Ferdinand-Jühlke-Straße 7
99095 Erfurt, Deutschland
produktsicherheit@kolibri360.de